Scarlet
스칼렛

www.bbulmedia.com

연애는
처음입니다

1판 1쇄 찍음 2014년 10월 27일
1판 1쇄 펴냄 2014년 10월 31일

지은이 | 이신영
펴낸이 | 정 필
펴낸곳 | 도서출판 뿔미디어

편집장 | 이재권
기획 · 편집 | 주종숙

출판등록 | 2002년 9월 11일 (제1081-1-132호)
주소 | 경기도 부천시 원미구 상동로 117번길 49(상동) 503호
전화 | 032)651-6513 / 팩스 032)651-6094
E-mail | scarlets2012@hanmail.net
블로그 | http://blog.naver.com/dahyangs
홈페이지 | http://bbulmedia.com

값 9,000원

ISBN 979-11-315-3665-0 03810

※파본은 구입하신 서점에서 교환하여 드립니다.

SCARLET ROMANCE STORY 이신영 장편소설

연애는
처음입니다

Contents

"너, 인상이 나빠."

27년 동안 줄곧 들어왔던 말을 좋아하던 상대에게 듣는 기분이란, 한마디로 개떡 같다. 일부러 얼굴을 구기고 있는 것도 아닌데 왜 이런 소리를 들어야 하는 건지.

왠지 눈물이 핑 돌 것만 같았지만 은결은 꾹 참았다.

"헤어지자는 이유가 그거야?"

차라리 또 다른 여자친구가 생겼다면 바쁜 자신과 만나지 못해 그랬던 거라, 마음이 흔들렸던 거라 생각하면 된다. 요즘 줄곧 야근을 해 왔으니 아마도 서운했겠지. 충분히 이해한다.

하지만 저와 헤어지려는 원인이 외모와 관련되었다면 사정은 다르다. 은결은 제 얼굴에 칼을 댈 생각이 눈곱만큼도 없었다. 인상이 나쁘다는 말을 줄곧 들어왔지만 그러려니 하고 넘어간 것은 이런 얼굴이라도 좋아해 줄 누군가가 있을 거라 믿어 왔기 때문이다.

은결은 부디 그 이유만은 아니길 간절히 바라며 눈앞에서 담배 연기를 뿜어내고 있는 남자를 응시했다.

"어."

그러나 남자에겐 자비란 없었다.

은결의 약점이 찢어진 눈매라는 것을 잘 알고 있으면서도 거리낌
없이 고개를 끄덕인다. 어차피 이렇게 끝을 맺을 예정이었다면, 처음
부터 사귀어 주지를 말지.

은결은,

"너같이 험악한 여자친구를 데리고 다니면 사람들이 무서워하잖
아."

라는 말까지 덧붙이는 남자를 차마 바라보지 못했다.

말없이 아래로 얼굴을 떨어뜨리는 그녀의 코앞까지 다가온 남자는
매캐한 담배 연기를 그녀에게 뿜으며 속삭였다.

"웬만하면 수술하지 그래? 눈매 교정만 해도 훨씬 부드러워질 텐
데 말이야."

"……."

"뭐, 네가 인상만 좋아지면 나도 널 그리 싫어하지는 않으니까 계
속 사귀어 줄 수도…… 윽!"

은결이 비흡연자라는 걸 뻔히 알고 있으면서 굳이 제 앞에서 담배
를 피우는 걸로도 모자라 성형 수술 권유까지 하다니. 최악의 남자였
다.

은결은 자신이 들어 올린 주먹에 정확히 얼굴을 가격당한 남자가
얼굴을 일그러뜨리는 것을 바라보며 있는 힘껏 소리쳤다.

"그건 내가 사양이다, 이 자식아!"

✼

"어머, 고은결 씨, 왜 벌써 와? 남자친구랑 점심 먹는다고 나가지 않았어?"

점심시간이 시작된 지 10분이 채 되지 않아 회사로 돌아왔다. 놀랍게도 눈물은 흐르지 않았다. 아마도 서운함보다 화가 더 났기 때문일 거다.

은결은 문을 열자마자 자신을 의아한 시선으로 응시하고 있는 기획 3팀의 정채영 대리를 바라봤다. 불과 몇 분 전에 정 대리를 향해 웃으며 남자친구가 맛있는 점심을 사 주겠다고 회사 밖으로 불러낸 걸 자랑하던 제 모습이 떠올랐다. 괜스레 비참해졌다.

"배…… 불러서요. 그냥 빨리 왔어요."

은결은 고개를 들지 못한 채 나지막하게 중얼거리며 제 자리로 걸어갔다. 정 대리가 '왜 저래?' 하고 주변의 직원들과 수군거리는 소리가 들려왔지만 그녀는 모른 척했다.

"그럼 은결 씨, 사무실 좀 부탁해. 우리 점심 먹고 올게!"

사무실에 들어오자마자 제 책상 위에 엎드려 버리는 은결에게 정 대리가 말했다. 알겠다는 듯 손을 들어 올리자 점심을 함께 먹기로 했던 직원들과 정 대리가 사무실을 벗어나는 소리가 들렸다.

그들이 나간 이후 고요해진 사무실엔 은결 한 명뿐이다. 이 넓은 공간에 저 혼자밖에 없다는 것도 쓸쓸한데 배까지 고프니 눈물이 핑 돌려 했다.

'울지 말아야지.'

하지만 여기서 참지 못하고 울게 된다면 저를 버린 남자에게 지는 것 같다는 생각이 들었다. 얼굴 때문에 차인 것도 서러운데 보기 흉하게 올 수는 없지.

은결은 입술을 꽉 깨물며 주먹을 세게 움켜쥐었다. 벌떡 자리에서 일어난 그녀는 성난 아귀처럼 꼬르륵 요동치는 아랫배를 움켜쥐며 터벅터벅 사무실을 벗어났다.

지하에 위치한 매점까지 내려가기엔 시간이 촉박했으므로 사무실 근처의 휴게실로 향했다. 허기를 달래기 위해서는 자판기의 커피라도 입안에 쏟아부어야 할 것 같아 주머니를 뒤적였다. 마침 500원짜리 동전 하나가 바지 주머니에 들어 있었다.

이게 웬 호재냐 싶어 입꼬리를 올린 그녀는 밀크 커피 한 잔을 뽑기 위해 동전 투입구로 500원을 밀어 넣으려 했다.

"아."

"……."

오늘은 되는 일이 없는 날인 걸까.

따뜻한 밀크 커피 한 잔으로 퇴근 시간까지 버텨 보려 했던 은결의 다짐은 저와 동시에 동전 투입구로 손을 뻗은 또 다른 사람에 의해 와르르 무너졌다. 그녀는 자신이 쥐고 있던 500원짜리 동전과 똑같은 크기의 동전을 밀어 넣으려는 사람의 팔을 발견하고 나지막한 탄식을 터뜨렸다.

거지 같은 타이밍이라고 생각하며 고개를 들어 올린 은결은 미간을 좁혔다.

'눈부셔.'

사람의 얼굴 뒤에서 후광이 비치는 느낌이란 이런 걸까. 말 한마디 하지 않았음에도 불구하고 자신을 빤히 내려다보고 있는 남자의 얼굴이 반짝반짝 빛나 보여 그녀는 속으로 중얼거렸다. 아기 피부 못지않은 하얀 얼굴에 커다란 눈, 오뚝한 코, 붉은 입술을 자랑하고 있는 남자는 검은 눈동자에 은결을 담고 있었다.

그러니까 이 남자는,

'기획 2팀의 왕자…… 였나?'

비록 같은 팀 직원은 아니었지만 회사를 다니는 이라면 누구라도 이 남자에 대해서 알고 있었다. 은결이 속한 기획 3팀과 끈질긴 악연을 유지하고 있는 기획 2팀에서도 유능하다고 소문나 있는 걸로도 모자라 얼굴까지 훤칠하여 왕자 소리를 듣고 있는, 기획 2팀의 팀장. 강윤우.

말단 직원인지라 기획 2팀의 팀장인 그와는 입사한 이래 말 한 마디 나누어 본 적이 없었던 은결은 저를 직시하고 있는 강윤우 팀장을 향해 어색하게 고개를 끄덕였다.

"팀장님 먼저 하세요."

계급도 한참은 낮은 데다 웬만한 이들도 쉽게 다가갈 수 없는 오라를 풍기는 이에게 맞서고 싶은 생각은 없었다. 그녀는 그의 대답을 기다릴 생각도 없이 뒤로 살짝 물러났다.

'확실히 잘생기긴 했네.'

기획 2팀을 끔찍이 싫어하는 기획 3팀 식구들 중에서도, 특히 여직원들이 강윤우 팀장이 지나갈 때마다 꺅꺅거리던 이유가 있었다.

그런 강 팀장이 점심 식사 시간에 홀로 휴게실에 있었다는 사실을 다른 여직원들이 알게 된다면 얼마나 놀랄까. 아마 내 안구를 공유하고 싶다며 부러워했겠지. 자랑할 게 없으니 이거라도 자랑해야겠다, 라고 속으로 중얼거리던 은결은 달콤한 커피향이 코앞에서 느껴지는 것을 알아차렸다.

어깨를 들썩이던 그녀가 얼굴을 들어 올리자 냉랭한 얼굴의 강 팀장이 자신을 바라보고 있는 게 보였다.

"예?"

양보를 했음에도 불구하고 제게 밀크 커피를 내민 저의가 뭘까. 레이디 퍼스트. 뭐, 이런 건가. 은결은 어리둥절해하면서도 자신에게 커피를 받으라는 듯 묵묵히 서 있는 강윤우 팀장에게서 그것을 건네받았다.

"고, 고맙습니다."

매너남이네.

그 남자에게 차인 이후로 바닥을 기던 기분이 조금은 풀어졌다. 그래서 나름 부드러운 미소를 지어 보이려 눈꼬리를 휘었다. 물론 이 같은 미소도 상대의 눈에는 억지로 웃는 것처럼 보이겠지. 항상 그래왔으니까.

은결은 쓸쓸한 웃음이 입가로 번지는 것을 느꼈다.

"참, 이거 받으세요."

"……."

"그럼."

잘 알지도 못하는 사람에게 공짜로 얻어먹을 수는 없는 노릇인지라 꽉 움켜쥐고 있던 500원을 강윤우 팀장의 커다란 손 위에 얹은 은결은 목례하곤 뒤로 돌아섰다.

오른손에 들린 종이컵이 무척 따뜻했다. 배가 채워질지는 모르겠지만 기분은 나쁘지 않다고 생각하던 그녀는 사무실을 향해 터벅터벅 걸어갔다.

"고은결 씨."

갑자기 들린 자신의 이름에 은결은 걸음을 멈췄다. 내 이름을 알고 있었나? 그와 대화를 나눈 건 오늘이 처음이건만 기획 3팀의 자신을 알고 있다는 사실에 조금 놀랐다.

"네?"

어리둥절한 시선으로 그를 응시하자 강윤우 팀장이 미간을 살짝 좁히는 게 보였다. 차가운 기운을 풍기는 그의 모습에 가슴이 쿵쿵 뛰었다. 내가 뭔가 잘못한 게 있는 건가? 은결은 살짝 긴장했다.

'아! 혹시 내가 500원을 줘서?'

기획 2팀의 왕자는 은결에게 어쩌면 호의를 베풀려 했던 건지도 모른다. 눈을 꼭 감고 커피를 사 줄 생각이었는데 굳이 500원을 제 손에 쥐여 준 은결이 불쾌했던 건지도 모르지.

은결은 굳은 얼굴의 강 팀장을 흘깃거리며 심각하게 고민했다. 그러다 결심했다는 듯 이를 악물며 강 팀장을 똑바로 응시했다.

"팀장님, 저는 원래 남한테 대가 없이는……."

"고백은 처음입니다."

아무래도…… 타이밍의 문제일까?

은결이 말을 뱉어 냄과 동시에 강윤우 팀장의 말이 흘러나왔다. 두 남녀는 인적 없는 고요한 복도에 서서 입을 연 채로 서로를 응시했다.

결연한 표정을 짓고 있던 은결은 진지한 얼굴의 강윤우 팀장의 모습에 놀라면서도 옅게 웃으며 말했다.

"팀장님 먼저 말씀하세요."

강 팀장은 사양하지 않고 고개를 끄덕였다. 그는 후우, 하고 길게 숨을 뱉어 내더니 이내 다시 은결을 바라보며 붉은 입술을 달싹였다.

"그래서 실수를 할 수도 있을 것 같으니 미리 양해 바랍니다."

은결은 이해할 수 없는 그의 말에 의아한 표정을 지었다.

"네?"

강윤우 팀장은 어리둥절해하는 그녀를 내려다보더니 빙긋 웃으며 말을 이었다.

"좋아하는 것 같습니다."

그의 말을 쉽게 받아들이지 못한 은결은 눈을 굴리다 수긍하며 대답했다.

"아, 이 커피를요?"

그럼 왜 나를 준 거야?

보기보다 이상한 남자가 아닐 수 없다고 속으로 중얼거리던 은결은 들고 있던 커피를 그에게 다시 건네주려 했다. 그러나 그녀의 팔이 뻗어지기 직전 다시금 강 팀장의 목소리가 들려왔다.

"당신을요."

"……."

"……."

"네?"

옆으로 길게 찢어진 눈매는 은결에게 있어선 어릴 적부터 쭉 콤플렉스였다. 그녀는 예쁘게 휘어진다면 모를까, 사나운 인상을 풍기는 자신의 눈이 싫었다.

너무 찢어져서 작아 보이기까지 하는 눈을 크게 뜨면 달라질까 생각해서 일부러 힘을 주고 다닌 적이 있었는데, 그 후로 친구들이 그녀 가까이로 다가오지 않았다.

쌍꺼풀 수술을 하면 힘을 줄 필요도 없었으므로 중학교 시절에 수술을 시켜 달라며 부모님께 떼를 쓴 적도 있었다. 아직 어려서 안 된다는 말을 듣자마자 토라진 얼굴로 밖으로 뛰쳐나가 쌍꺼풀 액을 사서 눈두덩에 덕지덕지 바른 적도 있었고, 그런 제 모습을 가족들에게 들켜 버린 적도 있었다.

'그렇게 수술이 하고 싶어?'

이런 모습으로 살고 싶지 않다며 엉엉 울어 버리는 은결을 타이르던 그녀의 어머니는 안타까운 표정을 지으며 은결에게 물었다. 주

15

저하지도 않고 세차게 고개를 끄덕이는 은결의 얼굴을 부드럽게 쓸어 주던 어머니는 흐리게 웃으며 속삭였다.

'하지만 그런 은결이 얼굴을 좋아해 줄 사람도 있을 텐데……'

'세상에 그런 사람이 어디 있어! 나도 싫은데! 너무 무섭고 싫은데!'

버럭 외치는 은결을 꼭 끌어안아 주며 어머니는 다정하게 말했다.

'엄마는 있을 거라 믿어. 우리 은결이가 어떤 모습을 하더라도, 은결이만 좋아해 줄 사람이 있을 거라고. 엄마는, 믿어.'

고작 중학교 2학년. 아직 만난 사람보다 만날 사람들이 더 많은 열다섯의 소녀는 상냥한 어머니의 속삭임에 홀라당 넘어갔고, 언젠가 자신의 사나운 인상도 좋아해 줄 사람이 있을 거라 생각하며 여태껏 살아왔다. 물론 지난 27년 동안 그녀의 첫 인상을 '무섭다'고 말한 사람들보다 '좋다'고 말한 사람이 손에 꼽을 만큼 적다는 게 문제긴 했지만.

어떨 땐 매섭고 사나운 얼굴이 도움이 되는 경우도 있었기에 여전히 성형 수술은 생각하지 않고 있었다.

그래도 말이지.

'좋아하는 것 같습니다.'

보통은…… 처음 만난 사람에게 좋아한다는 말은, 하지 않는 편이 아닌가.

은결은 방금 들었던 말을 되새기며 반사적으로 미간을 좁혔다. 얼굴을 일그러뜨릴 때마다 주위 사람들에게 '무서워 보여!'라는 말을 들어 억지로 웃으려 노력하는 편이기는 했으나 이번만큼은 스스로도 제어하지 못했다.

그녀는 커피를 든 채로 눈앞의 남자를 바라보았다. 미동도 하지 않는 검은 눈동자가 시야로 들어왔다. 태연하기도 하지. 은결은 마치 제 대답을 기다리고 있는 것 같은 남자를 향해 입꼬리를 올려 주었다.

"그런 농담은, 재미없어요."

제 딴엔 어색한 미소를 지었다고 생각했는데, 화를 내는 것처럼 보였을까?

조금 고민을 했다. 입을 길게 찢으며 말을 해도 눈이 전혀 웃고 있지 않았기에 사람들은 자신을 잘 화를 내는 사람으로 생각했다. 물론, 지금 이 상황이 전혀 웃을 만한 상황은 아니었지만 딱딱해진 분위기를 깨기 위해서라면 약간의 위트가 필수적이었다.

그래서 은결은 손을 휘휘 저으며 외쳤다.

'생긴 것과는 다른 사람인가.'

그러면서 스윽 강윤우 팀장을 흘겨본 그녀는 속으로 중얼거렸다. 기획 2팀의 '왕자'라 불리고 있고 언뜻 들은 바로는 온몸에 카리스마가 배어 있다던 사람인데 대화를 나눠 보니 실없기 그지없다. 처음 보는 여자에게 좋아한다고 말할 만큼 마음이 헤픈 사람도 아닌 것 같은데.

"하지만 상대가 팀장님이라 아주 약간은, 재미있게 느껴지기도 하네요. 신선했어요!"

하지만 너무 차갑게 응수하면 상대가 당황할 수도 있기에 칭찬도 곁들여 주며 은결은 미소 지었다. 강 팀장은 그런 그녀를 빤히 내려다보았다.

"왜 그러세요?"

자신을 또렷이 직시하는 그의 시선에 부담감을 느낀 은결이 고개를 갸웃거리자 강윤우 팀장의 닫혀 있던 입술이 열렸다.

"닦으시죠."

"네?"

은결은 말과 동시에 제게 손수건 하나를 내미는 그를 멍하게 응시했다. 그는 주저하다 말했다.

"눈물, 흐르는데."

……!

화들짝 놀란 것은 당연한 일이었다. 그녀는 저도 모르는 사이 줄줄 흘러내리고 있는 눈물이 뺨을 타고 아래로 툭 떨어지는 것을 발견했다.

무엇 때문이었을까. 점심시간에 갑자기 불려 나가서 뺑 차여 버렸기 때문일까, 아니면 누군가 제게 장난이었더라도 좋아한다는 말을 뱉어 냈기 때문일까. 아마도 전자 쪽이겠지.

속이 미쳐 버릴 만큼 욱신거리는 게 모두 남자친구에게 차인 충격으로 인해 그런 거라고 되뇌며 그녀는 입술을 세게 악물었다.

"하하, 사……사실 말이에요. 저 오늘 기분이 되게 안 좋았어요."

잘 마주치기 힘든, 그것도 왕자라고 불리는 인기인 앞에서 멍하게 울고 있을 수만은 없어서 그에게서 손수건을 받아 든 은결은 흐르는 눈물을 닦으며 밝게 소리쳤다.

"이거 아직 아무한테도 말 안 했는데 말이죠…… 저, 방금 전에 남자친구한테 차였거든요!"

풀이 죽는다면 지는 거다, 끊임없이 속으로 외치며 그녀는 말을 이었다. 강윤우 팀장은 그런 은결을 그저 바라보기만 할 뿐이다.

"아니 글쎄, 저보고 인상이 나쁘대요. 여자친구한테 인상이 나쁘다고 헤어지자는 남자, 어떻게 생각해요? 팀장님이 보시기에도 제가 그렇게 무섭게 보이나요?"

그의 대답을 들을 생각은 전혀 없었기에 은결은 뭔가 말하기 위해 입을 열려는 강 팀장보다 먼저 말을 뱉어 냈다.

"하긴, 정말 솔직히 말하자면 조금은 나빠 보이긴 하죠. 인정해요! 이렇게 사납게 생긴 여자는 제가 봐도 드문 편이니까. 뭐, 무섭다는 소리를 안 들은 것도 아니고."

하아, 한숨을 쉬던 그녀는 이젠 나도 모르겠다는 듯 머리를 긁적였다.

"그런데 어쩔 수 없어요. 이게 다, 선천적인 거거든요. 그래도 그렇지 얼굴을 어떻게 뜯어 고쳐요. 제가 우리 부모님의 딸이라는 가장 강력한 증건데."

강윤우 팀장은 말을 하지 않았다. 은결은 돌연 화가 치밀어 올라 눈을 치켜뜨며 외쳤다.

"그렇지만…… 너무한 거 아니에요? 사귀는 여자의 콤플렉스를 건드리다니. 진짜 최악의 남자잖아요, 그거! 팀장님도 그렇게 생각하시죠? 저한테 동의하시는 거죠?"

내가 왜 이런 말까지 이 남자에게 하고 있는 걸까.

그것도 오늘에서야 처음 제대로 얼굴을 마주하며 대화를 나누고 있는 남자에게, 대체 왜.

아무래도 그의 앞에서 무의식적으로 눈물을 흘려 버렸던 게 꽤나 부끄러웠던 건지도 모른다. 그 부끄러움을 무마시키기 위해 과장된 몸짓과 얼굴로 소리를 뱉어 내고 있는 건지도.

은결은 스스로도 이해할 수 없는 행동에 자책하고 또 자책했지만 물꼬를 트기 시작한 말은 계속해서 흘러나왔다.

"어쨌든…… 질 나쁜 농담이었지만, 덕분에 기분은 많이 풀렸네요. 고마워요, 팀장님."

그 누구에도 털어놓지 못할 일을 낯선 이에게 실컷 풀어놓으니 이상할 정도로 마음이 가볍다. 은결은 왠지 개운해지는 것을 느끼며 싱긋 웃어 보였다. 이번엔 제대로 웃은 거겠지. 그녀는 방금 전 지었던 미소보다 이번의 미소가 훨씬 더 자연스러웠다는 것을 깨달으며 뿌듯해했다.

강윤우 팀장은 짧은 시간 동안 여러 가지 표정을 보여 주는 그녀를 말없이 응시하고 있었다.

"돈은 돌려받지 않을 거예요."

마음이 점점 안정되는 것을 느낀 은결은 움켜쥐고 있던 손수건으로 얼굴을 완벽하게 닦은 후 그를 직시했다.

"친하지 않은 사람에겐 빚을 지고 싶어 하지 않는 성격이라서 말이죠. 아무리 상사시라도, 어쩔 수가 없네요."

하고.

나름 쿨하게 고개를 까딱인 후 손수건까지 쥐여 준 그녀는 다시 사무실로 돌아가려 했다.

'……!'

그러나 은결의 의지는 그녀가 등을 돌려 발을 앞으로 내딛었을 때 손목을 잡아 버리는 누군가의 커다란 손에 의해 막혀 버렸다. 이 휴게실 내에 있던 사람이 그녀를 제외하곤 단 한 사람밖에 없었기에 그녀의 손목을 잡은 이가 누군지 쉽게 짐작 가능했다.

어쩔 수 없이 강윤우 팀장에게로 몸을 돌린 은결이 눈을 크게 뜨자, 그는 얼른 은결에게서 손을 떼어 내곤 말했다.

"같이 마시죠."

"예?"

그 남자는 예쁘게 웃었다.

"커피, 같이 마셔요."

※

"흐음."

보기만 해도 우아미가 흘러넘치는 남자는 코끝으로 커피의 진한 향기를 빨아들이며 옅게 미소 지었다. 여자라면 누구나 홀려 버릴 것 같은 얼굴이지만 안타깝게도 은결의 취향과는 거리가 있었기에 혹하지는 않았다.

강윤우 팀장은 후광이 비치는 얼굴을 은결에게 꽂으며 말했다.

"향이 좋네요."

"자판기 커핀데요."

퉁명스러운 은결의 대답에 강 팀장의 눈동자가 살짝 흔들렸으나 그의 회복력은 빠른 편이었다. 그는 휴게실과는 어울리지 않는, 반짝반짝 빛나는 눈동자로 은결을 바라보며 입꼬리를 올렸다.

"그래도 좋네요. 고은결 씨랑 마시고 있으니까 그런가."

낯부끄러운 말을 아무렇지도 않게 뱉어 내는 걸 보면 분명히 선수다. 은결은 확신했다. 그럼에도 불구하고 자신이 왜 이곳에 앉아 있는지 아직까지 이해가 가지 않았지만 조금 전의 일을 떠올려 본다면 약간은 수긍할 수 있다.

'싫은데요.'

'그럼 안 되죠. 고은결 씨는 나한테 빚을 졌잖습니까.'

커피를 함께 마시자는 그의 제안에 단칼에 거절하는 은결을 보며 강 팀장은 말했었다. 500원도 이미 돌려줬는데 빚은 무슨 빚? 어이가 없어 그를 바라보는 은결에게 기획 2팀의 왕자는 속삭였다.

'내 손수건, 썼잖아요.'

고작 손수건 빌려 줬다는 이유 하나만으로 몸을 돌리려는 은결을 잡아 세웠다.

그 후, 여유로운 분위기를 풍기는 강 팀장의 주도하에 두 사람은 작은 테이블을 사이에 둔 채 서로 마주 보고 있는 상황이 되어 버렸다.

'매너남은 무슨.'

협박남이구만.

말을 하면 할수록 눈앞의 남자에 대한 이미지가 깨진다고 생각하며 입술을 씰룩거리던 그녀는 결국 참다못해 한숨을 푹 내쉬었다. 강 팀장이 의아한 눈으로 저를 쳐다보자 그녀는 인상을 쓰며 말했다.

"저기 말이에요, 강윤우 팀장님."

"네, 고은결 씨."

강윤우 팀장의 입에서 흘러나오는 제 이름이 묘하게 간지럽게 느껴졌지만 애써 무시했다. 그녀는 저를 바라보는 그를 무심하게 노려보다 자리에서 벌떡 일어났다.

"저한테…… 왜 이러시는 거죠?"

대뜸 좋아한다는 말을 하지 않나, 커피를 함께 마시자고 하지 않

나. 그녀가 이 회사에 입사를 한 지 2년이 흘러가건만 그동안 접점이라곤 없었던 사람과 대화를 하려니 마음이 몹시 불편하다.

은결은 유쾌해야 할 자신의 점심시간이 몹시 우울해지고 있음을 느끼며 그를 적대적인 시선으로 바라봤다. 그러자 도리어 고개를 갸웃거리는 남자의 얼굴엔 의문이 가득하다.

"말씀드리지 않았나요?"

그러니까 뭐를.

"고은결 씨를 좋아하는 것 같다고 말했었는데."

은결은 황당스럽기 그지없는 그 말을 또 꺼내는 윤우를 향해 싸늘하게 대답했다.

"농담이셨잖아요."

"고백을 농담으로 하는 사람도 있습니까?"

날이 선 답변이 들려왔다. 은결은 곧은 눈으로 저를 올려다보는 남자에게 조심스레 되물었다.

"진담……이셨어요?"

일말의 망설임도 없이 그는 고개를 끄덕였다. 순간적으로 눈앞이 멍해짐과 동시에 얼굴이 화르륵 붉어졌다. 강윤우 팀장은 비틀거리는 은결을 부축하기 위해 의자에서 일어나 손을 뻗었다.

그의 부축에 겨우 제자리를 잡은 그녀는 머리가 지끈거리는 걸 느끼며 강 팀장을 쳐다봤다. 그는 싱그러운 미소를 지으며 말했다.

"일단 앉으시죠."

"아, 네에."

뭐가 뭔지 모르겠다. 진담이라는 말을 들은 것 같기는 한데, 와 닿지는 않는다. 은결은 부드럽게 속삭이는 그를 홀긋거리다 어느새 식어 있는 커피를 내려다보았다. 강윤우 팀장이 말하는 게 들려온다.

"커피가 식겠습니다."

"식은 커피를 싫어하지는 않아요."

"기억해 둬야겠군요."

그는 매우 다정한 음성을 뱉어 냈다. 은결은 더 이상 김이라곤 피어오르지 않는 종이컵을 응시했다. 눈을 뜨고 있음에도 불구하고 제 앞에 아른거리는 강윤우 팀장의 미소가 사라지지 않는다.

그녀는 입술을 잘근 눌렀다 스윽 고개를 들어 강 팀장을 바라보았다.

왕자가 내게 왜 이러는 걸까.

혹시 다른 사람이랑 무슨 내기라도 한 건가?

기획 3팀의 사나운 여자를 함락시키면 승리한다는 그런 내기라도 되는 거야?

한 번 시작된 망상은 끝없이 퍼져 나갔다. 결론이 좋지 않은 쪽으로 끝나자 미간이 저절로 좁아졌다.

은결은 싸늘하게 굳은 얼굴로 그를 쳐다봤다. 미소를 지으며 커피를 마시던 강 팀장이 그녀의 시선을 느꼈는지 은결에게 눈길을 돌려온다.

"매우 따갑군요. 고은결 씨의 시선은."

그 말이 꼭 '눈빛이 사나워.' 라고 들렸던 터라 기분이 나빠진 은결은 차갑게 대응했다.

"장난이라면 여기서 그만두세요. 오늘은 그럴 기분이 아니에요."

"알고 있습니다. 봤으니깐요."

보다니?

놀라는 은결에게 그는 말을 덧붙였다.

"그 남자가 고은결 씨한테 하는 말을 모두 들었습니다. 그리고 아까 고은결 씨도 말해 주지 않았습니까? 차이셨다고."

아.

"그래서 저는 기회, 라고 생각했는데. 아니었습니까?"

놀리는 건 사양이라고 말할 예정이었는데 그 말을 입 밖으로 뱉어 내지 못했다. 은결은 '기회'라는 말에 유독 힘을 주는 그를 보며 넋을 놓고 있었다. 그러다 뒤늦게 그 말을 알아채자마자 다시금 자리에서 벌떡 일어났다.

이 남자가 지금 무슨 소리를 하는 거야!

"강윤우 팀장님!"

"예?"

"그렇게 안 봤는데 팀장님 역시 그 남자랑 똑같은 사람일지도 모른다는 생각이 드네요! 사람을 놀리는 건 정도껏 하세요! 매우 실망입……."

꼬르륵—!

"……니다."

들렸을까?

분명 들렸을 거다.

들렸을 테지.

들렸을 거야!

잘 익은 홍시마냥 얼굴이 익어 가는 게 느껴졌다. 뱃고동 소리가 나자마자 입을 다물어 버렸으니까. 뒤늦게 말을 끝맺어 보았지만 이미 고개를 폭 숙여 버린 후였다.

은결은 귀가 새빨갛게 변했을 거라 확신하며 어금니를 악물었다.

"아야."

가만히 은결의 말을 들어 주고만 있던 강윤우 팀장이 자리에서 일어나는 소리가 들렸다. 눈물이 핑 도는 것을 느끼며 고개를 든 그녀는 배를 슥슥 문지르는 그의 행동에 의아해했다.

강 팀장은 떨리는 시선으로 그를 쳐다보고 있는 은결에게 싱긋 웃으며 말했다.

"그러고 보니 배가 많이 고프네요."

그는 매우 자연스럽게 손목에 찬 시계를 흘긋거렸다.

"아직 점심시간이 조금 남았는데, 어때요. 식사하러 가시겠습니까?"

'나는 무슨 생각인 걸까?'

은결은 수도 없이 생각했다.

식사를 하러 가자는 그의 말에 뒤를 따를 때도, 차 문을 열어 주는 그의 호의에 고개를 까딱일 때도, 회사와 꽤나 거리가 있는 분식집 앞에 차를 세운 그가 내리라고 말할 때도, 돈가스 2개요, 라는 말을 그가 뱉어 낼 때도. 끊임없이, 쉬지 않고 생각하고 또 생각했다.

회사에서 말 한 번 나누지 않던 남자와 오늘 처음으로 대화를 나누고, 같이 커피를 마시고, 함께 식사를 하는 경우는 드물었다. 이런 모험은 해 본 적이 없었기에 무척이나 당황스러운 일이 아닐 수 없지만,

'배가…… 고프니까.'

천둥보다 더 큰 소리로 울리던 뱃고동 소리를 떠올리며 은결은 지금 이 상황을 받아들이기로 했다.

그래, 배가 고프니까. 별 다른 이유는 없었다. 눈앞의 남자가 몇 분 전 그녀에게 무슨 말을 하였던, 일단 허기진 배를 채워야 하잖아? 그래야 퇴근 시간까지 일을 할 수도 있지!

"자, 주문하신 돈가스 두 개, 나왔습니다요. 맛있게 드십쇼!"

작은 분식집이었다. 차를 타고 올 정도로 회사와 떨어져 있었기에 한 번도 오지 못했던. 점심시간이지만 손님이 많지는 않았다. 이런 곳에서 정말 장사를 할까 싶을 정도여서 왜 자신을 여기까지 데려온 건지 의문이 들기도 했었는데, 은결은 김이 모락모락 피어나는 돈가스를 바라보자마자 강 팀장이 저를 데려온 이유를 깨달았다.

'맛있겠어!'

침이 고였다. 배가 무척 고팠던 이유도 있었지만 음식 냄새가 너무 좋았다. 당장이라도 포크를 집어 들고 싶은 심정이었으나 눈앞에 그 남자가 있었기에 꾹 참았다.

머뭇거리는 그녀를 향해 그는 부드럽게 말했다.

"이 집 돈가스는 매우 맛있는 편입니다. 학창 시절부터 자주 찾던 곳이죠. 아마 고은결 씨도 좋아할 거라 생각했습니다. 그러니 어서 들어요. 우리에게 남은 시간이 그리 많지는 않은 편이니까."

은결은 의심스러운 눈으로 그를 흘긋 바라보았다. 다른 꿍꿍이는 보이지 않았지만 아직 의혹을 덜 수는 없다. 그래도 눈앞의 돈가스는 매우 맛있어 보였다. 그녀는 엄청난 고민에 휩싸였지만 결국 본능에 지고야 말았다.

"잘…… 먹겠습니다!"

눈앞에 놓인 맛깔스러운 음식을 입에 넣지 않는다면 퇴근 시간까지 버틸 용기가 나지 않았다. 누구와 함께 있든 간에 일단 배는 채우자는 생각으로 포크를 집어 든 은결은 자신의 돈가스를 썰어 준 그에게 고맙다며 고개를 까딱여 주곤 잘 썰린 돈가스 조각 하나를 입 안으로 밀어 넣었다.

'맛있어!'

확실히 왕자의 단골집답게 돈가스는 환상적이었다. 감격스러워 눈물이 다 나올 정도였다. 은결은 허겁지겁 돈가스 조각을 먹으며 배를 채웠다. 이런 곳이 있었다니, 회사의 다른 식구들에게도 꼭 추천해 줘야지. 그녀는 주먹을 불끈 쥐었다.

"좀 천천히 드세요. 체하겠군요."

"아, 네."

"……."

응?

싱글벙글 웃으며 돈가스를 먹던 은결이 뭔가 이상하다고 느낀 것은 제 접시 안에 수북이 쌓인 돈가스 조각과는 달리 강윤우 팀장의 그릇에는 돈가스가 반 정도밖에 남아 있지 않았다는 걸 알아차릴 무렵이었다. 분명 그가 먹는 모습을 본 적이 없었는데. 순식간에 반이나 사라진 돈가스는 모두 나한테 온 건가?

은결은 주저하다 물었다.

"저…… 그런데 팀장님은 왜 안 드세요?"

일정한 간격으로 돈가스를 썰고 있던 강 팀장이 그녀를 쳐다보는 게 보였다. 은결은 눈부실 정도로 휘어지는 그의 눈꼬리에 흠칫 놀랐다. 강윤우 팀장은 웃으며 말했다.

"고은결 씨가 먹는 걸 보니 배가 부르네요."

90년대 TV 드라마에나 나올 법한 멘트였다.

은결은 코웃음을 흘리며 중얼거렸다.

"엄청 냉정하신 분이라 들었는데, 팀장님은 듣던 것보단 많이 느끼하신 분이네요."

"예?"

"아니면 비꼬시는 건가요? 여자가 남자 앞에서 너무 막 먹는다고?"

딱딱한 은결의 말투에 강 팀장은 당황하지 않고 더욱 짙은 미소를 보냈다.

"음. 몰랐는데…… 고은결 씨는 조금, 꼬였군요."

확실히 그런 말을 듣는 편이었다. 은결은 대수롭지 않게 생각하며 어깨를 으쓱였다. 일단은 눈앞에 놓여 있는 돈가스에 신경을 집중하는 편이 좋았다. 강조하지만 배가 많이 고팠기 때문이다. 이 남자와의 이야기는 배를 채운 후 이어 가도 늦지 않다고 여겼다.

"후우."

얼마나 지났을까.

강 팀장이 건네준 돈가스까지 모조리 비운 은결은 환하게 웃었다. 기분이 한없이 추락했었는데 조금은 나아진 것 같았다. 역시 음식의 힘은 위대하지.

기운이 불끈 솟아나는 것을 느끼던 그녀는 길게 숨을 뱉어 내며 눈앞의 남자와 대화를 이어 가기로 결심했다.

"잘 먹었습니다, 강 팀장님."

"별말씀을."

그가 미소 짓기가 무섭게 은결은 입술을 움직였다.

"기회 되면 이 빚은 갚도록 할게요."

강윤우 팀장은 살짝 당황하는 듯했지만 곧 평정을 되찾았다.

"제 호의니 안 갚으셔도 됩니다."

손을 젓는 그를 빤히 바라보며 은결은 고개를 저었다.

"아뇨, 갚고 싶어요. 말씀드렸다시피 친하지 않은 사람에게 빚을 지는 걸 싫어하거든요."

강 팀장의 눈이 흔들리는 게 보였다. 은결은 말을 이었다.

"그나저나 기획 2팀에서 기획 3팀의 삐죽이를 두고 어떤 내기를 한 건지는 모르겠지만 뭐, 돈가스도 얻어먹었으니 연극에 맞춰 드리도록 할게요. 그러니 더 이상 친절은 베푸실 필요는 없어요. 장난도 그만하시구요."

"……!"

"하지만 진짜 맛있긴 하네요, 이 돈가스. 다음에 또 오고 싶어요."

아주 내 스타일이야.

나가기 전, 이곳의 위치와 이름을 알아두어야겠다 생각하며 은결은 속으로 웃었다.

"강윤웁니다."

그리고 이제 슬슬 자리에서 일어나야 아슬아슬하게 회사로 돌아갈 수 있을 거라 여긴 그녀가 의자에서 엉덩이를 떼려고 할 때였다. 여태껏 꾹 다물고 있던 입술을 그가 달싹였다.

'응?'

은결은 대뜸 제 이름을 뱉어 내는 그를 의아하게 바라봤다. 강 팀장은 멈추지 않았다.

"나이는 서른하나. 양친은 살아 계시지만 해외 출장이 잦으십니다. 두 분 모두 음악가시거든요. 남동생이 하나 있기는 한데, 그리 친한 사이는 아닙니다. 녀석이 반항기인지라 제 말을 듣지 않아서 말이죠. 굳이 따지자면 앙숙에 가깝겠네요. 그렇지만 아끼고는 있습니다."

"팀……장님?"

"유성 초, 유성 중, 유성 고를 나와 U대에 입학했습니다. 공부는 잘하는 편이어서 수석 자리를 놓친 적은 없네요. 졸업을 하기도 전에 스카웃된 WU미디어의 광고기획 2팀 팀장을 맡고 있습니다. 실력이 없는 편은 아닌지라 또래들보다 진급이 빨랐죠. 연봉도 적지는 않은 편입니다."

"저기, 지금 뭐하시는……."

묻지도 않았건만 모든 이들이 궁금해 마지않던 자신의 비밀스러운 이력에 대해 늘어놓는 윤우를 은결은 당황한 표정을 지으며 바라봤다. 그는 눈 한 번 깜빡이지 않고 오히려 은결을 이상하다는 시선으로 응시한다.

"어필을 하고 있습니다."

어필?

"왜요?"

밥을 먹다 말고 갑자기 무슨 어필이야?

은결은 황당한 남자의 태도에 입을 벌렸다. 윤우는 대수롭지 않게 대답했다.

"그래야 제 매력을 알아줄 것 같아서 말이죠."

막힘없이 술술 위장을 향해 내려가던 돈가스 조각이 다시 거슬러

올라올 것만 같다. 그녀는 태연하다 못해 뻔뻔하게 느껴지는 그를 멍하게 쳐다보다 말고 고개를 휘휘 저었다.

"아니 그러니까, 왜 제게 매력을 어필하고 계시는 거죠?"

그보다, 굳이 이 남자가 매력을 어필할 필요가 있나?

그냥 존재 자체가 매력적이잖아!

차마 뱉어 내지 못할 나머지 말은 입 안을 맴돌 뿐이다. 은결은 이해가 가지 않는다는 얼굴을 하고 그를 직시했다. 왠지 모르게 뚱하게 느껴지는 표정을 짓고 있던 윤우는 실망한 듯 중얼거렸다.

"고은결 씨가 내 고백을 무시해서입니다."

"그건 팀장님의 장난이잖……!"

말을 끝맺을 수는 없었다. 그녀의 말이 끝나기도 전에 윤우가 인상을 썼기 때문이다.

은결이 입을 꾹 다물어 버리자 윤우는 서늘한 눈을 빛내며 말했다.

"벌써 세 번째군요. 그 '장난'이라는 말을 꺼낸 게."

압도하는 검은 눈동자에 그녀는 멍하니 눈을 깜빡였다.

"세상에 고백을 장난으로 하는 사람이 어디 있습니까? 고은결 씨는 그렇습니까?"

날카롭게 따지고 드는 윤우의 말에 답할 수가 없었다. 그저 고개를 푹 숙이며 '아뇨오.' 하고 작게 대답하자 그의 눈꼬리가 보기 좋게 휘어졌다. 은결은 어쩔 줄 몰라 했다.

"앞서 말씀드렸다시피 기회라고 생각했습니다."

아.

"회사 앞에서 고은결 씨가 남자와 헤어지는 장면을 목격한 건 우연이지만, 그런 우연으로 인해 생긴 기회를 놓치고 싶지도 않다고 여겼어요. 그래서 고백을 하는 겁니다. 여자에겐 처음 고백하는 거라 고은결 씨가 오해를 한 건지도 모른다는 생각이 드는군요. 그런 의미 에서 다시 한 번 말하도록 하죠."

은결은 고개를 들었다. 숨 막힐 정도로 아름다운 남자가 자신을 똑 바로 응시하고 있었다. 갑자기 맥박이 빨라졌다. 심장이 터져 버리는 건 아닐까? 의문이 든다.

그런 그녀를 향해 그는 말했다.

"좋아합니다, 고은결 씨."

달콤하고 부드러운 미성이,

"내 생애 이렇게 신경이 쓰이는 사람은, 고은결 씨가 처음입니다." 한 자 한 자, 귓가를 울린다.

"이래도 내 말이 장난으로 들립니까?"

은결의 맑은 눈동자가 크게 일렁였다.

"정식으로 다시 소개할게요. 강윤우라고 합니다."

윤우는 당황하는 그녀를 향해 작고 달콤하게 속삭였다.

"당신의 눈웃음에 반해 버린 남자죠."

"고은결 씨는 의외로 성격이 좋네? 생각했던 것보다."

사람의 선입견이란 무섭다. 사나운 인상을 가졌다고 해서 성격까지 나쁠 거라 여기는 걸 보면. 그런 선입견 덕분에 각고의 노력을 해야 했던 은결은 입사한 지 한 달쯤 흘렀을 때, 선배 직원에게 그런 말을 들었다.

'의외'라는 말보단 '생각했던 것보다'라는 말이 묘하게 쓰려 왔지만 은결은 미소 지었다.

"그렇죠? 그런 말 많이 들어요."

줄곧 들어왔던 말이었다. 처음엔 무서워서 가까이 못 갔어, 라는 말은. 길쭉하게 찢어지다 못해 위로 올라간 눈매는 언제나 그녀의 주위에 사람이 모이는 것을 방해했다. 덕분에 일부러 웃고 과장된 리액션을 취하며 자신을 불편하게 여기는 사람들에게 성큼성큼 다가갔던 적도 있었다.

회사에서도 마찬가지였다. 기획 3팀 식구들과 통성명을 한 후로 처음 몇 주는 꽤나 힘들었다. 먼저 말을 걸려 할 때마다 제 일이 바쁘다며 피해 버리기 일쑤였기에 다가가기도 쉽지 않았다.

하지만 은결은 포기하지 않았다. 어차피 줄곧 마주 보아야 할 사람들과 불편한 사이로 지내고 싶지도 않았고 어색하게 고개만 까딱이고 싶지도 않았다. 먼저 아침 인사를 하고, 힘들어하는 일을 도와주고, 같이 밥을 먹자고 제안하고, 커피를 건네주었다.

그렇게 다가간 그녀와 한 번 이야기를 나눈 사람들은 경계하던 눈초리를 풀었다. '첫 인상과는 다르네.'라고 그들이 말할 때마다 은결이 할 수 있는 건 그저 어색하게 웃는 것뿐이었다.

그 모습이 무섭다는 사람들도 있었지만 가끔은 따라 웃어 주는 사람도 있었으니까. 그런 이들을 볼 때마다 왠지 기분이 좋아지는 걸 느꼈다. 밝게 행동하는 것에 대한 보상을 받는 것 같았다. 그러다 보니 지금의 그녀는 기획 3팀의 은근한 인기인이 되어 있었다.

물론 여전히 그녀를 잘 알지 못하는 다른 팀의 직원들에게 은결은 아직까지 무섭고 사나워 보이는 인상을 가진 여자였다. 그러나 이제는 굳이 그들의 선입견까지 풀려고 애쓰진 않았다. 저를 두고 여러 가지 소문이 들리는 건 알고 있었지만 일일이 해명을 하는 것은 더 화를 불러일으킬 수도 있으니까.

모르는 사람에게 좋지 않은 인상을 주는 건 여전히 상처이기는 하나 요즘은 내버려 두고 있는 상태였다.

'당신의 눈웃음에 반해 버린 남자죠.'

그 상황에서 그 남자는 그녀를 잘 알지 못함에도 불구하고 그런 말을 꺼냈다. 은결에게는 몹시 당황스러운 일이 아닐 수 없다.

오늘 이전까지 자신과 말 한 마디도 해 보지 않고, 얼굴을 제대로 마주한 적도 없었던 남자에게 고백을 들은 것은 처음이었고, 자신이 누군가에게 좋은 인상을 남겼다는 것도 쉽게 믿어지지 않았다. 이렇게 단도직입적으로 좋아한다는 말을 뱉어 내고, 반했다는 말을 흘리는 사람은 없었다. 여태까지는, 단 한 명도.

'장난이 아니라고?'

회사로 돌아가는 길.

은결은 묵묵히 핸들을 잡고 차를 몰고 있는 운전석의 남자를 흘깃거렸다. 이해가 되지 않는다는 표정을 지으며 그를 응시하는 은결의 눈엔 의문이 가득하다.

왜?

진지한 얼굴로 내뱉던 그의 말이 결코 거짓으로 들리진 않았다. 확실히, 장난은 아닌 것 같아서 은결은 더욱 미궁에 빠져들었다. 그는 그녀의 눈웃음에 반했다고 말했지만 은결의 기억으론 윤우에게 옅은 미소라도 지어 준 적이 없었다.

은결은 멍하니 윤우를 바라봤다.

오뚝하게 솟은 코와 기다란 속눈썹이 시야로 들어왔다. 붉은 입술은 탐스러울 정도로 보드라워 보인다. 잡티 하나 없는 고운 피부는 꼭 여자 피부 못지않아 질투가 일었다. 정면을 직시하고 있는 맑고 검은 눈동자는 깊게 일렁였다.

전형적인 미남의 얼굴. 누구에게나 호감을 불러 일으킬 만한 윤우의 외모가 괜히 부러워지기도 한다.

'왕자는 왕자네.'

오글거린다고 생각했던 그 호칭이 무척이나 잘 어울리는 정석 미남이라 속으로 중얼거리며 은결은 피식 웃었다.

"시선이 느껴지는군요."

그때였다. 이런 남자도 누군가에게 고백을 하는구나 하고 생각하던 은결의 귀에 미성이 들려왔다. 정신없이 그를 쳐다보던 은결은 흠칫 놀랐다. 슥 그녀를 흘끔거리며 다시 앞으로 시선을 돌리는 윤우의 입술이 움직였기 때문이었다.

은결은 당황한 숨을 뱉어 냈다.

"죄송해요! 저도 모르게 그만……."

기획 3팀의 여직원들이 왕자가 복도를 지나갈 때마다 수군수군거리던 걸 이해하지 못했던 은결은 그와 단둘이 있고 나서야 그녀들의 마음을 조금이나마 받아들일 수 있었다. 윤우는 얼른 그에게서 눈을 돌리곤 고개를 푹 숙이는 은결에게 말했다.

"싫다고는 하지 않았습니다."

"네?"

"저는, 고은결 씨의 눈빛을 좋아하는 편이거든요."

왕자라서 그런가. 툭툭 뱉어 내는 멘트가 심장을 건드린다.

은결은 솔직한 그의 발언에 목덜미가 뜨끈해지는 것을 느끼며 멍하니 그를 응시했다. 입가에 미소를 건 채 운전을 계속하고 있는 윤우가 보였다.

그녀는 고민하다 결의에 찬 얼굴로 입술을 달싹였다.

"저기……."

"예."

재빠른 대답이 들려왔다. 은결은 후우 숨을 뱉어 낸 후 말을 이었다.

"정말…… 강 팀장님이 좋아하시는 분이 제가 맞나요?"

아무리 생각하고 또 생각해 보았지만 의심을 떨쳐 낼 수 없다.

장난이 아니라는 것도 알겠는데 장난인 것 같은 이 기분은 대체 뭘까.

그녀는 눈을 가늘게 뜨며 그의 대답을 기다렸다. 윤우는 풋 실소를 터뜨리더니 고개를 절레절레 저으며 중얼거렸다.

"아무래도 고은결 씨는 의심도 많은 것 같군요. 몇 번씩이나 당사자에게 말했던 것 같은데 말이죠."

확실히 은결은 의심이 많은 편이긴 했다.

"네. 고은결 씨가 맞습니다. 고은결 씨를 좋아합니다, 저는."

흘긋.

신호등의 빨간불로 인해 멈춰 선 차 안에서 윤우는 은결을 직시했다. 그의 검은 눈동자엔 미동이 없어 은결은 가슴이 크게 일렁이는 것을 느꼈다. 이런 유형의 사람은 처음이어서 대체 어떻게 대해야 할지 감이 잡히질 않았다.

은결은 윤우의 뜨거운 시선을 감당하지 못해 결국 고개를 옆으로 돌렸다. 그리곤 멀리 보이는 회사 건물을 발견한 후 소리쳤다.

"저, 저기 세워 주세요!"

파란불이 되자마자 앞으로 나아가는 차를 운전하던 윤우가 "예?" 하고 되물었다. 은결은 인도를 가리키며 말했다.

"저쪽에 차를 대 주시면 감사하겠어요."

"……."

"팀장님?"

갑자기 미간을 좁히는 남자의 얼굴이 차갑게 굳었다. 웃고 있던 그가 얼굴을 굳히자 냉랭한 기운이 흘러나왔다. 왕자가 왜 저러지?

돌변한 그의 태도에 은결이 조금 놀라 입술을 열자 '아' 하고 탄식을 터뜨리던 윤우가 쓰게 웃으며 말했다.

"미안해요. 나는 고은결 씨와 함께 회사로 들어가는 줄 알았거든요."

은결은 머리를 긁적였다.

"죄송해요. 지금은 혼자…… 걸어가고 싶어서요. 생각할 것도 있고."

"알겠습니다. 저기 세워 드리면 됩니까?"

은결이 작게 고개를 끄덕이자 그는 길가에 차를 세웠다. 그녀는 멈춰 선 차에서 내리기 위해 조수석 문을 열고 오른쪽 다리를 밖으로 내민 채 윤우를 바라봤다.

"오늘 고마웠습니다, 강 팀장님. 그럼 먼저……!"

'먼저 가 보겠습니다.' 라는 은결의 말은 끝맺어지지 못했다. 그녀는 내리려는 자신의 손목을 덥석 잡아 버리는 남자를 향해 눈을 크게 떴다. 다급했는지, 자신이 은결을 잡았다는 것도 인식하지 못한 윤우는 잠시 주저했다.

머뭇거리는 그를 빤히 응시하던 은결은 손을 놓아 달라 말하기 위해 입을 열려 했지만 이어지는 그의 말로 인해 소리를 내뱉을 수 없었다.

"번호."

뜬금없는 윤우의 말을 이해하지 못해 그녀가 인상을 쓰자 윤우는 은결을 잡은 손이 아닌 다른 한 손으로 핸드폰을 내밀었다.

"고은결 씨는 핸드폰 번호가 뭡니까?"

�

한 손에 꽉 들어차는 핸드폰이 뜨겁다. 전화도 하지 않고 문자도,

카톡도 하지 않았건만 이렇게 뜨거운 이유는 몇 분 전까지 그 남자의 손이 닿았던 까닭일까.

은결은 미묘한 표정을 지으며 핸드폰을 응시했다.

"어머, 은결 씨. 이제 와?"

깊은 상념에 잠기다 보니 자신이 벌써 사무실로 돌아왔다는 것을 인지하지 못했다. 사무실 문을 열고 들어가면서도 줄곧 핸드폰을 응시하고 있던 은결의 고개가 들렸다. 손을 휘휘 흔들며 그녀를 향해 환하게 웃고 있는 기획 3팀의 직원들이 보였다.

'아차!'

그제야 은결은 정 대리가 다른 직원들과 점심을 먹으러 가기 직전 그녀에게 사무실을 맡겼던 사실이 떠올랐다. 은결은 미소 짓는 정 대리에게 후다닥 달려가 두 손을 맞대며 고개를 숙였다.

"죄송해요, 대리님! 그만 깜빡 잊고……."

"아아. 사무실 비운 거? 괜찮아, 괜찮아. 그나저나, 아직 밥 안 먹었지?"

은결은 잠깐만 기다리라는 시늉을 하곤 책상 위에 놓여 있는 도시락 하나를 건네는 정채영 대리를 쳐다봤다. 정 대리는 쓰게 웃으며 은결의 어깨를 두드려 주었다.

"들었어, 점심 때 일."

"……네?"

"점심 먹으러 나가던 대웅 씨가 목격한 모양이야."

아, 목격자가 있었구나.

하긴, 없었을 리 없다. 하필 회사 앞에서 남자친구에게서 차였고 강윤우 팀장도 그 모습을 봤다고 말했으니. 그 말고 다른 이가 목격을 했을 수도 있지. 은결은 웃을 수가 없었다.

그때, 정 대리는 입술을 열었다.

"심란해서 자리 비웠던 거지? 이해해. 우리가 먹고 오는 길에 은결 씨 생각이 나서 사 왔으니까 시간 날 때 몰래 먹어."

정 대리는 한숨을 내쉬며 작게 속삭였다. 고마운 그녀에게 '사실 저는 밥 먹었는데요?' 라고 대답할 순 없었던지라 도시락을 건네받았다.

"……고맙습니다."

"뭘, 이 정도야."

"…….."

"저녁에 술 한잔할까? 내가 살게."

은결은 그녀의 제안에 옅은 미소를 지었다.

"아뇨, 오늘은 집에 빨리 들어가려고요."

"뭐, 이런 날엔 그런 것도 나쁘진 않지. 하지만 생각나면 언제든 연락해. 대작해 줄 테니까."

한쪽 눈을 찡긋 거리는 정 대리는 매우 좋은 사람이었다.

상사로서도, 그리고 친구로서도. 입사한 이후 적응을 못 하던 은결에게 말을 걸어 준 몇 안 되는 사람이었고, 은결이 굳은 결의를 다지며 다른 직원들에게 다가갔을 때 도움을 준 사람이기도 했다.

인간적으로 그녀를 존경하던 은결은 정 대리에게 눈꼬리를 휘며 화답해 주었다. 그 모습에 정 대리가 눈을 크게 떴지만 이내 그녀의 얼굴은 원상태로 돌아왔다.

"그나저나 무슨 일이지?"

일단 지금은 배가 부른 상태니 나중에 기회를 봐서 도시락을 까먹어야겠다고 생각하던 은결은 정 대리가 준 도시락을 서랍에 집어넣고 서류를 들여다보려 했다.

그러나 옆에 있던 정 대리가 출입구 쪽을 흘끔거리며 중얼거리는 소리에 자연스럽게 고개를 들었다. 무슨 이유인지 출입구 쪽이 소란스러웠다. 들뜬 여직원들의 수군거리는 음성이 아주 작게나마 들리는 것 같기도 하고.

은결은 정 대리가 응시하고 있는 쪽으로 눈을 돌리다 '그'를 발견했다.

'지금 온 건가.'

저보다 먼저 출발했음에도 불구하고 이제야 엘리베이터에서 내리는 한 남자가 보였다. 얼마 전까지 은결과 함께 있던 기획 2팀의 왕자, 강윤우 팀장이었다.

'좋아하는 것 같습니다.'

의식하지 않았건만 불현듯 그의 음성이 떠오르자 얼굴이 화끈거렸다. 그때 마침 정 대리가 의아한 목소리로 물었다.

"얼굴이 빨간데? 더워?"

얼른 아니라고 대답하자 픽 웃어 버리던 정 대리는 다시 윤우가 있는 곳을 흘긋거리며 말을 이었다.

"애들도 아니고 왜 저렇게 호들갑을 떠는지 몰라. 그렇게 좋은가."

"네?"

"아니. 저 남자 말이야."

은결은 못마땅한 표정을 짓고 있는 정 대리의 모습에 살짝 당황했다. 그러고 보니 정 대리는 기획 2팀의 왕자에 대해 다른 여직원들과는 다르게 심드렁한 태도를 보이던 몇 안 되는 사람들 중 하나였다. 은결이 눈을 크게 뜨고 있자 정 대리는 중얼거렸다.

"그냥, 별로 마음에 안 들어서. 나는 저 남자가 웃는 거 잘 못 봤거든. 항상 밝은 표정을 짓는 사람을 좋아해서, 난. 그래서 은결 씨가 좋더라! 언제나 웃으려고 노력하잖아, 우리 은결 씨는. 뭐, 무섭다는 말은 듣지만."

마지막 말은 하지 않았다면 좋았을 텐데, 하고 생각하던 은결은 고개를 갸웃거렸다.

"강윤우 팀장님, 엄청 잘 웃지 않나요?"

분명 그녀의 앞에서는 생글생글 웃던 그가 웃는 편이 아니라니. 뭔가 믿어지지 않는 소리다.

되묻는 은결을 응시하던 정 대리는 손을 저었다.

"어휴, 무슨 소리야? 한 달에 한 번 볼까 말까라던데. 매일 굳은 얼굴로 있어서 왕자 앞에 얼음 자를 붙인다고도 하더라. 유치하게."

"아."

"하여간 이상해. 왜 웃지를 않지? 웃으면 더 멋질 것 같긴 한데."

웃으면 멋지다는 말은 맞는 말이었다.

은결 역시 그의 미소에 살짝, 흔들렸으니까.

"뭐 사회성이 꽤 부족해 보이는데도 팀을 잘 이끄는 걸 보면…… 능력이 좋아서일 테니까. 조금, 부러워."

기획 2팀 사무실로 터벅터벅 걸어가는 남자가 유리문 너머로 보인다. 빠른 진급을 열망하고 있는 정 대리의 입장에선 일 잘하는 강 팀장이 부러울 수밖에 없다고 생각하면서도 은결은 눈앞에 아른거리는 남자의 미소를 쉽게 떨쳐 내지 못했다.

'힘들어.'

집으로 도착하니 어느덧 10시를 넘어 있었다. 녹초가 된 몸을 이끌고 문을 연 은결은 집 안으로 들어오자마자 침대 위로 털썩 몸을 맡겼다.

도저히 납득하기 어려운 여러 가지 일들이 동시다발적으로 일어났던 터라 오늘은 유독 더 힘든 하루였다. 백 일 정도 사귀었던 남자친구에게 인상이 나쁘다고 차인 것도, 생전 처음 마주하는 남자에게 뜬금없이 고백을 받은 것도 모두 믿어지지 않는 일이니까.

은결은 하얀 천장을 멍하니 올려다보며 한숨을 푹 내쉬었다.

'너같이 험악한 여자친구를 데리고 다니면 사람들이 무서워하잖아.'

이제 와 돌이켜 보면 그녀의 남자친구였던 태원과 항상 만났던 곳은 인적이 드문 곳이었다. 그녀의 자취집 근처의 놀이터나 태원의 작업실, 손님이 적은 커피숍, 아니면 심야 영화관이나 늦은 밤의 한강공원.

'나쁜 놈.'

일부러 그런 곳으로 데이트 장소를 정했던 그의 의도를 지금에서야 알아차린 자신도 바보 멍청이다.

은결은 입술을 삐죽이며 미간을 좁혔다. 그렇게 제 인상이 나쁜가 라는 생각도 들었다. 괜히 눈물이 핑 돌려 했다.

'저는, 고은결 씨의 눈빛을 좋아하는 편이거든요.'

그럼에도 불구하고 그런 그녀의 얼굴도 좋아한다는 사람이 있었다. 장난인 줄 알았지만 아니라고 진지하게 말하는 그 남자의 목소리가 귓가를 간질였다.

은결은 미동 없이 침대에 누워 있다 벌떡 일어났다. 그리고 핸드백을 던져 둔 화장대 앞으로 다가가 거울 속의 제 모습을 빤히 들여다보았다.

씩.

날카로운 느낌을 주는 눈꼬리를 일부러 아래로 내리며 입을 길게 찢어 보았다. 최대한 태연하고 자연스러운 미소를 지으려고 애써 보았지만 '예쁘다'는 느낌보다는 '사납다'는 인상이 더 강했다. 길다 못해 위로 올라간 눈매가 마음에 들지 않는다.

혹시 화장을 하면 달라질까란 생각에 아이라인을 그렸던 적도 있었지만 오히려 더 무섭다는 말을 들었기에 현재 그녀는 기초화장만 하는 상태였다.

은결은 도통 그 남자의 입에서 예쁘다는 말이 나올 만한 구석이 없어 보이는 제 얼굴을 직시하며 인상을 썼다.

'단순히 취향이 독특한 건가.'

비범한 사람은 평범한 사람들과 뭔가 다르긴 하다던데. 원체 특별한 사람이니만큼, 그의 미적 기준도 남들과는 많이 다를 수 있었다. 그렇다면 이해가 가능하다.

은결은 멀쩡하다 못해 후광이 비치던 윤우를 떠올리며 피식 웃음을 흘렸다.

그 남자를 생각하다 보니 우울하던 기분이 가시는 걸 느꼈다. 예기치 못했던 말을 툭툭 뱉어 내는, 의외로 재미있는 사람이라 그런 건지, 아니면 신기해서 그런 건지는 모르겠지만 태원을 떠올리지 않는다는 건 좋은 일이었다.

지이잉—

은결은 의식적으로 윤우를 생각하려 애썼지만 이내 들리는 진동 소리에 고개를 돌렸다.

'혹시?'

점심때 그녀의 핸드폰 번호를 물었던 그 남자가 퇴근을 하고 난 지금 연락을 한 건 아닌가 싶어 후다닥 핸드백 속으로 손을 집어넣었다.

두근두근. 왠지 맥박이 빨라지는 것을 느끼며 핸드폰을 꺼내 든 그녀는 은근히 기대하며 눈을 아래로 내리깔았다. 메시지 하나가 도착해 있었다. 조금의 망설임도 없이 그녀는 메시지를 열어 보았다.

그러자 보이는 건,

[네가 선물해 준 물건, 모두 버렸으니 너도 버려.]

라는 문자 메시지다.

그와 헤어지자마자 바로 번호를 지웠기에 이름은 저장되어 있지 않았지만 줄곧 외워 왔던 번호였던지라 그 문자를 보낸 이가 태원이라는 건 쉽게 짐작이 가능했다. 순간적으로 울컥하는 감정이 치솟는다. 재수 없는 새끼!

"그래, 버린다, 버려!"

있는 힘껏 버튼을 누르고 씩씩거리던 은결은 자리에서 벌떡 일어났다. 솔솔 불던 봄바람이 순식간에 가신다.

그녀는 험악하게 얼굴을 일그러뜨리며 주변을 살폈다. 헤어진 남자가 준 선물을 쓰레기통으로 넣어 버리기 위해서였다.

'어?'

그러나 아무리 주위를 둘러보아도 신태원이 준 선물은 보이지 않는다. 눈에 띄는 것이라면 단번에 발견했을 텐데, 흔한 인형 하나 선물 받지 못했다.

지금에서야 그녀는 또다시 깨달았다. 그 남자에게서 받은 물건이라고는 고작 길거리 노점상 앞을 지나다 던지듯 사 주었던 목걸이 하나가 전부였다는 걸. 그것도 그녀의 생일에 밥은 제가 산 후 조르고 졸라 받은 목걸이였다.

'나…… 완전 호구였네!'

기분이 한없이 아래로 추락한다. 은결은 새삼 인지하게 된 제 모습에 혀를 내둘렀다. 미련이 훌훌 떠나는 게 느껴졌다. 아니, 이젠 미련보다는,

'분해!'

그 빌어먹을 놈의 면상이 자꾸만 아른거려 화가 나기 시작했다.

은결은 책상 서랍에서 목걸이를 담은 작은 상자를 꺼내 쓰레기통으로 던지며 이를 갈았다.

—Rrrr. Rrrr.

왼손에 꽉 주고 있던 핸드폰이 울린 것은 그 순간이었다. 은결은 성난 콧김을 내뿜으며 통화 버튼을 눌렀다. 방금 그녀에게 문자를 보냈던 태원이 아마도 답장을 보내지 않는 은결에게 전화를 건 것이 틀림없었다.

그녀는 눈에서 불꽃이 튀기는 것도 개의치 않으며 버럭 소리쳤다.

"버릴게! 버리면 되잖아! 아니, 이미 버렸다고! 하나밖에 없었단 말이야, 네가 준 선물은!"

상대가 누군지 확인할 생각 따윈 하지 않았던 은결은 목청껏 외쳤다. 핸드폰 너머의 상대는 아무 말도 하지 않았다.

"뭐? 버린 거 인증이라도 해 주길 원해? SNS에 올리라고? 그런

거야? 어?"

—…….

"왜 말이 없……."

—고은결 씨?

헉!

숨이 컥 막혔다. 대답이 없었던 이유가 있었네.

은결은 식은땀이 등 뒤로 주르륵 흐르는 것을 느꼈다. 얼른 핸드폰 액정을 내려다보니 '강윤우'라는 글자가 적혀 있었다. 은결은 눈앞이 하얗게 물드는 걸 알아차렸다. 실수도 이런 실수가 없다. 당장이라도 전화를 끊어 버린 후 이불 속으로 들어가고 싶은 심정이다.

"가, 강 팀장님이셨구나. 하하. 죄송……해요. 팀장님이신 줄…… 몰랐어요."

그녀는 구겼던 얼굴을 활짝 펴며 어색한 웃음소리를 흘렸다. 이제 와 웃는다고 현 상황이 무마되는 않겠지만 밑져야 본전이니까.

그러자 말이 없던 그가 다정한 음성을 뱉어 냈다.

—혹시 기다리는 전화가 있었습니까?

"네? 아뇨! 절대요!"

마치 그가 눈앞에 있는 것마냥 은결은 고개를 휘휘 저었다. 다행이 네요, 하고 그가 작게 중얼거리는 게 들려왔다.

"그런데 이 시간에 무슨 일이세요?"

슬쩍 화장대 위에 놓여 있는 탁상시계를 바라보니 10시 반을 가리 키고 있었다. 핸드폰 번호를 알려 준 후 지금까지 연락 한 번 없던 사람이 돌연 전화를 걸어온 것도 놀랍지만 그 사람이 바로 강윤우인 지라 당황스럽기 그지없다.

은결의 의아한 말투에 핸드폰 너머의 남자는 아무런 대답이 없었다.

"팀장님?"

기다리다 못한 그녀가 다시 그를 부르자 입을 꾹 다물고 있던 그의 음성이 귓가에 울려 퍼진다.

—역시, 늦은 시간인가요?

"네?"

—미안합니다. 전화를 걸기 전 조금 고민을 하긴 했는데, 생각해 보니 너무…… 늦기는 했군요.

은결은 풀 죽은 듯 사과를 하는 그의 말에 눈을 크게 떴다. 뭐라 말을 하고 싶은데 목구멍이 막힌 듯 소리가 나오지 않았다. 귓속으로 남자의 말은 계속해서 들려왔다.

—목소리가, 듣고 싶었는데…….

화르륵 얼굴이 달아오른 것은 그의 음성이 너무도 달콤하게 느껴졌기 때문이다. 감수성이 풍부해지는 늦은 시각, 다정한 미성의 남자가 힘없이 중얼거리는 말이 이상하게 따뜻하게 느껴졌던 이유도 있겠지.

은결은 조용하던 가슴이 뜀박질하는 걸 인지했다.

—그리고 전화번호가 맞는지도 확인할 겸…… 걸어 봤습니다.

이 숨소리가 그에게 들리지 않았으면 좋겠는데. 살짝 흥분한 자신을 들키고 싶지 않아 호흡을 참던 그녀는 이어진 그의 말에 그만 웃어 버렸다.

"설마 제가 팀장님께 잘못된 번호를 알려 드렸을까 봐요?"

—……네.

잠깐의 침묵이 귀엽게 느껴질 정도로 그는 솔직했다. 은결은 무의식적으로 자신이 웃고 있다는 걸 알아차리지 못했다. 그녀는 핸드폰을 꽉 움켜쥔 채 눈꺼풀을 아래로 깔았다 다시 떴다. 말 없는 그녀 대신 윤우는 말했다.

─처음이었습니다. 번호를, 물은 건.

응?

─그래서 긴장했던 것 같군요. 아마 다음번엔 좀 더 잘할 수 있을 겁니다.

말을 뱉어 내는 그의 목소리가 미세하게 떨리는 건 착각이 아닌 건가.

은결은 미소 짓다 눈을 크게 뜨며 외쳤다.

"다음번이라는 말은 다른 여자들의 번호를 물을 거란 소리세요? 이미 제 번호는 알고 계시잖아요."

장난스러운 어조로 묻자 즉각적인 반응이 나왔다.

─예? 아닙니다! 절대 그런 말이 아니라…….

"농담이에요."

─……!

다급하게 외치던 그는 웃음 섞인 그녀의 말에 하아, 숨을 뱉어 냈다. 그의 한숨 소리가 핸드폰 너머로 들려오자 은결은 미소 지었다.

'정말, 좋아하는가 보네.'

왠지 가슴이 간질간질하다.

딱딱하고 차가운 사람인 줄 알았는데, 묘하게 수줍음이 많은 것 같기도 하고.

'조금 더…….'

이야기를, 하고 싶어.

─고은결 씨.

"네, 네?"

전화를 하고 있다는 것도 잊은 채 상념에 빠져 있던 은결은 자신을 부르는 소리에 놀라 크게 외쳤다. 핸드폰 너머는 무서울 정도로 고요했다.

얼굴이 달아올라 참을 수 없었던 그녀는 쿵쿵 뛰는 심장 소리를 느끼며 손을 입에 가져다 댔다. 입술이 자꾸만 벌어지려는 걸 막아야 했다. 무슨 말을 뱉어 낼지 몰랐으니까.

─아무래도 내가 너무 고은결 씨를 부담스럽게 한 것 같습니다.

그때 그의 음성이 들렸다.

─고은결 씨의 기분이 좋을 리 없다는 걸 잊고 있었군요. 미안합니다.

"네?"

─오늘의 어필은 이 정도로 끝내도록 하겠습니다. 지나치면 나를 피할 수도 있으니까요. 고은결 씨의 번호가 틀리지 않았다는 걸 수확으로 생각하도록 하죠.

'아!'

"저기, 잠깐만요, 팀장님!"

이만 통화를 끝내려는 그를 부른 은결은 미간을 좁히며 시계를 응시했다.

─고은결 씨?

윤우가 의문을 담은 목소리를 흘렸다. 은결은 뚫어져라 탁상시계를 바라보다 결심한 듯 말했다.

"팀장님은 보통 몇 시에 주무세요?"

뜬금없는 그의 말에도 윤우는 친절히 대답했다.

―출근을 해야 하니 12시에는 잠을 자는 편입니다.

은결은 미소 지었다.

"저도 그래요."

―그렇습니까?

"네. 그런데 지금은 겨우 11시 11분이네요."

핸드폰 너머의 남자는 은결의 말이 이해가 되지 않았는지 아무런 말이 없다. 은결은 입술을 달싹였다.

"괜찮으시다면 자기 전까지…… 대화 상대가 되어 주실래요?"

라고, 말을 꺼낸 후 그녀는 자각했다.

생각해 보니 이 남자와 자신은 오늘 처음 대화라는 걸 나누었고, 처음 밥을 먹었으며, 처음 연락처를 주고받았다. 이전까진 아무런 접점도 없었던 단순한 같은 회사의 사람에게 불쑥 대화 상대가 되어 달라는 말을 꺼내다니.

'미쳤어!'

정신이 나가도 한참은 나갔다. 은결은 눈앞이 아찔해지는 걸 느끼며 얼른 뱉어 낸 말을 물리기 위해 입을 열려 했다.

그러나,

―자기 전까지 누군가와 전화 통화를 하는 건……

결심한 그녀의 귓가로 들뜬 듯한 그의 음성이 들려오자마자 머릿속을 맴돌던 말은 나오지 않는다.

―처음입니다.

3화.

연애는 처음입니다

밤이 늦도록 전화 통화를 하면서 은결이 윤우에 대해 알게 된 몇 가지는 다음과 같다.

"팀장님은 취미가 뭔가요?"

─글쎄요. 딱히 시간을 들이는 건 없습니다만…… 요즘 들어 하나 생기긴 했습니다.

"그게 뭔데요?"

─고은결 씨 관찰하기요.

"……네?"

─시선, 못 느꼈습니까? 자주 보곤 했었는데. 아, 하지만 스토커는 아닙니다. 절대로요.

첫째, 이 남자는 생각했던 것보다 더 솔직하다는 것.

─고은결 씨의 취미는 뭡니까?

"저는 자전거 타는 걸 좋아해요."

─자전거?

"네. 예전엔 동호회 활동도 했었는데 입사 이래로 그럴 기회가 많이 줄었네요. 팀장님도 자전거 좋아하세요?"

—아뇨. 기본적으로 스포츠 활동은 즐기지도, 좋아하지도 않는 편입니다.

"아……."

—하지만 고은결 씨와 함께라면, 재미있을 것 같기도 하네요.

둘째, 얼굴이 화끈거릴 만한 낯부끄러운 말을 불쑥 내뱉어 상대를 몹시 당황시킨다는 것.

"그럼 그 몸매는 타고나신 거예요?"

—몸매?

"저번 회사 야유회 때 팀장님의 벗은 몸을 봤다던 사람들이 그러더라고요. 모델 뺨치신다고."

—아아. 뭐, 스포츠 활동을 싫어하기는 하지만 관리는 하는 편입니다. 배가 나오는 건 싫어서요. 그런데…… 고은결 씨도 나한테 아예 관심이 없지는 않았군요. 왠지, 기쁩니다.

셋째, 자신이 느끼는 감정을 굳이 숨기려 들지 않는다는 것.

그리고 마지막으로……

"팀장님의 이런 모습들을 다른 사람들이 알게 되면 정말 깜짝 놀라겠어요. 의외라는 거 아시죠?"

—…….

"팀장님?"

—다른 사람에게는 보여 주지 않을 겁니다.

"네?"

—고은결 씨 앞이니까, 이렇게 행동하는 겁니다. 당신에겐 숨기고

싶지 않으니까.

"……!"

─좋아하는 사람 앞에서는 있는 그대로의 모습을 보여 주고 싶습니다.

줄곧 말해 왔던 것보다 그녀를, 무척 좋아하고 있다는 것.

12시까지만 하자던 전화 통화는 결국 자정을 훌쩍 넘겨 버렸다. 핸드폰이 점점 제어 불가능할 정도로 뜨거워진다는 것도 잊을 만큼 은결은 그와의 통화에 빠져들었다.

두 사람은 주로 시시콜콜한 이야기들을 나눴다. 취미나 특기, 좋아하는 음식이나 노래, 등등의 아주 사소한 것들.

핸드폰 너머로 들려오는 목소리가 너무도 달콤한 것도 원인이었지만 오랜만에 이어진 전화 통화에 신이 난 나머지 은결은 계속 입술을 움직였다. 뒤늦게 시계를 쳐다봤을 때는 이미 새벽 1시를 향해 향하고 있었고 어쩔 수 없이 전화를 끊겠다고 말하자,

─아쉽네요. 즐거웠는데.

라는 대답이 들려오는 바람에 새벽 2시까지 핸드폰을 놓지 못했다.

'죽겠다.'

윤우에게 '내일 또 전화하면 되죠. 그럼 먼저 잘게요!' 라고 외친 후 침대 속으로 들어갔던 은결은 꼬박 밤을 새워 버렸다. 미칠 듯이 뛰는 심장박동 소리 때문에 도통 잠이 오지 않았던 까닭이다.

먼저 전화를 끊어 버린 이상 다시 전화를 걸 수도 없었던 터라 은결은 미동 없는 핸드폰을 뚫어져라 응시하며 오지 않는 잠을 자기 위해 애썼지만 쉽지 않았다. 덕분에 다크서클이 뺨까지 내려온 그녀는

보통 때보다 훨씬 이른 시간에 침대에서 벗어나 샤워를 하고, 화장대 앞에 앉아 있는 중이다.

'꼴이 말이 아니네.'

잠을 못 자서 그런 건가. 화장대 앞에 앉아 있는 긴 머리카락의 여자는 평소보다 더 무서운 얼굴을 하고 있다. 하필 눈이 퉁퉁 부었다는 게 문제였다. 이렇게 부은 눈은 정오쯤 되면 가라앉는 편이니 시간을 갖고 기다리는 게 제일이었다.

은결은 스킨과 로션만을 바른 후 나머지 화장품들은 핸드백 안으로 집어넣었다. 다행스럽게도 피부는 무척 맑은 편이어서 꼭 화장을 한 것같이 그녀의 얼굴은 빛나고 있었다.

'잊을 뻔했어.'

회사로 가기 위해 집을 나서기 직전, 은결은 화장대 위에 올려 두었던 선글라스를 집어 들었다. 안 그래도 처음 보는 사람에게 사나운 인상을 주는 그녀로서는 다른 이들을 불편케 하지 않기 위해 눈을 가릴 필요가 있었다.

사무실에 도착하자마자 선글라스를 벗을 생각으로 출근을 한 은결은 회사 로비 내의 엘리베이터 앞으로 달려갔다.

'아!'

현재 시각 일곱 시 반. 출근하기엔 이른 시간이었지만 잠이 오질 않아 회사에 일찍 도착했던 은결의 시야로 낯익은 얼굴의 남자가 들어왔다. 사무실로 올라가는 엘리베이터 2호기 안에서 그녀를 쳐다보고 있는 사람은 다름 아닌 강윤우 팀장이었다.

은결은 그 외에 다른 인사부의 직원이 있는 것을 발견하곤 윤우에게 알은척을 하려다 살짝 고개만 끄덕였다. 그러자 말없이 저를 들여다보던 윤우가 뒤늦게 은결이라는 걸 알아차렸는지 미세하게 눈인사를 한다.

'이 시간에 출근하는구나.'

밤새도록 그의 목소리를 들었던 은결은 꾹 다문 윤우의 입술을 흘긋거리며 생각했다. 고요하던 가슴이 뛰었다.

"그럼 수고하십시오."

14층. 인사부가 있는 층에서 멈춰 선 엘리베이터 문이 열리자 그들과 함께 있던 직원이 굵은 음성을 뱉어 냈다. 은결은 멀어지는 그를 향해 화답을 한 후 다시 드르륵 닫히는 문을 멍하니 바라봤다.

두 사람이 내려야 할 층은 18층이었기에 함께 있는 시간은 약간 늘어났지만 이상하게 입술이 쉬이 열리질 않았다. 새벽까진 재잘재잘 거리던 은결은 꿀 먹은 벙어리가 된 것마냥 굳어 버린 상태였다.

'긴장이라도 한 건가, 난······.'

가볍게 아침 인사라도 하는 편이 좋았을 텐데. 은결은 속으로 한숨을 푹 쉬며 스스로를 자책했다.

"선글라스는 왜 썼습니까?"

15층으로 엘리베이터가 올라갈 무렵이었을까, 그녀는 옆에서 들리는 음성에 화들짝 놀랐다. 차마 윤우를 바라볼 수 없었던 은결은 흘러내린 선글라스를 다시 위로 올리며 중얼거렸다.

"눈이······ 부어서요. 사무실에 들어가면 벗을 거예요!"

다른 사람에게 피해를 끼치고 싶지 않다는 게 주된 이유였긴 했지만 부어 버린 제 눈을 그에게 보여 주고 싶지 않았다는 것도, 미약하게나마 비율을 차지하고 있었다.

은결은 목덜미가 화끈거리는 것을 겨우 억눌렀다.

"늦게 자서 그런 건가요?"

윤우는 고개를 갸웃거리며 물음을 이어 갔다.

"네."

여전히 그를 쳐다보지 못했던 은결은 엘리베이터 바닥만 내려다보며 중얼거렸다. 그 후로 윤우는 기획 1, 2, 3팀이 있는 18층에 도착할 때까지 아무런 말을 하지 않았다. 은결은 괜히 땀이 주르륵 흘러내리는 것을 느끼며 엘리베이터 문이 열리자마자 얼른 앞으로 발을 내딛었다.

그가 저를 따라오는지 아닌지는 알 수 없었지만 '수고하세요.' 라고 외치기 위해 입을 열려는 순간, 어느새 그녀의 옆을 지나치던 윤우는 나지막하게 속삭였다.

"그래도 밤이 되면 다시 전화할 겁니다."

어?

"나는 어제 즐거웠거든요."

혈관을 흐르는 피가 빠르게 움직였다. 윤우는 놀라 멈춰 선 은결에게 말했다.

"오늘 하루도 파이팅입니다."

터벅터벅. 그 말을 끝으로 앞으로 나아가는 남자의 발걸음은 힘찼다. 은결은 그가 기획 2팀의 사무실로 들어가는 모습을 마지막까지 지켜보며 서 있었다.

몇 분 후 엘리베이터 1호기에서 출근을 하는 기획 3팀의 직원들이 왁자지껄한 등장을 할 때까지도, 그녀는 그대로 서 있었다.

"어머 은결 씨, 웬 선글라스?"

아침부터 기분이 좋아 보이던 정 대리가 깊은 상념의 늪으로 빠져

들려는 은결의 등짝을 세게 후려친 후 의아한 표정을 짓자 얼른 선글라스를 벗어 던진 그녀는 넋을 놓고 정 대리를 바라봤다.

정 대리는 놀란 표정을 지으며 물었다.

"얼굴이 왜 이렇게 빨개?"

……어?

"어제부터 은결 씨 정말 이상하네. 요즘 날씨가 그렇게 더워? 괜찮아?"

걱정이 가득 묻어나는 그녀의 말에 은결은 대답하지 못했다. 쿵쿵 소리를 내며 뛰는 가슴의 박동이 귓가를 울렸다.

어쩌지.

단순한 말 한마디였을 뿐인데.

대체 어떻게 해야 할지 모르겠다.

은결은 붉어진 얼굴을 아래로 푹 숙여 버렸다.

'너무…… 설레잖아.'

※

"인상이 안 좋다고 차이는 건 아무리 생각해도 너무해요! 내가 보기엔 우리 은결 씬 예쁘기만 하구만!"

오랜만에 사내식당에서 점심을 먹기로 한 은결은 자신의 입사 동기이자 정 대리와 더불어 친하게 지내는 기획 3팀의 대웅과 함께 지하 2층으로 향했다. 배식을 받고 테이블 위에 식판을 놓자마자 침을 튀겨 가며 외치는 대웅은 분을 삭이지 못하고 있었다.

은결은 마치 제 일마냥 흥분하는 대웅을 응시하다 씩 웃었다.

"정말 내가 예뻐요?"

"당연하죠! 은결 씨는 묘한 매력이 있다고요."

"흐응. 그럼 대웅 씨, 나랑 사귈까요?"

"예?"

짓궂은 그녀의 말에 대웅의 눈이 동그래졌다. 은결은 입꼬리를 올리며 말했다.

"뭘 그렇게 놀래요? 싫어요?"

"아, 그, 그건 아니지만 전 따로……."

"좋아하는 사람이 있다고요?"

그러자 푹 고개를 숙여 버리는 대웅은 귀를 빨갛게 붉히고 있었다. 은결은 자신의 장난이 지나쳤음을 인정하고 '농담이에요.' 라는 말을 속삭였다. 그제야 한숨을 푹 내쉰 대웅은 뒷머리를 긁적이며 외쳤다.

"가끔 은결 씨는 장난이 지나쳐요."

그녀의 입사 동기이지만 한 살 적은 대웅은 입사 이후 줄곧 일편단심으로 정 대리를 마음에 담고 있었다. 그가 정 대리를 좋아하는 걸 몇 달 전 회식 자리에서 우연히 알게 되었던 은결은 '응원해 줄게요.' 라고 대웅의 사랑을 격려한 적도 있었다. 몇 번의 연애 상담도 해 주었던 적도 있었던지라 그와 이런 이야기를 나누는 것이 불편하지는 않았다.

은결은 입술을 씰룩거리는 대웅에게 대답 대신 미소를 지어 주었다.

"어쨌든 그 남자한테 은결 씬 너무 아까웠어요! 그러니 잘 헤어졌어요. 정말!"

씩씩거리는 대웅을 보자니 마음이 조금 풀어지는 것 같았다. 그러고 보니 자신이 태원과 사귈 당시 그녀의 연애담을 듣고 그 남자는 아무리 봐도 별로라며 줄곧 주장했던 사람이 대웅이었다는 게 떠올랐다.

은결은 쓰게 웃으며 그에게 고개를 끄덕여 주다, 문득 든 생각에 행동을 멈췄다.

만약 은결이 강윤우 팀장과 사귀게 된다면, 아마 아깝다는 소리를 들을 사람은 그일 테지? 그런 생각을 하자마자 괜스레 마음이 우울해졌다.

'내가 무슨 생각을……!'

어울리지 않는 조합이었다, 저와 강윤우 팀장은. 마녀와 미남이라는 표현을 써도 괜찮을까.

말하길 좋아하는 사람들의 입에 오르내릴 생각을 하니 또한 아찔해져 미간을 좁히던 은결은 실없는 생각이었다는 걸 깨달으며 고개를 절레절레 흔들었다.

"은결 씨, 그런 의미에서 소개팅 할래요?"

짧은 대화를 끝으로 점심 식사를 이어 가던 대웅이 뭔가 생각났다는 듯 손뼉을 치자 그녀는 상념에서 벗어났다. 뜬금없는 그의 말에 눈을 크게 뜨는 은결에게 대웅은 히죽 웃으며 외쳤다.

"사랑은 사랑으로 잊는 거라잖아요. 제 주변에 나름 괜찮은 녀석들이 꽤 있는 편이니까 은결 씨가 원하는 타입을 말하면 찾아볼게요! 아니, 꼭 찾아내겠어요!"

눈을 반짝반짝 빛내는 대웅은 정말로 의지를 불태우고 있었다. 어떻게 해서든 제 기분을 풀어 주려 노력하는 대웅은 좋은 입사 동기이자 친구였다.

은결은 그가 고마우면서도 순간적으로 눈앞을 스치는 어떤 남자의 얼굴을 떠올리며 입술을 열었다.

"고마운 말이지만, 꼭 그렇게까지 하진 않아도 될 것 같아요."

"지금 당장 새 사람을 만나는 건 역시, 힘들어요?"

그런 건 아니라고 확실히 단정 지을 수 있었으나 은결은 굳이 대답하지 않았다. 쉽게 수긍한 대웅이 물러나자 그들의 멈춰졌던 점심 식사가 이어졌고, 달그닥거리는 수저와 식판이 부딪히는 소리를 듣던 은결은 속으로 중얼거렸다.

'사랑은 사랑으로 잊는다…… 라.'

✵

빵빵―

퇴근 후 집으로 돌아가는 길이었다. 버스를 타기 위해 버스정류장의 의자에 앉아 있던 그녀는 고막을 파고드는 경적 소리에 화들짝 놀라 고개를 들었다. 제 앞에 떡하니 놓여 있는 차가 어딘가 모르게 익숙하다고 생각하던 그녀는 그 차가 윤우의 차였다는 걸 떠올렸다.

놀라 자리에서 벌떡 일어나던 그녀는 스르륵 열리는 창문 사이로 빙긋 웃고 있는 남자를 발견했다.

"이제 퇴근하는 거예요?"

반가움을 가득 담은 목소리에 이상할 정도로 기분이 좋아진다.

은결은 미소 짓는 그를 빤히 응시하다 화답했다.

"네. 팀장님도?"

"아뇨. 난 오늘 외근이었어요. 일이 끝나자마자 바로 집으로 가려 했는데, 갑자기 생각난 게 있어서요."

"생각이요?"

은결은 입꼬리를 올리는 그의 눈동자가 크게 일렁이는 것을 직시했다. 윤우는 의아한 표정을 짓는 그녀의 의문을 풀어주기 위해 말을 이었다.

"고은결 씨를 집까지 데려다 주고 싶어서 말이죠."

뭐?

"다행히 버스 타기 전에 발견했네요. 고은결 씨가 버스를 탔다면 큰일 날 뻔했습니다."

"아."

"어서 타요."

멍한 표정을 짓는 그녀에게 차 문을 직접 열어 준 윤우는 들어오라는 듯 손짓했다. 아직 오지 않는 버스의 방향을 흘긋거리던 은결은 머뭇거리다 그의 차에 올라탔다.

"실례할게요, 그럼."

"얼마든지."

화사한 미소를 짓는 남자는 소문으로만 듣던 그 냉혈한 왕자가 아니었다. 게다가 조수석에 타자마자 안전벨트를 직접 채워 주기까지.

'다시 매너남인가.'

'협박남'에서 윤우의 위치를 업그레이드시킨 그녀는 아찔하기 그지없는 시선으로 저를 쳐다보는 윤우의 눈을 피하지 않았다.

"고은결 씨 집은 어디쯤이에요? 근처까지 데려다 줄게요."

"……."

"고은결 씨?"

말할까, 말까.

조금 망설였지만 결국 말을 뱉어 내기로 결정했다. '강 팀장님.' 하고 그를 부르자 생글생글 웃던 윤우가 고개를 끄덕였다. 그녀는 주저하다 입술을 달싹였다.

"강 팀장님은 다른 여자들한테 '어필' 할 때도 이러세요?"

"예?"

그의 눈동자가 큼지막해졌다. 놀랐다는 것을 확실히 알 수 있는 태도였다. 은결은 괜한 말을 꺼냈나 싶었지만 궁금증을 굳이 마음에 담고 있을 필요는 없다고 생각해 말했다.

"그러니까, 너무 자연스러워서요."

어색하게 웃으며 말한 은결의 눈에 웃고 있던 윤우의 얼굴에서 미소가 사라지는 것이 보였다. 굳어지는 그를 발견한 은결은 가슴이 철렁 내려앉는 것을 느꼈다.

'실수한 건가?'

긴장이 된다.

은결은 침을 꿀꺽 삼키며 미동 없는 눈동자로 저를 바라보는 윤우를 쳐다봤다. 그는 속을 알 수 없는 표정을 지으며 은결을 눈에 담다 후우, 한숨을 내쉬며 중얼거렸다.

"고은결 씨가 처음입니다."

응?

"집에 데려다 주고 싶은 여자는, 당신이 처음이에요. 다른 여자들한텐 이런 말 자체를 꺼낸 적이 없습니다."

그리곤 고개를 획 돌려 버리는 윤우의 입술은 꾹 다물어져 있었다. 은결은 그가 핸들을 세게 움켜쥐고 있는 것을 알아차렸다. 왠지, 웃음이 나올 것 같았다.

"화……났어요?"

"아뇨."

화났네.

1초의 머뭇거림도 없는 대답이 들려왔다. 은결은 입가가 간질거리는 걸 느꼈지만 인내해야만 했다. 그녀는 퉁명스러운 그의 얼굴을 응시했다.

"미안해요. 화 풀어요."

"화 안 났습니다."

"이유가 있어서 그랬어요."

"……."

은결은 그의 침묵이 곧 '이유?'라는 되물음과 같다는 걸 인지했다. 그녀는 주저하다 말했다.

"왠지, 믿어지지 않잖아요."

"뭐가 말입니까."

은결은 쌀쌀맞게 응수하는 그에게 싱긋 미소 지어 주었다.

"팀장님의 말투도 그렇고, 행동도 그렇고. 단순한 어필로 보기에는 하나하나가 전부 여자들이 좋아할 만한 행동들이라, 조금 의심했었어요. 미안해요, 제 잘못이에요."

두 손을 맞대며 고개를 푹 숙이면서 외치자 윤우가 자신을 슥 바라보는 게 느껴졌다. 은결이 얼굴을 들자 미간을 좁히던 그의 얼굴이 조금 풀어졌다.

잠시 후, 윤우가 나직이 중얼거리는 말을 들었다.

"이상하군요. 그냥, 생각하는 그대로를 행동했던 것뿐인데."

무척이나 진지한 표정이라 은결은 꽤 놀랐다.

'그럼 본인 스스로도 의식하지 못하는 건가?'

친절이 몸에 배어 있었다면야 얼마든지 가능한 일이었다. 그렇다면 왜 다른 사람들에겐 그런 행동을 보이지 않는 건지 의문스럽긴 하지만, 거짓말처럼 보이진 않는다.

은결은 흐음, 고뇌하는 그를 흘긋거렸다. 제 말 한마디에 인상을 쓰며 자신의 행동을 되짚어 보는 남자가 무척 귀엽게 느껴진다.

"서초동 쪽으로 가 주세요."

깊은 생각에 빠져 있던 남자가 갑작스러운 그녀의 말에 휙 고개를 들었다. 은결은 어리둥절하는 그를 향해 옅게 웃으며 말했다.

"주소, 물어보셨잖아요. 집이 그쪽에 있거든요."

태원과 처음 만났던 건 단순한 업무상의 일 때문이었다. 거래처의 일을 맡게 되어 CF 감독이었던 태원을 섭외하는 과정에서 다른 남자들보다 쿨하게 자신을 대해 주는 그에게 끌렸었고, 자주 부딪히다 보니 먼저 고백을 하게 되었다.

좋아한다고 고백하는 그녀에게 내가 어떻게 해 주면 될까? 라는 대답을 들려준 태원에게 사귀어 달라고 하자 그는 머뭇거림도 없이 승낙을 했었다. 해서 은결은 태원이 저에게도 호감 이상의 감정을 가지고 있는 줄로만 알았다.

하지만 첫 남자친구였던 그와는 고백 이후로 줄곧 삐걱거렸다. CF 촬영이다 뭐다 해서 언제나 바빴던 태원과 마찬가지였던 은결. 자주 만날 수 없었기에 더욱 그리워했던 그녀와는 달리, 은결이 문자를 보내면 그제야 답을 하는 태원은 많이 무심했다. 그래도 그러한 관계에 만족했던 것은, 생각했던 것보다 은결이 그를 많이 좋아했었던 까닭이었다.

요즘 일거리가 줄어들어 여유로워진 태원과는 달리 여전히 바쁜 업무에 쫓기는 은결은 그와 만날 시간이 부족했었지만 헤어질 거라는 생각은 단 한 번도 하지 않았다.

'너, 인상이 나빠.'

그런 상황에서 말도 안 되는 이유로 이별 선언을 들었다. 그를 많이 좋아하긴 했었으나, 그러한 감정이 치욕스럽게 느껴질 만큼 상대는 자신을 심심풀이 땅콩 정도로만 여겼다는 사실에 더 화가 났다.

분해서 견딜 수 없어, 한동안 남자친구는 만들지 않겠다고 다짐했었던 그녀에게 새로운 남자가 다가올 거라곤 전혀 예상하지 못했다.

'좋아하는 것 같습니다.'

그 남자는, 저돌적이었다.

순수한 것 같으면서도 직설적이었고, 은결의 눈을 똑바로 바라보며 말하고 있었다. 자신이 고백을 했다 하더라도 당장 사귀고 싶다는 걸 의미하진 않는다고 했음에도 불구하고 그녀와 밤늦도록 전화 통화를 하고, 웃어 주고, 귀갓길까지 책임져 주었다.

'이거, 사귀는 거 아니야?'

태원과 헤어진 지 일주일. 그리고 동시에 그의 고백을 들은 지 일주일.

고작 일주일 만에 이런 생각까지 할 정도로 그 남자는 너무도 빠르고, 자연스럽게 그녀의 일상에 들어왔고, 은결은 그런 남자가 놀라

우면서도 신기했다.

'나를 어필하고 있는 중입니다.'

은결이 그가 제 옆에 있다는 걸 알아차리곤 고개를 들 때마다 남자는 아름다운 미소를 지으며 말했었다.

어필. 하도 들어서 이젠 익숙해진 그 단어가 간지러워 미칠 지경이다.

누군가에게 고백을 받았다면 그 대답을 해 줘야 하는 건 당연한 일. 깊게 생각을 하라는 말을 듣기는 했었지만 질질 끄는 건 그녀의 성격상 맞지 않았다. 끊을 것이라면 진작 끊어 버리고, 잇겠다면 얼른 손을 내미는 게 지금까지의 고은결이 좌절을 극복하고 살아왔던 방법이었다.

그리고 오늘, 은결은 그 끝을 맺기 위해 삼성동의 한 오피스텔 앞에 나와 있었다.

'좋아.'

이별한 지 겨우 일주일.

아직 새로운 사람을 만나기엔 일주일은 너무 이른 시간일지도 모른다.

그러나……

"고은결 씨!"

제 이름을 부르는 소리에 은결은 눈을 돌렸다. 멀리서 저를 발견하고 달려오는 남자가 보였다. 숨을 헐떡이면서도 멈추지 않는 그는 이상하게 빛이 났다.

은결은 어느새 제 앞에 선 남자가 하아, 하아 가쁜 숨을 내쉬는 것을 지켜봤다. 제 전화를 받자마자 부리나케 밖으로 나온 모양이다.

'샤워를 하던 중이었나?'

그의 머리끝에서 후드득 떨어지는 물방울이 땅을 촉촉이 적셨다. 눈앞이 흐려질 만큼 아찔한 샤워코롱 냄새도 나는 것 같기도 하고.

"여기까진…… 하아, 어쩐 일입니까?"

달빛을 받아 더욱 그윽하게 빛나는 검은 눈동자가 은결에게 박혔다.

'밤에 보니 섹시하네.'

회사에서는 그렇게 차가울 수 없는 사람이 작게나마 흐트러진 모습을 보는 건 즐거운 일이다. 은결은 웃으며 대답했다.

"불현듯 팀장님 생각이 나서요."

윤우는 그녀의 말에 짐짓 놀라면서도 이내 태연을 유지했다.

"그거 무척 기분이 좋아지는 말이네요."

무표정한 얼굴에 잔잔한 미소가 번져 간다. 이런 그의 모습은 지난 일주일 동안 줄곧 보아 왔지만 볼 때마다 놀랍기 그지없다.

은결이 말없이 웃고 있자 윤우는 돌연 심각한 표정을 지으며 말했다.

"그런데 정말 아무 이유 없이 여기까지 온 겁니까?"

이곳은 사실 윤우의 오피스텔 앞이었다. 일전에 그녀를 데려다 주던 윤우에게 어디에 사냐고 물었고, 그것이 오늘 이렇게 쓰일 줄은 몰랐기에 그가 당황해하는 거라고 여겼다.

"아뇨. 아무 이유가 없는 건 아니고, 강 팀장님 고백에 답하려고 왔……."

"잠깐만요!"

은결의 말은 갑자기 손을 번쩍 들어 올린 윤우로 인해 뚝 멎었다.

의외의 행동에 놀란 은결이 이상한 표정을 짓자 윤우는 미간을 좁히다 덜 마른 머리를 마구 헤집으며 중얼거렸다.

"갑……자기 이러기가 어디 있습니까."

"네?"

"아직…… 마음의 준비가 안 됐단 말입니다."

항상 얼굴을 들고 다니던 남자가 아래로 고개를 푹 숙이며 풀 죽은 목소리를 뱉어 냈다.

"이제 겨우 일주일밖에 안 됐는데…… 제대로 어필할 시간은 더 주어야 하는 거 아닙니까?"

그는 불만에 가득 찬 음성을 흘리며 한숨을 푹푹 내쉬었다. 눈을 동그랗게 뜨고 그를 응시하던 은결은 윤우의 행동이 당황스러워 쉽게 말을 잇지 못하다 생각했다.

'혹시, 차일 거라 생각하는 건가?'

그의 입장을 이해하지 못하는 건 아니었다. 아마도 그 딴에는 은결이 자신을 부담스러워한다고 여기는 거라 생각할 수도 있겠지.

은근히 귀여운 남자야, 하고 속으로 중얼거리던 은결은,

"일단 잠시 생각할 시간을 주시겠습니까?"

라는 그의 말에,

"싫어요."

라고 단호하게 대답했다. 결정은 빠를수록 좋은 거다. 그래야 뒤탈이 없고, 모두 행복해질 수 있을 테니.

은결은 자신의 대답이 매정하다는 표정을 짓고 있는 윤우에게 한 자 한 자 똑바로 말하기 위해 입을 열었다.

"솔직하게 말할게요, 팀장님. 강 팀장님도 이미 알고 계시겠지만,

저는 불과 일주일 전에 사귀던 남자에게 차인 사람이에요."

"고은결 씨."

윤우가 어떻게 해서든 그녀의 말을 막아 보려 했으나, 은결의 말은 이어졌다.

"백 일 정도밖에 안 사귀었지만 제가 먼저 좋아했던 사람이라 아직까지는 미련을 버리지 못했어요."

물론 사귄 뒤 이어진 그 남자의 행동 덕분에 남은 미련이 얼마 없기는 하지만.

"그런 상황에서 제게 다가오는 팀장님이 부담스러……."

"역시 부담스러웠습니까?!"

그녀의 말을 끊어 낸 윤우의 외침이 몹시 상기되어 있었다. 은결은 급격하게 흔들리는 그의 눈동자를 바라보았다.

"……부담스러웠지만, 싫지는 않아요."

윤우는 입꼬리를 올리는 은결을 바라보며 하아, 긴 숨을 흘리더니 고개를 절레절레 흔들며 중얼거렸다.

"짓궂네요, 고은결 씨는."

아주 약간은 그런 편이기도 하죠. 성격이 조금 꼬인 편이라서요.

은결은 입안을 맴도는 말 대신 미리 준비해 둔 말을 내뱉었다.

"그런 강 팀장님이 싫지 않은 이유는 단 하나예요. 먼저 저를 좋아해 준 사람은…… 팀장님이 처음이거든요."

요동치던 윤우의 눈동자가 제자리를 찾는다. 이제 조금 안정을 되찾은 건가? 속으로 생각하며 은결은 말했다.

"마음이 헤픈 여자라고 할 수도 있어요. 이기적이라 말해도 이해할게요. 갈대 같은 여자라 볼 수도 있겠죠. 헤어진 지 고작 일주일 만에 다른 남자에게 이런 제안을 하는 저 같은 여자는, 흔치 않을 테니까."

"고은결 씨."

"하지만 저는, 저를 좋아해 주는 남자가 어떤 남자인지 정도는 알고 싶어요."

"……!"

그가 매우 놀란 표정을 짓는다. 은결이 이런 말을 할 줄은 예상하지 못했다는 얼굴이다. 그녀는 웃음을 참기 힘들었다.

"팀장님."

은결은 그를 올려다봤다.

"저는 당신을 알고 싶어요. 당신이 어떤 남자인지 조금 더 알고 싶어졌어요."

제대로 말을 한 걸까? 의미가 똑바로 전달되었으면 좋겠는데. 화장대 앞에서 열심히 웃는 연습도 했는데, 그의 눈에 이 미소가 예쁘게 보였으면 좋겠어. 나쁜 모습은, 보이고 싶지 않으니까.

이곳으로 오기 직전까지 연습하고 또 연습했던 눈웃음이 성공한 건지 모르겠다. 그가 반했다던 그 눈웃음이 대체 뭔지 모르겠어서 한 시간 동안 거울을 바라보았는데, 볼 때마다 흠칫흠칫 놀랐던 걸 이 남자는 알고 있을까? 은결은 아무 말 없는 그를 응시했다.

"그러니…… 저와 사귀어 볼래요?"

"……."

"……."

어쩌지?

크게 마음을 먹고 뱉어 내기는 했는데, 눈앞의 남자는 답이 없었다.

'못…… 들은 건가?'

그가 그녀의 말을 듣지 못했다면 다시 한 번 말을 해 줄 생각으로 은결은 윤우를 쳐다봤다.

"팀장님?"

"하……. 하하하! 하하하하!"

난데없이 웃음을 터뜨리는 남자로 인해 당황한 건 은결이었다. 그는 손으로 입을 가리며 미친 듯이 웃었다. 은결은 그의 행동에 놀라 멀뚱히 서 있었다.

'역시 장난이었나.'

일주일. 지난 일주일 동안의 일이 눈앞을 스치고 지나갔다. 순식간에 좌절의 늪으로 빠져들던 은결은 미세하게 불던 봄바람이 사라지는 것을 느꼈다. 들떴던 기분이 한없이 아래로 추락하는 이 감정을 대체 어떻게 해야 하지.

은결은 얼굴에서 미소를 지우며 입술을 세게 악물었다. 태원에게 차였을 때보다 훨씬 더, 눈물이 차오르는 것만 같았다. 빌어먹을.

"고은결 씨는 사람을 당황시키는 재주가 있군요."

정신 나간 사람처럼 한참 웃고 있던 남자는 은결의 얼굴이 딱딱하게 굳었다는 걸 그제야 눈치챘는지 웃음을 멈추고 그녀를 향해 말했다.

은결은 서늘한 표정을 지으며 그를 바라봤다.

"장난이라면 그……."

"고은결 씨에게…… 내가 그런 제안을 받을 줄은, 전혀 예상하지 못했습니다."

어?

"조금. 아니, 아주 많이 기뻐서 그런 거니까, 이해해 줘요."

그는 언제 웃었냐는 듯 미소를 지은 채 그녀를 내려다보았다. 검고 깊은 눈동자가 일렁인다. 물에 젖은 앞머리를 커다란 손바닥으로 뒤로 넘기는 모습이 가슴 떨릴 만큼 아름다웠다. 환한 달빛 아래의 그는 반짝반짝 빛이 났다.

"흠흠."

윤우는 멍한 눈으로 그를 올려다보는 은결을 직시하며 헛기침을 했다. 숨을 고르는 그의 모습이 수줍어하는 소년을 연상케 했다. 휘이잉, 살짝 불어온 밤바람에 그의 체취가 쓸려 은결의 코끝에 닿는다.

'왠지 취하는 것 같아.'

홀린 것처럼 윤우를 보고 있던 은결의 귀로 달콤한 미성이 들려왔다.

"연애는…… 처음입니다."

쑥스러운 듯, 차가운 얼굴을 붉히며 그가 속삭였다.

"부족한 게 많을 테지만 앞으로 잘 부탁드립니다. 고은결 씨."

4화.

데이트는 처음입니다

'연애는…… 처음입니다.'

수많은 여자를 울렸을 법한 얼굴을 한 남자는 답지 않게 뺨을 붉
히며 말했다. 그의 도톰한 입술을 멍하니 올려다보고 있던 은결의 가
슴이 쿵쿵 뛰었다. 이 남자가 무슨 소리를 한 거지?

은결은 얼빠진 표정을 지으며 한동안 서 있었다. 아무리 생각해도
그녀의 청력에 문제가 있을 리는 없었다. 다른 건 몰라도 귀는 밝은
은결이었으니까. 그래도 도저히 제대로 들은 것 같지는 않았다.

그것도 그럴 것이,

'처음이라고?'

은결은 빙긋 웃고 있는 윤우를 빤히 응시했다. 수줍음을 가득 담고
서 있는 남자는 긴장한 것 같으면서도 여유로워 보였다. 모순된 표현
일지 몰라도 은결에겐 그렇게 느껴졌다.

'고은결 씨?' 하고 말없이 저를 직시하고 있는 윤우를 향해 그녀
는 눈을 가늘게 떴다.

그는 갑자기 사나워진 은결의 태도에 흠칫 놀라면서도 그녀의 눈빛을 피하진 않았다. 단지 생글생글 웃던 미소를 거두었을 뿐이다.

"팀장님."

'혹시 내가 뭔가 잘못 말한 겁니까?' 하고, 조심스레 묻는 윤우를 부른 은결은,

"네, 고은결 씨."

라 대답하는 그의 맑은 눈을 들여다보았다. 거짓이라곤 보이지 않는 윤우의 선한 검정색 눈동자는 미동이 없었다. 은결은 망설이다 천천히 입술을 달싹였다.

"제가 뭔가 잘못 들은 것 같은데, 다시 한 번 말씀해 주실 수 있으세요?"

"어떤 말을…… 아. 웃은 건 기뻐서 그랬다는 말, 말입니까?"

아니, 아니, 그거 말고.

은결이 냉정하게 고개를 휘휘 젓자 윤우의 얼굴에 의문이 들어찼다. 그는 미간을 좁히며 곰곰이 고민하다 뭔가 깨달았다는 표정을 지으며 중얼거렸다.

"연애는 처음이라는?"

"네!"

윤우가 움찔거릴 만큼 놀라는 모습을 지켜보면서도 그에게 가까이 다가가는 걸 멈추지 않은 은결은 얼굴을 들이밀며 물었다.

"거짓말이죠?"

굳이 그러한 거짓말을 할 필요성이 있었나 싶었지만 그래도 그의 입에서 나온 말이니 확인은 필요했다. 은결은 괜찮다는, 이해한다는 표정을 지으며 윤우의 대답을 기다렸다.

윤우는 사실을 말해 달라는 얼굴을 하고 있는 은결을 가만히 내려다보다 굵은 음성을 뱉어 냈다.

"진짭니다."

"거짓말!"

"……."

도통 믿을 생각이 없어 보이는 은결의 외침에 윤우는 입을 다물었다. 은결은 여전히 의심의 시선을 거두지 못한 채 말을 이어 나갔다.

"고백이 처음이란 말은 이해가 가요. 하지만 연애는……."

"처음입니다."

"그 얼굴로요?"

지나치게 직설적인 은결의 말에 당황할 법도 한데 윤우는 그저 픽 웃으며 입꼬리를 위로 올렸다.

"이 얼굴이 뭐 잘못됐습니까?"

은결은 고개를 갸웃거리는 윤우에게 소리쳤다.

"당연하죠! 그 얼굴에 아직까지 연애 한 번 못 했다는 말은 설마…… 헉!"

목청껏 외치던 은결의 시선은 그의 얼굴에서 순식간에 아래로 내려와 다리 사이로 꽂힌다. 크게 숨을 들이켜며 손으로 입을 막은 그녀의 시선이 자신의 중심 부분을 향한다는 걸 깨달은 윤우는 얼굴에서 미소를 지우며 말했다.

"성능은 멀쩡합니다."

워낙 단호하다 못해 확신을 가진 대답이었기에 은결은 풋 웃음을 터뜨렸다.

"그렇죠?"

제가 보기에도 너무 노골적인 시선이었다. 그 어떤 남자에게도 이런 행동을 한 적이 없었는데.

은결은 한 번 터진 웃음을 참을 수가 없었다. 윤우는 이젠 아예 대놓고 큭큭거리고 있는 은결을 말없이 응시하다 툭 말을 내뱉었다.

"고은결 씨는 정말 의심이 많군요. 뭣하면 시험해 봐도 됩니다."

뭐?

"방금 뭐라고……."

"성능을 시험해도 된다고 했습니다."

"네?"

지금 무슨 소리를 들은 건가.

은결은 멀쩡한 얼굴을 하고 야시시한 말을 태연스럽게 뱉어 내고 있는 잘생긴 남자의 눈빛이 흔들리지 않는다는 것을 알아차렸다.

'이 남자, 진심이야!'

심장이 미친 듯이 두근거렸다. 은결은 제게 성큼 다가오는 그를 향해 얼른 손을 저었다.

"아니에요! 믿을게요, 믿어요!"

"정말입니까?"

"그럼요! 팀장님은 아주 건강하다는 거, 믿습니다!"

"그렇다면 다행입니다."

예쁘게 휘어지는 그의 눈꼬리가 은결의 시야로 들어왔다.

'당한 건가?'

은결은 방금 전의 진지한 태도를 순식간에 없애 버리는 윤우를 멍하게 바라보다 속으로 중얼거렸다. 왠지 말린 느낌이다. 장난스러운 미소를 짓는 걸 보면.

그러나 그게 싫지만은 않아서 달빛을 받아 더욱 빛나는 그의 얼굴을 홀린 듯 응시했다.

'연애가 처음이라니…….'

저도 많은 연애를 한 건 아니었다. 해 봤자 고작 한 번. 그것도 그 재수 없는 놈과의 짧은 연애가 전부였다. 그러나 눈앞의 남자는 너무도 호감 가는 외모를 가지고 있으면서도 여태껏 연애 한 번 해 보지 못한 숙맥이란다. 쉬이 믿어지지 않는 말이지만 결코 거짓을 늘어놓을 남자로는 보이지 않았다.

은결은 일명 '왕자'라고 불리는 그의 조각 같은 외모를 올려다보며 입술을 움직였다.

"팀장님 나이가……."

"서른하납니다."

서른하나…….

"그럼 31년 동안 쭉……."

"솔로였죠."

"모태……."

"솔로라고 하던가요. 요즘은 그런 표현을 많이 사용하더군요. 물론 그리 좋아하는 표현은 아닙니다."

불만에 찬 얼굴을 하고 붉은 입술을 씰룩거리는 윤우가 색달라 보인다. 은결은 의외의 면을 서슴없이 드러내고 있는 그를 쳐다보며 말을 잇지 못했다.

"고은결 씨."

윤우는 굳은 듯 서 있는 은결을 그윽한 시선으로 내려다보며 속삭였다.

"연애가 처음인 남자는, 별롭니까?"

※

연애가 처음인 남자가 별로라기보다는 단지, 당황스러웠을 뿐이다.

서른한 살.

게다가 웬만한 연예인들의 **뺨**을 후려치고도 남을 그 아름다운 얼굴을 하고 지금까지 여자 한 번 사귀지 못한 '모태솔로'가 바로 그였다니. 그 말을 단번에 믿을 사람이 대체 어디 있냔 말이지. 지나가는 사람을 붙잡고 말해도 믿지 않을 거다.

'잠깐 기다려요. 집까지 데려다줄게요.'

아니라고 크게 소리치는 은결을 향해 눈부신 미소를 지어 주던 윤우는 손목에 찬 시계를 흘긋거리며 말했다. 얼떨결에 고개를 끄덕인 은결을 내버려 두고 주차장으로 달려간 그의 젖은 머리카락이 반짝거린다고 은결은 생각했다. 얼마 뒤, 윤우가 이젠 그녀에게 익숙해진 차를 이끌고 은결의 앞에 서자 아주 자연스럽게 그녀는 그 차에 올라탔다.

부드럽게 앞으로 나아가는 차 안에서도 줄곧 윤우의 후광이 비치는 얼굴을 흘긋거리던 은결은 몇 분 뒤 자신의 집에 도착했다는 사실도 알아차리지 못했다.

'내일 봐요, 고은결 씨.'

하고, 달콤하다 못해 와르르 녹아 버릴 것 같은 미성을 뱉어 내는 윤우가 차를 몰고 사라질 때까지 은결은 크게 손을 흔들고 있었다.

"어머, 은결 씨! 웬일로 옷을 쫙 빼입었대?"

다음 날.

그를 보낸 후 어떻게 집으로 돌아왔고, 잠을 잤는지 모르겠다.

정신을 차리니 자신은 침대에 누워 있었고 아침이 밝아 있었다. 평소보다 이른 시간에 눈을 떠 버린 바람에 여유롭게 출근 준비를 하게 된 은결은 옷장 앞에서 꽤 많은 시간을 소비했다.

저번 달 월급을 받고 백화점으로 달려가 크게 마음을 먹고 산 정장을 꺼내 든 그녀는 특별한 날이 아니면 입지 않을 거라던 스스로의 결심을 깨고 옷을 입기 시작했다. 덕분에 회사에 도착하자마자 자신을 발견하고 깜짝 놀라는 정 대리의 시선을 느낄 수 있었다.

"어때요? 괜찮아요?"

은결은 제 모습을 위아래로 훑으며 물었다. 그러자 정 대리는 당연하게 고개를 끄덕였다.

"괜찮다 뿐이겠어? 평소에도 이렇게 입고 다니면 남자들이 아주 줄을 서겠어!"

과장된 표현까지 사용해 가며 정 대리는 외쳤다. 은결은 쓰게 웃었다.

"줄을 서다가 제 얼굴 보고 도망갈지 몰라요. 무섭다고."

"그럼 화장을 하면 되지!"

"아시잖아요. 저 화장 잘 못하는 거. 했다가 더 무서워질걸요?"

"하여간 우리 고은결 씨, 왜 이렇게 자신감이 없나 몰라. 매력 있다니까, 자기."

혀를 끌끌 차던 정 대리는 말없이 자리에 앉는 은결의 가까이로 다가왔다.

"그런데, 오늘 정말 무슨 날이야? 왜 이렇게 빼입은 거야? 혹시 소개팅이라도 잡았어? 그런 거야?"

태원에게 차인 이후로 대웅과 더불어 줄곧 자신이 소개팅을 주선하겠다며 외치던 정 대리는 묘한 웃음을 흘리며 속삭였다.

그런 정 대리에게,

'강윤우 팀장님이랑 사귀게 된 첫날이라 힘 좀 줬어요.'

라는 대답을 할 수는 없었기에 은결은 그저 웃기만 할 뿐이었다.

자신을 좋게 봐 주는 정 대리가 너무 예쁘다며 호들갑을 떨 정도면 적어도 다른 사람의 눈에 비친 자신이 사납게만 보이지는 않을 것이다. 은결은 조금 안도했다. 아무래도 연인이 된 첫날이라 자주 마주치지 못하더라도 그에게 좋은 인상을 남겨 줄 수는 있을 거라 여겼기 때문이다.

은결은 가슴이 콩닥콩닥 뛰는 것을 느끼며 입꼬리를 올렸다. 정 대리가 '자기 왜 웃어?' 하고 의심스러운 시선을 보냈지만 사뿐히 무시한 그녀는 업무를 시작했다.

출근한 지 한 시간쯤 지났을까.

뒤늦게 출근을 한 기획 3팀의 식구들이 옷을 빼입고 온 은결에게 다가와 오늘 무슨 일 있냐고 열 번 정도 물었을 때, 갑자기 사무실의 출입구 쪽이 웅성거렸다.

제 모습을 어떻게 윤우에게 보여 줘야 하나하고 고민하던 은결은 술렁이는 사무실 분위기를 직감하곤 정 대리를 바라봤다. 정 대리는 미간을 좁히며 출입구를 빤히 응시하고 있었다.

"일일행사도 아니고, 대단하다 진짜."

고개를 절레절레 흔드는 그녀의 말엔 가시가 돋아나 있었다. 은결은 정 대리가 왜 그러는 건지 시선을 돌리다 기획 2팀 사무실 문을 열고 기획 3팀 쪽으로 다가오고 있는 남자를 발견했다. 윤우였다. 두근, 심장이 일렁였다.

—비밀…… 로 하자는 말씀이십니까?

어젯밤, 집으로 돌아와 침대에 누워 있을 때 걸려 온 윤우와의 전화 통화에서 은결은 두 사람 사이를 밝히지 말자는 제안을 했다.

'네. 아무래도 사내 연애를 하면 원하지 않아도 다른 사람들의 시선을 의식하게 되니까요. 아직 팀장님을 알아 가는 단계인 만큼, 다른 사람의 시선 없이 팀장님에 대해서 알아 가고 싶어요. 그러니 부탁드려요.'

—……고은결 씨가 그러길 원한다면, 그렇게 하겠습니다.

'고마워요, 강 팀장님.'

잠시 주저하기는 했으나 흔쾌히 제 말을 들어준 그에게 부드럽게 속삭이자 윤우 역시 낮은 웃음으로 화답을 해 주었다.

은결은 간밤에 있었던 통화 내용을 되짚어 보다 입가가 간질거리는 걸 느꼈다. 그의 목소리는 아무리 떠올려 보아도 듣기가 좋았다. 온몸이 흐물흐물해질 정도로 따뜻한 느낌이랄까.

"어머?"

얼른 밤이 되어 윤우에게 전화를 걸고 싶다고 속으로 중얼거리던 은결은 갑자기 탄성을 터뜨리는 정 대리의 음성에 상념에서 벗어났다.

무슨 일인가 했더니 기획 3팀 쪽으로 성큼성큼 다가온 윤우가 놀랍게도, 출입구의 문을 열고 기획 3팀의 사무실 안으로 들어오는 게 아닌가. 소란스러웠던 기획 3팀의 분위기가 순식간에 차갑게 굳어 갔다. 강윤우가 일으킨 자그마한 변화였다.

'위압감이 엄청나네.'

그가 왜 기획 2팀을 이끄는지 단번에 알 수 있을 만큼 주위를 두리번거리는 윤우의 행동에선 은연중에 카리스마가 풍겨 왔다. 왕자의 등장에 쥐 죽은 듯 조용해진 기획 3팀원들은 언제 그를 흘깃거렸냐는 듯 책상에 고개를 파묻고 각자의 일에 집중하기 시작했다.

은결은 웅성거리던 사무실을 얼음바다로 만들어 버린 윤우를 보고 픽 웃어 버렸다. 이런 모습이 바로 고은결이 알고 있는 강윤우의 모습이었다. 그녀의 앞에서 쑥스러운 듯 얼굴을 붉히는 남자가 아니라 모든 이들이 동경하는, 차갑고 냉정한 기획 2팀의 왕자.

'누가 믿겠어.'

그녀는 당당하게 모태솔로라고 말하던 윤우가 생각이 나, 몰래 큭큭거렸다.

"어어?"

웃고 있는 모습을 들키지 않기 위해 그에게서 시선을 돌려 버린 은결이 드러내지 못하고 어깨만 들썩이고 있을 때, 그녀의 옆에서 윤우를 빤히 바라보던 정 대리가 후 숨을 뱉어 냈다. 다시금 얼굴을 든 은결은 자신과 윤우가 눈이 마주쳤다는 걸 알아차렸다.

눈인사를 할까 하다가 누군가 알아챌 것 같아 마음을 접은 그녀는 모르는 척 시선을 돌리려 했다. 그러나 그녀가 고개를 돌리기 전, 아주 미세하게 입꼬리를 올린 윤우가 은결이 앉아 있는 쪽으로 성큼성큼 다가오자 그녀는 맥박이 빨라지는 걸 느꼈다.

'에이, 설마.'

고작 눈 한 번 마주쳤다고 윤우가 그녀에게 다가올 리 없었다. 회사에서는 그들 사이를 비밀로 하기로 이미 약속하지 않았던가. 한 번 뱉어 낸 말을 지키는 남자가 강윤우라 알고 있는데, 그 약속을 바로 다음 날 깰 리 없다 여기면서도 은결은 걸음을 멈추지 않는 남자 때문에 심장이 멋대로 요동치는 걸 막을 수 없었다.

'뭐야. 정말 인사라도 할 생각인 거야?'

터벅터벅. 점점 가까워지는 발걸음 소리가 은결의 데스크 앞에서 멈췄다. 그녀는 이젠 아예 터질 듯 뛰는 심장 소리에 얼굴이 빨갛게 물든 상태였다.

그녀는 그가 제게 오고 있다는 걸 알아차린 후 푹 숙여 버린 고개를 쉬이 들지 못하고 있었다. 윤우가 대놓고 기획 3팀 사무실로 들어올 줄은 몰랐기에 더욱 긴장감이 들었다.

얼마 후,

"저기……."

제게 말을 거는 것이 분명한 윤우의 음성이 바로 곁에서 들려왔다. 은결은 올 것이 왔구나 하고 한숨을 푹 내쉬며 얼굴을 들었다. 무표정한 얼굴로 서 있는 윤우가 보였다. 어떠한 의도를 가지고 제게 말을 건 건지 알 수 없다.

은결은 눈앞이 아찔해지는 것을 느끼며 '예.' 하고 나지막한 목소리를 흘렸다.

그가 뭐라고 말을 할까. 은결은 심장이 쪼그라드는 것을 느끼며 주먹을 세게 움켜쥐었다. 긴장한 기색이 역력한 얼굴을 하고 있는 그녀를 가만히 내려다보던 윤우는 닫혀 있던 입술을 열었다.

"주 팀장님은 자리를 비우셨습니까?"

……어?

팽팽하던 실이 툭 끊어진 느낌.

은결은 그제야 그가 자신을 보러 기획 3팀으로 온 것이 아니라 기획 3팀의 팀장에게 볼일이 있어 왔다는 걸 알아차렸다. 순간, 헛웃음이 새어 나올 것만 같았다.

'내가 무슨 착각을 한 거야……'

그러고 보니 자신의 자리는 기획 3팀 팀장인 주재원 팀장의 팀장실 바로 앞에 위치해 있었다. 윤우의 손에 결재서류까지 들린 것을 보니 확실히 업무적인 일로 이곳까지 찾아온 거다.

은결은 안도의 한숨을 내쉬면서도 미묘한 아쉬움을 느끼며 긴장을 풀었다.

"주 팀장님은 지금 사장님을 뵈러 가셨습니다."

"아, 그렇습니까?"

태연하게 되묻는 그에게 은결을 고개를 끄덕여 주었다. 그러나 은결의 대답을 들었음에도 윤우는 발걸음을 돌리지 않고 서 있었다.

'응?'

그에게서 시선을 떼려 하던 은결은 자신을 빤히 내려다보다 돌연 미간을 좁히는 그의 미세한 변화를 놓치지 않았다.

윤우는 은결을 훑어보듯 말없이 그녀를 쳐다보다 평소의 차가운 얼굴로 돌아왔다. 은결의 옆자리인 정 대리는 애꿎은 컴퓨터만 노려보던 중인지라 윤우의 표정 변화를 알아차리지 못한 듯했다.

은결은 의아하기 그지없는 그의 행동을 지켜봤다.

"그럼 주 팀장님께 이걸 검토해 달라고 말씀해 주십시오."

"네? 아, 네."

윤우는 얼떨결에 결재 서류를 받아 든 은결을 마지막으로 한 번

슥 바라보다 몸을 돌렸다. 그가 왔던 길 그대로 밖으로 나갈 때까지 그 누구 하나 소리를 뱉어 내지 않던 기획 3팀의 직원들은 윤우가 사라지자마자 일제히 하아, 숨을 토해 냈다. 그리고 은결은 제 손에 들린 결재 서류를 내려다보았다.

'심장 터지는 줄 알았네.'

은결 역시 다른 식구들과 별반 다르지 않았던지라 가슴을 쓸어내렸다. 그렇게 완벽히 윤우가 기획 2팀으로 들어가는 것을 확인한 기획 3팀의 여사원들은 자리에서 벌떡 일어나 은결에게 우르르 달려왔다.

"은결 씨 오늘 계 탔네!"

"강 팀장님 정면에서 보니 어때? 눈빛에 녹아내릴 것 같지?"

"오늘도 아주 멋지더라, 그치? 여자친구 있을까? 있겠지?"

학창 시절 좋아하는 남학생을 떠올리는 듯 눈을 반짝반짝 빛내는 여사원들은 은결을 진심으로 부러워하고 있었다. 꽤 유치한 일이었지만 왠지 모르게 콧대가 높아지는 것을 느끼던 은결은 '저 사람이 제 남자친구예요.' 라는 말이 목구멍까지 차올랐지만 밖으로 내뱉지는 않았다.

"그냥 평범하던데요."

라고, 마음에도 없는 말을 흘리자 '은결 씨 시력 검사 좀 받아야겠네!' 라는 우스갯소리만 들려왔다.

"그런데 어쩐 일이래?"

오전 업무 시간 중 가장 소란스러웠던 일이 끝을 맺은 후, 다들 제 자리로 돌아가 업무에 열중하기 시작할 즈음 윤우가 제 근처까지 왔다 사라지는 것을 보고 입을 꾹 다물고 있던 정 대리가 나지막하게 중얼거렸다.

"평소엔 최 대리한테 일을 시키던 사람이, 직접 기획 3팀까지 발걸음을 하고."

기획 2팀과 기획 3팀이 유독 앙숙인 이유는 각 팀의 팀장들 사이가 무척 좋지 않기 때문이었다. 언제나 무표정한 얼굴을 하고 있는 윤우와 그런 그를 못마땅하게 여기는 재원은 입사 이후로 지금까지 줄곧 냉랭한 관계를 유지하고 있었다. 덕분에 두 팀 간의 합동 업무 시 서류가 오갈 땐 직접 서류를 건네는 게 아니라 부하 직원을 줄곧 시키곤 했었다.

은결은 의문 섞인 정 대리의 말에 동의하면서도 문득 스치는 생각에 눈을 크게 떴다.

'그럴 리가.'

설마, 자신을 보기 위해 그가 기획 3팀의 문을 두드렸을 리가…….

✕

오전의 일 이후로 은결은 윤우와 마주칠 수 없었다. 오후엔 은결이 외근을 나갔다 바로 집으로 귀가했던 까닭이다.

집으로 돌아오자마자 얼른 샤워를 하고 뽀송뽀송한 몸을 침대에 뉜 은결은 핸드폰을 보자마자 얼른 윤우에게 전화를 걸었다. 통화 연결음이 들린 지 얼마 되지 않아 전화를 받은 윤우는 '기다렸어요.' 라고 부드러운 음성을 내뱉었다.

침대에 누워 윤우와 이런저런 이야기를 하며 웃고 있던 은결은 온종일 머릿속에 들어찼던 질문을 하기 위해 결심했다.

"저기 팀장님."

─네, 말씀하세요.

그를 부르자마자 윤우는 웃음 섞인 답변을 들려주었다. 마음이 평온해지는 것을 느끼던 은결은 아주 조심스럽게 말을 이었다.

"저 궁금한 거 있는데, 물어봐도 돼요?"

─얼마든지.

콩닥콩닥. 가슴이 크게 일렁였다. 은결은 두근거리는 심장을 부여잡고 말했다.

"오늘 저희 팀 사무실에 온 거 말이에요. 단순한 업무상의 일이었어요? 아님…… 저 보려고 오신 거예요?"

전화 통화를 시작한 이후 즉각적인 대답을 들려주던 윤우의 음성이 뚝 끊겨졌다. 은결은 갑자기 말이 없는 그의 태도에 당황했다.

"팀장님?"

침묵하는 윤우는 익숙하지 않아 은결은 고개를 갸웃거렸다. 잘못물은 건가, 하고 여기며 숨을 고르는데 윤우가 나지막하게 중얼거렸다.

─……단 말입니다.

"네?"

그의 목소리가 낮았던 걸까 아님 은결의 귀가 밝지 못했던 걸까. 적어도 후자는 아닐 거다.

은결은 윤우의 말을 제대로 듣지 못해 되물었다. 그러자 조금 더 높아진 그의 음성이 은결의 귓가로 들려왔다.

─우리 팀 남자 사원들이 말하는 걸 들었습니다. 오늘 고은결 씨 의상이 아주 보기 좋다고.

"······!"

—얼마나 보기 좋은지 보러 가려고 없는 일도 만들었다는 거 압니까?

은결은 눈을 크게 떴다.

—주 팀장이 사무실 벗어나는 거 보고 바로 간 겁니다. 애초에 그 녀석과 마주칠 의도 따위는 없었어요. 고은결 씨 보러 간 겁니다.

얼굴이 빨갛게 달아오른다. 윤우가 제 앞에 있지 않은 것이 엄청 다행스럽게 느껴졌다. 아마 그가 앞에 있었더라면 빨개진 자신을 발견했을 테지. 그럼 더 부끄러웠을 거다.

은결은 심장이 멋대로 뛰는 것을 알아차렸다. 이 남자는 너무 직설적이라서 사람을 당황스럽게 만들어.

그 이후로도 윤우의 투덜거림은 이어졌다.

"그래서요. 감상은요?"

'그런데 고은결 씨는 사무적으로 나를 대하더군요.' 라든가, '냉정을 유지하느라 힘들었습니다.' 라는 말을 뱉어 내는 윤우로 인해 마음의 안정을 되찾은 은결은 옅은 미소를 지으며 물었다. 그녀의 질문에 살짝 고민하듯 대답을 하지 않던 윤우는 퉁명스레 답했다.

—감상이고 뭐고 다음엔 그런 옷을 안 입었으면 좋겠습니다.

"안 어울렸어요?"

놀라는 그녀의 말에 윤우는 중얼거렸다.

—아뇨. 너무 잘 어울리니까 싫습니다. 무엇보다 내가 볼 수 없잖습니까. 오늘처럼 일을 만들어 내지 않는다면. 그러니 가급적 자제해 주십시오. 다른 남자들에겐 그런 예쁜 모습을 보일 필요는 없다고 생각합니다.

그 말에 동요하지 않는 여자는 무척 냉정한 여자일 것이다. 은결은 적어도 그렇게 여겼다. 아마도 질투를 하는 거겠지? 본인이 의식하고 있는 건지, 아닌지는 알 수 없었지만 은결은 이상하게 입꼬리가 씰룩 거리는 것을 참을 수 없었다.

'귀여워.'

서른한 살의 모태솔로남은 대놓고 질투를 하고 있었다. 그에게 보여 주기 위해 은결이 그런 옷을 입었다는 사실은 전혀 모른 상태에서 은결을 두고 쑥덕거리는 남자들의 시선이 싫다고 외치고 있었다. 이 남자의 행동 하나하나가 귀엽게 느껴지지 않는다면 목석이라 봐도 무방할 것이다.

은결은 가슴을 간질이는 봄바람을 느끼며 다물었던 입술을 움직였다.

"팀장님."

─네.

"내일부터 주말인데, 뭐해요?"

그가 먼저 말을 꺼내 주길 차분히 기다릴 생각이었지만 자신이 제안한다 하더라도 문제 될 건 없었다. 은결은 눈꼬리를 휘며 그의 대답을 기다렸다.

─계획된 일정은 없습니다.

다행이네.

은결은 웃음을 머금은 채 다음 말을 뱉어 냈다.

"그럼 내일 데이트 할까요?"

두근두근 심장이 박동한다. 설레는 마음을 감출 수가 없다. 이 남자는 그녀에게 그런 기분을 느끼게 만드는 사람이었다. 은결은 미소 지었다.

　―…….

　너무 들뜬 까닭일까.

　당연히 윤우가 알겠다고 할 줄 알았던 은결은 또다시 침묵하는 윤우로 인해 긴장했다. 설마, 거절하려는 건 아니겠지?

　앞뒤 안 가리고 용기를 냈던 은결은 불안감이 차오르는 걸 막지 못했다. 윤우의 침묵이 길어지면 길어질수록 등 뒤로 땀이 주르륵 흘러내렸다. 은결의 목은 바짝 타들어갔다.

　"팀……장님?"

　은결은 조심스럽게, 그리고 간절한 음성으로 그를 불렀다. 거친 숨을 들려주던 윤우가 대답을 한 건 그 순간이었다.

　―데이……트 말입니까?

　그의 목소리가 갈라진 것 같다고 느끼는 건 은결의 착각인 걸까. 그녀는 그래도 그가 제 말에 답했다는 사실에 안도하며 싱긋 웃었다.

　"네. 정식 데이트요. 하루 종일 얼굴 보면서 같이 밥도 먹고, 거리도 다니고, 영화도 보고, 드라이브도……."

　―하겠습니다!

　보통의 연인들이 하는 데이트를 머릿속으로 그리며 말을 하던 은결은 우렁차게 소리치는 윤우의 대답에 풋 웃음을 터뜨렸다.

　'다행이다.'

　거절당하면 몹시 슬펐을 거다. 은결은 어떤 데이트를 할까 고민했다. 모든 게 처음이라는 남자는 그녀도 처음인지라 당황스럽기는 하지만 이 남자에게 처음을 선사해 주는 게 바로 자신이라 기분이 좋아졌다.

─데이트는 처음입니다.

설레는 마음을 감추지 않고 콧노래까지 흥얼거릴 기세로 핸드폰을 붙잡고 있던 은결을 향해 윤우가 속삭였다. 쑥스러워하지만 솔직함을 담은 윤우의 목소리가 떨리는 것을 알아차리며 은결은 대답했다.

"그럴 거라 생각했어요."

도저히 믿어지진 않지만.

그녀는 침대에서 벌떡 일어나 화장대 앞으로 달려갔다. 매직을 들고 탁상달력에 동그라미를 그린 그녀는 말했다.

"내일, 팀장님이랑 데이트. 저 달력에 표시했어요."

그 말에 쿡쿡 웃던 윤우가 미성을 들려주었다.

─빨리 날이 밝았으면 좋겠군요.

은결은 '저두요.' 라고 답하려 낮은 웃음을 뱉어 냈다.

내일에 대한 설렘으로 가슴이 멋대로 뜀박질한다.

왠지, 듣기 좋은 소리라고 그녀는 생각했다.

　—내일, 팀장님이랑 데이트. 저 달력에 표시했어요.

　그녀가 뱉어 낸 말이 통화가 끝난 후에도 계속 귓가를 감돌았다. 자연스럽게 벽에 걸린 달력으로 눈이 갔다. 은결이 어떤 얼굴을 하고 달력에 표시를 했을지 상상해 보던 윤우는 피식 웃어 버렸다.

　끊어져 버린 전화가 이렇게 아쉬운 건 처음이다. 그는 아무런 소리가 들려오지 않는 핸드폰을 움켜쥐고 있다 앉아 있던 소파에서 일어났다. 그리고 터벅터벅 걸어가 달력 앞에 섰다.

　'데이트, 라.'

　심장이 두근두근 일렁였다. 그 박동 소리가 싫지 않다고 그는 생각했다. 그녀와의 전화 통화는 언제나 여운이 남았지만 오늘은 더하다.

　윤우는 입꼬리를 올리며 주변을 두리번거렸다. 마침 테이블 위에 놓여 있는 펜 하나가 보였다. 그는 은결이 한 것처럼 달력에 뭔가를 적었다.

　〈고은결 씨와 데이트〉

자신이 적은 글자지만 이상하게 부끄러운 그 문구를 한동안 멍하니 바라보던 윤우는 피식 웃으며 고개를 절레절레 흔들었다.

'미친놈 같군.'

아마 저를 아는 사람들이 이런 그의 모습을 보았더라면 입을 쩍 벌리고도 남았을 거다. 스스로도 적응이 되지 않으니 다른 이들은 어떻겠는가. 하지만 그래도 아무렇지 않게 서 있을 만큼 윤우는 기분이 좋아 미칠 지경이다. 대체 이런 감정을 얼마 만에 느낀 건지…….

'한 번도 없었나?'

누군가로 인해 가슴이 뛰고, 설레는 달콤한 감정을 느껴보지 못한 이가 있다면 그건 바로 자신일 것이다. 그는 빙긋 웃다 얼굴에서 미소를 지웠다. 그러고 보니 자신이 얼마나 삭막한 삶을 살아왔던 건지 이제야 자각해 버렸기 때문이다.

'연애'와 담을 쌓고 살아온 지난날. 아니, 더 정확히 말해선 '여자'들과 의식적으로 거리를 두고 살아온 지난 세월이 눈앞을 스치고 지나갔다. 어릴 적 겪었던 사건으로 인해 그들을 피하고, 다가오는 여자들에게 몇 겹이나 되는 바리케이드까지 치며 살아왔었지만 도저히 '그녀'만은 그냥 내버려 둘 수가 없었다.

처음엔 묘한 동질감이었지만 의식하기 시작하자 자꾸 눈이 갔다. 저와는 달리 밝고 명랑한 그녀를 어느새 좋아하게 되었고, 지금은 그 감정을 주체할 수 없을 정도다.

윤우는 한참 동안 달력을 응시하다 고개를 돌렸다.

현재 시각 밤 열한 시 이십 분.

콩닥콩닥 뛰는 가슴으로 인해 잠이 오지 않는다. 침실로 들어가 침대 위에 누웠음에도 불구하고 눈꺼풀이 아래로 내려가지 않았다. 하는 수 없이 들고 있던 핸드폰을 바라보던 그는 단 한 사람만이 저장되어 있는 연락처를 발견하고 피식 웃었다.

그 번호는 다름 아닌 은결의 것이었다. 용기를 내어 그녀에게 번호를 물은 후 은결이 직접 저장해 준 번호였다.

'그런데 팀장님 핸드폰엔 왜 저뿐이에요?'

저장을 하고 난 후 고개를 갸웃거리며 저를 바라보는 은결의 모습은 귀여웠다. 어리둥절해하는 그녀에게 '다른 번호는 굳이 저장할 필요가 없습니다. 외우고 있으니까요.' 라고 대답할 수는 없었던 터라 핸드폰을 산 지 얼마 되지 않았다는 변명을 했었다.

'자고 있겠지?'

내일의 데이트를 위해 일찍 잠을 청해야겠다며 그녀가 전화를 끊은 지 15분가량이 흘렀다. 다시 은결에게 전화를 걸어 목소리를 듣고 싶어 미칠 지경이지만 윤우는 그 마음을 억눌렀다. 하지만 여전히 잠은 오지 않는다.

그는 미동 없는 핸드폰을 가만히 응시하다 결심한 듯 어디론가로 전화를 걸었다. 몇 번의 통화 연결음이 이어진 끝에 누군가의 음성이 들려왔다.

—왕자. 너 미쳤어? 먼저 전화를 한 거야, 지금? 이게 꿈이야 생시야? 천지가 개벽했나?

'여보세요' 라는 대답이 들려올 거라곤 생각하지 않았지만 다짜고짜 욕설을 뱉어 낼 줄은 몰랐다.

윤우는 놀라다 못해 기겁하는 전화 상대의 외침에 무표정한 얼굴로 입술을 달싹였다.

"권 선배, 호들갑 떨지 마세요."

—안 떨게 생겼냐? 네가 먼저 전화를 걸었는데! 그것도 이 시간에! 으하하하! 나 엄청 기쁘다, 기뻐!

윤우의 대학 선배이자, WU미디어의 이사 자리를 꿰차고 있는 혁진은 진심으로 기뻐했다. 조금 미안한 마음이 들었다. 제 필요에 의해 전화를 걸었건만, 이렇게 기뻐해 주다니. 다음에도 심심하면 전화를 걸까 하다가 윤우는 그 마음을 접었다. 역시 귀찮았다.

윤우는 하하 웃고 있는 혁진의 웃음소리를 듣다가 냉랭한 음성을 뱉어 냈다.

"주무시던 중이었습니까?"

—그럴 리가. 나 지금 노는 중인데?

확실히 혁진의 음성이 시끄러운 음악 소리와 섞여 들려온다. 정말 노는 걸 좋아하는 남자였다. 윤우는 속으로 혀를 끌끌 차며 말을 이었다.

"그럼 저한테 시간 좀 내주시죠."

—중요한 일이야? 업무 관련? 이 시간에 업무 일이면 너 가만 안 둬.

"걱정 마세요. 사적인 일입니다."

—콜. 뭔데?

이런 이야기를 물어볼 사람이 혁진밖에 없다는 건 강윤우의 인간관계가 얼마나 좁은지 단적으로 드러내는 예가 될 것이다. 그러나 어쩔 수 없는 일이지. 그가 그나마 관계를 맺은 사람들 중 여자를 가장 많이 만나 본 사람은 혁진이었으니까. 좋든 싫든 조언을 구할 수 있는 사람도 혁진뿐이다.

윤우는 흔쾌히 외치는 혁진에게 아주 조심스럽게 말을 꺼냈다.

"선배는 여자들을 많이 만나 봤죠?"

—당연하지. 워낙 잘난 몸이잖냐, 내가. 이래 봬도 너랑 같이 안 다니면 나도 꽤나 주목받는 편이라고!

혁진은 호탕하게 웃으며 소리쳤다. 윤우는 굳이 자신과 비교하는 혁진에게 한마디 하려다 참았다. 그에게 태클을 거는 것보다 더 중요한 일이 있었다.

"그럼 데이트도 많이 해 봤습니까?"

뭐든 처음인 남자와 데이트를 하는 여자에게 실망을 안겨 주고 싶지는 않았다. 제안을 받은 건 윤우였지만 자신이 남자인 만큼 리드라는 걸 해 보고 싶었다. 그렇다면 경험 있는 사람의 조언이 필수적.

윤우는 기대에 찬 얼굴을 하고 혁진의 대답을 기다렸다.

—후후, 물론. 내 데이트에 넘어오지 않은 여자가 없지.

'다행이군.'

윤우는 주위를 둘러보았다. 메모지와 펜을 챙겨 든 그는 필기를 할 준비를 마치고 진지한 표정을 지으며 입술을 달싹였다.

"그럼 선배의 데이트 코스에 대해 말씀해 주십시오."

—데이트 코스? 그건 왜?

"알아 둬야 할 일이 있습니다."

—뭐…… 좋아. 일단, 먼저 여자랑 약속을 잡지. 오전은 패스하고, 오후. 거의 저녁 시간쯤에 약속 시간을 잡는 거야.

'큰일이군. 이미 아침에 만나기로 했는데…….'

당황해하면서도 메모지에 혁진의 말을 적던 윤우는 얼굴을 굳혔다.

—그리고 약속 시간이 되면, 여자를 태우러 가는 거야. 엄청 비싼 차를 끌고 가는 걸 잊어선 안 돼!

'비싼 차라.'

윤우는 미간을 찌푸렸다.

'딱히 비싼 차는 아닌데……'

이럴 줄 알았으면 비싼 차를 살 걸 그랬나. 이동수단만 되면 된다고 적당한 가격의 차를 선택한 게 이렇게 후회가 될 줄은 몰랐다.

—상대가 배고프다고 해도, 밥은 먹으면 안 돼! 무조건 술! 술이 최고야. 분위기 좋은 술집으로 직행하는 거지!

'술은 질색인데.'

술이 약했던 윤우는 저도 모르게 인상을 찌푸렸다.

—술기운이 조금 돌 것 같으면, 최후의 장소로 향하는 거야!

"최후?"

—그래, 최후! 호텔!

자신감 넘치는 혁진의 말에 윤우는 나지막한 탄식을 터뜨렸다. 혁진의 조언에 따라 메모지에 글자를 휘갈기던 그의 손은 멈춘 지 오래였다.

혁진은 그러한 윤우의 태도를 아는지 모르는지 흐흐, 묘한 웃음을 뱉어 냈다.

—룸서비스로 온 고급 와인을 상대한테 한 잔 건네며 그윽한 눈빛을 발사하는 거야. 그리고 귓가에 대고 속삭이는 거지. 오늘 밤, 당신을 취하고 싶……

"끊겠습니다."

—어?

"선배한테 기대한 제가 잘못입니다."

처참하게 일그러진 얼굴을 하고 싸늘한 말을 뱉어 낸 윤우는 쥐고 있던 펜을 내려놓고는 뭔가 적혀 있는 메모지를 찢어 구겨 버렸다.

'이걸 조언이라고…….'

혹시나 싶어 듣고 있었던 제가, 바보다. 아무리 제가 연애는 처음인 숙맥이라지만 이런 식으로의 데이트가 평범하지 않다는 건 알고 있다. 그는 전화를 끊을 생각으로 종료 버튼을 누르려 했다.

―강윤우, 잠깐만!

혁진은 있는 힘껏 소리쳤다. 윤우는 그의 말을 무시하려다 한 번 봐주기로 했다. 혁진은 호기심 섞인 음성을 흘리며 윤우에게 질문을 던졌다.

―그런데 이런 건 갑자기 왜 물어보는데? 사적인 일이라니, 공적인 일 아니냐? 설마 네가 데이트를 할 리도 없고. 데이트 회사에서 광고라도 맡겼어?

윤우는 당연히 그가 '데이트를 하지 않을 것'이라고 생각하는 혁진의 외침을 듣고 있다 퉁명스러운 어조를 내뱉었다.

"데이트 합니다."

혁진은 코웃음 쳤다.

―무슨 헛소리야. 네가 여자가 어디 있다고.

비웃음이 가득한 혁진의 말에 자존심이 살짝 상했지만 윤우는 태연했다.

"있습니다."

―뭐가? 여자가?

"예."

―…….

혁진은 말이 없었다. 윤우는 벌써 5분이 넘어간 통화 시간을 내려다보았다. 선배와 너무 길게 통화를 했어. 은결의 목소리를 들으며 좋아졌던 기분이 약간 다운되고 있었다. 빨리 전화를 끊어야겠다고 윤우는 다짐했다.

그리고 그런 그가 종료 버튼을 누르기 위해 손가락을 움직이려는 순간 혁진이 버럭 소리쳤다.

―너 방금 뭐라고 그랬어? 여자가 있다고? 네가? 강윤우 네가?! 너 독신주의잖아! 혼자 살다 죽을 거 아니었어? 강윤우, 말해 봐!

서른세 살의 대학 선배이자 직장 상사는 도저히 믿어지지 않는다는 듯 외쳤다. 윤우는 머리가 지끈거리는 걸 느꼈다. 딱히 독신주의라고 말한 적은 없던 걸로 기억하는데.

일일이 변명하기가 귀찮아서 그냥 무시를 할까 하다가 윤우는 고개를 저었다. 만약 자신이 해명하지 않는다면 혁진은 사정을 알아낼 때까지 그를 곤란하게 할 것이 분명했다.

윤우는 싸늘한 음성을 뱉어 냈다.

"독신이라고 한 적도 없고, 여자는 얼마 전 생겼습니다. 혼자 살다 죽고 싶지는 않거든요. 그러니 데이트를 할 겁니다."

―호, 혹시 저번에 말했던 그 고백한다는 그 사람이야? 아니 그것보다, 너 여자한테 진짜 관심 있는 거 맞아? 넌 그 누구한테도 관심 없는…….

'시끄럽군.'

"끊을게요."

―어이, 강윤……

종료 버튼을 누르자마자 시끄러운 목소리는 들려오지 않았다. 윤우는 전화가 끊어지기가 무섭게 다시금 벨소리가 들려오자 인상을 쓰며 혁진의 번호를 차단시켰다. 벨소리는 더 이상 들려오지 않는다.

'그렇게 신기한 일인가.'

여태껏 그가 여자를 만나 오지도 않은 것도 사실이었고, 관심을 둔 경우도 없었지만 저렇게 기겁할 일인가 싶다.

윤우는 쓰게 웃으며 침대에 눕기 위해 노력했으나 시간이 자정을 향해 달려가고 있는 지금, 아직 잠은 오지 않는다.

"후우."

하는 수 없이 컴퓨터 앞에 앉은 윤우는 인터넷을 켜서 '데이트'라는 단어를 검색했다. 초록창에 데이트를 치자 여러 가지 것들이 나왔다. 데이트의 사전적 의미부터 시작하여 서울의 추천 데이트 코스 TOP 10, 그리고 다른 사람들의 데이트 경험 등등.

'진작 이렇게 할걸.'

혁진에게 전화를 걸 것이 아니라 인터넷 검색을 해 볼걸, 후회하며 입술을 씰룩거리던 그는 마우스의 스크롤을 내리다 뭔가를 발견했다. 〈내 여자를 함락시키는 지상 최고의 데이트〉라는 제목의 링크가 그의 시선을 사로잡았다.

'……'

흔들리지 않는다면 거짓일 것이다. 윤우는 저절로 눈길이 가는 그 제목에서 시선을 떼지 못했다. 미간을 좁혔다, 펴며 입술을 깨물었다 다시 풀어 버린 그는 결심한 듯 그 링크를 클릭했다.

〈이 글을 읽기 위해서는 성인 인증을 해주십시오.〉

라는 문구가 새 창 한가운데 적혀 있었다. 윤우는 인상을 썼다. 지상 최고의 데이트가 뭔지 읽기 위해 성인 인증까지 해야 하다니.

'까다롭군.'

윤우는 못마땅한 듯 그 문구를 노려보면서도 자신의 이름과 주민

등록 번호를 성실하게 기입했다. 곧 〈기다려 주셔서 감사합니다.〉라는 문구와 동시에 하얀 창 위로 새까만 글씨가 드러났다. 윤우는 심각한 얼굴을 하고, 모니터에 시선을 고정시켰다.

〈"일단, 한 잔 하겠어?"〉

온몸에 소름이 오소소 돋는 느끼한 멘트가 제일 먼저 시야로 들어왔다. 그는 픽 웃음을 흘렸지만 결코 눈을 떼진 않았다. 아마도 소설로 보이는 글의 내용은 이어졌다.

〈그의 촉촉하고 보드라운 음성이 귓가로 흘러 들어왔다. 나는 숨이 막혔다. 와인잔을 건네는 알렉스의 눈동자만큼이나 아름답게 일렁이는 보랏빛 와인이 전신을 떨리게 만들었다.

"이런 데이트는 처음이에요."

알렉스의 자수정보다 빛나는 동공을 응시하며 나는 속삭였다. 알렉스는 기다란 손을 뻗어 내 뺨을 슥 쓸어내리더니 붉은 입술로 속삭였다.

"오직 당신에게 집중하기 위한 밤이지."

"알렉스!"

"오늘 밤은, 당신을 마음껏 취하고 싶군."

"아아!"

그의 야릇하고 달콤한 말에 녹아내릴 것만 같았다. 이 남자를 위해서라면, 내 모든 것을 줄 수 있어. 들고 있던 와인잔을 테이블 위로 내려놓고 그는 내게 손을 뻗어 제게로 끌어당겼다. 이윽고 그의 부드러운 입술이 내 입술을 삼켰다. 알렉스가 뱉어 내는 거친 숨결이 입 안으로 흘러 들어와 감각을 마비시켰다. 눈앞이 흐릿해졌다. 오롯이 그의 얼굴만이 뇌리에 각인되는, 호흡이 멎는 데이트.

아마도, 알렉스가 내게 선사해 주는 지상 최고의 데이트가 아닐까!

그의 기다란 손가락이 점점 아래로, 내려왔……〉

"흠."

얼굴이 화끈거렸다. 윤우는 다음 문구를 읽지 못하고 서둘러 스크롤을 내렸다. 환호성을 내지르는 댓글들이 눈에 들어왔지만 애써 모른 척하며 그는 컴퓨터를 껐다. 그리고는 아주 나지막한 목소리로 중얼거렸다.

"요즘 데이트는…… 화끈하군."

어쩌면 혁진이 말하던 그 데이트 코스가 평범한 게 아닐까라는 생각도 들었다는 것은 그 누구에게도 말하지 못할, 일급비밀이었다.

대망의 아침이 밝았다.

언제부터 일어나 준비를 한 건지 모르겠다. 일어나자마자 욕실로 직행하여 샤워를 끝내자마자 옷장 앞에 서선 이 옷을 입었다, 저 옷을 입었다, 머리를 풀었다, 묶었다를 몇 시간 동안 반복했던 그녀의 가슴은 마치 연애를 처음 하는 사람처럼 쿵쾅거리고 있었다.

화장을 했다가 마음에 들지 않아 얼굴을 씻고, 다시 했다가 얼굴을 씻은 끝에 완성된 얼굴은 평소보다 화사하다. 여전히 올라간 눈꼬리는 그녀의 사나운 인상을 가리지 못했지만 선글라스를 끼면 뭐, 어떻게든 될 거다.

은결은 찰랑거리는 머리카락을 길게 늘어뜨리며 씩 웃었다.

"좋아, 완벽해!"

그리고 거울 앞에 선 자신을 뚫어져라 응시하며 소리쳤다. 사실 완벽한 건 아니지만 적어도 그의 옆에 설 자신은 있었다.

은결은 몸매 좋은 여자가 가벼운 캐주얼 차림으로 거울 속에 서 있는 걸 보고 주먹을 불끈 쥐었다.

"최선을 다하자!"

그녀에겐 아니지만 상대에겐 첫 데이트라고 한다. 믿어지지 않지만 거짓말을 할 리 없는 남자니 사실일 것이다.

오늘 하루 동안은 상대를 즐겁게 해 줄 생각에 가득 차 있는 그녀의 눈동자는 반짝반짝 빛나고 있었다. 이미 집 앞에 도착해 있다던 그를 만날 생각에 가슴이 벅차올랐다.

마지막 준비까지 마친 후 그녀는 새벽부터 일어나 준비했던 도시락을 들고 집을 나섰다.

'날씨도 좋네!'

성공의 예감이 든다. 화창한 날씨는 데이트를 하기 최적격의 상태였다. 은결은 씩 웃으며 선글라스를 끼고 윤우가 기다리고 있는 곳으로 걸어갔다. 사뿐사뿐, 발걸음이 깃털처럼 가볍다.

'……!'

무심코 콧노래까지 흘릴 정도로 설레하며 윤우와의 약속 장소로 내려간 은결은 차를 세워 두고 몸을 기대어 있는 남자를 발견하고 멈췄다. 길게 뻗은 다리로 땅 위에 선 채 하늘을 올려다보고 있는 그에게선 형용할 수 없는 아름다운 분위기가 흘렀다.

은결은 잠시 서서 그를 쳐다봤다. 회사에서 보던 정장 차림이 아니라 넓은 어깨가 부각되는 니트 차림으로 그녀를 기다리고 있는 윤우는 TV에서나 나올 법한 모델 포스를 풍기고 있었다. 괜스레 얼굴이 붉어졌다.

"아, 고은결 씨. 왔어요?"

그때, 쭉 하늘을 향해 있던 시선을 아래로 돌리던 윤우가 뒤늦게 은결을 발견했다. 그가 자신을 바라보며 환한 미소를 짓자 은결은 어색하게 웃었다.

코끝까지 흘러내린 선글라스를 위로 올린 은결은 터벅터벅 윤우의 앞으로 다가가 입꼬리를 올렸다.

"오늘 팀장님 멋지시네요."

윤우는 눈을 휘며 답했다.

"고은결 씨도 아주 예쁘네요."

"빈말은."

"진담입니다."

그의 진담은 정말로 진담처럼 느껴져서 사람을 당황시킨다. 하지만 예쁘다는 말은 싫지 않았으므로 은결은 쓰고 있던 선글라스를 벗었다. 윤우를 더욱 자세히 보기 위해서였다.

"그런데 팀장님, 조금 피곤해 보이시네요. 어제 늦게 주무셨어요?"

검은 막 없이 쳐다본 윤우의 눈 밑엔 아주 미세하게 다크서클이 내려와 있었다. 은결이 고개를 갸웃거리자 화들짝 놀라던 윤우는 쑥스러운 듯 뒷머리를 긁으며 대답했다.

"조사를 좀 하느라 늦게 잤어요."

"조사요?"

무슨 조사?

어리둥절한 은결의 시선에 윤우는 난감해하는 듯했다. 그는 어떻게 말해야 할지 모르겠다는 표정을 짓다 이내 한숨을 푹 내쉬었다.

"처음……이니까. 아무래도, 사전 지식이 필요하다고 생각해서."

은결은 피식 미소를 흘렸다.

"걱정 말아요! 팀장님을 위해 제가 데이트 코스 같은 건 다 짜 왔으니까요!"

그녀가 가슴을 탕탕 치며 외치자 떨리는 눈으로 그녀를 내려다보던 윤우는 왠지 안도한 듯한 숨을 내뱉으며 중얼거렸다.

"다행이군요. 난 도저히 그 글처럼은 못 할 것 같았는데."

"……방금 뭐라고 하셨어요?"

그의 마지막 말을 듣지 못한 은결이 의아한 얼굴을 하자 윤우는 손을 휘휘 저으며 속삭였다.

"아닙니다. 어서 가죠."

그리고 조수석의 문을 열어 주는 남자를 향해 은결은 고개를 까딱였다.

"고마워요."

"별말씀을."

✕

'먼저 여의도 공원으로 가서 자전거를 탈 거예요! 같이 자전거 코스를 돌다가 배가 고파지면 도시락을 먹고, 해가 저물 때쯤엔 자전거를 반납하고 한강을 걷는 거죠. 그러다 저녁엔 분위기 좋은 레스토랑에 가서 밥을 먹고, 아쉬우면 영화관이나 자동차 극장으로 가서 심야 영화를 보는 거예요. 어때요, 제 계획?'

다른 평범한 연인들이 하는 데이트 계획을 술술 읊는 은결을 미소 지으며 바라보던 윤우는 눈을 반짝이는 그녀에게 답했다.

'좋아요, 그 계획.'

윤우의 승낙이 떨어지자마자 여의도 공원으로 그를 데려온 은결은 현재 그와 함께 자전거 대여소 앞에 나와 있었다.

"1인용 두 개를 빌리면 되겠죠?"

은결은 파란 자전거를 가리키며 윤우를 쳐다봤다. 그러나 윤우의 시선은 파란 자전거가 아닌 노란 자전거에 꽂혀 있었다. '팀장님?' 하고 그를 불러 보아도 윤우는 2인용 자전거에서 눈을 떼지 못했다. 그 모습에 은결은 웃음이 새어 나오려는 걸 겨우 참고 그에게 속삭였다.

"팀장님, 혹시…… 저거 타고 싶어요?"

"예?"

아무리 불러도 대답 않던 윤우가 노란 자전거를 가리키며 하는 은결의 말에 놀라 그녀를 쳐다봤다. 그는 붉어진 얼굴을 하고 고개를 저었다.

"꼭, 그런 건 아닙니다. 고은결 씨 편한 대로 하세요."

라고 말을 하면서도 2인용 노란 자전거를 흘긋거리는 남자는, 귀엽다.

은결은 가슴이 간질간질해지는 걸 느끼며 씩 웃었다.

'타고 싶으면서.'

"잠깐만 기다려요."

"예."

작게 답한 그를 내버려 둔 은결은 그녀가 다가오기만을 기다리고 있는 대여소의 관리자를 향해 걸어갔다.

"아저씨, 저희 2인용 자전거 하나만 빌릴게요."

"아까 1인용 두 개 한다고 안 하셨어요?"

물론 그렇게 말하긴 했었지만,

"남자친구가 2인용을 원해서요."

은결이 빙긋 웃자 흠칫 놀라던 관리자는 알겠다는 듯 고개를 끄덕였다. 결국 계획했던 1인용 자전거가 아닌 2인용 자전거를 빌린 은결은 저를 기다리고 있는 윤우를 향해 자전거를 끌고 다가갔다.

"타요, 팀장님!"

윤우는 크게 외치는 은결의 목소리에 고개를 들다 의아한 목소리를 뱉어 냈다.

"어째서……?"

"같이 타고 싶어서요."

"……!"

"괜찮죠? 운전은 제가 할게요. 어서 타요!"

이미 앞자리를 잡은 은결이 뒷좌석을 툭툭 치며 말하자 윤우는 옅은 미소를 지으며 자전거로 다가왔다.

"그럼 출발할게요."

'네.' 하고 대답하는 윤우의 목소리를 듣자마자 은결은 있는 힘껏 페달을 밟았다.

힘차게 나아가는 자전거가 새로운 만남을 시작하는 두 사람처럼 느껴져 들뜨기 시작했다. 앞에서 불어오는 바람이 차갑게 느껴지지 않는다.

"고은결 씨는 요리도 잘하는군요."

자전거를 타고 이리저리 돌아다니다 윤우와 커다란 나무 밑에 돗

자리를 깔고 자리를 잡았다.

새벽부터 일어나 도시락을 준비한 제 솜씨를 보여 주기 위해 음식을 차리자 윤우가 두 눈을 동그랗게 뜨는 게 보였다. 얼른 먹으라고 재촉하는 은결에게 미소를 지어 보이던 윤우는 김밥을 오물거리며 중얼거렸다. 입꼬리가 저절로 올라가는 것을 느끼던 은결은 대답했다.

"김밥은 잘 싸는 편이에요."

"무척 맛있습니다."

"팀장님 입맛에 맞았다니 다행이에요. 조금 걱정했거든요."

히죽 웃는 은결에게 눈부신 미소를 쏘아 주던 윤우는 그녀의 도시락을 모두 비웠다. 이것이 도시락을 싸는 맛이구나, 하고 생각하던 그녀는 그에게 물을 따라 주었다.

"팀장님, 물도 마시면서 드세요."

"아, 네."

"여기요."

"……!"

어?

배가 많이 고팠는지 정신없이 김밥을 먹는 그를 응시하던 은결이 종이컵을 건네는 순간, 무의식적으로 손을 내밀던 윤우가 깜짝 놀라 눈을 크게 뜨는 게 보였다. 그러자 은결도 덩달아 놀라 버렸다.

"고, 고마워요."

상황을 수습하기 위해 그가 얼른 말을 덧붙였지만 은결은 그가 왜 놀랐는지에 대해 되짚어 보고 있었다.

'설마.'

종이컵을 건네다 그녀의 손가락과 그의 손가락이 살짝 스친 것이 떠올랐다. 아주 짧은 접촉이었던지라 의식하지 않았는데.

벌컥벌컥 물을 마시는 윤우가 저를 흘긋거리는 게 보인다.

'수줍어하는 건가?'

하긴.

데이트도, 연애도 모두 처음이라 했으니까. 그런 그의 반응이 이해가 가지 않는 건 아니었다. 그래도 저번엔 그녀의 손목을 덥석 잡아 버렸던 것 같은데. 긴장하고 있는 걸까? 차가운 얼굴을 하고 있으면서도 속은 뜨거운 남자인 게 분명하다.

은결은 윤우 몰래 웃으며 고개를 절레절레 흔들었다.

※

'이젠 내가 앞에 탈게요. 고은결 씨는 쉬어요.'

식사를 마친 후 자전거 코스를 몇 바퀴 더 돌고 지쳐 버린 은결에게 윤우는 부드럽게 속삭였다. 괜찮다고 대답하려 했으나 다리에 힘이 풀린 지 오래라 그녀는 그의 제안을 받아들였다.

주말인지라 나들이를 나온 가족과 연인들의 모습이 많이 보였다. 자신 역시 그들의 무리 중 하나라는 게 왜 이렇게 기쁜 건지.

항상 바빴던 일과를 떠올리던 은결은 평범한 데이트를 하고 있는 스스로가 자랑스러웠다. 그리고 그런 그녀의 데이트 상대가 그 누구도 믿지 못할 왕자님이라는 것도 꽤나 뿌듯한 일이다.

'넓다.'

정장이 아닌 니트를 입어서 그런지 더욱 넓게 느껴지는 그의 등이 시야로 들어왔다. 손을 뻗어 그 넓은 등을 만져 보고 싶었지만 은결은 충동을 꾹 눌렀다.

"자전거를 타는 건, 생각보다 재미있군요."

윤우의 등에 시선을 빼앗기고 있던 은결의 귀로 즐거운 듯한 그의 음성이 들려온 것은 그때쯤이었다. 한강 둔치로 자전거를 움직이는 윤우의 말에 은결은 신이 난 목소리를 뱉어 냈다.

"그렇죠? 생각보다 되게 좋아요! 운동도 되고!"

윤우는 밝은 그녀의 외침에 중얼거렸다.

"무엇보다 고은결 씨랑 함께 하는 거라서 즐거운 것 같습니다."

살랑거리는 바람이 불고 있었던 터라 그의 다정한 음성이 뒤로 흘러왔다. 은결은 얼굴을 붉히며 고개를 아래로 숙였다.

'내가 뒤에 있어서 다행이다.'

부끄러워하는 얼굴을 그가 발견했더라면 아마 더 견디지 못했을 거다. 너무 직설적인 남자는 그녀의 가슴을 요동치게 만들었다.

"잠깐 쉴까요?"

"······네."

오전부터 시작된 공원에서의 자전거 데이트는 해가 저물 때까지 이어졌다. 은결은 인적이 드문 곳에 자전거를 세운 후 손수건으로 자신이 앉을 자리를 마련해 주는 그를 내려다보았다. 정말 매너가 몸에 배인 사람이었다.

"고은결 씨와의 데이트는, 몸과 마음이 건강해지는 데이트네요. 즐겁습니다."

그녀와 나란히 앉아 붉게 물든 하늘을 바라보던 윤우가 말하자 은결이 화답했다.

"저도 이런 데이트는 처음이에요."

"처음?"

윤우가 의아한 얼굴을 하고 저를 바라보자 그녀는 쑥스러운 표정을 지으며 말했다.

"네. 이렇게 남자친구랑 오랜 시간을 보낸 적은 한 번도 없었거든요. 언제나 짧게 만났던지라……."

"내가 고은결 씨의 처음이라니, 기분 좋네요."

어?

"또 다른 처음은 없습니까? 아니면 고은결 씨가 평소에 해 보고 싶었던 데이트…… 같은 거."

깊고 크게 일렁이는 검은 눈동자가 은결을 향했다. 가슴이 멋대로 뜀박질했다. 은결은 기대하는 듯한 얼굴로 저를 응시하는 윤우에게 뭐라고 말해 주어야 할지 잠시 생각했다. 처음, 이라. 고민하던 그녀는 손뼉을 탁 치며 외쳤다.

"TV 드라마에 보면 그런 거 많이 나오잖아요. 아침 조깅! 남자친구랑 같이 아침 조깅하는 거, 제 꿈 중 하나예요! 아님 새벽부터 약수터를 간다든가, 같이 헬스장에 다닌다든가, 아니면 수영을 한다든가. 맞아요, 휴가 때 계곡에 놀러 가서 같이 헤엄치고 싶…… 왜 그렇게 웃으세요?"

눈을 꼭 감으며 하나하나 읊어 내려가던 은결은 번쩍 눈꺼풀을 올리다 큭큭 웃는 윤우를 발견했다. 그녀가 미간을 좁히자 겨우 미소를 거둔 그가 말했다.

"아뇨. 그게 아니라, 고은결 씨는 몸을 쓰는 일을 꽤 좋아하는구나 싶어서."

"네?"

"정말 스포츠 활동을 좋아하는군요, 고은결 씬."

아, 맞다.

"팀장님은 그런 활동을 별로 안 좋아한다고 하셨죠?"

아쉬워하는 은결을 향해 웃어 주던 윤우는 고개를 저었다.

"혼자 하는 활동은 딱 질색이지만, 고은결 씨와 함께라면 언제든 환영입니다."

예쁘게 휘어지는 눈꼬리가 은결의 시야로 들어왔다. 그녀는 터질 듯 뛰는 심장의 박동 소리를 들으며 멍하게 그를 응시했다.

"팀장님은…… 왜 제가 좋으세요?"

문득 궁금해졌다. 이렇게 다정하고 상냥한 사람이 어째서 날 좋아하는 걸까, 하고. 몰래 지켜봐 왔다는 것도, 눈웃음에 반했다는 것도 아직은 실감이 나지 않기에 은결은 궁금증을 참지 못하고 말하고야 말았다.

"고은결 씨는 밝고 씩씩하니깐요."

"제가요?"

그런 말을 듣지 않는 편은 아니었지만 윤우에게서 들으니 왠지 색다르게 느껴졌다. 윤우는 고개를 끄덕였다.

"포기를 하려 들지 않잖아요. 언제나 노력하고, 웃으려 애쓰고. 나는 그런 고은결 씨가 좋아졌습니다."

"……팀장님은 저 무섭지 않으세요?"

"무서워해야 하는 겁니까?"

"보통은, 그렇게 말하니까."

이 남자가 자신을 좋게 봐 주었으면 했다. 사납고 무섭다는 느낌을 받지 않으면 좋겠다. 조금 더, 예쁘게 보이고 싶었다. 계속 시선을 잡아끄는 여자로 그에게 남고 싶어졌다. 은결은 그렇게 생각하면서도 어쩌면 그가 자신을 다른 사람들이 저를 보는 것처럼 보는 건 아닐까 하는 생각도 했다.

윤우는 나지막한 그녀의 말에 낮은 웃음을 흘렸다.

"무섭지 않아요. 말하지 않았습니까? 나는 고은결 씨의 눈웃음에 반한 사람이라고. 내가 반한 사람은 고은결 씨가 처음입니다."

은결은 확신에 찬 그의 대답에 가슴이 벅차오르는 걸 느꼈다.

"팀장님을 만나 다행이에요."

석양이 지며 한강을 붉게 물들였다. 은결은 그 강가를 내려다보며 중얼거렸다.

"조금, 자신감이 생기려고 하거든요. 팀장님과 함께 있으면."

스윽 고개를 돌려 윤우를 응시하던 은결은 최대한 자연스럽게 눈 꼬리를 휘었다. 그러자 윤우는 말했다.

"예쁜 미소라고 생각합니다."

"네?"

"나는, 고은결 씨의 그 미소가 참 좋아요."

아무렇지도 않게, 너무도 태연한 얼굴로 말해서 더욱 두근거린다. 그에 은결은 떨리는 목소리를 뱉어 냈다.

"팀장님이랑 함께 있으면…… 설레는 것 같아요."

하고.

그리고 고개를 푹 숙이던 은결은 갑자기 제게 얼굴을 들이미는 그로 인해 눈을 동그랗게 떴다. 윤우는 진지하다 못해 심각한 표정을 지었다.

"지금, 하고 싶은 일이 생각났습니다."

은결은 덩달아 심각해졌다.

"그게 뭔데요?"

윤우는 쉬이 말을 잇지 못하고 입술만 뻐끔거렸다. 팀장님? 하고 부르며 은결이 의아한 표정을 지어도 미간을 좁힐 뿐 소리를 내뱉지 못했다.

무슨 말을 하려기에 이러지? 은결은 그를 빤히 응시했다. 윤우가 짧은 호흡 끝에 입술을 연 것은 그때였다.

"손을……. 손을 잡고 싶습니다."

대체 얼마나 어려운 말을 꺼내려 하기에 이렇게 뜸을 들일까, 라 생각할 쯤 들려온 말은 풋 웃음을 흘리게 만들었다.

은결은 말을 한 후 요동치는 그의 눈동자를 직시하며 쿡쿡거렸다.

정말 귀여운 남자. 되짚어 보니 아까 제 손가락과 자신의 손가락이 스치는 것에 쑥스러워했던 사람이 바로 눈앞의 남자라는 게 생각났다.

은결은 몇 번이나 그녀의 손목을 잡았던 그가 왜 이리 긴장을 하는 건지 모르겠다 중얼거리며 자신의 하얀 손을 내밀었다.

"여기 있어요."

냉큼 손을 내민 그녀를 응시하던 윤우는 주저했다.

"안 잡으실 거예요?"

은결이 짓궂은 물음을 던지자 인상을 쓰던 그는 후우 숨을 들이마시며 그의 커다란 손을 그녀의 손 위로 포갰다.

'따뜻해…….'

더할 나위 없이 차가운 인상의 남자지만 커다란 손에서 느껴지는 온기는 따뜻하다 못해 뜨겁다. 온몸이 화끈거릴 만큼.

그의 온기를 전해 받으며 미소를 짓던 그녀는 갑자기 확 쏠리는 자신의 몸을 주체하지 못하고 윤우에게로 쓰러졌다.

"팀……장님?"

은결은 저를 잡아당긴 사람이 윤우라는 걸 깨달았다. 그는 그녀를 끌어안아 버리기 직전인 상태로 은결을 내려다보고 있었다. 그의 거친 숨결이 코끝에서 느껴져 은결은 눈을 크게 떴다. 심장이 제멋대로 움직였다.

"고은결 씨."

수줍어하던 소년 같은 얼굴을 어디로 지워 버렸는지, 석양으로 인해 짙게 물든 검은 눈을 하고 자신을 내려다보는 윤우는 남자 같았다. 은결은 눈앞이 아찔해지는 것을 느꼈다.

그 순간, 윤우가 속삭였다.

"키스, 해도 되겠습니까?"

"네?"

무슨 소리를 들은 거지?

은결은 저도 모르게 상기된 음성을 뱉어 냈다.

'손을 잡은 지 얼마나 됐다고 벌써 키스야!'

손을 잡아도 되겠냐고 물은 게 고작 몇 초 전이거늘. 첫 데이트에, 첫 포옹에, 이젠 첫 키스까지 할 생각인 건가?

은결은 순간적으로 숨이 컥 막혀 와 입술을 파르르 떨었다.

"하지만 고은결 씨가 싫다면 참아 보겠습니다."

윤우는 넋을 놓아 버린 은결을 일렁이는 시선으로 내려다보며 한숨을 푹 내쉬었다.

'어?'

은결은 갑자기 자신을 붙들고 있는 손에서 힘을 풀어 버리는 그의

117

행동에 더 놀랐다. 그녀는 다급히 입술을 열었다.

"싫지⋯⋯."

"예?"

"싫지 않아요!"

제가 뱉어 낸 말이 맞는 건가 싶을 정도로 얼굴이 화끈 달아오를 외침이었다.

은결은 아마도 홍당무처럼 익었을 얼굴을 차마 들지 못한 채 고개를 숙이려 했다. 물론 그러한 그녀의 움직임은 손끝으로 턱을 들어올리는 윤우에 의해 저지되었지만.

"허락하신 겁니까?"

그는 후광이 비치는 얼굴을 들이밀며 속삭였다. 터질 것같이 부풀어 오른 심장의 팽창을 막지 못한 은결은 대답하지 못했다. 대신 의식하지 못하는 사이 스르륵 눈꺼풀을 아래로 내릴 뿐이었다.

'미쳤나 봐, 나⋯⋯.'

이게 어찌 된 일인지 모르겠다. 왜 이런 상황이 된지도 모르겠다. 자신이 뭐라고 말한 건지도 모르겠고, 그가 왜 저렇게 섹시한 얼굴을 하고 있는 건지도, 모르겠다. 그의 입술이 그녀의 입술을 내밀면 닿을 만한 거리에 있다는 것도, 모르겠다.

그러니까 전부, 이 모든 일들이 일어난 원인에 대해 아무것도 모르겠으니까 그냥⋯⋯.

"하겠습니다."

일일이 허락받지 말ㄹ⋯⋯!

6화.

둘만의 비밀 암호는 처음입니다

코끝으로 온기가 느껴질 만큼 거리는 가까웠다. 너무 뜨거워 속이 간질간질거리는 느낌이 싫지 않았다. 누가 정중한 남자 아니랄까 봐 일일이 허락을 받은 그는 은결의 코앞까지 다가왔다. 숨이 막혀서 그녀는 심장이 미친 듯이 일렁이는 것을 느꼈다.

거리가 가까워지면 질수록 윤우의 숨결이 스며들었다. 취하는 것 같아 은결은 눈꺼풀을 부르르 떨었다. 자신에겐 첫 키스도 아니건만 왜 이렇게 가슴이 떨리는 건지.

하겠습니다, 라고 말을 한 이후로 생각보다 빠르게 돌진하지 않는 윤우로 인해 슬쩍 눈꺼풀을 떴을 때 은결은 그가 숨을 후우, 후우 몰아쉬고 있는 것을 발견했다. 그 모습이 사랑스럽기 그지없어 그녀는 속으로 쿡쿡거렸다.

'아!'

냉정한 남자가 저리도 긴장을 하다니. 회사에 들리는 소문만으로는 일과 연애를 하고 있다는 워커홀릭은 그녀를 앞에 두고 마른침만

삼키고 있었다. 이런 상태가 지속된다면 먼저 그의 입술을 덮어 버리는 건 아마도 제 입술이 아닐까 하고 중얼거리고 있던 은결은 살포시 그녀의 입술을 덮어 버리는 그의 입술의 온기를 느꼈다.

윤우의 입술은 눈으로 보았던 것보다 훨씬 보드라웠다. 무슨 연유인지 촉촉한 것 같기도 했다. 은결은 조심스럽게 그녀의 입술 위로 제 입술을 맞대는 윤우의 행동에 입꼬리를 올렸다. 귀엽기도 하지. 신중한 남자는 아주 천천히 그녀의 입술을 탐하려고 하는 듯했다.

은결은 감았던 눈을 뜨지 않고 그가 전해 주는 체온을 받으며 윤우의 리드에 몸을 맡기려 했다.

'어?'

하지만 그가 깊게 숨을 들이마신 후 은결에게 돌진한 지 1초가 흐르고, 2초, 3초, 그리고 10초가 흘렀음에도 불구하고 윤우는 더 이상 미동을 하지 않았다. 은결은 제 입술 위로 자신의 입술을 맞대고만 있는 남자의 몸짓에 의문을 느꼈다.

그의 입술로부터 전해지는 달콤하고도 짜릿한 감촉이 그녀의 온몸을 전율시키는 건 당연했다. 덕분에 가슴이 제멋대로 뛰는 것도 사실이었다. 그러나 안으로 들어와야 할 것이 들어오지 않고 정체되어 있자 은결은 인상을 썼다.

'설마, 그럴 리가.'

키스를 해도 되냐고 물었던 건 눈앞의 남자였다. 그렇다면 분명 그의 말캉한 혀가 그녀의 닫힌 입술 사이를 파고들어야 하지 않은가? 혹시나 싶어 은결은 꾹 다물고 있던 입술을 열었다. 그래도 윤우는 그저 입술을 맞대고 있을 뿐이었다. 은결은 어안이 벙벙해졌다.

"……후우."

마치 거사를 치른 사람처럼, 개운한 얼굴을 한 남자는 그녀에게 입술을 맞춘 지 20초 정도 지났을 때 은결에게서 떨어져 나왔다. 그는 길게 숨을 뱉어 내며 긴장감을 떨치려 애썼다.

은결이 넋을 놓고 있다는 걸 알 리 없는 윤우는 쓰게 웃었다.

"생각했던 것보다…… 더 떨리는군요."

자신의 도톰하고 붉은 입술을 기다란 손끝으로 만지작거리던 남자는 들떠 있었다.

"이런 거네요. 키스는."

희미한 미소를 짓는 그는 정말로 행복해 보였다. 은결은 즐거워하는 윤우를 방해하고 싶지 않았다. 하지만 아닌 건 아닌 거잖아. 왠지 당한 것 같아 은결은 미간을 좁혔다.

저도 연애라면 거의 초짜에 가까웠지만 적어도 키스가 이것이 전부가 아니라는 것 정도는 알고 있다. 기습적인 그의 공격에 가슴이 덜컹거렸으나 그 두근거림이 더 커지기 전에 식어 버린 느낌이다. 은결은 어찌할까 고민하다 결의를 다졌다. 그래, 이대로 넘어갈 수는 없지.

그녀는 크게 일렁이는 눈으로 자신을 직시하는 윤우를 응시했다.

"팀장님."

"네, 고은결 씨."

대답은 잘 한다. 고은결이 왜 자신을 불렀는지 전혀 알지 못하는 남자는 평소처럼 다정한 미성을 뱉어 냈다. 태연한 윤우를 빤히 쳐다보던 은결은 조심스레 물었다.

"방금 그게, 정말 키스였나요?"

윤우는 딱딱한 은결의 말에 순간적으로 흠칫 놀라는 것 같았다. 움찔거리던 그는 잠시 행동을 멈추었다. 그리고는 긴장한 음성으로 되묻는다.

"뭐 잘못됐습니까?"

그냥 잘못됐을 뿐이겠어요?

라는 말이 목구멍까지 차올랐지만 은결은 가까스로 참아 냈다. 대답 대신 인상만 쓰는 그녀를 보던 윤우의 얼굴은 파랗게 질려 갔다.

"혹시 제가 무슨 실수라도 한 겁니까?"

자신이 어떤 짓을 했는지 아직까지도 인지하지 못하는 남자를 향해 은결은 손을 뻗었다. 그녀의 가느다란 손은 윤우의 얼굴을 감쌌다.

윤우는 돌연 제 얼굴을 잡고 저만을 바라보는 은결에게 의문의 시선을 쏘아 보냈다. 은결은 붉은 입술을 달싹였다.

"팀장님."

'네, 고은결 씨.' 하는 대답은 들려오지 않았다. 은결은 콧속으로 들어오는 그의 체취에 눈앞이 아찔해지는 것을 가까스로 참아 낸 뒤 미동 없는 눈동자를 윤우에게 고정시켰다. 그리고는 속삭였다.

"키스는, 이렇게 하는 거예요."

야릇하게 속삭인 은결의 입술은 놀란 윤우의 입술을 덮었다. 그녀가 생각했던 것보다 약간 높은 위치에 그의 입술이 있기는 했지만 다행히 정확히 입술 위로 앉을 수 있었다. 눈을 뜬 상태였으므로 윤우의 커다래진 눈동자가 보였다. 아름다운 동공이다. 은결은 속으로 중얼거리며 새빨간 혀로 그의 입술을 쓸었다.

"······!"

단순히 입술을 덮어 버리는 게 아니라 그녀의 혀가 그의 입술을 핥자 모든 것이 처음인 남자는 크게 당황했다. 은결은 그가 주먹을 세게 움켜쥐는 것을 보며 흐리게 웃었다. 다음 차례로 나아가야겠다며 닫혀 있는 그의 입술 안으로 제 것을 밀어 넣자 윤우는 속절없이 입을 벌렸다. 은결은 몸 둘 바를 모르는 윤우의 혀를 발견한 뒤 부드럽게 감쌌다.

저무는 태양 아래, 제 옆에 앉아 있는 남자의 얼굴을 붙잡고 키스를 퍼붓는 은결은 거침없었다. 그의 혀를 옭아매기도 하고 세차게 빨아 당기기도 하며 윤우의 미간을 좁게 만들었다. 물론 그녀도 많은 경험이 있는 건 아니었지만 적어도 입맞춤이 키스라고 생각하는 남자보다는 나은 편이었다.

은결은 어느새 감았던 눈을 살며시 위로 올리며 윤우를 응시했다. 지금 이 상황이 매우 혼란스러운지 거세게 요동치고 있는 윤우의 얼굴은 잔뜩 흐트러져 있었다.

'아무도 모르겠지.'

그의 이런 모습은.

윤우에게 지금과 같은 표정을 짓게 만드는 사람이 바로 자신이라는 게 기쁘다. 은결은 이쯤 되면 키스하는 법을 가르쳐 주었다고 생각하며 천천히 그에게서 떨어져 나왔다. 은빛의 실타래가 길게 늘어졌다.

은결은 말없이 저를 응시하는 윤우를 향해 미소 지었다.

"어때요?"

엄지로 입술을 슥 닦으며 그녀가 속삭이자 윤우의 흔들리던 동공이 제자리를 찾았다. 흥분한 듯 얼굴을 붉히고 있던 그는 어느새 원래의 냉정하고 차가운 얼굴로 돌아와 있었다. 그의 흐트러진 모습을

더 이상 볼 수 없다는 게 아쉽긴 했지만 이런 모습도 싫어하진 않는
편이니 은결은 두근두근 뛰는 마음을 부여잡고 말했다.

"팀장님이 한 거랑은 다르죠?"

"……그렇군요."

몽롱한 눈을 하고 말을 흐리는 남자로 인해 가슴이 간질간질하다.
차마 크게 웃지 못했던 그녀는 입꼬리를 슬며시 올리며 고개를 돌리
려 했다.

"고은결 씨."

노을은 금세 졌다.

고작 입맞춤 한 번에 키스 한 번을 했을 뿐인데, 어느덧 어둠이 찾
아왔다. 시간이 빠르게 흐른다는 걸 직감하던 은결은 자신을 부르는
그에게 시선을 돌렸다. 그녀의 눈에 들어온 윤우는 번들거리는 입술
을 굳게 다문 채 은결을 쳐다보고 있었다. 그 눈빛에 가슴이 떨리지
않았다면 거짓일 것이다.

그녀는 쿵쾅거리는 심장 소리를 느끼며 대답했다.

"네, 팀장님."

"저는 뭔가를 한 번 배우면 응용하는 습관이 있습니다."

은결은 뜬금없는 그의 말에 인상을 썼다.

"그게 무…… 읍!"

도통 의미를 알 수 없는 말이라고 생각하는 순간이었다. 윤우는 길
쭉한 팔을 뻗어 은결의 자그마한 머리를 감쌌다. 좀 전과 정확히 반
대의 상황이 되어 버렸다. 은결은 갑작스러운 그의 행동에 움직이지
못하고 윤우에게 끌려갔다. 그는 보드랍다 못해 촉촉한 입술을 은결
의 위에 덮어 버리고 그녀의 치열을 쓸었다.

'아아.'

저돌적인 그의 행동에 은결은 뜨고 있던 눈을 감았다. 숨이 막힐 만큼 차오른다. 한 번 은결을 자극한 윤우는 한쪽 손으로 그녀의 머리를 받치고 다른 한쪽 손으론 그녀의 허리를 감싸며 제 품으로 은결을 당겼다. 취할 것 같은 그의 체취가 코끝으로 스며들었다. 어지럽다고, 은결은 생각했다.

웅용하는 습관이 있던 남자는 은결의 입안 곳곳을 헤집으며 그녀가 호흡을 하지 못하도록 만들었다. 제 모든 것을 흡입해 버리는 윤우로 인해 은결은 미간을 좁혔지만 그는 멈추지 않았다. 달콤한 타액이 넘어왔다. 이젠 누구의 것인지 구분하기 힘들 정도다. 은결은 입술을 파르르 떨었다.

'자극해 버린 걸까.'

은결은 눈을 감은 채 생각했다. 아무것도 모를 줄 알았는데 이렇게 반격을 하다니. 그녀는 제 혀를 옭아매며 놓아줄 기미를 보이지 않는 남잘 느끼며 축 늘어뜨렸던 팔을 들어 올렸다.

윤우의 목에 팔을 두르는 은결로 인해 그가 잠깐 멈추었지만 결코 키스를 퍼붓는 걸 그만두지는 않았다. 그녀는 이젠 될 대로 되라는 심정으로 윤우의 키스에 모든 것을 맡겼다.

"하아……."

뜨거운 숨이 그녀의 입술 밖으로 터져 나온 것은 윤우가 정신없이 그녀를 뒤흔든 뒤였다. 은결은 풀려 버린 동공으로 그를 응시하며 긴 호흡을 뱉어 냈다.

빨려 들어가 버렸다. 제정신을 차릴 수 없을 만큼, 빠르게.

그녀는 거친 숨을 내쉬며 윤우를 쳐다봤다.

마침 근처에 있던 가로등에 불이 들어오는 시점인지라 윤우의 얼굴이 보였다, 보이지 않았다를 반복했다. 어두워진 하늘 아래 가로등이 반짝이고, 윤우의 읽을 수 없는 검정색 눈동자가 일렁였다.

은결은 저를 똑바로 직시하는 남자에게 입술을 쭉 내밀었다.

"첫 키스, 아니죠?"

도저히 첫 키스라고는 믿어지지 않을 만큼 훌륭했던 키스였다. 은결은 뾰로통한 표정을 지으며 그의 답변을 기다렸다. 가만히 은결을 내려다보던 윤우는 픽 웃으며 대답했다.

"네."

뭐?

"아니라구요?!"

그의 답변에 놀란 건 은결이었다. 그녀는 자리에서 벌떡 일어날 기세로 소리쳤다. 그러자 윤우는 대수롭지 않은 얼굴로, 아무렇지도 않게 말했다.

"두 번째 키스였죠. 제 첫 키스는 고은결 씨가 앗아 갔잖습니까."

'아…….'

그랬었지.

그러고 보니 그의 말이 맞다. 윤우에게 있어 첫 번째 키스는 은결이 리드를 했던 몇 분 전의 것이고, 두 번째 키스는 방금 전의 것. 확실히 틀린 말은 아니었다.

그래도 그렇지,

"양의 탈을 쓴 늑대야."

은결은 싱긋 웃고 있는 윤우를 흘깃거리다 툴툴거렸다. 윤우는 어깨를 으쓱였다.

"남자는 다 늑대라지 않습니까."

"팀장님도 그럴 줄은 몰랐죠."

"나도 똑같습니다. 그리고 그저, 남들보다 이해력이 빠를 뿐입니다."

"말은 번지르르."

"그래서……."

응?

"고은결 씨는…… 이런 내가 싫습니까?"

은결은 어느새 제 눈앞까지 다가온 그의 속삭임에 투덜거림을 멈췄다. 윤우의 반짝반짝 빛나는 검은 눈동자는 너무도 아름다웠다. 자신이 이렇게 아름다운 것에 쉽게 홀리는 사람이었냐고 속으로 중얼거리던 그녀는 윤우가 제 취향에서 꽤 벗어나 있음에도 불구하고 설레게 만드는 유일한 남자라는 것을 인정했다.

그의 눈빛 공격이 싫지 않았다. 심장이 멋대로 움직일 만큼 기분이 좋아져서 문제다.

'흥.'

은결은 속으로 콧방귀를 뀌며 입술을 움직였다.

"싫지 않아서 문제네요."

라 답한 그녀는 손을 단번에 윤우의 목에 팔을 둘렀고 두 사람은 다시금 입을 맞추며 진한 키스를 이어 갔다.

'이래도 되는 걸까?'

사귀게 된 지 겨우 일주일도 되지 않은 남자와 첫 데이트에 나와서 첫 포옹을 하는 것도 모자라 첫 손잡기, 첫 입맞춤, 그리고…… 첫 키스까지. 흔히들 말하는 LTE급으로 연애의 속도가 빠른 감이 없잖아 있지만 남녀가 가까워지는 덴 정해진 기준은, 없다.

'괜찮아.'

은결은 흔들리는 마음을 다잡고 그의 키스에 열렬히 응했다.

"엄마! 저기 저거 봐! 저 아저씨랑 아줌마, 싸우나 봐. 서로 입을 물고 있어!"

지나가던 꼬마아이가 한강 둔치에 앉아 입술을 맞대고 있는 두 남녀를 가리키며 소리치기 전까지는, 윤우와 은결은 떨어질 줄 몰랐다.

※

─늦게 배운 도둑질에 날 새는 줄 모른다고, 팀장님이 딱 그 모습인 거 알아요?

일요일 밤.

어제에 이어 오늘도 은결과 데이트를 하고 돌아온 윤우는 샤워를 하자마자 그녀에게 전화를 걸었다. 기다렸다는 듯 그의 전화를 받은 은결은 낮은 웃음을 터뜨리며 오후까지 이어졌던 그들의 데이트에 대해 읊었다.

그녀의 재잘거리는 목소리가 너무도 듣기 좋아서 마냥 듣고 있던 윤우는 돌연 풋 실소를 흘리며 중얼거리는 은결의 말에 고개를 갸웃거렸다.

"그게 무슨 말입니까?"

은결은 의아해하는 그에게 말했다.

─오늘도 대체 몇 번이나 키스를 한 거예요? 이러다 제 입술이 닳겠어요!

윤우는 곰곰이 생각해 보았다.

아침에 그녀를 보자마자 잠깐 입을 맞춘다는 것이 그만 길어졌던 기억이 났다. 점심을 먹고 난 후 손을 잡고 길거리를 걷는 와중에 은결의 눈썹에 붙은 가느다란 실을 떼어 주다 그녀의 입술이 너무 예뻐서 무심코 입을 맞추었던 기억도 있다. 차에 올라탄 후 자신을 올려다보던 그녀의 눈동자가 반짝반짝 빛나서 입을 가져다 대기도 했었고, 은결을 집까지 데려다 주며 그녀의 손을 붙잡고 있다가 아쉬운 마음에 끌어안은 후 키스를 퍼붓기도 했었다.

'그러고 보니 적지 않았군.'

스스로도 의식하지 못할 정도로 익숙해진 키스는 은결의 입술을 퉁퉁 붓게 만들기 충분할 것이다. 윤우는 심각한 표정을 지으며 미간을 좁혔다.

"역시, 자제하는 게 좋겠습니까?"

이러다가 그녀만 보면 키스를 할지도 모르겠다. 자각하지 못할 만큼 그녀를 탐하고 또 탐해 버렸으니까. 한 번 배운 키스가 이렇게까지 그를 제어 불능으로 만들 줄이야. 윤우는 진지한 얼굴을 하고 은결의 대답을 기다렸다.

─……싫다고는 안 했어요.

'그래요, 좀 자제하는 게 좋겠어요!' 라든가, '하루에 한 번은 허락해 줄게요.' 라는 대답이 들려올 거라 생각했던 윤우는 눈을 크게 떴다. 은결은 말을 이었다.

─그거 알아요, 팀장님?

"예?"

─팀장님…… 가면 갈수록 키스를 잘해요.

은결은 한숨을 푹 내쉬었다.

—분명 팀장님한테 키스를 가르쳐준 건 전데, 왜 팀장님이 저보다 더 잘하는 거예요? 왠지 기분 나빠요. 스승인 제가 더 잘해야 하는 거 아닌가요?

윤우는 사랑스럽기 그지없는 여자의 말에 웃음이 터져 나오려는 걸 꾹 참았다. 그는 은결에게 속삭였다.

"말씀드렸잖습니까. 전, 이해력이 빠르다고. 청출어람인 거죠."

—앞으로 적당히 가르쳐 줘야겠어요. 팀장님의 당황하는 모습을 보는 것도 재미있었는데, 너무 능숙해지니까 손해 보는 기분이야.

툴툴거리는 그녀가 귀여워 윤우는 그저 웃을 뿐이었다.

"고은결 씨."

—네.

"좋아합니다."

심장이 콩닥콩닥 뛴다. 눈앞에 있었더라면 손을 뻗어 꽉 끌어안았을지도 모르겠다. 제 옆에 두고 온종일 보고 싶은 여자는 그녀가 처음이었다. 윤우는 가슴이 벅차오르는 것을 느끼며 말을 뱉어 냈다.

—…….

은결은 그의 말에 섣불리 답하지 않았다. 데이트를 하고, 손을 잡고, 키스를 한다고 할지라도 그녀의 마음이 쉽게 움직이지 않으리라는 걸 알기에 윤우는 굳이 재촉하지 않았다. 단지 그녀가 제 마음을 일순간의 기분으로 여기지 않았으면 싶었다. 감정을 드러내는 데 거리낌 없는 남자는 입꼬리를 올렸다.

—아마도……. 곧, 팀장님을 좋아하게 될 것 같아요.

언제가 되었든, 그녀가 허락하는 그날까지 은결의 옆에 있었으면 좋겠다고 생각하고 있을 때, 핸드폰 너머로 나지막하게 들려오는 그녀의 말에 윤우는 어안이 벙벙해졌다.

―그러니 조금만 기다려 줘요. 내가 당신을 따라잡을 수 있는 그날까지.

"……."

―오래 걸리진 않을 것 같아요. 음. 느낌상, 그래요.

예측이 불가능한 여자였다. 바라보고 있으면 심심하지 않을 만큼. 씩씩하고 명랑한 줄은 알았지만 곁에서 지켜보니 더욱 당당하다.

윤우는 숨이 가득 차올라 말을 잇지 못했다.

―그런데 왜 대답이 없어요? 팀장님, 제 말 듣고 있어요?

끊임없이 제게 직설적이다 말하는 여자는 저보다 더하면 더했지 결코 덜하지 않았다. 윤우는 의아한 음성을 흘리는 그녀에게 차마 소리가 새어 나오지 않는다고 답할 수 없었다. 핸드폰을 쥐고 있던 손이 덜덜 떨릴 만큼 그는 동요하고 있었다. 확신을 가진 그녀의 말에 감동해서, 라는 게 그 이유다.

"보고 싶습니다, 고은결 씨."

몇 시간 전까지 함께 있던 여자가 미치도록 그립다. 너무 그리워서 견디기 힘들 정도였다. 윤우는 겨우 말을 뱉어 냈다. '저도요.'라고 작게 대답한 그녀는 '아!' 하고 탄성을 터뜨렸다. 요동치는 가슴을 진정시킨 윤우는 은결이 말하길 기다렸다.

―출근하기 싫어졌어요.

"왜요?"

―팀장님이랑 만나기 힘들어지잖아요.

아쉬움이 가득한 목소리로 중얼거리는 은결의 말엔 힘이 없다. 윤우는 웃어 버렸다.

"그럼 우리, 비밀 암호라도 만들까요?"

―비밀 암호요?

"네. 회사에서 몰래 만날 때 사용하는 암호를 만드는 거죠."

―예를 들면 서로를 부르는 애칭 같은 거?

"그런 식도 괜찮고, 특별한 행동을 일컫는 암호도 만드는 게 좋겠습니다."

―재미있겠어요!

신이 난 은결이 손뼉을 치는 소리가 들려왔다.

"왠지 영화를 찍는 기분이네요."

서로의 웃음소리를 주고받으며 회사에서 사용할 암호를 정하던 윤우는 입술을 달싹였다.

―영화요?

"네. 그중에서도 첩보 영화를 찍는 기분입니다."

들뜬다. 그녀와 함께 있으면. 자신도 주체하지 못할 만큼 들떠서 막을 수가 없다. 윤우는 씰룩거리는 입가를 매만졌다.

―팀장님은 첩보 영화를 좋아하세요?

"매우 좋아합니다. 특히 007 마니아죠."

―뭐야. 007 마니아면서 왜 키스를 할 줄 몰랐던 거예요! 제임스 본드는 여자들을 홀리고 다니는데.

허를 찌르는 그녀의 말에 당황한 건 사실이었지만, 곧 평정을 되찾은 윤우는 냉정하게 대답했다.

"이론과 실전은, 어디까지나 차이가 있으니까요."

은결은 그의 답변에 납득한 듯 깔깔 웃었다.

―좋아요. 그럼 팀장님 애칭은 '본드', 어때요?

"본드?"

윤우가 미간을 좁히는 사이 은결의 말은 이어졌다.

―네. 회사 내에서 제가 팀장님을 칭할 때 그렇게 부르는 거예요.

그는 잠시 고민했다.

"그럼 고은결 씨는 본드걸입니까?"

―그러고 보니 그런 셈이 되네요?

"좋군요."

윤우는 검은 정장을 입은 자신과 블랙 드레스를 입은 은결을 상상해 보며 미소 지었다. 그러다 눈꼬리를 휘며 소리를 뱉어 냈다.

"고은결 씨."

―네, 팀장님.

"둘만의 비밀 암호는⋯⋯."

―처음입니다, 맞죠?

⋯⋯!

그의 말이 끝나기도 전에 은결이 선수를 쳤다. 윤우는 한동안 멍한 표정을 짓다 피식 웃어 버렸다.

"이해력이 빠르군요, 고은결 씨."

그러자 쿡쿡 웃던 은결의 상냥한 음성이 윤우의 귓가로 흘러왔다.

―그럼요. 누구 여자친군데요.

'응?'

이른 아침부터 출근할 준비를 하고 있던 은결은 어렴풋이 들리는 초인종 소리에 정신을 차렸다. 너무 바삐 움직이느라 혹시 환청을 들은 게 아닐까 싶어 미간을 좁혔던 그녀의 귀로 다시 한 번 딩동, 소리가 들려오자 화들짝 놀랐다.

얼른 탁상시계를 흘깃거린 그녀의 시야로 들어온 시간은 아침 일곱 시 반. 어떤 예의 없는 사람이 이 시간에 초인종을 누르나 싶어 인터폰을 확인한 그녀는 화면에 비치는 한 남자를 발견하고 입을 벌렸다.

"팀장님?"

서둘러 달칵 문을 열고 고개를 빠끔 내밀자 빙긋 웃고 있는 그가 보였다.

은결은 찢어진 눈을 동그랗게 뜨며 그를 불렀다. 윤우는 당황해하는 은결에게 아침부터 미소를 지어 주며 붉은 입술을 달싹였다.

"좋은 아침입니다, 고은결 씨."

은결은 덩달아 그에게 아침 인사를 했다.

"아, 네. 팀장님도 안녕히 주무셨어요?"

"덕분에요."

"그런데 여기까진 어쩐 일로……."

어젯밤 자기 전에 그와의 전화 통화에서 아침에 그녀를 찾아올 것이라는 이야기는 듣지 못했다. 자신이 잊고 있었나 싶어 곰곰이 기억을 더듬어 보았지만 결과는 같았다.

은결은 의심을 쉬이 떨치지 못하고 가늘게 뜬 눈을 그에게 고정시켰다. 윤우는 금방이라도 웃음을 터뜨릴 것 같은 환한 얼굴로 대답했다.

"어쩐 일이긴요. 고은결 씨랑 함께 출근하려고 왔습니다."

"깜짝 이벤트인가요?"

"그런 셈입니다."

왠지, 싫지 않은 이벤트다. 안 그래도 어젯밤 골똘히 생각해 만들었던 둘만의 암호도 점검할 생각이었는데. 은결은 싱긋 웃으며 그에게 '저 준비 다 됐으니 잠깐만 기다려 주세요!' 라는 말을 날린 뒤 집 안으로 들어갔다.

"출발해요, 팀장님!"

몇 분 후, 출근 준비를 마친 은결은 더할 나위 없이 상쾌한 얼굴을 하고 밖으로 나왔다. 윤우는 밝게 외치는 그녀를 향해 고개를 끄덕이며 함께 엘리베이터로 걸어갔다.

"아침엔 안경을 주로 쓰는 편인가 봐요?"

두근두근 가슴이 뛴다. 남자친구와 함께 출근하는 아침이라니. 이 얼마나 바라던 로망 중의 하나인가. 이런 게 사내 연애의 재미라고 중얼거리며 배시시 웃음이 흘러나오려는 걸 꾹 참던 은결은 제게 말을 거는 윤우의 음성에 정신을 차렸다. 그녀는 코끝까지 흘러내린 안경을 위로 올리며 대답했다.

"원래는 렌즈를 껴요. 안경을 끼면 더 사납다는 말을 들어서 일부러…… 헉, 설마, 지금 저 무서워 보여요?"

만약 약간의 시간이 더 주어졌더라면 렌즈까지 착용한 후 집에서 나설 수 있었겠지만 밖에서 기다리고 있는 그가 신경이 쓰여 서둘러 나오느라 그러지 못했다.

시력이 좋지 않아 안경을 착용하지 않는다면 눈앞의 사람도 눈에 힘을 줘야만 알아볼 수 있었던 은결은 의아한 그의 말에 흠칫거리며 되물었다. 윤우는 가만히 그런 은결을 응시하더니 나지막하게 중얼거렸다.

"그래서 기억을 못 하는 건가."

"네?"

"아뇨. 아무것도 아닙니다. 고은결 씨는 안경을 써도 무섭지 않아요. 귀엽습니다, 정말."

어머.

"티, 팀장님도 참. 아침부터 부끄럽게."

작게 흘린 그의 말을 듣지 못해 어리둥절해하는 은결에게 미소를 지어 주던 윤우가 말을 덧붙이자 그녀는 얼굴을 빨갛게 붉혔다. 스스럼없이 낯간지러운 말을 마구 뱉어 내는 빈도가 점점 늘어나고 있었지만 그게 싫기는커녕 좋다는 게 문제다.

은결은 멋대로 뜀박질하는 심장의 박동 소리를 느끼며 고개를 푹 숙였다.

"어? 그런데 주차장으로 안 가세요?"

그의 칭찬에 들뜬 나머지 주위를 살피지 못했던 은결은 두 사람이 현재 주차장 쪽이 아닌 지하철역 쪽으로 향하고 있다는 걸 뒤늦게 자각했다.

은결이 물음을 던지자 윤우는 대답했다.

"예. 차를 가져오면 고은결 씨랑 함께 출근하는 시간이 줄어들잖아요. 그래서 차는 안 가져왔습니다."

"……!"

"오랜만에 대중교통을 이용하는 것도 나쁘지 않고. 고은결 씨를 조금 더 보고 싶어서 말입니다."

입꼬리를 올린 기획 2팀의 왕자는 부드럽게 속삭이며 은결을 내려다보았다.

"고은결 씨."

가슴이 방방 뛰어 참을 수 없었던 은결은 멍한 눈으로 그를 쳐다봤다.

"네?"

"우리, 손잡고 걸을까요?"

각자의 길을 가고 있는 학생과 회사원들이 거리에 가득했다. 그들의 뒤를 따르고 있던 은결은 윤우의 제안에 주위를 두리번거리며 낮은 목소리로 대답했다.

"너무 눈에 띄지 않을까요? 혹시 누가 본다면……."

"걱정 마세요. 이 근처엔 우리 회사 직원들은 없습니다."

"그걸 어떻게 아세요? 서, 설마 조사하신 거예요?"

윤우는 대답 대신 옅은 미소만을 지은 채 은결의 손을 살포시 잡았다. 손바닥에서 느껴지는 그의 온기에 은결의 머릿속에 가득 들어차던 의문이 순식간에 사라진다. 묘한 마력을 지닌 행동이었다.

"따뜻하네요, 고은결 씨 손은."

은결은 '팀장님 손도 그래요.' 라 속으로 중얼거리며 그의 손을 쥐고 있는 손에 살포시 힘을 주었다.

"윽."

"밀지 마요!"

"거, 좀 탑시다!"

아침 여덟 시. 일명 '지옥철' 이라고도 불리는 지하철 안은 그 어느 때처럼 붐볐다.

어떻게 해서든 전동차에 타려는 자와 제 자리를 사수하려는 자, 그리고 정류장에서 내리려는 자들 간의 보이지 않는 싸움이 이어지는 험난한 그곳에서 유독 태평한 표정을 짓고 있는 사람은, 바로 은결이었다.

평소대로라면 다른 사람들처럼 제 자리를 지키고 회사 근처 역에서 내리기 위해 안간힘을 썼을 그녀는 자신을 감싸 주는 한 남자의 품에서 비교적 평안하게 서 있는 중이었다. 한 가지 단점이라면 미칠 듯이 뛰는 심장 소리가 그에게 들릴까 봐 노심초사하는 점이었는데, 코끝에서 느껴지는 윤우의 체취에 마비가 되어 이젠 그건 아무려면 어떠랴란 생각까지 하고 있었다.

TV나 만화 속에서 보던 일이 제게 일어날 거라곤 단 한 번도 생각해 본 적이 없었다. 마치 공주를 지켜 주는 왕자님처럼 다른 이들의 접근을 막는 팔을 그녀의 얼굴 양옆에 대고 가만히 내려다보고 있는 남자의 시선이 따가워 견딜 수가 없었다.

터져 버릴 것 같은 가슴의 박동 소리는 이미 제어가 불가능했고 얼굴이 빨갛게 달아올라 미칠 지경이었지만 윤우의 달콤한 향기가 이상하게 은결을 들뜨게 만들었다.

'이것도 데이트의 일종인가?'

출근길, 예상하지 못했던 윤우와의 데이트가 이토록 짜릿할 줄이야. 은결은 자꾸만 입가가 씰룩거리는 것을 억누르며 후우, 후우 낮은 숨을 뱉어 냈다.

"왜 그렇게 웃어요?"

지하철에 탄 이후로 미간을 좁힌 채 은결을 제외한 주위에 싸늘한 냉기를 흘리던 윤우는 그녀의 어깨가 조금씩 들썩이고 있다는 걸 이제야 인지하곤 은결에게 말을 걸었다. 그녀는 천천히 고개를 들어 올려 윤우의 맑고 검은 눈동자를 직시하곤 씩 웃었다.

"그냥. 이 시간이 좋아서요."

비좁긴 하지만 그를 가까이 느낄 수 있어서 좋았다. 그가 뱉어 내는 일정하고 고른 숨소리가 듣기 좋은 것도 이유가 되기도 했다. 웃음을 참지 못하고 흘려 버린 은결의 대답에 윤우의 눈꼬리가 예쁘게 휘어지는 게 보였다.

"저도 고은결 씨와 함께인 지금이 좋습니다."

굵은 미성이 귓가로 흘러 들어왔다. 귀 안을 울리는 그 다정한 목소리에 온몸이 사르르 녹아 버릴 것만 같았다. 은결은 회사 식구들은 알지 못할 강윤우 팀장의 미소를 아침부터 두 눈으로 보았다는 사실에 만족했다.

"이런 경험도 나쁘진 않군요."

보통 때보다 훨씬 즐거웠던 지옥철을 함께 겪고 나서, 회사가 있는 양재역에 내려 일정한 거리를 두고 걸어가던 두 사람 중 작게 말한 사람은 윤우였다.

지금부터는 주변을 경계해야 했던 터라 그와 나란히 걸으면서도 정면만 바라보고 있던 은결은 윤우의 말을 정확히 캐치해 냈다. 그녀가 대답 대신 그를 쳐다보자 윤우는 여전히 앞을 응시하며 중얼거렸다.

"고은결 씨와 같이 아침을 맞을 수 있잖아요. 앞으로 출근길의 소소한 재미가 되겠습니다."

윤우의 말에 은결이 '그럼 내일도 함께 출근하는 건가요?' 라 답변하려는 순간,

"은결 씨!"

하고 저를 부르는 것이 틀림없는 익숙한 음성이 그녀의 입을 다물게 만들었다.

"먼저 가 보겠습니다."

반사적으로 움찔거리던 은결은 냉정하게 말하곤 회사로 걸어가는 윤우를 막지 못했다. 마음 같아선 그의 뒤를 쫓아가 함께 로비 안으로 들어가고 싶었지만 '같이 가, 은결 씨!' 라 외치며 다다다 달려오는 정 대리의 뜀박질 소리에 멀뚱히 서 있을 수밖에 없었다.

"정 대리님, 이제 출근하세요?"

조금만 늦게 오시지 그러셨어요.

아쉬운 마음을 애써 감추며 은결은 거칠게 숨을 몰아쉬는 정 대리에게 인사를 건넸다. 호흡을 고른 정 대리는 고개를 끄덕이다 앞서

걸어 나가는 윤우의 뒷모습을 발견하곤 미간을 좁혔다.

"어. 오늘은 좀 늦었네. 그런데 저기 저 사람, 강 팀장 아니야? 출근 시간도 아깝다고 대중교통도 이용 안 한다는 사람이 웬일로 지하철에서 걸어왔대?"

은결은 그간의 규칙을 깨고 파격적인 행보를 보인 윤우를 발견하고 어이없어하는 정 대리에게 어색한 미소를 지었다.

✂

은결이 윤우와 밤새 고민하며 정했던 그들의 비밀 암호들은 다음과 같았다.

윤우를 의미하는 'Mr. Bond'와 그에 맞서 은결을 뜻하는 암호인 'Bond girl'. 두 사람의 '만남'은 첩보 요원들이나 사용할 법한 단어인 '접선'을 사용하며, 접선 장소는 장소의 이름 뒤에 '씨' 자를 붙인다.

예를 들자면 옥상 정원에서 만나자는 말은 '옥정 씨 보고 싶어요.'라고 표현하고, 지하주차장 1층에서 만나자는 말은 '지주 씨 1만큼 보고 싶어요.'라는 표현을 사용하기로 했다.

지금 뭐하냐는 물음은 '오늘 날씨는 어때요?'라고, 같이 퇴근해요라는 말은 '달이 가득 찼네요.'라고, 커피 한 잔 어때요는 '검은 콩은 맛있어요.', 그리고 가장 중요한 만나는 건 취소해요는 '날씨가 흐리네요.' 등등으로 표현함으로써 타인의 눈을 피하기로 했다.

그러나 두 남녀가 날밤을 새워서까지 고뇌하고 또 고뇌했던 비밀 암호는 벌써 이틀째 제대로 사용된 적이 없었다. 그것도 그럴 것이,

다음 주 열릴 사내 체육대회의 운영을 맡게 된 사람이 기획 2팀의 팀장 윤우였기 때문이다.

너무 바빠 정신이 없는 그에게 만나자는 제안을 던질 수도 없어서 강제로 업무에 매진하고 있던 은결은 미동 없는 핸드폰을 내려다보았다.

'안 오네.'

일부러 휴게실을 기웃거리며 커피를 빼 먹기도 하고, 다른 직원들의 심부름까지 해 주었건만 그녀의 남자친구는 팀장실에 박혀 도통 나올 생각을 않았다. 그의 상황을 이해는 하면서도 얼굴을 보기가 힘들어 아쉽기만 하다.

은결은 한숨을 푹 내쉬며 중얼거렸다.

"보고 싶다……."

"누가?"

그녀는 의아한 음성에 책상 위로 파묻으려던 고개를 번쩍 들었다.

"저, 정 대리님!"

기운이 빠진 은결을 내려다보며 정 대리는 눈을 반짝반짝 빛냈다.

"누가 보고 싶은데? 뭐야. 은결 씨, 새 애인이라도 생겼어?"

여전히 눈치는 빠른 여자였다. 은결은 순간적으로 몸을 움찔거리면서도 얼른 고개를 저으며 대답했다.

"그럴 리가요. 헤어진 지 얼마 되지도 않았는데."

"에이, 새로운 사람을 만나는 데 시간 잴 거 뭐 있어? 끌리면 그냥 만나는 거지! 그리고 사랑에 빠지는 거야. 서서히, 자기도 모르는 사이에."

자신의 로망을 읊는 것처럼 눈을 꼬옥 감고 입술을 달싹이는 정 대리의 말이 가슴에 콕 박혀 왔다.

　서서히, 자신도 모르는 사이에 빠져드는 감정은 현재 은결이 느끼고 있는 그것과 동일했다. 그와의 전화에 익숙해지고, 만남을 고대하게 되고, 키스를 갈망하고, 이젠 보고 싶다고 생각하는 지금 이 상황은 사랑을 시작한 여자의 전형적인 행동들이다.

　'어?'

　무의식적으로 되짚어 보지 않아 인지하지 못했던 일들이 눈앞을 스치고 지나갔다. 사귄 지 얼마 되지는 않았지만 자신을 설레게 만드는 사람은 그가 유일했고, 사무실 문을 박차고 나가면 곧 만날 수 있는 사람이지만 너무 보고 싶어 미칠 만큼 그리운 사람도 그가 유일했다. 연락이 오지 않으면 전전긍긍하고, 환한 미소를 자꾸만 떠올리는 그 남자가…… 좋았다.

　'좋아하는 거구나.'

　갈대처럼 마음이 시도 때도 없이 바뀔 수 있는가란 생각은 더 이상 하지 않기로 했다. 특별한 이유는 없었다. 좋으니까, 그냥 좋은 거다. 그렇게 생각하면 마음이 한결 가벼워졌다.

　은결은 쿵쿵 뛰는 심장 소리를 느끼며 저도 모르게 입꼬리를 올렸다. 말없이 은결을 응시하던 정 대리가 반달눈을 그리며 은결의 허리를 쿡 찔러 왔다.

　"좋아하는 사람, 생긴 거야?"

　"그게……."

　'네.'라고 답을 해야 할지 말아야 할지 고민하고 있을 때, 지이잉 핸드폰이 진동했다. 은결은 반사적으로 손을 뻗어 도착한 문자 메시지를 확인했다.

[옥정 씨가 보고 싶습니다. -Mr. Bond-]

오글오글한 메시지임에도 불구하고 웃음을 멎을 수가 없다. 텔레파시라도 통한 건가. 은결은 환하게 웃으며 핸드폰을 세게 움켜쥐었다.

"미스터 본드? 누구야, 이 사람은?"

은결의 옆에서 그녀와 함께 메시지를 들여다보던 정 대리가 의문을 표했다. 정 대리도 그 문자를 봤다는 사실에 짐짓 놀랐지만 아무 일도 아닌 척, 태연하게 종료 버튼을 누른 그녀는 고개를 절레절레 저으며 답했다.

"어휴, 말도 마세요. 스팸 문자가 이렇게 가끔 온다니까요."

"스팸?"

"네. 하도 오길래 기억해 두려고 번호를 저장까지 해 놨어요."

일부러 과장된 몸짓을 하는 은결을 빤히 바라보던 정 대리가 툭 말을 던졌다.

"그냥, 차단시키면 되지 않아?"

아, 그런 방법이 있었지.

은결은 움찔거렸지만 하하 웃으며 말을 이었다.

"성격상 그러질 못해서. 그나저나 대리님, 저 화장실 좀 다녀올게요."

"어? 아아, 으응."

정 대리는 벌떡 일어나 사무실을 나가는 은결의 뒤를 쳐다보다 다시금 제 일에 집중하기 시작했다.

※

매일 아침 출근할 때와 퇴근할 때 몰래 만나 함께 가고 오고를 반복하기는 했지만 업무 시간 내엔 연락이 쉽지 않은 윤우와의 은밀한 밀회를 즐기기만을 꿈꾸던 은결에게 기회가 찾아왔다. 그가 둘만의 비밀 암호까지 사용하여 옥상 정원으로 불러낸 것을 보면 잠깐이나마 얼굴을 볼 수 있다는 소리였다.

은결은 이번 만남에서 윤우에게 방금 전 그녀가 느꼈던 감정을 표현하기로 결심했다. 그 말을 한다면, 무척 좋아하겠지? 저를 향해 맑은 미소를 지을 윤우를 상상하니 이상하게 기분이 좋아졌다.

화장실로 가는 척 발걸음을 옮기던 은결은 바로 비상계단 쪽으로 뛰어갔다. 땀을 뻘뻘 흘리며 옥상 정원으로 가는 계단을 열심히 오르던 그녀는 살짝 열려 있는 옥상 정원의 문을 세게 밀었다. 그러자 당연히 그녀를 기다리고 있던 한 남자의 커다란 등이 보였고, 은결은 있는 힘껏 그를 부르기 위해 입을 크게 벌렸다.

"팀……."

"누구야?"

그녀의 말이 시작되기도 전에 커다란 음성을 뱉어 내며 말문을 막아 버린 또 다른 이의 존재를 발견하지 않았더라면, 아마 은결은 꽤나 큰 사고를 쳤을지도 모른다.

"궁금해 죽겠어, 진짜. 누구냐고!"

"선배, 정말 곤란합니다."

윤우의 옆에서 익숙한 얼굴의 남자가 미간을 좁히며 끊임없이 말하고 있었다.

'권 이사님?'

그러고 보니 다른 여직원들에게서 윤우와 권 이사가 절친한 사이라는 이야기를 언뜻 들었던 것 같기도 하다.

은결은 두 사람이 알아차리기 직전 다시 사무실로 돌아가야 하나, 하고 고민했다.

"이봐, 곤란한 건 나라고!"

"선배가 곤란하긴 왜 곤란합니까."

"궁금해 죽겠으니까 곤란하지! 강윤우, 너 나 진짜 궁금해 죽는 거보고 싶냐?"

"보고 싶긴 하네요."

"하여간 농담이라곤 모르는 녀석."

"선배와 농담을 나누고 싶지는 않군요."

"각설하고, 이것만 말해. 우리 회사 직원은 아니지?"

"그걸 알아서 뭘 합니까. 우리 회사 직원이면 선배가 뭐 어쩌시게요."

"헉! 우리 회사 직원이야?"

"아닙니……."

아.

아무래도 밀회는 포기하고 사무실로 돌아가는 게 좋겠다며 몸을 돌리려고 할 때 하필 뒤를 돌아본 윤우와 시선이 마주쳤다. 그가 하던 말을 멈추고 은결을 바라보자 자연스럽게 윤우의 옆에 있던 혁진 역시 그녀를 응시한다.

은결은 들고 있던 핸드폰을 얼른 귀에 가져다대며 크게 소리쳤다.

"유진 씨? 어때요. 이제 잘 들리나요?"

자연스러웠던 걸까. 부디 그래야 할 텐데.

놀라는 윤우와 혁진 옆을 스치고 지나가며 그들 근처에 멈춘 은결은 큰 목소리로 전화를 하는 척 시늉을 했다. 윤우가 그런 은결을 응시하며 웃음을 터뜨리기 일보 직전의 얼굴을 하고 있는 게 보였다.

은결은 서둘러 몸을 돌렸지만 괜스레 목 부분이 화끈거리는 건 막을 수 없었다.

"권 선배."

아무 소리도 들려오지 않는 핸드폰을 귀에 대고 '유진'이란 이름의 통화 상대에게 업무와 관련된 멘트를 날리던 은결의 모든 신경은 윤우에게 집중되어 있었다. 그에게 등을 돌리고 있으면서도 윤우의 표정이 어떤지 짐작 가능해서 가슴이 콩콩 뛴다.

윤우는 '왜!' 하고 신경질적으로 외치는 혁진을 향해 말했다.

"오늘 날씨는…… 매우 흐리네요."

다행히 근처에 있어 그의 말뜻을 알아들은 은결과는 달리 윤우 곁에 있던 혁진은 하늘 위로 시선을 옮기며 소리쳤다.

"무슨 헛소리야! 화창하다 못해 더워 죽겠구만! 야, 너 거기 안 서? 진짜 말 안 해 줄 거야? 어이, 강윤우!"

생각보다 그들의 밀회는 쉽지 않은 편이었다.

✖

―미안해요. 결국 오늘도 밀회는 즐기지 못했군요.

풀 죽은 남자의 음성이 핸드폰 너머로 들려왔다. 덩달아 기분이 다운되는 느낌이다. 마음 같아서는 저 역시 그렇다며 잔뜩 투덜거리고 싶은데 그랬다간 우울해하는 그를 풀어 주지 못할 것 같았다.

은결은 한숨을 푹 내쉬는 윤우를 향해 밝은 목소리를 뱉어 냈다.

"괜찮아요! 대신 오늘 아침에 충분히 얼굴 봤는걸요. 그리고 지금 통화도 하고 있고."

─고은결 씨…….

"체육대회 준비 때문에 팀장님이 바쁘시잖아요. 어쩔 수 없죠. 이해해요!"

사실 기획 2팀의 팀장만 일을 하는 거냐고 바락바락 소리를 지르고 싶은데 어쩌겠나. 총책임자가 그인 것을.

잘난 남자친구를 둬서 아쉬운 점이 이런 거라며 은결은 속으로 생각했다.

"그런데 오늘도 권 이사님이 팀장님 많이 괴롭혔어요?"

며칠 전, 옥상 정원에서 윤우를 향해 뭔가를 꼬치꼬치 캐묻던 혁진의 모습이 떠올랐다. 그 후에도 종종 혁진은 윤우의 비밀을 캐내려는 사람처럼 그를 졸졸 쫓아다니는 바람에 사내엔 권혁진 이사가 강윤우 팀장을 노리고 있다는 소문이 파다했다.

은결은 윤우만큼은 아니지만 잘생긴 편에 속해 인기가 많은 혁진의 얼굴을 머릿속으로 그리며 답을 기다렸다. 그러자 윤우의 맥 빠진 음성이 다시금 들려온다.

─권 선배가 끈질긴 사람인 줄은 알았지만 그 정도인 줄은 몰랐습니다. 아무래도 제게 여자친구가 생긴 것이 신기하긴 했나 봅니다.

'사실 그건 저도 신기해요.'

라 대답하려다 은결은 입술을 꾹 다물었다.

냉혈 인간 강윤우 팀장이 자주 웃는 걸로도 모자라 31년 만에 처음으로 여자친구를 만들었고 그 상대가 다름 아닌 자신이라는 사실은 아직도 믿기 어려운 일이었다.

은결은 입가가 간질간질해지는 것을 느끼며 말했다.

"사내 연애는 정말로 힘드네요."

―그러게 말입니다.

"그래도 내일은 다른 사람 의식 않고 팀장님을 볼 수 있어서 좋아요!"

문득 고개를 들어 달력을 응시하던 은결은 빨갛게 동그라미를 쳐놓은 날이 바로 내일이라는 것을 깨닫고는 흐흐 웃음을 흘렸다. 의아해하던 윤우가 '아아.' 하고 탄성을 뱉어 낸다.

내일은 다름 아닌 WU미디어의 사내 체육대회가 개최되는 날이었다.

원래라면 1년에 상, 하반기 두 번 열리는 체육대회를 하반기 한 번으로 줄이는 대신 토요일을 선정하여 온종일 사원들의 결의를 다지며 의지를 북돋아 주는 뜻깊은 하루다.

체육 활동을 좋아하는 은결에겐 즐겁기 짝이 없는 날. 그녀는 기대에 부푼 얼굴을 하고 눈을 반짝이며 말을 이었다.

"팀장님은 어느 종목에 참가하세요? 저는 피구랑 물 풍선 던지기에 참가해요!"

가장 좋아하는 자전거와 관련된 종목이 없다는 게 매우 아쉽기는 하나 피구 역시 학창 시절부터 즐겨 왔던 종목이었고, 물 풍선 던지기는 그간 쌓인 스트레스를 풀기엔 아주 적절했다. 은결은 두근두근 뛰는 심장 소리를 죽이며 윤우의 대답을 기다렸다.

―저는 테니스랑 농구에 참가할 예정입니다.

테니스랑 농구라.

"기억해 둬야겠어요."

은결은 그가 참가한다는 구기종목을 끊임없이 되뇌며 크게 외쳤다.

※

10월의 어느 토요일.

WU미디어의 사내 체육대회가 열리는 오늘의 날씨는 맑고, 주변 공기는 좋다.

"오늘 개인 종목 우승은 모두 내 거다!"

사무실에만 앉아 있다 다 함께 밖으로 나오자 잔뜩 들뜬 직원이 있는가 하면,

"이런 날에 사내 체육대회라니! 하늘도 무심하시지, 정말."

주말까지 회사에 불려 나와 강제로 체육대회에 참가하게 되어 울상을 하는 직원도 있었다.

다행스럽게도 은결은 전자에 속했다. 물론 황금 같은 주말에 윤우와 데이트를 하지 못하여 아쉽기는 하지만 비밀스러운 사내 연애를 즐기고 있었던 사이였으므로 그와 함께 체육대회에 참가하는 것도 또 다른 의미가 있을 거라 여겼다. 다른 남자들과 농구와 테니스를 하는 남자친구의 모습은 흔히 볼 수는 없으니까.

그녀는 기획 3팀에서 준비해 온 단체 티셔츠를 입고 팀원들과 옹기종기 모여 주위를 둘러보았다. 은결의 옆에 앉아 있던 기획 3팀의 미연이 운동장 곳곳에 자리를 잡고 있는 사원들을 흘긋거리며 말하는 소리가 들려왔다.

"와, 우리 회사 스케일 엄청 크네요. 학교를 아예 빌린 거예요?"

사원이 수백 명이 넘는 회사였기에 실내 체육관을 빌리기 쉽지 않을 거라 생각했는데, 공기 좋고 뒷산까지 있는 경기도의 한 고등학교에서 집합하라는 이야기를 듣고 은결 역시 깜짝 놀랐었다.

미연의 중얼거림에 은결의 맞은편에 있던 정 대리가 고개를 끄덕이는 게 보였다.

"아직 개교를 안 한 고등학교래. 다음 달에 개교할 예정인데 그전에 우리가 한 번 사용하는 거라더라. 듣기로는 권 이사님이랑 강 팀장이 힘 좀 썼다던데?"

"어쩐지! 건물이 전부 깨끗해서 놀랐어요. 아직 개교를 안 한 학교구나. 헤에."

혀를 내두르며 탄성을 뱉어 내는 미연의 말보다 정 대리의 입에서 흘러나온 윤우의 언급에 괜스레 기분이 좋아졌다. 확실히 능력 있는 남자친구였다. 타인에겐 말할 수 없었지만 뿌듯해지는 것을 느끼며 은결은 헤실거렸다.

"은결 씨, 왜 그렇게 웃어?"

"네?"

"오늘 컨디션이 유독 좋아 보이네? 그렇게 좋아, 체육대회가?"

날카로운 정 대리는 두 눈을 부라리며 은결을 움찔거리게 만들었다. 그녀는 뒷머리를 슥슥 문질렀다.

"네. 아시잖아요, 저 스포츠 활동 완전 좋아하는 거."

사실 오늘은 그것보다 다른 꿍꿍이가 있기는 하지만.

그녀를 바라보는 기획 3팀의 직원들에겐 윤우를 대놓고 볼 계획이라고 말할 수는 없었던 터라 은결은 어색하게 웃을 수밖에 없었다.

정 대리는 그런 은결을 빤히 응시하다 그녀의 손을 덥석 잡으며 말했다.

"좋아, 은결 씨! 그런 태도, 경기 끝날 때까지 유지해 줘! 우리 주 팀장님, 오늘은 꼭 기획 2팀을 이겨야 한다고 단단히 벼르고 있다고. 만약 한 경기라도 기획 2팀한테 지는 날엔…… 하아. 상상하기도 싫다, 정말."

그제야 어제 퇴근 직전에 기획 3팀의 팀원들을 모두 집합시켜 의지를 불태우던 기획 3팀의 주재원 팀장의 불꽃 튀는 눈빛이 떠오른다.

은결은 소름이 오소소 돋아나는 것을 느꼈다. 어떻게 해서든 기획 2팀과 맞붙으면 이겨야 한다고 침을 튀겨 가며 소리치던 그는 운동장 골대 근처에서 준비 운동까지 하며 체육대회 준비를 하고 있었다. 하여간 혈기가 넘치는 남자였다.

"……여자들도 예외는 없겠죠?"

기획 3팀에서 가녀린 이미지로 인기를 끌고 있는 신입 사원 세린이 하얀 얼굴을 일그러뜨리며 정 대리에게 질문을 던졌다. 정 대리는 단호하게 말했다.

"당연."

"대리님, 우린 언제 기획 2팀이랑 붙어요?"

"단체 경기라면 피구는 준결승에서 홍보 1팀한테 이기고 결승에서. 발야구는 준결승에서 붙을걸?"

"흐으. 죽기 살기로 뛰어야겠네요."

"맞아. 그러니 은결 씨, 자기가 분발해 줘야 해."

한숨만 푹푹 내쉬는 여직원들 사이에서 웃고 있던 은결은 정 대리의 말에 돌연 제게 집중되는 시선에 화들짝 놀랐다.

"제가요?"

정 대리는 움찔거리는 그녀를 보고 말했다.

"우리가 상대랑 붙을 때마다 은결 씨가 선봉을 맡아서 기선을 제압하는 거야."

뭐?

"어머, 그러면 되겠다! 다른 팀의 직원들은 우리 은결 씨 약간 어려워하잖아요!"

"선배님, 파이팅이에요!"

"은결 씨, 자기가 눈빛 공격을 한 후에 우리가 폭격을 하는 거지! 대리님, 진짜 완벽한 시나리오예요!"

사나운 인상 탓에 졸지에 기획 3팀의 에이스가 되어 버린 은결은 저만 믿고 있다는 듯 눈동자를 반짝반짝 빛내고 있는 동료 여직원들의 뜨거운 시선에 얼굴이 화끈거렸다.

'내 계획은 이게 아닌데…….'

사내 체육대회는 대충 즐기며 윤우의 경기를 관전하려던 은결의 계획에 차질이 생기기 시작했다.

※

"은결 씨, 여기 패스, 패스!"

얼떨결에 공을 받게 된 은결은 제게 소리치는 정 대리를 향해 피구 공을 던졌다. 그러자 마지막 남은 홍보 1팀 여직원을 향해 정 대리가 강하게 공을 던졌다.

"아악!"

고통을 참지 못한 나머지 크게 신음을 흘리며 상대팀의 마지막 인원이 주저앉아 버린다. 땀을 뻘뻘 흘리며 피구에 열중하던 기획 3팀의 여직원들은 경기를 끝내는 호루라기 소리가 들리자마자 뜨거운 함성을 터뜨리며 하얀 선 내로 뛰어 들어왔다.

"결승이다!"

'무조건 기획 2팀은 이깁시다!' 라는 슬로건을 내걸고 경기에 임하던 기획 3팀의 여직원들은 기어코 피구 종목의 결승까지 올라가는 성과를 냈다. 주먹을 세게 움켜쥐고 여직원들의 피구 경기를 관전하던 기획 3팀의 팀장 재원이 뛸 듯이 좋아한 것은 당연한 일이었다.

은결은 경기가 끝나자마자 잘했다며 끌어안는 나머지 팀원들을 향해 환하게 웃어 주었다.

"결승전은 언제 열려요?"

주재원 팀장이 고생한 여직원들을 위해 사 왔다며 돌린 아이스크림을 움켜쥐고 마지막 경기를 위해 휴식을 취하던 은결은 송골송골 이마에 맺힌 땀방울을 닦고 있는 정 대리를 바라보았다.

"지금부터 한 시간 뒤에?"

한 시간 뒤라.

"그럼 그동안 다른 경기 보고 있어도 되겠네요?"

모처럼의 주말에 열리는 체육대회. 그런 체육대회에서 다른 사원들 몰래 사귀고 있는 남자친구의 경기를 대놓고 관전할 거라는 의지를 불태우던 은결은 개회식이 열린 지 4시간이 흘렀음에도 불구하고 남자친구의 얼굴조차 보지 못한 상태였다. 이러다간 정말 열심히 운동만 하다가 하루를 다 보내겠다는 생각에 조급해졌다.

은결의 기억으로는 지금쯤 강당 앞의 테니스 코트 쪽에서 윤우의 테니스 경기가 열리고 있을 텐데. 이제라도 가 보는 게 어떨까 싶어 정 대리에게 은근슬쩍 말을 던졌더니 그녀가 흔쾌히 고개를 끄덕여 주었다.

"그것도 괜찮겠네. 그런데 지금 진행되는 경기가 있나?"

"아, 맞다! 왕자가 경기하고 있잖아요! 테니스 경기였나?"

오, 미연 씨. 나이스 어시스트!

은결은 적절한 타이밍에 말을 뱉어 내는 미연을 꽉 끌어안고 싶은 심정이었다. 정 대리가 '왕자'라는 단어에 살짝 미간을 좁히는 게 보였지만 은결은 자리에서 벌떡 일어나며 싱긋 웃었다.

"심심하니 그거라도 보고 와야겠……."

"은결 씨, 테니스 경기 보러 갈 거예요?"

"그럼 저도 같이 가요!"

"나도 갈래! 왕자 경기라니, 기대되네요!"

"다들 간다니 어쩔 수 없지. 그럼 나도 간다."

자연스럽게 윤우의 경기를 보러 가기 위해 발걸음을 옮기려 했던 은결은 뜻하지 않은 혹들을 이끌고 테니스 코트로 갈 수밖에 없었다. 쉴 새 없이 윤우에 대해 찬양을 읊고 있는 다른 여직원들은 그렇다 치더라도 그에게 불만이 많은 정 대리는 계속해서 구시렁거리면서도 그들과 함께 터벅터벅 걷고 있었다.

'이게 아닌데.'

어쩐지 되는 일이 없는 하루라고 은결은 생각했다.

그렇게 기획 3팀의 여직원들과 같이 테니스 코트장으로 발걸음을 옮긴 그녀는 귓속을 세게 따앙, 울리는 테니스공 소리에 눈을 크게 떴다.

얼른 테니스 코트 근처로 다가가니 기획 2팀 여직원들의 열렬한 응원을 받으며 경기에 집중하고 있는 남자가 보였다. 하얀 트레이닝복 차림이 너무도 잘 어울리는 그는 비지땀을 흘리며 코트를 뛰어다니는 중이었다.

은결은 처음 그를 보았을 때만큼이나 후광이 비치는 윤우의 경기 모습을 멍한 얼굴로 응시했다.

"주 팀장이 질투할 만하네."

다른 경기들과는 다르게 이쪽의 테니스 코트 근처엔 사람들이 바글바글하다. 아무래도 회사에서 제일가는 미남으로 손꼽히는 윤우의 경기인지라 경기의 관심도가 집중되었던 모양이다. 미처 자리를 잡지 못한 구경꾼들처럼 테니스 코트를 둘러싼 그물막 앞에 자리를 잡은 그녀들 중 나지막하게 중얼거린 정 대리의 말을 은결은 포착했다.

심드렁한 얼굴을 하고 있으면서도 윤우의 경기에서 시선을 떼지 못하는 정 대리에게 씩 웃어 주던 그녀는 거칠게 숨을 몰아쉬고 있는 남자를 바라보았다.

'멋지네.'

집중하는 남자는 아름답다. 단순히 그가 그녀의 남자친구라는 이유 때문은 아니다. 은결은 당장이라도 그에게 달려가 흘러내리는 땀을 닦아 주고 싶은 충동에 빠졌다.

두근두근.

잠잠하던 가슴이 크게 일렁였다.

그저 바라보고 있는 것만으로도 이렇게 행복하다면 정말 좋아하는 거겠지?

그녀는 자신이 의식하지 못하는 사이에 흐뭇한 미소를 지었다는 것을 자각하지 못했다. 한 번 깨닫게 되니 주체하지 못할 속도로 빠져 들어간다. 이것이 누군가를 좋아하는 감정이라면 아마도 그녀는 그를 무척이나 좋아하는 축에 속할 것이다.

은결은 부드럽게 휘어지는 제 눈꼬리를 발견한 정 대리가 깜짝 놀라 입을 벌렸다는 걸 몰랐다. 그저 은은한 미소를 지은 채 윤우의 경기를 보고 서 있을 뿐이었다.

그렇게 하염없이 비밀스러운 제 연인의 테니스 경기를 보느라 저 멀리서 날아온 축구공을 미처 피하지 못한 건 웃지 못할 사실이었다.

※

"으음."

머리 뒤쪽에서 극심한 두통이 느껴졌다. 미간을 좁혔다가 스르륵 눈꺼풀을 위로 올린 은결은 자신이 하얀 침상 위에 누워 있다는 것을 뒤늦게 인지했다. 대체 왜 이런 곳에 몸을 맡기고 있는 건가, 하고 생각해 보니 어렴풋이 기억이 떠오른다.

'은결 씨, 피해!'

목청껏 소리치던 정 대리와 다른 여직원들의 외침을 듣지 못하고 테니스 코트 안으로 온 신경을 집중하고 있던 그녀는 엄청난 속도로 날아온 축구공에 뒤통수를 맞아 버렸다. 자전거 동호회 활동까지 하며 온몸을 튼튼하게 유지시켰던 은결이었지만 갑작스러운 일격에 기절을 해 버렸다. 그래, 아마도 기절이 틀림없을 것이다. 공을 맞고 난 후 기억이 하나도 없으니까.

'양호실……이려나.'

생전 처음 기절을 경험하고 하얀 이불을 덮은 채 침대에서 눈을 떴으니 이곳의 위치는 쉽게 짐작이 가능했다. 얼마나 시간이 지났는지 모르겠다. 슬쩍 옆으로 시선을 움직이니 보이는 바깥 풍경으로는 아까보다 시간이 꽤 흐른 것 같기는 한데.

은결은 지끈거리는 뒤통수를 슥슥 만지며 몸을 일으키려 했다.

"깼어요?"

테니스 경기를 하고 있던 윤우도 신경이 쓰이지만 그녀 주변에 있던 기획 3팀의 여직원들이 얼마나 놀랐을까 싶어 서둘러 일어나려던 은결은 자신이 몸을 일으키자마자 들려오는 다정한 음성에 고개를 들었다.

"팀……장님?"

은결은 손등으로 눈을 비비며 인상을 썼다.

"나 맞습니다."

하고, 환각인가 싶어 미간을 좁히는 그녀를 향해 윤우가 부드럽게 속삭였다. 은결은 두 눈을 크게 떴다.

"여기 계셔도 되는 거예요?"

우리의 비밀스러운 사내 연애는 어떡하고!

은결은 너무도 자연스럽게 자신의 간호를 하고 있는 윤우를 향해 소리쳤다. 그러자 윤우는 웃으며 말을 이었다.

"고은결 씨 팀원들은 지금 전부 경기 중입니다. 확인하고 왔으니 걱정 마요. 그런데, 괜찮은 겁니까? 꽤 크게 다친 것 같던데……."

대수롭지 않게 답하던 윤우가 멍한 얼굴을 하고 있던 은결에게 다가왔다. 그는 커다란 손을 은결에게 뻗으며 동글동글한 그녀의 머리를 매만졌다. 가까이서 느껴지는 윤우의 체취에 은결은 눈앞이 아찔해졌다.

'으응~'

하마터면 묘한 신음을 무심코 흘릴 뻔했다. 그만큼 매혹적인 그의 손길에 은결은 눈을 스르륵 감아 버렸다. 은결의 상처를 살피며 얼굴을 굳히고 있던 윤우의 붉은 입술이 움직였다.

"나도 참고 있으니까, 고은결 씨도 참아요."

'혹시 모르니까 나중에 병원에 가 보죠.' 라고 말한 후 가만히 그녀를 내려다보던 윤우의 말에 은결은 번쩍 눈을 떴다. 옅은 미소를 짓고 있는 그를 지그시 응시하던 은결은 맑게 일렁이는 윤우의 동공을 발견하곤 숨을 크게 들이마셨다. 제가 그가 키스를 해 주기를 기다리고 있었다는 것을 들켜 버린 것만 같아 얼굴이 빨갛게 물들었다.

"따, 딱히 키스를 해 달라는 건 아니었어요."

은결은 윤우에게서 시선을 돌리며 중얼거렸다. 윤우는 피식 웃으며 말했다.

"그렇습니까? 아쉽네요. 저는 그러길 바랐는데."

"……가끔 보면, 팀장님도 짓궂어요."

"난 솔직한 겁니다."

그게 그거예요.

은결은 벌겋게 달아오른 얼굴을 식히기 위해 손으로 부채질을 했다. 윤우는 그 모습을 내려다보고 있었다.

"어땠습니까?"

"뭐가요."

"내 경기. 고은결 씨가 온 것 같아서 평소보다 더 열심히 했는데.

괜찮았을까 모르겠네.”

은결은 다시금 그를 쳐다봤다. 칭찬해 주길 바라는 표정을 짓고 있는 남자가 보였다. 고대하는 눈빛을 쏘아 대는 그가 귀엽다. 저절로 입술이 씰룩거려 참을 수가 없었지만 은결은 태연하게 답했다.

“뭐, 나름 잘하시더군요.”

일방적인 흐름의 경기였다. 물론 윤우가 주도하는. 그의 상대가 되었던 인사팀의 남자 직원이 안쓰럽게 느껴질 정도의 경기였지만 자신의 남자친구가 이기고 있다는 사실이 자랑스러웠다. 은결은 어깨를 으쓱였다.

윤우는 부드럽게 웃으며 그녀의 코앞으로 얼굴을 들이밀었다. 그의 뜨거운 시선에 은결은 흠칫거렸지만 피하진 않았다. 윤우는 붉은 입술을 달싹였다.

“고은결 씨를 위해 우승하겠습니다. 그러니 나한테 힘을 주세요.”

맑고 깊은 검은 눈동자가 은결을 향했다. 심장이 미친 듯이 박동하는 게 느껴졌다. 은결은 씩 웃으며 중얼거렸다.

“이제 몇 경기 남으신 거예요?”

“한 경기요. 주 팀장이랑 마지막 경기가 남아 있습니다.”

결승전이라.

“흐음. 팀장님이 이기시면, 우리 팀은 주 팀장님한테 시달릴 텐데…….”

“그래도 고은결 씨의 남자친구가 우승하면 기분이 좋지 않겠습니까?”

그건 또 맞는 말 같기도 하고.

은결은 고개를 끄덕였다. 그녀의 눈꼬리가 휘어지자 윤우의 얼굴에 환한 미소가 번진다. 은결은 결심했다는 듯 주먹을 불끈 쥐더니 속삭였다.

"알겠어요. 힘 줄 테니까 가까이 와 봐요."

사실 진작 하고 싶은 말이 있었다. 줄곧 이 말을 뱉어 낼 타이밍을 잡고 있었는데 지금, 이 순간이 가장 적절한 시간이 아닌가 싶다.

은결은 쿵쿵 뛰는 심장의 박동 소리를 느끼며 조금 더 가까워진 윤우의 귓가에 입술을 가져다 댔다. 크게 숨을 들이마시며 호흡을 가다듬은 그녀는 스윽 눈을 감는 그를 향해 마음에 담고 있던 말을 뱉어 냈다.

"좋아해요, 팀장님."

"......!"

이마에 키스를 해 줄 거라 생각했던 걸까? 윤우는 예상하지 못했던 은결의 말에 감았던 눈을 번쩍 떴다. 그가 요동치는 시선으로 저를 바라보는 게 보였다.

은결은 미소 지으며 말을 이었다.

"당신을 좋아해요."

"으하하하! 다들 얼마든지 주문해요! 오늘은 내가 다 쏩니다, 돈 걱정은 말고 실컷! 마음껏!"

기획 3팀의 주재원 팀장은 유난히 기분이 좋아 보였다. 절로 콧노래를 흥얼거릴 만큼 들뜬 그는 술집의 골든벨 마구 흔들며 소리쳤다.

은결은 그 모습을 응시하다 한숨을 푹 내쉬었다.

'어째서 이렇게 된 거지?'

도통 이해가 가지 않는 일이 벌어졌다. 그녀로선 정말로 생각하지도 못했던 일이다. 아니, 사실 은결뿐 아니라 기획 3팀의 모든 인원들에게 충격을 안겨 준 일이 발생했다. 그건 지금으로부터 4시간 전, 남자 테니스 단식 경기의 결승전이 열릴 때 일어났다.

그간 그에게 하고 싶었던 고백을 한 후 약간의 휴식을 더 취한 은결은 양호실을 벗어났다. 피구 결승은 자신들에게 맡기라던 기획 3팀의 여직원들의 말을 철석같이 믿고 유유히 테니스 결승 경기를 보러 걸어가던 그녀는 이미 시상식을 하고 있는 것을 발견하곤 놀랐다. 그리고 우승 메달을 차지한 사람이 윤우가 아닌 주 팀장이라는 걸 알아차리고 더 놀라 버렸다.

'나, 그렇게 얼빠진 강윤우 팀장 처음 봤잖아요.'

'맞아요. 멍하니 그냥 서 있던데? 경기 포기한 사람도 아니고.'

대체 어떻게 된 영문인가 싶어 경기를 관전한 사람들에게 연유를 물었더니 들려온 답변은 한결 같았다.

은결은 미간을 좁히며 윤우에게 다가가려 했지만 시상식이 끝나자마자 회식을 하자고 외치는 주 팀장으로 인해 현재 회사 근처의 한 술집에 나와 있는 상태였다.

"은결 씨, 전화 오는 것 같은데요?"

궁금해 미치겠다. 그가 그렇게 넋을 놓았던 이유가 뭔지 알 수가 없어서.

얼른 연락을 해보고 싶었지만 주변의 눈치가 보여 쉽사리 행동하지 못했던 은결은 제 옆자리에 앉아 주 팀장이 주는 술을 족족 받아 마시던 대웅의 말에 정신을 차렸다. 시선을 내리니 주머니에 든 핸드폰이 마구 울리는 게 보였다. 'Mr. Bond'의 전화였다.

은결은 벌떡 일어나 전화를 받았다.

"네!"

—어디예요?

"회식하러 나와 있어요."

—지금 볼 수 있을까요?

"당연하죠. 대웅 씨, 저 이만 가 볼게요."

대웅은 눈을 휘둥그레 떴다.

"벌써 가시게요?"

"네, 중요한 약속이 있어서. 팀장님께는 잘 말씀해 주세요."

"은결 씨!"

그녀는 제 할 말만 남긴 후 술집을 벗어났다. 다행히 그 역시 회사로 돌아온 상태였기에 은결은 인적이 드문 회사 근처의 건물 뒤에서 그와 마주할 수 있었다.

"여깁니다, 고은결 씨."

그녀와의 약속 장소 앞에 차를 세워 둔 윤우가 제게 손을 흔드는 게 보이자 은결은 가슴을 쓸어내렸다. 은결은 흐리게 웃고 있는 그에게 달려갔다.

"하아, 하아. 많이 기다렸어요?"

"아뇨."

거짓말.

"얼굴이 찬데?"

그녀는 자연스럽게 윤우의 뺨에 손을 가져다 대며 미간을 좁혔다. 윤우는 움찔거리면서도 곧 미소 지으며 대답했다.

"사실 생각할 게 있어, 차 밖에서 기다려서 그렇습니다."

"생각할 거요?"

"일단 타요."

은결은 주위를 두리번거리다 아무도 없다는 걸 확인하고 고개를 끄덕였다.

"어디 가는 거예요?"

"글쎄요. 그냥 아무 데나."

윤우는 그녀의 질문에 나지막하게 대답한 후 차를 몰기 시작했다.

'조금 이상하네.'

그의 상태가 이상하다는 것은 쉽게 짐작이 가능했다. 그녀를 봐도 어딘가 부족한 듯 미소 짓는 것이 마음에 걸린다. 은결은 묻고 싶은 것이 한두 가지가 아니었지만 꾹 참았다. 이윽고 윤우가 그녀를 데리고 온 곳은 야밤의 한강 공원 주차장이었다.

"잠깐, 걸을까요?"

그는 조수석의 문을 열어 주며 말했다. 윤우의 깊은 눈동자에서 아무것도 읽을 수 없어 긴장을 하던 은결은 얼떨결에 차에서 내렸다. 차 문을 잠그고 앞서 걸어가는 남자의 등이 달빛을 받아 유난히 커 보였다.

은결은 먼저 손을 잡자는 제안도 하지 않고 그저 걸어가는 그의 뒤를 따르며 고뇌했다.

'왜 저러는 거지?'

혹시 제가 그에게 무슨 실수라도 한 건가?

생각이 거기까지 미치자 숨이 컥 막혀 왔다. 크게 실수한 건 없는데, 가슴이 철렁거렸다. 은결은 가빠지는 호흡을 느끼며 입술을 잘근 깨물었다.

"멋진 모습을…… 보여 주고 싶었어요."

그때였다.

그녀에게 말 한마디 하지 못하고 앞서 가던 윤우가 돌연 걸음을 멈추었다. 갑자기 멈춰 버린 그로 인해 덩달아 서 버린 은결은 뒤를 돌아보는 그의 눈동자가 거세게 요동치고 있는 것을 알아차렸다. 윤우는 쓰게 웃으며 말을 이었다.

"하지만 그러질 못했습니다."

"팀장님?"

"고은결 씨 때문이에요."

"네?"

은결은 뜬금없는 그의 말에 얼굴을 갸웃거렸다.

"저 때문이요?"

윤우는 의아해하는 그녀를 직시하다 후우 한숨을 뱉어 냈다.

"계획대로 되지 않은 건…… 처음입니다. 원래대로라면 우승을 해서 고은결 씨를 기쁘게 해 주고 싶었는데, 머릿속이 하얗게 변해서 아무것도 할 수가 없었어요."

그는 속절없이 무너졌다.

"그렇게 기습 공격을 하면, 도저히 대응을 할 수가 없지 않습니까."

은결은 영문 모를 소리를 늘어놓는 그를 빤히 올려다보다 스치는 생각에 입을 쩍 벌렸다. 윤우는 이제야 말귀를 알아들은 은결을 향해 한 발자국 다가왔다.

"그래서 말입니다, 고은결 씨. 한 번만 더…… 말해 줘요."

가슴에 살랑살랑 바람이 불었다.

그녀의 눈앞에 서 있는 남자는 연애가 처음이었다. 좋아하는 여자도 처음이고, 비밀스러운 사내 연애도 처음이다. 당연히, 좋아하는 여자에게 '좋아한다'는 말을 들은 것도……

'처음일 테지.'

은결은 그가 왜 결승전에서 그리 넋을 놓고 서 있었던 것인지 이해했다. 웃음이 절로 흘러나왔다. 사랑스러운 남자. 그녀는 간절한 눈빛을 보내고 있는 남자를 향해 입술을 벌렸다.

"좋아해요."

그 말에 윤우의 눈동자가 더욱 거세게 일렁였다. 그는 움찔거리면서도 다시 요구했다.

"한 번 더."

은결은 그의 요구를 들어주었다.

"좋아해요."

"한 번만 더."

"좋아해요, 팀장님."

"한 번……!"

계속된 요구가 싫지 않다. 은결은 세 걸음 정도 떨어진 그들의 거리를 좁히기 위해 성큼성큼 그에게 다가갔다. 윤우가 어느새 코앞까지 다가온 은결을 내려다보고 있는 게 보였다.

은결은 그에게 눈을 고정시키며 말했다.

"질릴 만큼 말해 줄게요."

"……."

"당신을 좋아하는 것 같아요."

두근두근, 가슴이 터질 듯 뛴다. 하지만 멈출 생각은 없다.

"아니, 좋아하는 거 맞아요. 확신해요. 그러니 좋아해요, 팀장님."

열렬히 사랑 고백을 하는 건 은결로서도 처음이다. 전 남자친구였던 태원에게도 이렇게 끊임없이, 열정적으로 좋아한다는 걸 표현하진 않았다. 그 때문에 심장이 제멋대로 움직여도 괜찮다. 은결은 미소 지었다.

"후우."

윤우가 그런 은결의 말에 길게 숨을 뱉어 낸다. 그는 어쩔 줄 몰라 하다 어금니를 악물며 평정을 되찾았다. 그리곤 열망에 일렁이는 눈을 하고 그녀를 세게 끌어안았다. '어머' 하고, 낮은 탄식을 흘린 은결은 그의 품에 쏙 안겼다. 윤우는 속삭였다.

"아마도 내가 더 좋아할 겁니다."

은결은 단호한 그의 말에 웃어 버렸다.

"더 많이 좋아하는 사람이 지는 거라던데."

"그럼 내가 지는 걸로 하죠. 나는 도저히 고은결 씨를 이길 수 있을 것 같지 않습니다."

은결은 고개를 절레절레 흔드는 그를 올려다보며 대답했다.

"어쩔 수 없네요. 매번 지는 팀장님께 미안하니까 이거라도 드릴게요."

그녀는 발끝을 들어 올려 그에게 촉, 입술을 맞췄다.

"정말…… 미치게 만드는군요."

그가 살짝 닿은 입술에 반응하는 게 보인다. 그녀를 안은 윤우의 검은 눈동자가 달빛처럼 은은하게 빛났다. 윤우는 미간을 좁히며 중얼거렸다. 그 후, 그가 보드라운 자신의 입술을 은결의 위로 살포시 덮었다.

'어쩌지.'

그녀는 스르륵 눈을 감으며 환한 별이 빛을 뿜어내는 밤하늘 아래서 그의 키스를 받아들였다.

'이 남자가, 정말 너무…… 좋아.'

✴

"강 팀장 그렇게 매정하기만 한 사람은 아닌 것 같더라."

사내 체육대회가 있고 난 뒤, 함께 점심을 먹던 정 대리가 고민 끝에 말을 툭 뱉어 냈다. 은결은 깜짝 놀라 정채영 대리를 응시했다. 그녀는 태연스럽게 우동을 먹으면서 입술을 달싹였다.

"사람은 역시 겉모습만으로 판단해서는 안 되나 봐, 그치?"

후루룩, 탄력 있는 우동 면을 입 안으로 쏙 집어넣던 그녀는 은결을 흘긋거렸다.

순간적으로 '대리님이 팀장님한테 관심이 있나?' 라고 속으로 중얼거린 은결이었지만 이내 부정했다. 그녀가 알기로는 정 대리도 대웅에게 남자로서 어느 정도 호감을 느끼고 있는 상황이었던지라 정 대리의 말은 정말 단순히 그간 여겨 온 편견을 바꾼 것밖에는 되지 않았다.

"당연하죠. 겉모습만으로 사람을 판단하는 것만큼 나쁜 게 없어요."

가슴이 철렁거리는 걸 겨우 가라앉힌 은결은 고개를 끄덕이며 회 초밥을 오물거렸다. 사람의 겉모습만으로 판단을 내리는 것만큼이나 잔인한 일은 없다. 적어도 그러한 상황에 많이 처했던 은결은 그 말에 적극 공감했다.

"그런데 왜 갑자기 그런 생각을 하시게 됐어요?"

입속에서 사르르 녹는 연어 초밥을 음미하던 은결은 돌연 스치는 생각에 결국 머릿속을 맴돌던 말을 꺼냈다. 그러자 그녀의 맞은편에서 남은 우동을 흡입하던 정 대리가 '아.' 하고 낮은 탄식을 뱉어 내더니 은결을 응시했다.

"맞다, 은결 씨는 기절해서 몰랐겠네."

"뭘요?"

은결이 고개를 갸웃거리자 정 대리는 웃으며 대답해주었다.

"그때, 은결 씨 기절한 날 말이야. 은결 씨가 쓰러지자마자 경기도 중단하고 달려온 사람이 강 팀장이었거든."

"네?"

"보통은 자기가 경기하고 있는 도중 코트 주변에서 사람이 쓰러지면 다른 사람한테 맡기고 경기에 집중하잖아. 그런데 서슴없이 달려와선 은결 씨 업고 양호실까지 직행하는 거 보고 '완전 냉혈인은 아니네.' 라고 생각했었지. 아, 물론 그 후에 경기가 재개됐을 때 무표정한 얼굴로 테니스 라켓 잡는 거 보고 '역시 냉혈인인가?' 라는 생각도 하긴 했었지만. 후후."

"……!"

"어쨌든 기회 되면 은결 씨도 강 팀장한테 고맙다고 해. 커피 한잔이라도 사 주면서 말이야."

빙긋 웃으며 식사를 이어 가는 정 대리에게 은결은 얼빠진 얼굴을 보여 줄 수밖에 없었다.

정신을 잃기 직전 누군가 자신을 등에 업는 느낌은 있었지만 그게 윤우일 줄은 몰랐다. 사내 체육대회가 있은 지 사흘이 지났지만 그는 그 일에 대해선 한마디도 하지 않았고 다른 직원들 역시 아무 말도 하지 않았기에 여태껏 당시 주변에 있던 직원들의 도움을 받아 양호실로 온 줄로만 알았다.

사내연애 발각의 위험이 있음에도 불구하고 저를 스스럼없이 업어 버린 윤우가 괜스레 보고 싶다, 생각하며 은결은 남은 음식을 입안으로 털어 넣었다.

"왜 그렇게 봅니까?"

어떻게 고마움을 표시해야 할까. 그로 인해 이렇게 가슴이 떨리고 있다는 걸 마구 드러내고 싶은데.

시간이 흘러 퇴근 후 그녀의 집까지 함께 걷는 중이었다. 그의 손을 꼭 붙잡고 어느새 가까워진 제집 앞을 응시하던 은결은 정면을 향하던 시선을 옆으로 옮겼다.

왕자라는 별명답게 다친 자신을 위해 모든 일을 제쳐두고 그녀에게로 달려왔다던 남자에게 작은 애정이라도 전해 줄까 싶어 그를 빤히 쳐다보았는데, 그런 은결의 시선을 느꼈는지 미소를 짓는 윤우가 보였다. 은결은 배시시 웃으며 말했다.

"누구 남자친군지는 모르겠지만 참 훤칠한 사람이다 싶어서요."

윤우는 대놓고 그를 찬양하는 은결을 부드러운 눈으로 내려다보았다.

"고은결 씨 남자친구죠."

일말의 망설임도 없이 대답하는 그의 음성이 귀에 박혀 왔다. 간질간질. 그와 함께 있으면 가슴이 부풀어 올라 미칠 지경이다. 은결은 웃음이 새어 나오려는 걸 참으며 말을 이었다.

"팀장님, 그거 아세요? 체육대회 끝난 후에 팀장님 인기가 더 올라간 거."

"그렇습니까?"

"우리 팀 여직원들은 모였다 하면 팀장님 얘기뿐이에요. 하아, 조금 걱정되네요. 너무 인기가 많은 남자친구를 사귀는 게 아닌가 싶어서."

터벅터벅 앞으로 걸어가던 윤우의 발이 그녀의 말이 끝나자마자 멈췄다. 덩달아 서게 된 은결이 의아한 시선을 보내자 윤우는 진지하기 그지없는 얼굴을 하고 붉은 입술을 열었다.

"역시…… 부담스럽습니까?"

윤우는 미간을 좁히며 그녀를 쳐다봤다. 농담으로 던진 말에 그가 이러한 태도를 보일 거라 예상하지 못했던 은결은 내심 당황했다. 윤우는 깊은 숨을 뱉어 내며 말했다.

"딱히 잘해 준 적도 없는데, 이상하게 내 이름이 직원들 사이에서 많이 거론되긴 하더군요."

아.

"솔직히 난, 그런 게 싫습니다. 겉모습만으로 누군가에게 호감을 사는 건, 원하지 않는 일이에요. 다른 사람들에게 인기가 많고 적고는 그들을 알지 못하는 나와는 상관없습니다."

"팀장님?"

"내가 알고 있는 고은결 씨만 곁에 있어 주면 됩니다."

그가 미동 없는 검은 눈을 하고 은결을 내려다보았다. 은결은 몸을 움찔거렸다. 꽤나 어두운 얼굴을 하고 있기에 혹시 적절하지 않은 말을 한 건가라고 되짚어 보던 중이었는데 생각을 이어 갈 수가 없었다. 사고회로가 마비되는 느낌이다.

윤우는 멍하니 그를 바라보는 은결에게 쓴 미소를 지어 주었다.

"그러니 걱정하지 말아요. 고은결 씨 외의 다른 여자들은 눈에 들어오지도 않습니다."

심장이 거세게 뛰었다. 얼굴이 화끈거릴 만한 멘트를 거리낌 없이 날리는 남자는 진지해서 더 부끄럽다. 단순한 농담이 섞인 말이었는데, 이렇게 진심을 전해 오면 어떻게 상대해야 하는 걸까. 은결은 당혹스러워 하면서도 기쁨을 감출 수 없었다. 입술이 씰룩거려 참을 수가 없다.

그녀는 뜨거운 그의 눈빛을 더 이상 마주 보지 못했다. 그랬다간 자신이 무슨 짓을 할지 몰랐으니까.

은결은 슬쩍 윤우의 시선을 피하며 중얼거렸다. 최대한 태연스럽게, 자연스럽게 대답하려 애쓰며.

"그……걸 알아서 이 정도예요."

정상적으로 보였을까? 은결은 후우, 후우 속으로 숨을 고르며 말을 덧붙였다.

"만약 팀장님이 다른 여자들을 흘깃거리는 남자였다면……."

"……였다면?"

"아마 제가 팀장님을 저희 집에 가둬서 출근도 못 하게 만들었을걸요?"

그리고 스윽 다시 고개를 들어 올린 은결이 눈꼬리를 길게 찢자 윤우가 풋 웃음을 터뜨렸다. 그제야 어두웠던 그의 얼굴이 환하게 펴졌다. 은결은 안도했다. 그에게는 어두운 얼굴이 어울리지 않는다. 다른 이들에겐 그런 모습이 익숙할지 몰라도 은결은 윤우의 밝은 미소가 아름답다고 생각했으니까.

윤우는 그에게서 웃음 바이러스가 전파됐는지 씩 웃는 은결을 향해 장난스러운 말투로 속삭였다.

"그거, 괜찮은 발상이군요."

"네?"

'그런 행동들은 삼가 주십시오.' 라든가 '고은결 씨는 무서운 사람이었군요.' 라는 대답을 예상하고 있던 은결은 이어지는 그의 답변에 눈을 크게 떴다. 윤우는 흠칫거리는 은결을 이상하다는 눈으로 바라 보았다.

"왜 그렇게 놀랍니까?"

"안 싫으세요?"

"싫어해야 하는 겁니까?"

당연하죠!

"제가…… 질투가 많다는 걸 단적으로 보여 주는 예잖아요."

농담을 섞어 말하기는 했지만 본심이 섞이지 않았다고는 할 수 없 었다. 은연중에 말을 뱉어 낸 후 저 역시 깜짝 놀랄 정도였다. 그가 오해를 하면 어떡하지, 하고 전전긍긍할 뻔했는데 대수롭지 않게 여 기는 걸로도 모자라 '괜찮은 발상'이라는 표현까지 사용하다니. 이런 반응을 보일 거라곤 상상하지 못했다.

윤우는 은결을 말없이 응시하다 그녀의 가까이로 성큼 다가와선 은결의 귓가에 입술을 대고 작게 속삭였다.

"얼마 전에 말한 적이 있었죠, 고은결 씨. 더 많이 좋아하는 건 나 라고. 그 감정의 깊이는 고은결 씨의 생각보다 더하면 더했지 결코 덜하진 않을 겁니다."

은결은 묘한 미소를 짓는 윤우를 직시했다.

"그럼 팀장님도 저를 집에 가둬 두고 아무한테도 안 보여 주고 싶 으세요?"

윤우는 어깨를 으쓱이며 뒤로 살짝 물러났다.

"그건 고은결 씨의 상상에 맡기겠습니다."

"지금 내빼시는 건가요?"

"글쎄요. 하지만 참고할 만한 이야기를 하자면, 주위 사람들이 말하기를 난 보기보다 내 것에 많이 집착하는 스타일이라더군요. 잘못 걸린 건 아마 고은결 씨일지도 모릅니다."

그의 입꼬리가 위로 올라갔다. 진지한 얼굴을 하고 무시무시한 말을 내뱉는 남자지만 섬뜩하기는커녕 사랑스럽게 느껴졌다. 은결은 그런 그를 향해 다가가며 오늘따라 더욱 붉어 보이는 입술에 제 입술을 가져다 대려 했다.

쏴아아—

갑자기 쏟아지는, 폭우만 아니었더라면.

"다 젖어 버렸네."

뚝뚝, 온몸을 적신 물방울이 바닥으로 떨어졌다. 은결은 현관을 열고 들어오며 나지막한 신음을 흘렸다. 슬쩍 뒤를 돌아보니 저와 비슷한 몰골을 하고 있는 남자가 보였다. 하지만 비에 젖어 더 날카로운 인상을 풍기는 자신과는 다르게 그에게선 신비로운 후광이 비치는 듯했다.

은결은 후우 숨을 뱉어 내며 젖은 머리카락을 뒤로 쓸어 넘기고 있던 윤우와 눈이 마주쳤다.

"그럼, 실례하겠습니다."

은결의 뒤를 따라 그녀의 집 안으로 들어온 윤우가 옅은 미소를 지으며 고개를 까딱이자 뒤늦게 정신을 차린 그녀는 얼른 대답했다.

"어, 어서 들어오세요!"

막 키스를 해야겠다고 마음을 먹은 순간 하늘의 방해를 받았다. 다행히 집 앞 근처까지 다다른 상황이었던지라 은결은 커다란 손을 들어 올려 비로부터 자신을 막아 주는 윤우에게 말했다.

'일단 저희 집에 가실래요?

한 번 시작된 비의 굵기가 엄청났고 또 윤우가 차를 세워 둔 곳은 한참은 걸어가야 하는 위치에 있었던지라 차라리 그녀의 집에 들러서 비가 그칠 때까지 기다리는 편이 낫다고 여겼다.

오래갈 것 같지 않은 소나기의 분위기를 풍기는 폭우여서 그녀는 앞뒤 생각 없이 그를 집으로 초대했다. 윤우는 잠시 멈칫하면서도 마냥 서 있을 수 없다는 걸 인지하곤 고개를 살짝 끄덕였다.

'어라?

그러고 보니, 처음이었다. 누군가를 제집으로 초대한 것은.

윤우와 사귄 지 한 달쯤 되어 가지만 그를 자신의 보금자리로 들인 적은 없었다. 윤우뿐만 아니라 그 어떤 남자도 마찬가지. 여자 혼자 사는 자취집에 남자를 쉽게 들일 수는 없는 노릇이 아닌가.

들어오라는 그녀의 제안에 쭈뼛쭈뼛 현관을 지나 뒤를 따라오는 윤우를 흘끔거리던 은결은 순간적으로 긴장을 해 버렸다.

'이거…… 엄청 위험한 상황인 건가?

비에 젖은 두 남녀. 그리고 비좁은 그녀의 자취방. 무슨 일이 일어날지 앞을 알 수 없는 상황이 머릿속으로 그려지자 은결은 숨을 크게 들이켰다. 어쩐지 처음 그를 집 앞으로 데려왔을 때보다 심장의 박동 속도가 배로 빨라진 것 같기도 하다.

은결은 목덜미가 뜨끈해지는 걸 느끼며 눈을 찔끔 감았다.

"……결 씨, 고은결 씨?"

"네, 네?!"

떡 줄 놈은 생각도 않는데 혼자 김칫국부터 마시던 은결은 화들짝 놀라 뒤로 물러나다 그만 넘어질 뻔했다.

"조심해요."

뒤로 자빠지려는 은결의 허리를 커다란 손으로 지탱해 준 윤우가 아니었더라면, 아마 엉덩방아를 찧었을 것이다.

은결은 허리 근처에서 느껴지는 그의 온기에 입술을 파르르 떨며 윤우를 올려다보았다. 윤우가 미소를 지으며 그녀를 내려다보고 있는 게 보였다.

"왜 그렇게 긴장을 합니까? 잡아먹는 것도 아닌데."

얼떨결에 그녀를 안은 남자는 떨리는 시선으로 자신을 쳐다보는 은결에게 속삭였다. 그의 말 한마디에 더욱 얼굴이 달아오른 은결은 얼른 윤우의 품에서 벗어나선 바로 섰다.

"그, 그러게 말이에요. 쓸데없이 긴장을 해 버렸네요, 하하."

"……."

"그나저나 팀장님도 많이 젖으셨네요. 잠깐만 기다리세요. 수건 가져다 드릴게요!"

은결은 동요하고 있다는 걸 들키지 않기 위해 저를 바라보고 있는 윤우에게 대충 말한 후 욕실로 달려갔다.

'하아, 하아.'

미치겠어.

급작스러운 폭우로 그를 집으로 초대하기는 했는데 윤우를 집에 들이자마자 머릿속이 새하얗게 물들었다. 냉정을 찾을 수 없어 호흡이 점점 가빠졌다. 정작 상대는 아무런 의도가 없어 보이는데 혼자 앞서 나가는 것 같기도 해 부끄러웠다.

은결은 붉다 못해 익어 가는 얼굴이 비치는 거울을 들여다보며 숨을 골랐다.

"진정해라, 고은결. 진정해."

도저히 긴장이라곤 할 것 같지 않은, 사납고 매정한 얼굴의 여자가 거울 앞에 서 있었다. 냉랭한 얼굴이 이렇게 도움이 될 거라곤 생각하지 않았는데, 은결은 차가워 보이는 인상이 나름 쓸 만할 때도 있다는 사실에 안도했다.

"팀장님, 많이 기다리셨죠?"

몇 초간 욕실에서 안정을 되찾은 은결은 언제 긴장을 했었냐는 표정을 지으며 수건 하나를 들고 밖으로 나왔다. 그러자 그녀가 안내한 자리에 움직이지 않고 서 있던 윤우가 자신을 쳐다보는 게 보였다.

은결은 놀라 그에게로 달려갔다.

"소파에 앉지 그러셨어요!"

"그럼 물이 묻지 않습니까."

"그래도 괜찮은데."

"수건은 가져왔습니까?"

"아, 네. 여기요."

하얀 수건을 그에게 내밀자 윤우가 비에 젖은 얼굴과 머리카락을 슥슥 닦기 시작했다. 은결은 보이는 곳의 물기만 대충 닦는 그를 바라보다 결심했다는 듯 손을 뻗었다.

"고은결 씨?"

윤우가 갑자기 제게서 수건을 낚아챈 은결을 놀란 눈으로 쳐다보았다. 은결은 굳게 다물었던 입술을 달싹였다.

"그렇게 닦으면 나중에 감기 걸려요. 남자친구가 감기 걸리는 건 싫으니까, 제가 닦아 드릴게요."

"예?"

"잠깐 숙여 봐요."

은결의 고압적인 말에 윤우는 넋을 놓고 그녀를 응시했다. 그러다 살며시 고개를 끄덕인다. 그가 살짝 무릎을 굽혀 키 높이를 낮추자 미처 닦지 못해 아직 젖어 있는 머리카락이 보였다. 은결은 들고 있는 수건으로 그곳을 문질렀다.

슥슥, 예쁜 그의 두상을 닦아 내리자 물기로 인해 하나로 뭉쳐 있던 머리카락이 풀어졌다. 그가 사용하는 향긋한 샴푸 냄새가 느껴지는 것 같기도 했다.

은결은 탈탈 머리를 털어주는 자신의 행동에 미동도 하지 않는 윤우의 목덜미를 내려다보았다. 두근두근, 고요하던 심장이 세차게 박동했다.

젖은 머리를 말려 주고 고개를 올리라 속삭이자 윤우가 눈을 감은 채 얼굴을 들었다. 조각 같은 남자의 얼굴이 코앞에 나타났다.

'위험해.'

상대가 무슨 짓을 할까 위험한 것이 아니라 자신이 무슨 짓을 저지를까 예측할 수 없어 위험했다. 그의 속눈썹은 너무나 길어서 무의식적으로 입술을 가져다 대고 싶을 정도였다. 은결은 콩닥거리는 심장의 박동 소리를 더 이상 높이지 않기 위해 애썼지만 쉽지 않았다.

수건을 쥐고 있던 그녀의 손가락은 곱게 빚어 놓은 윤우의 코끝을 지나 점점 아래로 내려갔다. 붉은 입술에 다다르자 윤우의 눈이 번쩍 뜨였다.

은결은 거친 호흡을 내쉬며 그를 응시했다. 그녀의 손길을 느끼고 있던 남자는 입을 굳게 다문 채 은결의 시선을 피하지 않았다.

"목을, 닦아 줄게요."

뱉어 낸 음성이 몹시 떨렸다고 확신한다. 은결은 강렬한 그의 시선을 피하며 중얼거렸다. 윤우는 뭐라 말을 하고 싶은 얼굴이었지만 잠자코 그녀의 말에 따랐다.

아직 물기가 묻어 있는 그의 목을 수건으로 슥슥 닦아 내리던 그녀는 자신의 목구멍이 타들어가는 갈증을 느끼고 있었다. 아래로 내려가면 갈수록 그 정도는 심해졌다.

은결은 침을 꼴깍 삼키며 꽉 잠긴 그의 단추를 풀기 위해 손을 뻗으려 했다.

"어?"

덜덜 떨리는 손으로 그의 셔츠 첫 단추를 끄르려고 할 때, 윤우가 그녀의 손목을 덥석 잡았다. 은결이 놀라 행동을 멈추자 윤우는 일렁이는 검은 눈으로 은결을 바라보며 속삭였다.

"고은결 씨."

"네?"

제 이름을 부르는 그의 목소리엔 쇳소리가 섞여 있었다. 은결이 그에게 손을 잡힌 채 윤우를 쳐다보자 그는 미간을 좁히며 입술을 달싹였다.

"만약 고은결 씨가 그 단추를 풀어 버린다면 그 후의 일은 장담할 수가 없군요."

"그게 무슨……."

"내가 언제까지 신사로 있을 수 있을지, 스스로 확신하지 못하겠다는 소립니다."

"……!"

은결은 들고 있던 하얀 수건을 바닥으로 툭 떨어뜨렸다. 손에 힘이 하나도 들어가지 않았다.

흔들리는 그녀의 눈동자를 본 윤우는 길게 숨을 뱉어 냈다. 스르륵 은결의 손목을 잡고 있던 윤우의 손에서 힘이 빠져나가는 게 느껴졌다.

그 순간 은결은 자리에서 벌떡 일어나 소리쳤다.

"잠깐만 기다리세요. 갈아입을 옷을 들고 올게요!"

✂

'미쳤어. 정말 미쳤어! 미쳤어, 고은결!'

분위기에 휩쓸렸던 것일까? 그게 아니라면 자신도 모르는 사이에 욕구 불만 상태가 되어 버린 것인가.

은결은 머리를 쥐어뜯고 싶은 심정을 겨우 가라앉히며 거친 숨을 뱉어 냈다. 그녀를 말리는 윤우의 말이 아니었더라면 엄청난 짓을 저질러 버렸을지도 모른다.

은결은 돌이켜보아도 아찔했던 몇 분 전의 상황을 떠올리며 고개를 휘휘 저었다. 부끄러워 죽겠다, 정말.

처음 의도는 무척 순수했다. 단지 비가 내리는 동안 그것을 피하게 해 줄 생각이었다. 흠뻑 젖어 버린 그가 감기에 걸리면 저 역시 곤란해지니까. 머리를 말려 주고, 추위를 가시게 한 후 집으로 돌려보낼 생각이었는데 순간적인 충동으로 인해 야릇한 분위기까지 연출했다.

다시금 후회를 해 보아도 한 번 엎질러진 물을 주워 담을 수가 없었다. 혹시 그가 자신을 변태라고 오인하면 어쩌지? 라는 생각에 가슴이 제멋대로 뛰었다.

"고은결 씨?"

화끈거리는 얼굴을 식히려 애쓰던 은결은 저를 부르는 음성에 고개를 들었다.

은결은 무의식적으로 실소를 터뜨렸다.

"풋."

드라이기로 윤우의 젖은 옷을 말리는 사이, 그녀의 하나밖에 없는 오빠가 놔두고 갔던 트레이닝복 세트를 주었다.

그런데,

"조금 짧네요?"

큭큭, 작게 웃었다고 여겼는데 윤우의 미간이 좁아지는 게 보였다. 그래도 터져 나오는 웃음을 막을 수 없어 허벅지를 꼬집으면서까지 평정을 유지하려 애쓰던 그녀는 입을 길게 찢으며 말했다. 윤우는 하아 긴 숨을 내쉬며 중얼거렸다.

"그렇게 이상해 보입니까?"

아뇨, 그런 건 아니지만.

"맞지 않는 옷을 입은 것 같아요."

윤우는 입술을 삐죽이며 그녀의 앞으로 걸어왔다.

"확실히 맞는 옷은 아니군요. 그런데 이 옷, 누구 옷입니까?"

"응? 누구 옷이라뇨?"

"고은결 씨 옷은 아닌 것 같은데……."

말끝을 흐리는 그의 눈빛이 날카롭다. 은결은 저를 빤히 직시하는 윤우의 눈동자가 무엇을 의미하는지 파악하려고 애썼다. 그러다 자각해 버렸다. 설마 이 남자가 질투를 하고 있는 건가?

"혹시 그 옷이, 예전 남자친구의 옷이라고 생각하는 건가요?"

윤우는 말이 없었다. 은결은 딱딱하게 굳어지는 그를 발견하곤 씩 웃었다.

"그런 거 아니니 걱정 말아요, 팀장님. 저도, 처음이랍니다."

"처음?"

은결은 눈을 크게 뜨는 윤우를 향해 속삭였다.

"좋아하는 남자를 집 안에 들이는 건 말이죠. 난생처음이에요."

그가 말문이 막힌 듯 소리를 뱉어 내지 않자 은결은 웃으며 말을 이었다.

"그 트레이닝복은 우리 오빠 거예요. 각자 자취를 하는데, 오빠가 요리사인지라 제 반찬을 싸서 가끔 집에 놀러 오거든요. 그때 놔두고 간 게 생각이 나서 건네준 건데 말이죠. 팀장님은 그걸 또 오해하고 계셨네요."

"흠흠. 그, 그런 겁니까?"

어느새 귀까지 빨개진 윤우가 어색해진 상황을 되돌리기 위해 헛 기침을 흘렸다. 은결은 자꾸만 벌어지는 입꼬리를 막을 수 없었다.

"뭐, 그래도 이해는 해요. 저 같았어도 충분히 오해할 수 있는 상황이니까. 그것보다 저는 놀랍네요."

"뭐가요?"

"우리 팀장님도 정말 질투라는 걸 하는가 싶어서요."

요동치던 윤우의 눈동자가 순식간에 가라앉았다. 그를 놀리며 깔 깔 웃던 은결은 차분해진 그를 발견하곤 흠칫 놀랐다. 은결은 검게 빛나는 그의 시선에 숨이 막히는 걸 느끼며 입을 다물었다.

윤우는 말을 잇지 못하는 은결에게 말했다.

"말씀드렸잖습니까. 나는 보기와는 다른 사람입니다. 그래서……
조금 걱정이 됩니다."

은결은 그를 쳐다봤다. 윤우는 말을 덧붙였다.

"고은결 씨에 대한 마음이 커지면 커질수록 내 실체를 알게 된 고
은결 씨가 점점 멀어질까 봐 가끔은 두렵습니다."

뭐?

"나는 겉보기와는 다르게 질투도 많고, 집착도 많이 하고, 고은결
씨가 나만 바라봐 주었으면 좋겠고, 내 곁에만 있었으면 좋겠다고 생
각합니다."

"팀장님."

"고은결 씨."

눈앞이 어지럽다. 그가 내뱉는 상냥하고 달콤한 고백에 속절없이
취해서. 은결은 촉촉하게 젖은 윤우의 시선에 뜨거운 숨결을 흘렸다.
숨을 막히게 하는 미성으로 은결을 부른 윤우는 커다란 손을 들어 그
녀의 뺨을 슥 쓸어내렸다. 머릿속이 몽롱해졌다.

"앞으로 고은결 씨가 알게 될 내 모습이 고은결 씨가 생각했던 모
습과 다르더라도…… 날, 좋아해 주겠습니까?"

항상 솔직하고 자신감 넘치던 남자는 어디로 갔는지 조금은 뒤로
물러나 있는 윤우의 모습이 많이 낯설었다.

은결은 새로운 그의 모습에 짐짓 놀라면서도 겉으론 완벽해 보이
는 남자도 이런 걱정을 하는구나 하고 생각했다.

꼬리를 축 늘어뜨린 강아지 같은 얼굴을 하고 제가 대답해 주길
기다리는 남자가 안아 주고 싶을 만큼 사랑스러워 은결은 빙긋 웃으

며 두 팔을 벌렸다.

"그럼요."

그녀의 대답에 윤우의 눈동자가 크게 일렁였다. 은결은 그를 힘껏 끌어안으며 속삭였다.

"팀장님이 제 외모에 상관없이 좋아해 주는 것처럼, 저도 팀장님이 어떤 사람이라도 좋아할 거예요. 왜냐면 팀장님은 팀장님이니까."

"……!"

"당신이 질투가 많은 사람이건 아니건, 집착을 하는 사람이건 아니건, 당신이라서 좋아할 것 같아요."

아마도.

그건, 분명한 사실이다.

9화.

과속은 처음입니다

"보통 사귀는 사람이랑 만난 지 얼마나 됐을 때 키스를 해요, 다들?"

사내 식당에서 점심을 먹었던 터라 업무 재개까지 약간의 시간이 남았다. 그 시간에 커피 한 잔이라도 하는 게 어떠냐는 제안에 기획 3팀의 여직원들은 모두 승낙했다.

기획팀들이 자주 사용하는 휴게실 안. 신입 사원인 연희가 모두의 커피를 뽑아 와 한 잔씩 나눠 주자 다들 기쁘게 웃으며 종이컵을 받아 들었다.

동그란 테이블에 둘러앉아 도란도란 이야기를 하기 시작한 기획 3팀의 여직원들은 온갖 주제를 가지고 대화를 나누고 있었다. 그러던 도중 문득 꺼낸 미연의 말에 화기애애하던 여직원들의 얼굴이 살짝 굳었다.

"글쎄. 빠르면 세 번째 데이트쯤에서 하지 않나?"

기억을 더듬어 보던 김희은 과장이 고개를 갸웃거리며 말했다.

"어머. 저는 만난 지 두 달 만에 했어요! 그때가 열 번째 데이트였나?"

"그건 좀 늦다. 민지 씨 남자친구가 애달파했겠는걸?"

"호호, 그런가요?"

"수경 씨는 어때요?"

"저는 다섯 번째 데이트쯤에서? 영화 보다가 해 버렸어요."

"꽤 야한 장면이었나 보지?"

"아뇨. 피 튀기는 액션 신이었는데 그게 너무 무서워서 그이를 끌어안다가 그만."

"은결 씨는?"

여직원들의 대화를 조용히 들으며 웃음을 흘리던 은결은 몸을 움찔거렸다.

사귀기로 결정한 후 첫 데이트 날, 바로 그랬다고 어떻게 말해.

은결은 어색하게 웃으며 뒷머리를 긁적였다. 뭐라고 말을 해야 그들이 의심하지 않을까.

그녀가 굳어 버린 사고회로를 열심히 굴리려 노력하고 있을 때,

"과장님 너무하세요."

여자들을 지켜보던 정 대리가 미간을 좁혔다.

"고은결 씨 헤어진 지 겨우 세 달밖에 안 됐어요."

……어?

"아, 맞다. 그랬었지. 미안해, 은결 씨. 놀리려고 그런 거 절대 아니야!"

"괜히 저도 죄송하네요."

"이런 얘기 말고 다른 얘기 할까요? 오늘 점심 괜찮았죠?"

배려를 해 준답시고 나선 정 대리는 고맙긴 한데 눈에 띄게 당황하는 다른 동료들을 보자니 괜스레 미안해졌다. 이별이 마치 제 일인 양 미안해하는 그들에게 절대로 전 남자친구와 헤어진 지 일주일도 되지 않아 다른 남자와 사귀기 시작했다고는 말하지 못하겠다. 그것도 상대가 회사의 '왕자'라고 불리는 기획 2팀의 강윤우 팀장이라는 걸 알게 된다면 졸지에 비난 아닌 비난을 받을 게 분명했다.

　은결은 쓰게 웃으며 손을 휘휘 저었다.

　지이잉, 핸드폰이 진동한 것은 그 순간이었다. 왠지 땀이 등 뒤로 주르륵 흐르는 것을 느끼던 은결은 얼른 핸드폰을 꺼내 들었다. 'Mr. Bond'가 보내 온 문자가 도착해 있었다. 제게서 시선이 멀어졌다는 걸 확인한 그녀는 문자를 열어 보았다.

　[지주 씨 2만큼 보고 싶군요. -Mr. Bond-]

　은결은 몸을 일으켰다.

　"은결 씨, 어디 가?"

　하고, 돌연 자리에서 일어난 은결을 의아하게 여긴 정 대리가 말을 걸었다. 그녀는 엘리베이터 쪽으로 발걸음을 옮기며 대답했다.

　"식당에 놔두고 온 게 생각나서요!"

　"같이 가 줘?"

　"아뇨, 저 혼자 다녀올게요! 얘기들 하고 계세요!"

　행여나 정 대리가 따라온답시고 일어날까 봐 부리나케 발을 움직였다. 하아, 하아. 거친 숨까지 뱉어 내며 엘리베이터에 올라 지하 2층을 눌렀다. 아래로 내려가는 엘리베이터가 왜 이렇게 느리게 느껴지는 건지, 은결은 느릿하게 내려가는 엘리베이터 내의 전광판을 응시하며 발을 동동 굴렀다.

은결이 그와 사귀게 된 지 어느덧 세 달이 흘렀다. 처음엔 어렵고 힘들 것이라 생각했던 그들의 사내 연애는 이제 슬슬 안정되어 가는 중이다. 일부러 복잡하게 만들었던 둘만의 비밀 암호도 자연스럽게 암기가 가능했다.

은결은 그를 만날 생각에 가슴이 두근거리는 것을 참을 수 없었다. 생각보다 쉽지 않던 밀회도 지금은 익숙해질 대로 익숙해진 상태. CCTV가 어디에 있는지 위치까지 파악해 두었던 은결은 멀리 보이는 윤우의 차를 발견하곤 입을 헤벌쭉 벌렸다.

CCTV를 피해 은밀하게 숨어든 그녀는 검게 선팅이 되어 있는 윤우의 차에 올라탔다.

"많이 기다렸어요?"

가쁜 숨을 뱉어 내며 말하는 은결에게 윤우는 미소를 지어 주었다.

"아뇨. 방금 도착했습니다."

어딜 다녀오는 길인가?

아무래도 사람들이 많이 찾는 옥상 정원보다 지하주차장을 많이 이용하게 되었다. 사귄 지 두 달째로 접어들었을 땐 대놓고 지주 씨를 찾는 문자를 보내오는 미스터 본드를 경찰에 신고하라며 정 대리가 성화를 부릴 정도였다.

은결은 어두컴컴한 지하주차장 내 윤우의 차 안에서 엷게 웃는 그를 빤히 바라보았다.

"무슨 일이에요? 곧 점심시간 끝나는데."

그의 문자를 보자마자 후다닥 내려오기는 했으나 점심시간이 끝나기까진 겨우 15분도 남지 않았다. 은결은 이렇게 얼굴을 마주하는 것만으로도 행복한 그가 급히 자신을 불러낸 이유가 궁금했다.

윤우는 그녀의 의문에 화답하기 위해 잠시 멈칫거리더니 품 안을 뒤적거렸다. 은결은 눈에 힘을 줬다. 이윽고 윤우가 뭔가를 꺼내 은결 앞에 내밀었다. 그녀가 깜짝 놀라자 그는 쑥스러운 표정을 지으며 중얼거렸다.

"반지를 살까, 팔찌를 살까, 목걸이를 살까 고민하다가 발견했어요. 왠지, 고은결 씨가 쓰면 고와 보일 것 같아서."

그가 내민 것은 머리띠였다. 은결은 풋 웃음이 터져 나오려는 것을 가까스로 참아 냈다. 어쩐지 고심하며 머리띠를 골랐을 그의 얼굴이 떠올라서였을까. 그녀는 쉽게 떨어지지 않는 입술을 달싹였다.

"팀장님."

"네, 고은결 씨."

"방금 그거, 하이 개그죠?"

윤우는 살짝 휘어진 은결의 눈을 들여다보았다. 그는 꽤나 진지한 얼굴을 하고 복잡한 표정을 지어 보이다 슬쩍 고개를 끄덕였다.

"나름 열심히 준비했는데 괜찮았습니까?"

괜찮다 뿐이겠어?

얼음장같이 차가운 기운만 흘리는 남자가 뱉어 낸 썰렁 개그라 그런지 웃음이 절로 나왔다. 태연한 척하느라 큰일 날 뻔했다. 은결은 씰룩거리는 입가를 진정시키며 말을 이었다.

"네, 팀장님이 한 말이라 재밌었어요. 그리고……."

"응?"

"고마워요. 잘 쓸게요."

거침없이 그의 볼에 촉 입술을 가져다 대는 은결의 행동은 태연자약했다. 갑작스러운 볼 뽀뽀에 윤우가 눈을 크게 떴다. 거칠게 요동치던 그의 눈동자는 싱긋 웃고 있는 은결을 응시하다 천천히 제 자리를 찾았다.

못 말리겠다는 듯 픽 실소를 터뜨리던 윤우는 금세 포장을 풀어 버린 은결이 스스로 머리띠를 쓰려 하자 그녀를 저지했다.

"내가 씌워 줄게요."

그가 커다란 손으로 삐죽삐죽 솟아 있는 은결의 머리를 차분히 눌러 주더니 자신이 사 온 머리띠를 스윽 씌워 줬다. 눈을 감고 윤우가 하는 행동을 내버려 두던 은결은 가슴이 간질간질해졌다. 마치 제가 화관을 쓴 신부가 된 느낌이었다.

'그러고 보니……'

곧, 백 일이네.

사귀게 된 날짜를 일일이 셀 생각은 없었는데 어쩌다 보니 그와 함께하는 하루하루를 헤아리고 있었다. 자신이 씌워 준 머리띠와 은결의 동그래진 눈동자를 번갈아 바라보며 '예쁘네요.' 라고 말하는 윤우를 직시하던 은결은 불현듯 머리를 스치는 생각에 고뇌하기 시작했다.

27년 만에 처음으로 찾아왔던 연애는 백 일 언저리쯤에서 끝이 났다. 첫 연애가 끝난 후 얼마 지나지 않아 다가온 남자와의 두 번째 연애는 곧 백 일을 앞두고 있었다.

당연히 걱정이 된다. 이번만큼은 오랫동안 이어 갔으면 했다. 그와 함께 있으면 설레고, 가슴이 뛰고, 즐거워서 이러한 기분을 계속해서 유지하고 싶었다.

세 달 가까이 사귀게 되면서 싸움을 단 한 번도 하지 않은 행복한 연애를 이어 가고는 있지만 백 일이 다가오면 올수록 불안한 건 사실이다.

'뭔가 특별한 걸, 주고 싶어.'

은결 역시 윤우에게 가끔 선물을 하기는 하지만 첫 연애와는 다르게 더 많이 받는 건 자신인 것 같았다. 그런 의미에서 백 일이 되는 그날엔, 제 남자로 있어 줘서 고맙다는 걸 표현하고 싶었다.

"이제 그만 올라갈까요?"

워낙 많은 걸 가지고 있는 그였기에 어떤 걸 선물해 주면 좋아할지 쉽게 짐작이 가지 않아서 문제다. 필요한 것이 있다면 말해 주면 좋을 텐데.

은결은 부드럽게 미소 짓고 있는 남자를 응시하다 들려오는 다정한 목소리에 정신을 차렸다. 벌써? 하는 생각에 차고 있던 시계를 흘긋거리니 어느덧 점심시간이 5분 정도 남아 있었다.

아쉬운 마음에 그를 올려다보자 윤우가 그녀의 이마로 입술을 가져다 댄다. 촉, 울리는 소리가 유독 달콤했다.

'고민해 보자, 고은결.'

만난 지 얼마 되지도 않았지만, 윤우는 은결에게 있어 적지 않은 영향을 끼치는 사람이 되어 버렸다. 그런 남자에게 백 일을 기념한 특별한 선물을 주는 건 당연한 일이다. 은결은 속으로 주먹을 불끈 쥐며 그와 함께 엘리베이터에 올라탔다.

"강 팀장, 밥 먹고 오냐?"

"오, 고은결 씨네. 점심 먹고 오는 길이에요?"

지하 2층을 지나 지하 1층, 그리고 지상 1층에서 엘리베이터가 멈춰 섰다. 곧 문이 열리고, 기획 3팀의 팀장과 권혁진 이사가 들어서며 알은척을 했다.

각각 말을 걸어오는 그들로 인해 은결과 윤우는 갈라져 엘리베이터의 모서리 끝으로 움직일 수밖에 없었다.

"예."

"네, 먹고 왔어요. 주 팀장님도 식사하셨어요?"

짧게 대답하는 윤우와는 달리 은결은 주재원 팀장에게 살갑게 말을 붙였다. 그 모습을 바라보던 윤우의 미간이 살짝 좁아진 것을 은결은 알 리 없다. 재원은 '이사님랑 한 끼 하고 왔어요.'라 말하며 한쪽 눈을 찡긋거렸다.

은결은 대놓고 자랑하는 그를 보고 쿡쿡 웃었다.

그러다 슬쩍 권 이사와 뭔가 말을 주고받는 그를 흘끔거릴 때였다.

"못 보던 머리띠네요, 은결 씨."

주 팀장이 무언가를 깨달았다는 듯 손뼉을 탁 치며 외쳤다. 은결은 고개를 들어 주 팀장을 바라봤다. 그의 시선이 큐빅이 박혀 있는 그녀의 머리띠에 꽂혀 있었다. 은결은 빙긋 웃으며 대답했다.

"선물 받았어요."

"은결 씨랑 잘 어울리네요."

"감사합니다, 팀장님."

평소엔 칭찬을 잘 하지 않는 사람이 웬일인지 모르겠다. 하지만 듣기 좋은 말이니 은결은 고개를 까딱였다. 주 팀장은 연이어 말을 걸어왔다. 그와 특별히 가까운 사이라고 생각해 본 적은 없었는데 말 걸 상대를 찾고 있던 걸까.

적당히 주 팀장의 대화에 어울려 주며 얼른 18층에 도착하기만을 기다리던 은결은 오른쪽에서 느껴지는 묘한 시선을 알아차렸다.

'……!'

왜 이렇게 얼굴이 따가운가 했더니 윤우가 자신과 주 팀장을 응시하고 있는 게 보였다. 조금 당황스러운 건 사실이었지만 평소 그가 은결 외의 다른 사람들 앞에서 보여 주는 모습이라 생각하며 크게 개의치는 않았다.

"저기, 은결 씨."

주 팀장 역시 그러한 시선을 느꼈는지 윤우에게서 시선을 돌린 은결에게 다가왔다. 그녀는 자신의 귓가에 입술을 가져다 대곤 조용히 속삭이는 재원의 음성에 귀를 기울였다.

"강 팀장…… 지금 우리 보고 있는 거 맞죠?"

은결은 다시 한 번 윤우와 권 이사 쪽을 흘긋거렸다. 방금 전보다 훨씬 더 무시무시한 시선을 하고 저를, 아니 주 팀장을 노려보고 있는 윤우가 보였다.

"그런 것 같아요."

은결이 낮은 목소리로 답하자 주 팀장의 얼굴이 창백하게 굳어졌다.

"내가 뭐 실수라도 했나?"

주 팀장은 전신을 부르르 떨었다. 은결은 이젠 조금 섬뜩하게 느껴지는 오라를 풍기고 있는 윤우를 힐끔 본 후 재원에게 속삭였다.

"몇 달 전 체육대회에서 팀장님이 강 팀장님을 이기셔서 그런 거 아니에요?"

"아냐, 아냐. 그땐 별말 안 했다구요. 그런데 지금은…… 살기가 느껴지네요."

살기?

은결은 파리하게 질린 주 팀장을 응시하다 대놓고 윤우를 쳐다보았다.

'아?'

윤우가 차가운 눈으로 주 팀장을 직시하다 은결과 시선을 마주쳤다. 그러자 순간, 그가 언제 그랬냐는 듯 입꼬리까지 올리며 반달눈을 그렸다.

'설마.'

은결은 주 팀장을 바라볼 때와는 다르게 생글거리는 윤우의 모습에 풋 웃음이 터져 나왔다. 그녀는 주 팀장이 들어서고 난 후의 일을 되짚어 보았다. 자신이 생각하기에도 약간 화가 날 만한 장면이 몇몇 있었다. 은결은 평정을 유지하기가 힘들었다.

—18층입니다.

눈에서 불꽃을 쏘아 대던 남자가 왜 그런 행동을 했는지 뒤늦게 이해해 버린 은결이 웃음을 흘리고 있을 때, 드디어 엘리베이터가 멈춰 섰다. 뒤통수가 따가워서 먼저 내려야겠다고 은결에게 작게 중얼거린 주 팀장을 따라 느긋하게 발을 앞으로 내딛던 은결의 귀로 불만 가득한 혁진의 음성이 들려왔다.

"인마. 아까부터 눈에 힘은 왜 그렇게 주고 있냐? 커피 한 잔 하자는 내 제안이 그렇게도 싫어?"

"네, 시간이 아깝습니다."

"뭐?"

"갑니다, 선배. 놀 생각 하지 마시고 일에 집중하십시오."

퉁명스러운 발언을 상사에게 서슴없이 날리는 남자는 매력적이다. 은결은 앞서 걸어가며 큭큭거렸다.

'귀여워.'

은결과 친하지 않는 사람이라는 걸 분명 알고 있음에도 불구하고 단지 귓속말을 했다는 사실 하나만으로 질투를 하는 자신의 비밀스러운 연인은 매우 귀여운 사람이다.

은결은 사무실로 돌아가 문자 한 통을 보내야겠다고 다짐했다.

"은결 씨, 놔두고 왔다는 물건이 머리띠였어?"

가벼운 발걸음으로 제 자리로 돌아온 은결은 자신을 반기는 정 대리의 말에 흠칫 놀랐다. 생각해 보니 너무 눈에 띄는 물건이 아닌가. '자기가 머리띠를 하고 왔나?' 하고 중얼거리는 정 대리에게 어색하게 웃어 주던 그녀는 굳이 대답하지는 않았다.

짧게만 느껴지던 점심시간이 끝이 나고 업무로 돌아간 기획 3팀의 사무실엔 적막이 가득하다. 가끔 걸려 오는 전화에 응답하는 소리와 키보드를 누르는 소리만 가득했다. 그 속에서 오전에 마무리하지 못했던 워드 작업을 이어 가기 위해 컴퓨터를 켠 은결은 메일함을 확인해 보다 두 눈을 휘둥그레 떴다.

〈20XX년 인재 여자 고등학교 제89회 졸업생 동창회 안내〉

"동창회? 은결 씨, 가게?"

몇 초 동안 모니터만 뚫어져라 응시하며 고심하는 은결을 보고 의문을 느낀 정 대리가 덩달아 그녀가 시선을 꽂고 있는 곳으로 눈을 돌리다 물었다. 은결과 몇 년이나 잘 알고 지냈기에 꺼낼 수 있는 말이었다.

그녀는 날짜와 장소를 직시하다 정 대리에게 대답했다.

"글쎄요. 아직은 고민 중이긴 한데, 약간 끌리긴 하네요."

"자기, 그런 덴 싫어하잖아."

그건 맞는 말이었다. 저만 보면 인상이 어떻다, 쌍꺼풀 수술을 하

196

는 게 어떻겠냐, 등등의 말을 쏟아 내는 친구들 몇몇이 짜증스러워 졸업 후 몇 년 동안 가지 않은 곳이 바로 고등학교 동창회였다.

은결은 저를 걱정하는 정 대리에게 쓴웃음을 흘렸다.

"그렇긴 한데…… 요즘, 자신감이 생겨서요."

"자신감?"

"네. 제 얼굴에 대한 자신감이요."

콤플렉스나 다름없던 자신의 외모에 당당해진 것은 요 근래다. 길게 찢어지다 못해 위로 올라가 사납게 느껴진다는 말을 종종 듣던 은결을 있는 그대로 좋아해 주는 남자가 생겼기 때문이다.

진지하게 수술을 고민해 볼까 생각하던 은결도 자신을 계속해서 '예쁘다.'고 말해 주는 그로 인해 신이 나기 시작했다. 얼마 전엔 인상이 조금 부드러워 보이는 화장법을 배우겠답시고 백화점 화장품 코너로 가서 메이크업을 받아 본 적도 있을 정도니까, 많이 변했지.

화사하게 웃는 은결의 말에 정 대리의 눈동자가 흔들렸다.

"하긴, 요즘 은결 씨 몇 달 전이랑 꽤 많이 달라진 것 같긴 했어."

"그래요?"

"응. 소문으로 듣기론 남직원들 사이에서 은결 씨가 상당히 인기 라던데?"

"어머, 그건 과장된 소문이네요."

"호호, 자신감이 생겼다더니?"

"그래도 분수는 알죠."

눈썹을 까딱이며 답하자 정 대리가 깔깔 웃었다.

"여기 보니 연인 동반 동창회라는데, 그래도 가려고?"

그러다 유독 빨간 글씨로 굵게 표시해 둔 문구를 가리켰다.

작게 탄식을 뱉어 낸 은결은 고민했다.

'바쁘……려나?'

✕

퇴근 시간까지 고민한 끝에 결국 '참석하겠습니다.' 라는 답장을 보냈다. 혹시 몰라 일단 참석 인원을 '둘' 로 보내긴 했는데, 어떻게 말을 꺼내야 할지 모르겠다.

"남자는 다 늑대입니다."

퇴근을 하자마자 회사와 한 정거장 떨어진 버스 정류장에서 만나 그가 예약해 둔 레스토랑에서 식사를 했다. 스테이크를 썰어 주는 남자의 손짓이 너무나 우아해서 헤벌쭉 입을 벌리며 그 모습을 바라보던 은결은 제 입안으로 작게 썰린 스테이크 조각을 밀어 넣는 윤우에게 배시시 웃어 보였다. 왜 팀장님은 안 드시냐는 은결의 질문에 '고은결 씨가 먹는 것만 봐도 배가 부릅니다.' 라는 닭살스러운 멘트를 날리는 윤우에 그녀는 선수가 확실하다며 깔깔거렸다.

그렇게 데이트를 마치고 그녀의 집으로 향하는 차 안에서 타이밍만 잡고 있던 은결은 불쑥 말을 던지는 윤우의 중얼거림에 놀라 고개를 돌렸다. 그는 정면을 바라본 채 진지한 얼굴을 하고 있었다.

"네?"

뜬금없는 말이 잘 이해되지 않았다. 저도 다른 생각을 하고 있어서였을까. 은결은 눈을 크게 뜨며 그에게 되물었다. 잠시 입술을 다물고 있던 윤우가 후우 한숨을 뱉어 내며 말했다.

"주 팀장 말입니다. 그 녀석이랑 친하지 않다고 안 그랬습니까?"

그제야 은결은 그가 무슨 말을 하는 건지 알아차렸다. 풋 웃음이 터져 나왔다. 윤우는 은결이 실소를 터뜨리든 말든 상관하지 않으며 핸들을 꼭 붙잡은 채 입술을 움직였다.

"주 팀장 그 녀석도 남잡니다. 그러니 가까이하지 말아요. 특히, 아까처럼 귓속말은……."

"화나셨어요?"

"당연하죠. 비밀 연애만 아니었다면 당장 주먹을 날렸을 겁니다."

어머!

"고은결 씨."

"네, 팀장님."

"그냥 공개 연애를 하면 안 됩니까?"

심각한 그의 제안에 소리가 나오지 않았다.

"밀회는 즐겁지만 고은결 씨한테 그렇게 치근덕대는 놈들이 나타나면 참고 있을 자신이 없습니다."

은결은 툴툴거리는 윤우의 옆모습을 응시했다. 그녀의 남자는 확실히 처음 그녀의 앞에 나타났을 때보다 더 많이 감정을 표현하고 있었다. 이젠 아예 질투를 숨길 생각이 없어 보이는 그가 너무 사랑스러웠다. 은결은 가슴이 간질간질거리는 걸 애써 눌렀다.

"그러고 싶지만 밝혔다간 전 공공의 적이 될걸요?"

"공공의 적?"

"네. 기획 2팀의 왕자를, 아니 WU미디어의 왕자를 낚아챈 사악한 마녀로요."

"사악하다니. 말도 안 되는 소립니다."

흥, 콧방귀를 뀌며 부정하는 남자에게 은결은 당장이라도 입술을 대고 싶었다.

"상황을 봐서 선언하도록 해요. 우리 때를 기다리자고요."

"⋯⋯고은결 씨가 그러길 원한다면, 참아는 보겠습니다."

"정말 착해요, 우리 팀장님."

흠흠, 헛기침을 하는 남자의 얼굴이 빨갛게 달아올랐다. 이렇게 시시각각 변하는 그의 얼굴색은 다른 여자들은 보지 못하는 것이다. 아무래도 두 사람의 백 일 기념 선물을 제대로 된 걸 준비해야겠다고 은결은 또 한 번 의지를 다졌다.

"그런데⋯⋯."

응?

"고은결 씨의 입에서 흘러나오는 '우리' 란 표현은, 정말 듣기 좋군요."

마침 빨간 신호에 걸려 차를 멈춰 세운 윤우가 고개를 돌려 은결을 바라보며 다정하게 속삭였다. 예고 없이 찾아온 그의 다정한 말에 가슴이 들썩였다. 조금 전과는 다르게 이번엔 은결이 얼굴을 붉히자 윤우가 피식 웃었다.

'하여간 갈수록 는다니까.'

연애는 처음이라면서 사귀면 사귈수록 점점 능글맞아진다. 은결이 공격하면 곧이어 두 배로 응수하는 남자의 연애 학습 능력은 진화되고 있었다. 이러다 역전이 되는 건 순식간이다. 은결은 빨개진 얼굴을 식히기 위해 손으로 부채질을 했다.

"저기, 팀⋯⋯."

"참."

다시 출발한 차는 은결의 자취집 근처에서 멈춰 섰다. 차에서 내리기 전에 머릿속에 줄곧 담아 두고 있던 말을 하려는 순간 윤우가 먼저 음성을 흘렸다. 그에게 먼저 말을 하라고 권하자 윤우가 고개를 까딱이더니 소리를 내뱉었다.

"아마 다음 주 초쯤, 출장을 갈 것 같아요."

"다음 주 초요?"

은결은 무의식적으로 크게 외쳤다.

"네. 2박 3일이 될 것 같은데. 월요일에서 수요일까지 다녀올 예정이에요. 그동안 고은결 씨를 못 보겠네요. 슬픕니다."

"……."

"보고 싶어서 어떡하죠?"

은결은 하아 한숨을 내쉬는 윤우에게 옅게 미소 지어 주었다.

"시간 날 때마다 전화해서 목소리를 들으면 되죠."

"주 팀장이랑 권 선배도 같이 가는 출장이라서 시간이 날까 모르겠습니다."

"그……래요?"

"후우. 어쨌든 고은결 씨, 이번 출장에서 돌아오면 부탁하고 싶은 게 있습니다."

"부탁이요?"

은결은 휘둥그레진 눈을 그에게 고정시켰다. 윤우는 묘한 시선으로 그녀를 응시하며 붉은 입술을 달싹였다.

"네. 꼭 들어줬으면 해요."

"제가 들어줄 수 있는 부탁인가요?"

"예. 고은결 씨만 들어줄 수 있는 부탁입니다."

은결은 주저하다 짓궂은 표정을 지었다.

"팀장님의 부탁이 뭔지는 모르겠지만 일단은 들어 보고 결정할게요."

"안 되는데. 무조건 들어줘야 하는 건데."

"먼저 들어 보고요."

"……후우, 알겠습니다."

무턱대고 부탁을 들어줄 거라 약속할 수는 없었던지라 웃음을 머금은 채 말하자 윤우가 백기를 들어 올렸다. 은결은 그런 그의 입술에 작별 키스를 선사했다. 기습키스에 윤우가 움찔거리더니 이윽고 은결의 어깨를 커다란 손으로 감싸며 진한 키스를 퍼부었다.

은결은 멈춰 선 그의 차 안에서 윤우의 혀가 입술 사이를 비집고 들어오는 것을 느끼며 눈을 감았다.

'동창회는 같이 못 가겠네.'

끝내 그녀는 다음 주 수요일, 연인 동반 동창회에 가자는 말을 꺼내지는 못했다.

✄

"왕자, 밥 먹으러 가자!"

커다란 룸 안에서 홀로 사색에 잠겨 있던 윤우의 신경을 돋우려는 생각인지 닫혀 있던 현관문을 활짝 열고 들어와 소리치는 혁진의 목소리는 우렁차다.

윤우는 미간을 좁혔다.

"생각 없습니다."

"에이. 그러지 말고 밥 먹자. 주 팀장이 쏜다는데?"

"예? 제가요?"

눈을 휘둥그레 뜨는 재원이 제게 폭탄을 던져 버리는 혁진을 향해 큰 소리를 뱉어 냈다. 혁진은 그런 재원에게 씩 미소를 지었다.

"아까 나한테 밥 산다고 했잖아."

"물론 그렇게 말하긴 했지만 그건……."

"그럼 됐네! 가자 강윤우. 서 팀장도 기다리고 있어."

순 제멋대로다. 윤우는 난처한 표정을 짓는 재원을 흘긋거리다 한숨을 뱉어 냈다. 식사 생각이 없다고 말했음에도 불구하고 어떻게 해서든 저를 밖으로 이끌고 나가려는 의지가 돋보이는 혁진에겐 백기를 들 수밖에 없다.

그는 울릴 생각이 없는 핸드폰을 가만히 내려다보다 엉덩이를 떼었다.

"얼마나 대단한 음식을 사 줄 건지 기대가 되는군요, 주 팀장님."

터벅터벅, 혁진과 재원이 서 있는 곳으로 걸어간 윤우는 싱긋 웃으며 재원에게 말했다. 왠지 가시가 돋친 말이었다. 얼마 전, 엘리베이터의 그 일을 아직 마음에 담아 두고 있었던 윤우였기에 더욱 날이 서 있었다.

재원은 입꼬리를 한쪽으로 올리는 윤우를 발견하곤 입술을 삐죽거렸다.

"강 팀장, 그럼 넌 먹지 마!"

하고, 재원이 버럭 외쳤지만 윤우는 혁진과 함께 룸을 벗어났다.

이번 대구에서는 업계의 내로라는 회사들의 중역들도 꽤 많이 참석하는 세미나가 열린다. WU미디어 쪽에서는 그 세미나에 기획 1, 2, 3팀의 팀장들과 기획이사인 혁진이 참석키로 했는데, 첫날과 둘째 날은 강연을 듣고 셋째 날은 다른 회사 직원들과 만찬을 가질 예정이었다.

업무에서 한발 물러나 즐길 생각에 부풀어 있는 혁진과는 달리 얼른 서울로 돌아가고팠던 윤우에게는 이번 출장은 몹시 괴롭고도 힘든 일이었다. 은결을 무려 이틀 동안 보지 못한다는 것이 그에게 이토록 큰 영향을 미칠 줄 몰랐으니까.

이번 일을 대비하여 주말 내내 그녀와 얼굴을 마주하고 있었음에도 불구하고 벌써부터 은결이 보고 싶어 미치겠다.

그래서 그는 평소보다 더 싸늘해진 얼굴을 하고 주위 사람들을 긴장시키고 있다는 걸 자각하지 못했다.

"너 진짜 아까부터 왜 그러냐?"

재원이 기획 1팀의 팀장인 서정주 팀장을 데리러 가기 위해 잠시 자리를 비운 사이 먼저 주차장에 내려가 있기로 한 윤우는, 제 옆에 철썩 달라붙어선 눈을 빛내는 혁진의 말에 시선을 옮겼다. 마침 도착한 엘리베이터에 올라타선 차가 주차되어 있는 지하주차장 버튼을 누른 윤우는 심드렁하게 대답했다.

"뭘 말입니까."

"네 태도 말이야. 불만이라도 있는 거야?"

"무슨 소리신지."

"오늘 아침에 얼굴 봤을 때부터 지금까지 한 번도 웃지를 않잖아. 화났어?"

혁진은 눈을 반짝이며 물음을 던졌다. 괜한 짜증이 물밀 듯이 치밀어 오른다. 윤우는 딱딱한 표정을 지었다.

"원래 잘 웃는 성격이 아닙니다."

"그렇긴 한데, 요즘은 좀 괜찮아지지 않았나?"

그건 고은결 씨 앞에서만 보이는 태도고.

"글쎄요. 아닌 듯합니다만."

칼같이 대답하는 윤우를 흘끔 바라보던 혁진이 '아!' 하고 낮은 탄성을 뱉어 냈다. 윤우는 신경 쓰지 않고 아래로 내려가는 엘리베이터 내의 전광판만 응시하고 있었다. 그때, 묘한 눈웃음을 흘리던 혁진이 씩 미소 지으며 말했다.

"너, 싸웠구나?"

윤우는 몸을 움찔했다.

"예?"

혁진은 생글생글 웃었다.

"여자친구랑 말이야. 싸운 거지?"

"……선배."

"이야, 강윤우 진짜 많이 변하긴 했네. 여자는커녕 사람 자체에 관심이 없는 녀석인 줄 알았더니, 사랑싸움도 하고. 후후, 진짜 인간이 됐어!"

지금 그의 상태가 '여자친구'와 관련이 있는 건 맞지만 그녀와 다툼을 벌인 건 아니다.

인상을 쓰며 사실을 정정하려던 윤우는 저를 신기한 동물 바라보듯 바라보는 혁진과 시선을 마주쳤다.

"그렇게…… 많이 변했습니까?"

"응?"

혁진은 뜬금없는 윤우의 말에 고개를 갸웃거렸다. 윤우는 말을 이었다.

"권 선배 눈에도 제가 변한 게 느껴지냐는 소립니다."

달라졌다는 건 감지하고 있었다. 그녀를 의식하게 되면서 좋아하게 되었고, 덕분에 가슴앓이도 했으며 고백도 했고 난생처음으로 연애라는 것도 하고 있다. 서른한 살이 되도록 하지 못한 것을 뒤늦게 해 보려니 어렵기도 하고 재미있기도 했다.

더군다나 은결과 함께하는 것들이라 신이 나기만 해서 주위의 시선을 살필 생각을 하지 않았는데, 저를 직시하는 혁진을 보자니 깨닫게 된다.

윤우는 진지한 얼굴을 한 채 혁진의 대답을 기다렸다. 혁진은 갑작스러운 질문에 당황하더니 뒷머리를 벅벅 긁으며 말했다.

"뭐, 확실히 지금은 예전처럼 기계같이 느껴지진 않지."

기계?

"왜, 너는 그랬잖아, 항상. 누군가 네게 다가오려고 하면 선을 긋다 못해 철벽을 둘러 버렸지. 남자들은 좀 덜한 편이지만 여자들이 다가가면 질색을 하고 화를 내기 일쑤 아니었나?"

그런 기억이 없지는 않았다.

하지만 그런 태도들은 모두,

"필요에 의해서였습니다."

혁진은 싸늘히 답하는 윤우를 보며 고개를 끄덕였다.

"소문을 안 들은 건 아니야. 학창 시절에 좋지 않은 일을 당했다지?"

"……."

"어쨌든 그 정도가 심해서 사회생활이 가능할까 의심했었는데 우리 회사에 데리고 와서 지켜보니 가능은 하더라고. 그 점이 신기하긴 했었어."

"칭찬인지 욕인지 모르겠습니다."

"아마 욕에 가까울걸?"

"선배."

"그런데 그런 네가 변하기 시작한 건 요 몇 달 전부터지."

윤우는 혁진의 말에 그녀를 떠올렸다.

"뜬금없이 고백 어쩌고 하더니 갑자기 실실 웃고, 여전히 냉기는 풍기지만 날이 서 있지는 않아 보였어. 요즘 기획 2팀의 업무 효율이 200% 향상했다는 말도 안 되는 이야기를 들었는데, 그 배후에 네가 일 잘하는 직원들한테 웃어 준다는 소리가 있더군. 강윤우. 사실, 아니지?"

그러고 보니 요 몇 달간 제 팀원들이 열심히 일을 하기는 했었다. 회사에서 주최하는 아이디어 대회에서 상을 받은 팀원도 몇몇 있었고, 많은 기획팀원들 중에서 대표로 뽑혀 연수를 가는 직원이 기획 2팀 소속이기도 했다. 그런 팀원들에게 옅게 웃어 준 적이 있기는 했다.

윤우는 눈을 가늘게 뜨며 물었다.

"대체 그런 소문은 어디서 듣는 겁니까? 그리고 절 관찰이라도 하신 것처럼 말씀하시는군요."

혁진은 어깨를 으쓱였다.

"넌 꽤나 흥미로운 놈이라서 관심이 있어."

윤우는 싱긋 웃는 혁진에게 단호히 말했다.

"남자에겐 취미 없습니다."

"야! 마찬가지거든? 나랑 같은 거 달린 놈은 사양이야!"

그럼 다행이고.

윤우는 드르륵 열리는 엘리베이터 문으로 시선을 돌린 채 앞으로 발을 내딛었다.

'고은결 씨 영향인가.'

생기지 않을 것 같던 감정이 생기고 난 후 접한 세상은 새로웠다. 그녀를 중심으로 돌아가는 세상이지만 그것이 싫지 않다고 생각했다. 그로 인해 자신도 긍정적으로 변화하고 있었으니까.

그래서 더욱……

'보고 싶군.'

그녀가, 그립다.

온종일 강연에 참석하느라 그녀의 목소리를 듣지 못했다. 사실 시간을 굳이 낸다면 전화 정도는 할 수 있었을 테지만 저를 감시라도 하는 것처럼 옆에 붙어 있는 혁진으로 인해 그럴 수 없었다.

슬슬 짜증이 치밀어 오를 때, 기회가 생겼다.

스트레스를 풀겠다며 혁진이 호텔 바에 간 것이다.

함께 가자는 그의 제안을 온몸으로 거절한 뒤 비로소 혼자가 되었다는 것을 확인하곤 통화 버튼을 눌렀다. 오늘만 해도 몇 번이고 누를까 말까 고민했던 터라 통화 버튼을 누를 때 검지가 얼마나 떨렸는지 모른다.

윤우는 쿵쿵 뛰는 가슴을 겨우 가라앉히며 귓가로 들려오는 통화 연결음 소리를 듣고 있었다.

—어머, 팀장님?

전화를 건 지 몇 초 지나지 않아 드디어 그의 심장을 뻥 뚫리게 만드는 낭랑한 음성이 들려왔다. 은결이다. 십 년 묵은 체증이 쑥 내려가는 느낌이 들었다.

윤우는 자꾸만 위로 올라가는 입꼬리를 아래로 내리며 미소를 지었다.

"뭐하는 중이었습니까?"

고작 음성을 들었을 뿐인데도 이렇게 행복한데 얼굴을 볼 수 있다면 그 기쁨은 어떠할까. 윤우는 은결의 얼굴을 그리며 발코니 쪽으로 걸어갔다. 대구의 밤하늘은 무척 맑았다. 그는 별이 빛나는 하늘을 올려다보며 은결의 대답을 기다렸다.

—퇴근하고 집에 돌아오자마자 샤워하고 나오는 길이에요.

샤워?

순간적으로 그녀의 머리에서 물방울이 뚝뚝 떨어지는 것을 상상해 버렸다. 숨이 컥 막혀 오는 것을 억지로 참아 낸 그는 후우, 길게 호흡을 내쉬며 말했다.

"머리는…… 말린 겁니까?"

—아뇨, 아직.

"어서 말려요. 그대로 두면 감기 걸립니다."

마음 같아선 제가 그녀의 집으로 달려가 드라이기를 들고 머리를 말려 주었으면 좋으련만. 윤우는 한숨을 꾹 눌렀다. 핸드폰 너머로 쿡쿡거리는 은결의 웃음소리가 들려왔다.

"왜 웃습니까?"

—팀장님이 귀여워서요.

내가?

—멀리 떨어져 있는데도, 제 걱정을 먼저 하잖아요. 하여간 정말

귀엽다니까.

얼굴이 화끈 달아올랐다. 생각하는 그대로 말을 뱉어 내는 그의 여자는 이렇듯 윤우를 당황하게 만든다. 그는 눈앞에 아른거리는 그녀를 향해 입술을 움직였다.

"보고 싶습니다, 고은결 씨."

회사에서도 매 분 매 초마다 얼굴을 보는 건 아니었다. 온종일 얼굴을 보지 않는 경우도 있었고 화장실을 갈 때 유리창 너머로 보이는 일하는 모습을 흘깃거리는 게 전부인 적도 있었다. 그럼에도 불구하고 이렇듯 갈증이 일지 않는 건 그녀와 같은 공간에 있다는 사실 하나 때문이었다. 같은 공간에 있지 않을뿐더러 지역마저 다르니 속이 타들어 갈 수밖에.

윤우는 음울한 음성을 뱉어 냈다. 은결의 목소리도 덩달아 가라앉는다.

—저도 그래요.

"하지만 내일이면 볼 테니, 힘내겠습니다!"

—아.

……응?

이제 몇 시간만 더 참으면 좋아하는 그녀를 코앞에서 볼 수도, 만질 수도 있었다. 얼굴을 보자마자 그동안 하지 못했던 키스를 해야겠다고 속으로 중얼거리던 윤우는 탄식을 흘리는 은결의 행동에 눈을 크게 떴다.

"고은결 씨?"

좋지 않은 예감에 조심스럽게 말을 건네자,

—저기, 팀장님. 내일은…… 아마 보기 힘들 것 같아요.

라는 대답이 들려왔다.

윤우는 놀랐다.

"9시쯤엔 서울에 도착할 것 같은데, 무립니까?"

혁진이 잔뜩 기대하고 있는 파티에 불참을 하면 가까스로 8시 반쯤엔 서울에 도착할 수 있었다. 곧장 은결의 집 앞으로 달려가면 9시쯤이 될 터.

은결은 기대하는 윤우의 마음을 처참히 무너뜨렸다.

—미안해요. 그땐, 다른 일이 있을 것 같아요. 그러지 말고 우리 목요일 아침에 보는 건 어때요?

✳

—다른 일이라니 그게 무슨 소립니까?

의아해하는 윤우에게 동창회 이야기는 하지 못했다. 대구에서 서울까지 올라오는 데 적잖은 시간이 걸릴 텐데 편히 쉬게 해 주는 게 그녀의 동창회에 데리고 가는 것보다 나을 것 같다는 생각이 들었으니까. 피곤한 남자친구를 제 욕심을 위해 이용하고 싶지는 않았다.

은결은 웃으며 '친구들이랑 약속이 있어서요.' 라고 대답해 버렸다. 윤우가 뭔가 더 말을 하고 싶어 하는 것 같았지만 목요일에 만나자며 전화를 끊어 버렸다.

아쉬움이 가득한 통화여서 그런지 자꾸만 핸드폰을 바라보게 되었으나 이미 엎질러진 물을 주워 담을 수도 없었다. 은결은 한동안 미동 없는 핸드폰을 응시하다 잠이 들었다.

"은결 씨, 결국 어떻게 하기로 했어?"

다음 날. 그러니까 동창회가 열리는 수요일 아침이 밝았다. 왜 하필 동창회를 평일 저녁 시간에 잡은 건지, 연회장에 가면 주최자들에게 한 소리를 퍼부어 주어야겠다고 생각하던 은결은 자신을 반기는 정 대리에게 흐린 미소를 지었다.

"가기로 했어요."

"동창회에?"

"네."

"하지만 연인 동반이라며? 연인은 어쩌고?"

"혼자 가죠, 뭐."

"뭣하면 대웅 씨보고 은결 씨랑 함께 가 주라고 말할까?"

저번 주 금요일이었나? 드디어 몇 년 동안 정 대리를 가슴에 품어 오던 대웅이 결국 고백을 했다. 은근히 그의 고백을 기다리고 있던 정 대리는 호쾌하게 대웅의 사귀자는 제안을 받아들였고 두 사람은 연인 사이가 되었다. 은결이 알고 있는 또 다른 사내 커플이 탄생한 순간이었다.

제 남자라는 확신이 있었기에 아무렇지도 않게 제 애인을 빌려 주겠다고 말하는 정 대리가 고맙기는 했지만 그런 오지랖은 사양이다. 여전히 주위 사람들에겐 비밀스럽긴 하지만, 그녀에게 애인이 없는 것도 아니니까.

은결을 걱정스러운 시선으로 응시하던 정 대리에게 그녀는 손을 휘휘 저었다.

"전 정말 괜찮아요. 그러니 대웅 씨는 대리님만의 대웅 씨로 남게 하세요."

"호호, 그것도 나쁘진 않지."

정 대리가 그녀를 염려했기에 그런 말을 꺼냈다는 걸 알고 있기에 은결은 미소를 지을 수 있었다. '아마 내일은 서울로 출발하기 전까지는 꽤 바쁠 것 같아요. 그래서 미리 전화했어요.'라 말하던 윤우의 목소리가 불현듯 떠오른다.

은결은 그에게 문자를 보낼까 하다 말았다. 바쁜 사람에게 연락을 하고 싶은 마음이 굴뚝같았지만 어차피 내일 아침이면 볼 테니 조금만 더 참기로 했다. 대신 이번 주말에는 그와 잠시도 떨어지지 말아야지.

은결은 웃음이 흘러나오는 것을 감추지 않고 자리에서 일어났다.

그리고는 '먼저 퇴근할게요!'라 외친 후 사무실을 벗어났다.

현재 시각 오후 6시. 어제 미리 예약해 둔 헤어숍까지는 걸어서 10분 거리다. 은결은 지금 가고 있다는 전화를 하기 위해 핸드폰을 꺼냈다.

'어?'

칼퇴근을 하기 위해 분주하게 움직였기에 문자가 온 것을 미처 알아차리지 못했었나 보다.

은결은 문자 메시지가 도착해 있는 것을 발견했다. 'Mr. Bond'에게서 온 문자다. 반사적으로 웃음이 흘러나왔다.

[지금 가는 중입니다. 얼른 도착했으면 좋겠어요. 약속이 있다는 건 알지만, 그래도 밤에는 목소리를 들을 수 있겠죠? -Mr. Bond-]

은결은 그에게 답장하기 위해 키패드를 두드렸다.

[당연하죠. 11시쯤 전화할게요. -당신의 Bond girl-]

✄

"본드 걸이 뭐냐?"

문자를 보낸 지 30분이 지나서야 답장이 도착했다. 풋 실소를 흘리며 알겠다고 말을 하려 했는데 그를 예의주시하고 있던 혁진이 문자를 흘긋거리더니 불쑥 말을 꺼냈다. 윤우는 화들짝 놀라며 얼굴을 구겼다.

"뭡니까, 선배. 왜 훔쳐봅니까."

기겁하는 윤우의 행동이 과장되었다는 것을 알아차린 혁진의 눈꼬리가 눈에 띄게 휘었다.

"네 성격상 스팸을 그리 흐뭇하게 볼 리는 없을 테고. 설마……진짜 '그' 여자친군 거야?"

"……."

"정말?!"

윤우는 굳은 얼굴로 핸드폰을 주머니 속으로 집어넣었다. 그리고는 혁진에게서 시선을 돌리며 싸늘히 대답했다.

"선배가 신경 쓸 거 없습니다."

그러나 혁진은 청개구리였다.

"강윤우! 너 정말 여자 있었구나? 거짓말이 아니었어!"

윤우는 내심 당황했다. 그의 말이 거짓이라 생각했다면 왜 여태까지 꼬치꼬치 캐물었던 걸까, 이 참견장이 선배는.

그는 하하 웃으며 제 어깨를 두드리는 혁진을 무표정하게 쳐다봤다. 혁진은 눈물까지 흘릴 기세로 윤우가 성장했다는 것을 뿌듯해 마지않고 있었다.

"선배."

"응?"

"주먹이 선배 얼굴에 꽂힐까 봐 두렵습니다."

"……어?"

"적당히 놀리세요."

윤우의 이 가는 소리에 혁진의 몸이 움찔거렸다. 그는 어색하게 하하 웃더니 알겠다는 듯 고개를 끄덕였다.

"뭐가 그렇게 재밌으세요, 이사님?"

마침 차 문을 열고 들어오던 기획 3팀의 팀장 재원이 큭큭거리는 혁진을 발견하고 말을 걸었다. 윤우는 평소와 다를 바 없는 냉정한 얼굴을 하고 있었지만 귀를 쫑긋거렸다. 혁진이 쓸데없는 말을 하지 않을까 걱정이 되었기 때문이다.

혁진은 휴게소에서 통감자구이와 떡볶이를 사 온 주 팀장과 서 팀장에게서 그것을 받아 들며 아무것도 아니라고 대답했다. 윤우는 가슴을 쓸어내렸다.

5시까지 이어지던 출장 3일 차의 연회를 즐길 수 없었던 이유는 빨리 서울로 올라가자고 윤우가 계속해서 혁진을 재촉했었던 까닭이었다.

결국, 혁진은 휴게소 음식이라도 마음껏 즐기겠다며 고속도로를 타자마자 보이는 휴게소로 직행하라는 명을 내렸다. 솔직한 심정으로는 제가 운전을 하고 싶었지만 먼 길이니 나눠서 진행하자는 의견을 모았던지라 울며 겨자 먹기로 그들의 요구를 들어주었다.

"그런데 왜 이렇게 늦었어? 줄이 길었던 거야?"

정주와 재원에게 음식거리를 사 오라고 시킨 후 차 안에서 기다리던 혁진은 빨간 떡볶이를 입 안으로 쏙 집어넣으며 그들을 응시했다.

그러자 기획 1팀의 팀장 정주가 재원을 흘긋거리며 혁진의 의문을 풀어 주었다.

"주 팀장한테 전화가 걸려 와서요. 그게 꽤 길어지느라 늦었습니다."

"전화?"

재원은 머리를 긁으며 답했다.

"네. 저희 팀원들 중에 오늘 빨리 퇴근해야 하는 직원이 있어서 사정을 좀 듣느라고요."

"뭐야, 팀장 없다고 땡땡이치는 사원이 있는 거야?"

"아, 아뇨. 매우 성실한 사원이에요. 개인적으로 매우 중요한 일인데, 오늘 하루만 양해를 해 달라고 해서요. 왜, 이사님도 저번에 보시지 않으셨습니까? 고은결 씨라고, 저희 팀 직원 중에 한 사람인데……."

"고은결 씨?"

무의식적으로 그만, 그녀의 이름을 입 밖으로 크게 뱉어 내고야 말았다. 졸지에 차 안 모든 이들의 시선이 제게로 향했음에도 윤우는 개의치 않았다. 그는 재원을 노려보며 말했다.

"고은결 씨가 왜 빨리 퇴근을 한 겁니까?"

"어?"

"다른 사정이 뭐죠? 그 중요한 일이란 게 뭡니까? 주 팀장님은 알고 있습니까?"

재원은 얼굴을 찌푸렸다.

"고은결 씨 개인적인 사정이야. 그리고 강 팀장이 그건 알아서 뭐해. 기획 2팀도 아니고, 우리 팀의……."

"제 여자친굽니다."

심장이 벌렁거려 참을 수 없었지만 입을 다물 생각은 하지 않았다. 윤우는 잘못 들었나 싶어 귀를 파려는 재원에게 눈을 부라리며 물었다.

"그러니 고은결 씨가 왜 양해를 구한 건지, 저는 꼭 들어야겠습니다."

✕

"설마…… 너 은결이야?"

장장 한 시간 반이나 걸렸던 메이크업이 끝이 났다. 평소 백화점에서 메이크업을 받은 적은 있었지만 헤어숍에서 헤어스타일까지 바꿔 가며 변화를 준 적은 없었다. 다행히 돈과 시간을 들인 보람이 있었는지 동창회가 열리고 있는 호텔의 연회장으로 들어서자마자 제게 시선이 쏠렸다.

은결은 고개를 당당히 들고 제 이름을 적으려 안내 데스크로 향했다. 저를 말없이 쳐다보던 주최자 중 한 명은 은결의 고3 때 반장이었다.

여전히 안경을 끼고 있던 반장은 은결이 고운 손으로 '고은결'이라는 이름을 적자마자 화들짝 놀라며 소리쳤다. 동시에 그녀를 흘긋거리던 몇몇 인원들이 '헉' 소리를 흘리는 것을 은결은 정확히 캐치했다.

"어, 반장. 오랜만이지?"

여유로운 몸짓과 미소까지 지으며 은결은 입을 쩍 벌리고 있는 반장에게 손을 흔들어 주었다. 딱히 몰라볼 모습은 아니지만 화장으로 찢어지고 올라간 눈을 가리고 있었기에 그녀라 예상하지 못했던 모양이다.

은결은 '정말 예뻐졌구나, 너!' 하고 외치는 반장 채린에게 말없이 웃어 주었다.

"그동안 왜 안 왔던 거야? 우리가 너 얼마나 보고 싶었는데!"

"그랬어? 일이 좀 바빠서. 통 시간이 안 나더라고."

"호호, 이제라도 와서 다행이야. 어서 가자. 오늘 명단에 네 이름 있는 거 보고 애들이 다들 기대하더라고."

"응. 그래."

"이쪽이야. 아, 그런데…… 두 명이라더니. 다른 한 분은 나중에 오나 봐?"

아.

채린이 안내하는 곳으로 걸음을 옮기려던 은결의 얼굴이 살짝 굳어졌다. 그러고 보니 한 명은 못 간다고 말한다는 걸 깜빡 잊고 있었다. 그녀는 '으응.' 하고 말을 얼버무릴 수밖에 없었다. 대충 얼굴을 보여 주고 나와야지. 굳이 동창회가 끝나는 시간까지 있을 필요는 없었다.

은결은 몇몇 친구들과 만난 후 몰래 빠져나와야겠다는 마음을 먹은 후 채린의 뒤를 따랐다.

"너 정말 은결이 맞아?"

"얼굴 진짜 변했다! 손댄 거 아니지?"

"인상도 완전 선해 보여! 역시 여자는 나이가 먹을수록 예뻐지나 봐, 그치?"

"은결이 너무 반갑다, 정말! 애, 그동안 왜 이렇게 얼굴 보기가 힘들었던 거야?"

예전이었더라면 환하게 웃지 못했을 것이다. 무엇을 해도 '무서워 보여.' 라는 말을 들을 것 같아 두려웠으니까. 하지만 지금은 그런 시선 따위는 신경 쓰지 않고 밝게 미소 지을 수 있다.

그녀 스스로 노력했던 이유도 있겠지만 강윤우라는 남자가 끊임없이 은결에게 힘을 주고 있기에 가능한 일이었다. 그와 함께 한 시간은 고작 석 달 정도밖에 되지 않지만 그 시간이 무색할 만큼 윤우는 은결을 변화시켰다. 무척 좋은 쪽으로.

"그치? 나 많이 변했어. 얼굴에 손댈 리 있겠니? 화장 좀 했지. 어때, 괜찮아?"

자신감 넘치는 말을 서슴없이 날리는 은결을 보고 당황하는 친구들도 있었지만 대부분 그녀를 부러워했다.

"학창 시절엔 몸매만 좋더니, 이젠 얼굴까지 예뻐지니? 부러워 죽겠다, 애!"

"맞아. 부럽다, 부러워!"

"대체 어떤 화장을 한 거야? 나도 좀 가르쳐 주라, 응?"

눈을 반짝반짝 빛내며 하하호호 웃는 친구들을 보며 콧대가 하늘 높이 솟아나는 게 느껴졌다. 그러다 문득, 윤우를 보는 대신 동창회에 온 것이 과연 잘한 일일까라는 생각이 잠시 머리를 스쳤다.

'대충 인사만 하고 팀장님한테 가야겠다.'

그녀를 향해 예쁘다는 말을 연신 뱉어 내는 친구들을 보자니 윤우에게도 이 모습을 보여 주지 못한 것이 안타까워졌다. 내일이 되면 다시 원래대로 돌아가야 할 모습인지라 오늘 하루밖에 보여 주질 못한다.

조금 있다 전화를 걸어 보고 그때 서울에 도착했다면 바로 그의 집으로 가야겠다고 은결은 마음먹었다.

　"그런데 은결이 너 결혼은 했어?"

　벌써 사흘째 얼굴을 보지 못한 윤우에 대한 그리움으로 우울해하고 있을 때, 그녀의 주변에 있던 친구 한 명이 말을 걸었다. 2학년 때 같은 반이었던 친구 해수였다.

　"아니, 아직."

　"그럼 오늘은 남자친구랑 같이 온 거야?"

　"아…… 그게."

　"은결이 남자친구, 없을걸?"

　은결은 등 뒤에서 들리는 소리에 깜짝 놀라 고개를 돌렸다.

　'……!'

　그러자 길쭉한 다리를 자랑하는 늘씬한 여자가 어디서 많이 본 남자와 제 앞으로 걸어오는 모습이 보였다. 가슴이 철렁거렸다.

　"어머, 아영아! 너 오늘 바쁘다고 못 온다지 않았어?"

　은결의 얼굴이 창백하게 질려 가는 것을 눈치채지 못한 해수는 환하게 웃으며 '아영'이라는 이름의 친구에게로 다가갔다. 아영은 잘나가는 모델 출신으로 은결과 고등학교 2학년 때 같은 반, 옆 자리에 줄곧 앉았던 친구였다. 2학년 내내 은결의 찢어지고 올라간 눈으로 시비를 걸었기에 딱히 좋은 사이라곤 할 수 없지만.

　"너희들 얼굴 보려면 오늘 꼭 나와야지."

　"아영아!"

　"은결이도 나온다는데 당연히 와야지. 오랜만이야, 은결아."

　…….

"어. 그러네."

퉁명스럽게 대답한 은결의 시선은 아영의 옆에 서선 그녀를 쳐다보고 있는 남자에게 꽂혀 있었다. 그녀는 블랙 정장을 입고 아영의 허리를 감싸고 있는 태원을 올려다봤다. 잘나가는 CF감독답게 스타일리시한 태원의 모습에 연회장의 분위기가 후끈거렸다.

기분이 급속도로 다운된 은결은 어금니를 악물었다.

"얘들아, 소개할게. 내 남자친구, 태원 씨. 유명한 CF 감독이야."

"신태원입니다. 처음, 뵙겠습니다."

태원은 유독 '처음' 이란 단어를 강조하며 은결에게 미소를 지어 보였다. 눈앞이 새하얗게 물들었다. 은결은 제게 손을 내미는 그의 커다란 손을 빤히 내려다보았다.

"뭐해, 은결아. 우리 태원 씨가 악수 청하잖아."

하고.

과거 함께 광고 작업을 했었던 터라 은결과 태원이 연인이었다는 걸 알고 있는 아영이 웃으며 은결을 재촉했다. 헛웃음이 터져 나올 것 같았다.

아마도 아영은 일부러 태원을 이곳에 데려온 게 틀림없었다. 학생 때부터 만나기만 하면 싸웠던 그녀와 아영이었으니까. 자신이 동창회에 온다는 소식을 듣자마자 잘됐다 싶었겠지.

두 남녀가 어떻게 연인 사이인 건지는 관심이 없었다. 은결이 태원에게 결별 선언을 듣게 되었던 건 어쩌면 아영 탓일 수도 있다. 하지만 상관하지 않는다.

은결은 태원의 손을 물끄러미 내려다보다 입꼬리를 올렸다.

'울 것 같냐?'

그녀는 덥석 그의 손을 잡았다.

"네, 처음 뵙네요. 고은결이에요."

"저번에 태원 씨가 나왔던 예능 봤었어요! 정말 이한새랑 친해요?"

"장인영은 요새 뭐 해요? 장인영이랑도 CF 촬영하셨었죠?"

"우리 아영이랑은 어떻게 만나신 사이세요? 운명처럼 만나셨나?"

인재 여자 고등학교 89회 졸업생들은 자신의 파트너들을 버려둔 채 아영의 새로운 애인인 태원을 둘러싸고 있었다. 화기애애한 분위기가 이어지는 그들을 한쪽 구석에서 흘긋거리던 은결은 미간을 좁혔다.

'호들갑 떨기는.'

짜증이 치밀어 올랐다.

'그래 봤자 우리 팀장님이 훨씬 멋진데.'

태원보다 훨씬 능력이 있고, 잘생겼고, 상냥한 그녀의 남자친구는 저 빌어먹을 놈과는 비교가 되지 않을 정도로 환상적인 사람이었다. 만약 그가 이곳에 있었더라면 둘러싸이는 쪽은 윤우였겠지.

'제길!'

속이 욱신거려 은결은 입술을 삐죽였다.

"어떻게 된 건지, 안 물어?"

이미 제게서 시선이 떠난 이상 동창회에 남을 이유도 없다 생각했던 은결은 잠깐 동안이었지만 그녀의 이미지를 좋은 쪽으로 변화시켰다는 데 만족하고 호텔을 나서려 했다.

막 로비로 걸어가기 위해 발을 움직일 때 아영이 앞을 가로막자 은결은 미간을 좁혔다.

"별로. 안 궁금해."

세 달 전에 끝난 사람과의 일을 떠올려 봤자 즐거울 리 없었다. 은
결은 아영을 밀치고 그녀의 옆을 지나가려 했다.

"우리, 너 몰래 사귀었어. 너랑 태원 씨가 사귄 지 한 달쯤 지나서
였나? 그때부터였을걸?"

"……."

"너한텐 도저히 끌리지 않는다면서 날 유혹하더라고. 뭐, 태원 씨
정도면 나쁘지 않아서 나도……."

쫘악!

있는 힘껏, **뺨**을 쳐 버렸다. 냉정해야 한다고 끊임없이 속으로 되
뇌고 있었는데 속을 박박 긁어 대는 걸 도저히 참지 못했다. 연회장
내에 있던 모든 이들의 시선이 은결과 아영 쪽을 향했다. 은결은 바
들바들 떨리는 입술을 꽉 누르며 아영을 노려봤다.

"뭐 하는 거야."

어느새 아영과 은결에게로 달려온 태원이 싸늘한 눈을 빛내며 은
결을 응시했다. 은결은 서늘한 그의 얼굴에 흠칫 놀라면서도 태연함
을 유지하려 애썼다.

"아영이가 쓸데없는 소리를 해서. 마냥 듣고 있기가 짜증이 나더
라고. 어차피 너랑 나랑은 끝났는데, 이제 와서 바람 이야기를 하잖
아. 무슨 자랑이라고."

"그렇다고 모델인 애의 얼굴을 때려?"

"자국 남지도 않을 만큼 약하게 때렸거든? 그리고, 너도 여자친구
놔두고 바람피운 게 자랑이니?"

"하아, 고은결. 아직도 미련이 남은 거야? 이렇게 질척거리는 스타일인 줄은 몰랐는데. 실망이군."

어이가 없었다. 그냥 가려는 사람의 앞을 막고 시비를 건 게 누군데.

은결은 황당함을 금치 못하는 표정을 짓다 한숨을 푹 내쉬었다.

"됐어. 똥 밟았다고 생각하지, 뭐. 둘 다 잘 먹고 잘 살아."

끼리끼리 논다는 말이 떠올랐다. 은결은 계속 말을 섞다간 저도 같은 사람이 되어 버릴 것 같았다. 오늘 동창회는 오는 게 아니었다. 잘못된 결정으로 인해 기분만 잡쳤다 생각하며 그녀는 몸을 돌렸다.

"뭐야."

"아직 얘기 다 안 끝났어."

은결은 제 손목을 잡고선 인상을 쓰는 태원의 손을 뿌리치려 애썼으나 쉽지 않았다.

"놔!"

"고은결."

"이름 부르지 마. 정 떨어진 지 오래니까. 사실 너랑 같은 공간에 있는 것만으로도 치욕스러워. 그러니 당장 놔."

무슨 말을 들으려 이렇게 저를 잡고 있는 건지 모르겠다. 저와 태원을 흥미로운 시선으로 지켜보고 있는 아영이나 보살필 것이지.

은결은 입술을 잘근잘근 깨물며 그를 떼어 내려 했다. 하지만 태원은 그녀를 놓아주지 않는다.

분명 '처음' 보는 사이라 했던 은결과 태원이 묘한 분위기를 풍기자 동창회에 참석했던 다른 친구들 역시 그들을 주시하고 있었다. 은결은 속이 타들어 갔다.

"진짜 이 손 안 놔?"

"이리 와. 얘기 좀 하지."

"아뇨. 그쪽이랑 할 얘기는 없을 것 같습니다만."

"……!"

잘못, 들은 건가?

은결은 소리가 들린 쪽으로 눈을 돌리다 그대로 굳어 버렸다. 태원은 차가운 낯선 이의 음성에 얼굴을 일그러뜨리며 이를 갈았다.

"뭡니까, 당신은."

은결의 손목을 잡고 있던 태원의 손에 힘이 들어갔다. 은결은 인상을 썼다.

"어쭙잖은 기사도 정신을 발휘하는 거라면 당장 꺼지시죠."

태원은 그들에게 다가오는 남자를 비웃으며 말했다. 남자는 아랑곳하지 않고 두 남녀에게 다가오더니 은결을 붙잡고 있던 태원의 손을 떼어 냈다. 그리곤 싱긋 웃으며 태원을 바라봤다.

"전 오지랖이 넓은 사람은 아니라서요. 상관이 있으니 나서는 겁니다."

황당한 얼굴의 태원에게 일격을 가한 남자가 고개를 숙이며 은결을 응시했다.

"괜찮습니까?"

"어떻게 알고 왔어요?"

'네.' 라는 대답보단 당혹감이 가득한 물음이 먼저 나와 버렸다. 말을 뱉어 내고서도 실수를 했다는 생각이 들었지만 일은 일어나고야 말았다.

은결은 그의, 윤우의 얼굴이 서늘하게 굳어졌다는 것을 인지하면서도 쿵쿵 뛰는 심장을 막지 못했다. 윤우는 짐짓 화난 듯한 음성을 한 자 한 자 뱉어 냈다.

"왜 이런 행사가 있다고 말하지 않았습니까?"

그건……

"회사에선 비밀이지만 고은결 씨 친구들에게까지 비밀로 하고 싶지 않았는데."

한숨을 푹 내쉬던 그는 얼른 시계를 흘긋거리는 은결의 하얗게 질린 얼굴을 바라보고 있었다. 은결은 아직 9시가 되지 않은 시간을 확인하곤 소리쳤다.

"아직 서울에 도착할 시간이 아니잖아요!"

그는 심드렁하게 대답했다.

"고은결 씨가 보고 싶어서 액셀러레이터를 세게 밟았습니다. 얼마나 밟았는지 차에 탄 사람들이 괴성을 질러 대더군요. 물론, 신경은 쓰지 않았습니다."

윤우는 눈을 동그랗게 뜨는 은결의 귓가에 입술을 가져다 대며 작게 속삭였다.

"과속은, 처음입니다."

　지금까지 살아온 31년 동안 단 한 번도 법규를 어겨 본 적이 없었던 남자는 오늘 처음, 그녀를 만나러 오기 위해 법을 어겼다고 말하며 반달처럼 예쁜 눈웃음을 그렸다. 콩닥콩닥 심장이 뛰지 않았다면 거짓이다.

　은결은 멍한 표정을 지으며 그를 올려다보았다.

　"특히 권 선배의 반발이 심했죠. 신고를 하겠다며 난리를 피우는데, 시끄러워 죽을 뻔했습니다."

　라는 말까지 덧붙이며 작게 속삭이는 남자는 섹시했다. 하아, 한숨을 뱉어 내며 고개를 절레절레 흔들던 그가 돌연 그녀의 눈을 똑바로 직시하자 숨까지 막혀 왔다.

　주위의 시선이 그들을 향해 있다는 것을 신경 쓸 겨를이 없었다. 그녀는 오로지 윤우의 흔들림 없는 눈동자를 바라봤다. 윤우는 손을 뻗어 은결의 작은 머리를 슥슥 문질렀다. 덕분에 잔뜩 치장했던 머리카락이 헝클어졌지만 그녀는 그의 행동을 말리지 않았다.

"내가 너무 늦지는 않았죠?"

유려한 미소가 그의 입가에 번졌다. 은결은 가슴이 떨려 미칠 지경
이었다. 여자의 마음을 이토록 잘 아는 남자가 있을까. 필요하면 달
려와 주고, 곤경에 처하면 앞서서 나서 주는 남자는 백마 탄 왕자의
전형적인 모습이었다.

은결은 그가 왜 '왕자'라는 오그라드는 호칭으로 다른 이들에게
불리는지 다시 한 번 자각했다. 그럴 만하니, 그렇게 불리는 거다. 왠
지 풋 웃음이 터져 나올 것 같았다.

"그런데, 고은결 씨. 왜 이렇게…… 예쁩니까."

입가가 자꾸만 벌어지는 것을 겨우 참고 있을 때 가만히 은결을
내려다보던 윤우가 돌연 미간을 좁히며 그녀에게 말했다. 입술까지
쭉 내밀며 하는 그의 말에는 진심이 가득 담겨 있었다. 덕분에 주위
에서 그들의 대화를 듣고 있던 몇몇 동창들이 '어머!' 하고 탄식을
터뜨리는 소리가 들려왔다.

은결은 결국 웃음을 터뜨렸다.

"뭐가 예뻐요."

"고은결 씨 눈엔 지금의 고은결 씨가 안 예쁩니까? 나는 예뻐 죽
겠는데."

윤우는 과장된 표정을 지어 가며 모든 이들의 말문을 닫게 만들었
다. 은결은 닭살이 돋아난다며 수군거리는 그들의 말을 귓등으로 흘
려들으며 쿡쿡거렸다. 물론 오늘은 좀 꾸미긴 했지. 안 그래도 그를
만나러 갈 생각이었는데 이렇게 얼굴을 마주하니 얼마나 기쁜지 모른
다.

윤우는 웃고 있는 은결을 내려다보며 말을 이었다.

"나쁩니다. 이렇게 예쁘게 꾸몄는데 나랑 만나려 들지도 않고. 오늘 얼굴 못 봤으면 서운할 뻔했습니다."

"하지만 봤잖아요."

"제가 여기까지 왔으니 본 거잖습니까."

"그게 그거죠. 대신, 밤새도록 보면 되지 않을까요?"

야릇하게 말을 덧붙이자 윤우가 눈을 크게 떴다. 그는 수줍게 고개를 끄덕이더니 '그럼 오늘은 늦게 헤어지는 겁니다.' 하고 속삭인다. 은결은 대답 대신 웃음만 흘렸다.

"은결아, 네 남자친구야?"

연회장 내에 있던 사람들이 그들을 보든 말든 애정 행각을 이어가던 은결과 윤우에게 다가온 사람은 놀랍게도 아영이었다. 은결에게 맞은 뺨을 문지르며 두 사람에게 다가온 아영은 황당해하는 은결에게 미소를 지으며 윤우를 쳐다봤다.

"안녕하세요, 박아영이에요. 은결이 친⋯⋯."

"친구로 보이진 않더군요."

"⋯⋯!"

윤우는 은결을 향해 지어 주던 미소를 순식간에 지운 채 아영을 무심한 눈으로 쳐다보고 있었다. 은결은 찬바람이 솔솔 풍기는 그를 보고 놀라면서도 왠지 모를 통쾌함을 느꼈다.

'이런 점이 마음에 든다니까.'

나에게만 한없이 다정한 남자. 그 얼마나 이상적인 사람이란 말인가. 남자친구 하나는 잘 사귀었다고 은결은 생각했다.

아영은 냉랭한 시선으로 저를 바라보는 윤우의 태도에 당혹스러워했다. 하긴, 여태껏 얼굴 하나로 힘들다는 이 업계에서 버텨 왔는데,

저보다 인상이 좋지 않은 은결에게 환한 미소를 지어 주고 제게는 싸늘한 얼굴을 하는 남자는 익숙하지 않았을 것이다.

아영은 고소해하는 은결을 흘깃거리며 도움을 요청하는 듯했다.

"으, 은결아. 네 남자친구가 뭔가 오해를 하는 것 같은데. 우리 친구지?"

대체 아영은 무슨 생각인 건지 모르겠다. 그녀 몰래 남자친구를 빼앗아 갔으면 됐지, 뭔가를 또 바라는 걸까. 어쩌면 윤우를 노리는 건지도 모른다. 학창 시절에도 은결이 좋아하는 남자들과만 사귄 전적이 있으니까. 천사의 가면을 쓰고 악마 같은 짓을 서슴지 않는 그녀에게 얼마나 상처를 받았던가.

은결은 그간의 울분이 치솟는 것을 느끼며 생긋 웃었다.

"친구는 무슨. 언제부터 우리가 친구였니?"

"어?"

"우리 윤우 씨한테 말 걸지 마. 불쾌하니까. 그리고 앞으로도 내 앞에 얼쩡거리지도 마. 또 한 번 나타났다간 모델이고 뭐고 머리끄덩이를 잡아 뜯어 버릴 거니까."

"……!"

은결은 진심이었다. 그걸 알기에 아영은 창백하게 질린 얼굴을 하고 뒤로 물러났다. 말을 마친 은결의 시선은 굳은 얼굴의 태원에게 향했다.

"그리고 신태원. 너는, 여자친구 관리 잘 해. 이거 봐. 또 내 남자친구 노리잖아. 그리 멍청하게 서선 뭐하는 거야? 배알도 없어?"

은결은 입술을 잘근 깨무는 태원의 눈이 빛나는 걸 느꼈다. 그녀는 아랑곳 않고 윤우의 팔을 잡아끌었다.

"더 이상 얘기 나누다간 기분만 잡치겠어. 따라와요, 윤우 씨. 제 '진짜' 친구들을 소개시켜 드릴게요."

윤우는 은결이 뱉어 낸 '어떤 말'에 짐짓 놀라면서도 이내 고개를 끄덕였다.

"고은결이 시켰지?"

화기애애한 분위기를 연출하고 있는 은결을 그녀의 친구들 사이에 내버려 두고 화장실을 다녀오는 길이었다. 자신을 기다리고 있었는지 화장실 앞에 기대어 저를 쳐다보고 있는 남자의 얼굴은 어두웠다.

윤우는 확신을 가진 채 제 답변을 기다리고 있는 남자를 무표정하게 바라봤다. 시켰다는 말이, 무엇을 뜻하는지 생각해 볼 시간이 필요했다.

"무슨 소리신지."

윤우가 어깨를 으쓱이자 태원이 실소를 터뜨렸다. 태원은 그의 조소에 미간을 좁히는 윤우에게 말했다.

"복수라도 하길 원하던가, 고은결이?"

뭐?

"화가 나는 건 이해해. 성격도 아니고 외모 때문에 차였으니 내게 복수하고 싶었겠지."

"……."

"내가 올 줄 알고 있었나 보군. 당신 같은 사람을 동창회에 데리고 올 생각을 다 한 걸 보면. 멋진 등장이었어. 박수 쳐 주고 싶었달까?"

"이보십시오."

"나는 단지 궁금할 뿐이야. 만약 사실을 말해 주면 당신이 애인 대행 알바든 아니든 다른 사람들 앞에선 밝히지 않도록 하지. 얼마 받고 일해, 당신?"

윤우는 비웃음이 가득한 얼굴을 하고 저를 쳐다보고 있는 태원을 빤히 쳐다봤다. CF 감독인 태원에 대해서는 몇 번 들어 본 적이 있었다.

그러나 함께 일한 적은 없다.

그와 관련해 들리는 소문이 무척 더러웠으니까.

사생활이 깨끗지 못한 자와 일하는 취미는 없기에 기획 2팀의 직원들이 광고 관련 문제로 그를 섭외하려 들면 언제나 칼같이 잘라 내곤 했었다. 기획 3팀에서 함께 작업을 했다는 소리를 듣기는 했었지만 제 일이 아니라 참견할 수도 없었다.

그러던 와중에 은결이 사귀는 남자가 태원이라는 소리를 듣고 얼마나 놀랐는지 모른다. 왜 하필 그런 쓰레기 같은 놈과 사귀는 걸까라는 생각을 한 적도 있었다.

"얼마, 라."

윤우는 흥미로운 시선을 감추지 않는 남자를 응시하며 중얼거렸다. 그러고 보니 연봉이 얼마더라. 눈앞의 남자보다는 많이 벌 것 같은데. 그래도 혹시 모르니, 곧 다가올 연봉 협상 때 혁진에게 지금의 연봉보다 훨씬 더 많은 돈을 요구해야겠다 다짐하며 그는 주머니를 뒤적였다.

"난 이런 사람이야."

말보다 증거를 보여 주는 편이 빨랐다. 제가 뭐라고 답하든 믿지 않을 것이 뻔해 보이는 남자였으니까. 윤우가 지갑 속의 명함을 그에게 건네자 코웃음 치며 그것을 받아 든 태원의 눈동자가 휘둥그레지는 게 보였다. 윤우는 말을 이었다.

"당신에겐 고마워하고 있어."

모든 이들에게 예의를 갖추는 윤우였지만 눈앞의 남자에게까지 바른 생활 사나이로 보이고 싶지는 않다. 일이야 어찌 되었든 이 남자는 그가 좋아하는 여자에게 상처를 준 끔찍한 남자였고 존경받을 가치도 없었다.

윤우는 실소가 섞인 음성을 뱉어 냈다.

"당신 덕분에 좋은 여자를 얻게 됐으니까. 감사는 표현하도록 하지. 고마워. 고은결 씨를 처참하게 차 줘서."

윤우가 WU미디어에 다니고 있다는 걸 알게 된 태원은 말을 잇지 못했다. 그냥 사원도 아니고 WU미디어에서 가장 잘나간다는 기획 2팀의 팀장이라니 할 말이 없겠지.

자신의 생계 역시 걸린 문제였으니 입을 함부로 놀리지 못한다는 걸 윤우는 이해했다. 그래서 더욱 말해 주고 싶었다.

"하지만 당신의 센스는 영 꽝이야. CF 작업만 그런 줄 알았더니 여자 보는 눈도 마찬가지여서 안타깝기까지 하는군. 눈앞의 보석을 알아보지 못하는 사람이 CF 감독이라니. 당신 밑에서 일하는 사람이 불쌍해."

"……!"

"당신, 그런 센스로는 곧 업계에서도 일거리가 줄어들 거야. 왠지 기대되는군. 당신이 몰락할 날이 머지않을 것 같아서."

윤우의 날카롭다 못해 저주를 퍼붓는 말에 태원이 인상을 썼다. 금방이라도 주먹을 날릴 기세로 저를 노려보는 태원의 시선을 피하지 않던 윤우는 홋, 웃으며 그의 옆을 지나치며 중얼거렸다.

"애인 대행 알바라니. 고은결 씨를 무시해도 너무 무시했어. 당신이 그 멋진 여자의 매력을 발톱만큼도 모르고 있다는 게 나로선 다행인 일이었지. 어쨌든, 고마워."

고개를 절레절레 흔들던 윤우는 주먹을 세게 움켜쥐는 태원을 내버려 둔 채 화장실을 벗어났다.

"여기예요, 팀장님!"

터벅터벅. 은결이 기다리고 있는 곳으로 걸어간 윤우는 자신을 발견하고 손을 크게 흔드는 그녀에게 미소를 지어 주었다. 방금 전까지 느꼈던 더러운 기분이 순식간에 흩어졌다.

그녀는 아름다운 사람이다. 다른 사람들의 눈엔 어떻게 비칠지 몰라도, 적어도 제 눈에는 그랬다. 그런 은결을 잠깐이나마 비참하게 만들었던 두 남녀에게 그가 할 수 있는 약소한 복수를 해 주니 마음이 꽤 후련해진다.

윤우는 그녀에게 다가갔다.

"많이 기다렸죠?"

은결은 활짝 웃으며 얼굴을 가로저었다. 윤우는 그녀의 손을 꼭 잡았다. 그리고 속삭였다.

"이제 돌아갈까요?"

✕

"그래도 과속은 좋지 않아요. 특히 고속도로에서는! 자칫하다 사고라도 났으면 어쩔 뻔했어요. 우리나라 사람들이 가장 많이 죽는 이유 중 하나가 교통사고잖아요. 다시는 과속하지 말아요. 알았죠?"

신신당부하는 은결의 입술은 쉴 새 없이 움직였다. 윤우는 그녀의 붉은 입술이 잠시도 멈추지 않는 것을 마냥 지켜봤다. 은결은 말없이 저를 응시하고만 있는 윤우를 올려다보며 미간을 좁혔다.

'왜 대답을 안 해요?' 하고 그에게 말하자 윤우는 작게 신음을 흘리더니 말했다.

"생각해 보니, 걱정이 되는군요."

"네?"

"과태료…… 나오겠죠?"

진지하게 고민을 하는 윤우의 모습에 실소가 터졌다. 윤우는 말을 잇지 못하는 은결을 쳐다보며 고개를 끄덕였다.

"알겠습니다. 이제 절대로 과속하지 않겠습니다. 약속할게요."

주먹까지 불끈 쥐며 결연한 의지를 보여 주는 윤우는 사랑스러웠다.

은결은 '그거면 됐어요.' 라 대답한 후 멈췄던 발을 앞으로 내딛었다.

껄끄러운 일이 잠시 있기는 했지만 그래도 성공적이었던 동창회 데뷔를 마친 후, 집으로 돌아가는 길. 원래 계획대로였다면 홀로 돌아갈 귀갓길이지만 왕자님의 뜻밖의 등장으로 인해 두 사람이 걸어가는 중이다.

"그런데 한 가지 묻고 싶은 게 있습니다."

그는 심각한 표정을 지으며 말했다.

"왜 한 대만 때린 겁니까."

은결은 눈을 동그랗게 떴다.

"나 같으면 두 대를 때렸을 텐데. 아니다, 세 대 정도 때려야 마음이 풀리려나."

무슨 소리를 하는가 싶었는데 아영의 **뺨**을 후려친 이야기를 하고 있었다.

은결은 풋 웃으며 대답했다.

"대신 팀장님이 복수해 줬잖아요. 전, 만족해요. 팀장님 말대로 두 대를 때렸다면 속이 더 시원했을까요? 글쎄. 모르겠네요, 그건."

은결은 맑은 밤하늘을 올려다보았다.

"돌이켜 보면 그 애도 저도, 서로에게 적잖은 시기를 했던 것 같아 요. 저는 그 애의 외모를 부러워했고 그 애는 제 머리를 부러워했죠. 후후, 제 입으로 말하긴 뭐하지만 저도 어릴 땐 공부를 꽤 했다구요."

씩 웃는 은결의 눈은 반짝거렸다.

"어쨌든 그로 인해 어릴 때부터 자주 부딪쳤죠. 이번 일로 크게 터 져 버렸지만 사실 진작 일어났어야 할 일이었을지도 몰라요. 계기가 없었을 뿐이죠."

"고은결 씨."

"후련해요. 더 이상 그 애와 얽히더라도 주눅 들지 않을 수 있을 것 같아요. 솔직히 말하자면, 이번 동창회에 나온 건 그런 이유 때문 이에요. 애써 밝은 척하지 않아도 전 이제 당당하다는 걸 과거 저를 알고 있던 사람들한테 보여 주고 싶었거든요. 그래서 팀장님한테 고 마워요."

"나한테요?"

윤우가 의아한 표정을 지었다. 은결은 고개를 끄덕였다.

"네. 팀장님이 아니었더라면…… 이런 곳에 올 생각 따윈 하지 않 았을 거예요. 팀장님 덕분에 자신감이 생겼어요. 이런 나라도 좋아해 주는 사람이 있으니까, 더욱 힘을 내자는 마음이 들었거든요."

"……."

"덕분에 생애 처음으로 풀 메이크업까지 받고. 신기하죠? 사람 일
은 모르는 거예요."

하하 웃는 은결의 미소가 눈부셨다. 윤우는 머뭇거리다 말했다.

"고은결 씨."

"네, 팀장님."

"안아도 됩니까?"

"……네?"

그녀의 눈이 큼지막해졌다. 윤우는 대답 따윈 기다리지 않았다. 은
결은 말이 끝나자마자 와락 자신을 껴안는 윤우의 품 안으로 쏙 들어
갔다. 그는 은결의 뒤통수를 쓸어내리며 중얼거렸다.

"훌륭합니다, 고은결 씨."

갑자기 왜 포옹을 하는가 싶었더니 들리는 윤우의 말에 은결의 벌
어진 입이 다물어졌다.

"고은결 씨가 자랑스럽네요."

하고, 그가 있는 힘껏 은결을 끌어안으며 말했다. 은결은 제 것인
지, 아니면 그의 것인지 알 수 없는 심장 소리를 느끼며 옅게 웃었다.

누군가로 인해 달라질 수 있다는 건 좋은 현상이다. 부정적인 측면
이 아닌 긍정적인 측면인지라 더더욱. 은결은 그와 함께 있는 지금
이 시간이 가능하면 오랫동안 지속되었으면 하고 바랐다. 이 남자를
놓치고 싶지 않아.

은결은 윤우의 허리에 팔을 둘렀다.

"맞다, 팀장님!"

윤우의 심장이 박동하는 소리와 제 심장이 콩콩 뛰는 소리가 섞여서 듣기 좋은 화음을 냈다. 순식간에 깊은 잠에 빠져들 만큼 다정한 그 소리에 취하던 그녀는 문득 든 생각에 얼른 얼굴을 들었다.

윤우가 그녀의 말이 이어지길 기다리는 모습이 보였다. 은결은 배시시 웃으며 질문을 던졌다.

"저번에 부탁하고 싶었다던 건, 뭐예요?"

"예?"

"왜 출장 가시기 전에 말씀하셨잖아요. 제가 들어주었으면 좋겠다던 그거."

"아아."

"대체 뭐예요? 지금 듣고 싶은데."

탄성을 뱉어 낸 윤우가 난처한 표정을 지었다. 은결은 기대에 찬 눈을 하고 그를 올려다보았다. 그는 어떻게 말을 할까, 고민하는 듯 입술을 뻐끔거릴 뿐이었다.

'뭐지?'

뜸을 들이니 더욱 호기심이 일었다. 무슨 부탁을 하려기에 쉽게 말하지 않는 걸까. 궁금해 미칠 지경이었지만 그녀는 잠자코 기다렸다. 재촉하는 건 그를 부담스럽게 할 수도 있으니.

"……칭을……."

응?

"호칭을 변경했으면 했습니다."

그게 무……!

"몰랐어요!"

은결은 깜짝 놀라 그의 품에서 떨어져 나와 외쳤다. 갑자기 제 품을 벗어난 은결을 보고 그가 쓰게 웃는 게 보였다. 은결은 두 손을 부딪치며 고개를 푹 숙였다. 그의 말에 뒤늦게 곰곰이 생각해 보니 그와 사귄 지 백 일이 다 되어 가도록 은결은 윤우를 '팀장님'으로 부르고 있었다.

바보 같은 일이지. 사귀는 사람에게 팀장님이라 부르는 여자라니. 그 얼마나 배려 없는 여자친구란 말인가.

은결은 울상을 지었다.

"이해합니다."

하고, 윤우가 그녀를 달래듯 말했지만 은결의 얼굴은 펴지지 않았다. 그녀는 고개를 슬쩍 들며 말했다.

"미안해요, 팀…… 아."

계속해서 '팀장님'이라는 표현을 사용했기에 그를 뭐라고 불러야 할지 떠오르지 않았다. 은결은 입을 벌린 채 그를 쳐다봤다. 윤우가 빙긋 웃는 게 보였다.

"고은결 씨가 편할 대로 불러요."

은결은 고심했다. 그러다 좋은 호칭이 생각났다. 쉽지는 않은 표현 이지만 그녀와 그의 나이 차이가 나는 편이니,

"그럼, 윤우 오빠?"

"쿨럭!"

어머.

"티, 팀장님! 괜찮으세요?"

그녀가 스스럼없이 그를 부르자마자 윤우는 기침을 하기 시작했 다. 은결은 걱정스러운 시선으로 그를 바라봤다.

"쿨럭쿨럭!"

사례가 들린 걸까. 그녀는 새빨개진 윤우의 얼굴을 발견하곤 그의 등을 토닥거려 주었다. 윤우는 한참 동안 기침을 한 후 겨우 안정을 되찾았다.

"하아."

꽤 오랜 시간 기침을 했었기에 윤우의 동공은 충혈되어 있었다. 은결은 안쓰러운 표정을 지으며 나지막하게 중얼거렸다.

"미안해요. 놀라게 할 생각은 없었는데."

"괜······찮습니다. 그것보다 그, 그건······."

"네? 아. 오······."

"그만!"

은결이 '오빠'라는 말을 다 뱉어 내기도 전에 윤우는 손을 들어 그녀의 다음 말이 이어지길 저지했다. 그녀가 아쉬운 얼굴을 했지만 윤우는 단호하게 말했다.

"그 호칭은 아직 무립니다. 심장이 뛰어서 참을 수가 없거든요. 그러니 내성이 생길 때까지 기다려야겠습니다."

고작 '오빠'라는 단어 하나에 귀까지 붉히는 남자는 연애 초보이긴 하다. 은결은 쿡쿡 웃었다. 그럼 어떻게 그를 불러야 하나, 생각하던 그녀는 외쳤다.

"윤우 씨는 어때요?"

무의식적으로 친구들에게 그를 소개해 줄 때 불렀던 호칭을 꺼내자 윤우의 얼굴에 미소가 번졌다.

'마음에 들었나 보네.'

은결은 말 대신 행동으로 대답하는 그에게 한 걸음 다가갔다.

"강윤우 씨."

"네."

"윤우 씨."

"네, 고은결 씨."

화답하는 그의 입술이 빨갛다. 눈동자는 한없이 깊었고, 그 속에 제가 있다. 은결은 두근거렸다.

"우리 곧 백 일인 거, 알아요?"

"벌써 그렇게 됐습니까?"

정확히 이번 주 주말이다. 이제 며칠 남지 않았다. 내일 아침 그를 만나면 말할 생각이었는데 미리 말해 두는 것도 나쁘지 않다.

은결은 화들짝 놀라는 그에게 속삭였다.

"백 일 선물, 기대해요."

"고은결 씨가 선물을 해 주는 겁니까?"

"네. 그동안 줄곧 받기만 했잖아요. Give and take! 오는 게 있으면 가는 것도 있어야죠!"

한쪽 눈을 찡긋거리자 윤우가 피식 미소 지었다.

"고은결 씨가 그렇게까지 말하니 기대하고 있겠습니다."

남자친구를 너무 기대하게 만든 게 아닌가 싶었지만 이번만큼은 그 기대를 충족시키고 싶었다. 은결은 의지를 다졌다. 반드시 놀라게 만들 테다.

"참."

집으로 돌아가면 그에게 줄 선물을 검색해 봐야겠다고 생각하던 은결은 윤우의 손을 잡으며 걸어가려 했다. 윤우가 뭔가 생각났다는 듯 그녀를 잡아당기지 않았더라면.

은결이 그의 행동에 어리둥절해하자 윤우는 말했다.

"일단, 먼저 사과드립니다."

"사과요?"

뜬금없는 그의 말에 은결은 눈을 크게 떴다. 윤우는 어색한 얼굴을 하고 말을 이었다.

"들켜 버린 것 같습니다."

※

'주 팀장이 고은결 씨 얘기를 하더군요. 중요한 일이 있다는 걸 듣지 못했기에 나도 모르게 내가 고은결 씨와 사귀고 있다는 걸 말하고 말았습니다. 미안……해요.'

윤우는 한숨을 푹 쉬었다. 자제력이 강하다며 저만 믿으라고 말하던 그가 기획 1, 3팀의 팀장들과 권혁진 이사 앞에서 그녀와 사귀고 있다고 발설했다는 건 은결로서도 충격이었다.

쉬이 얼굴을 들지 못하는 그가 진심으로 미안해하고 있었기에 은결은 뭐라 말을 잇지 못했다. 괜찮다고 웃으며 대답하는 것밖에는.

하지만,

'역시. 난리가 나려나?'

쿵쿵, 심장이 멋대로 뛴다. 호흡이 차올라 어질어질했다. 스스로에게 별일 없을 거라고 끊임없이 외치고 있었지만 이상하게 앞으로 나아가기가 힘이 들었다.

오늘 아침, 함께 출근을 할 때까지만 하더라도 괜찮았는데 막상 일을 마주하려니 눈앞이 까마득했다. 윤우에겐 '제 걱정은 마세요!'라고 호언장담을 하며 기획 3팀 사무실 앞에 서기는 했는데 문을 열기가 쉽지 않았다.

은결은 제가 등장하자마자 벌떡 일어나 자신의 주위를 둘러쌀 여직원들을 떠올리며 긴 숨을 뱉어 냈다.

'설마 죽기야 하겠어? 그리고 우리가 좋아 사귄다는데 자기들이 무슨 상관이야!'

처음엔 두려움이 가득했다. 그러다 갑자기 오기가 일었고, 이젠 화가 났다. 은결은 당당하게 사무실 문을 열기로 했다. 은결과 윤우가 어울리지 않는다는 말을 늘어놓더라도 상관없다. 까짓 거 비밀 연애, 들키면 어때? 은결은 흥, 코웃음 치며 사무실 문을 세게 밀었다.

'……어?'

윤우에게서 두 사람 사이를 들켜 버렸다는 이야기를 들었을 땐 조금 절망했다. 소문이라는 게 얼마나 무서운지 이미 경험해 볼 대로 경험했었던 은결이었기에 더더욱.

그러나 자신만 정신을 차리면, 그리고 윤우가 있으면 무서울 것이 없다고 생각하며 사무실 안으로 들어선 은결은 쥐 죽은 듯 조용한 기획 3팀의 분위기를 알아채고 미간을 좁혔다.

"은결 씨 왔어? 거기서 뭐해? 얼른 앉아."

이상했다. 비장한 얼굴을 하고 은결이 들어섰음에도 불구하고 벌떼같이 달려들지 않는 팀원들이. 그게 더 수상해서 인상을 쓰고 멈춰서 있자 그런 은결이 도착한 걸 뒤늦게 알아차린 정 대리가 그녀에게 손짓했다.

은결은 의아해하면서도 태연한 척 제 자리로 걸어갔다.

"오늘은 왜 이렇게 늦었어? 팀장님이 안 오셨기에 망정이지. 하마터면 큰일 날 뻔했다구."

정 대리는 벽에 걸린 시계를 한 번, 그리고 굳게 닫힌 팀장실을 흘 긋거리며 중얼거렸다. 은결은 상황이 묘하게 돌아간다는 걸 자각했지 만, 의심의 눈초리를 풀지 않았다.

"저기, 대리님. 왜 아무 말씀도 안 하세요?"

"무슨 말?"

"……."

"은결 씨?"

"하하, 아무것도 아니에요."

은결은 부자연스러운 웃음을 흘리며 고개를 저었다. 그러자 '싱겁 긴.' 하고 정 대리가 중얼거리는 소리가 들려온다.

현재 분위기를 토대로 예측해 보건대, 기획 3팀의 팀원들은 아직 까지 그녀와 윤우에 대한 소식을 접하지 않은 게 틀림없었다. 좋아해 야 하는 건가. 은결은 평소와 다를 바 없는 주위를 흘끔거리다 들고 있던 핸드백을 데스크 위로 내려놓았다.

"좋은 아침입니…… 헉!"

그때였다.

두 남녀의 비밀 연애가 들키는 건 시간문제지만 지금은 마음을 놓 아도 될 것 같아 호흡을 고르던 은결은 기획 3팀의 문을 활짝 열고 들어오던 주 팀장과 시선이 마주쳤다.

주재원 팀장은 멀리 보이는 은결을 발견하곤 큰 숨을 뱉어 냈다. 은결의 등 뒤로 식은땀이 주르륵 흘러내렸다.

"팀장님? 왜 그러세요?"

사무실 입구 쪽에 자리해 있던 미연이 창백하게 질린 얼굴을 하고 은결을 쳐다보고 있는 재원에게 말을 걸었다.

재원은 은결이 보기에도 어색한 미소를 흘리며 아무것도 아니라는 듯 손짓했다. 그리고는 크게 숨 고르기를 하더니 주먹을 불끈 쥐며 은결이 있는 쪽, 그러니까 자신의 팀장실로 터벅터벅 걸어왔다.

"고……은결 씨. 조, 좋은 아침이죠?"

"네, 네. 좋은 아침이네요."

침을 꿀꺽 삼키고 있던 은결의 코앞까지 다가온 재원이 말을 더듬었다. 덩달아 은결 역시 말을 더듬는다. 두 사람을 가만히 바라보던 정 대리가 입술을 씰룩거렸다.

"뭐예요, 두 사람? 뭐 숨기는 거라도 있는 얼굴인데?"

"아닙니다!"

"아니에요!"

은결과 재원은 동시에 소리쳤다. 채영의 눈이 그와 동시에 가늘어졌다.

재원은 헛기침을 흘렸다.

"흠흠. 고은결 씨. 잠깐 시간 좀 내줄 수 있어요?"

올 것이 왔구나.

은결은 눈을 찔끔 감았다 떴다.

"네."

"좋아요. 이 가방만 놓고 올 테니 기다려요."

"알겠습니다."

은결은 하아 신음을 흘리며 고개를 끄덕였다. 그리고 재원이 팀장실로 들어가는 모습을 지켜보았다. 다시금 앞날이 막막해졌다.

"무슨 일인데? 왜 그래, 주 팀장?"

정 대리가 대놓고 의문을 표했지만 은결은 대답하지 않았다. 이윽고 가방을 놓고 팀장실 밖으로 나온 주 팀장이 그녀에게 함께 움직이기를 요구했다. 은결은 조용히 그의 뒤를 따랐다.

'⋯⋯!'

아침부터 자신과 함께 갈 곳이 있다던 주 팀장이 그녀를 동반한 채 도착한 곳은 WU미디어의 기획이사실이었다. 복잡한 사고회로를 굴리느라 정신이 없었던 은결이 팻말에 적혀 있는 글자를 발견하고 굳어지자 주 팀장은 쓰게 웃었다.

"들어가죠."

"아⋯⋯ 네."

상황이 어떻게 돌아가고 있는 걸까. 은결은 가슴이 방아를 찧는 것을 느끼며 발을 앞으로 내딛었다. 주 팀장이 비서를 향해 뭐라 말을 하자 이사실의 문이 활짝 열렸다.

은결은 그곳에서 자신을 기다리고 있던 혁진과 기획 1팀의 팀장, 정주를 만날 수 있었다.

✕

'고은결 씨라고 했었나? 우리 '왕자' 랑 사귄다면서요?'

몇 번 얼굴을 본 적도 있었고, 인사도 했으며 결정적으로 윤우를 많이 피곤하게 만든다는 이야기를 그에게서 전해 들은 적도 있었기에 꽤 익숙했던 권혁진 이사는 대뜸 말을 건넸다.

은결이 고개를 끄덕이자 그는 벌떡 일어나 그녀의 손을 덥석 잡았다.

'왕자를 인간으로 만들어줘서 고맙습니다. 친구로서 무척 다행이

라 생각하고 있어요.'

'네?'

'비밀 연애를 하고 있다지? 걱정 말아요. 여기 있는 사람들은 절대로 그 일에 대해 발설할 생각이 없으니까!'

'……!'

'주 팀장과 서 팀장, 두 사람한테도 내가 단단히 일러 놨습니다. 만약 회사 내에 소문이 퍼진다면 각오들 하고 있으라고. 직원들, 특히 여직원들의 사기를 위해서라도 비밀 연애는 엄수해야 하지 않겠습니까?'

혁진은 작게 속삭이며 당황해하는 은결을 보고 호탕하게 웃었다.

'그 불쌍한 녀석이랑, 헤어지면 안 됩니다! 얼굴에 혹해서 사귀다가 그놈 성격 때문에 떨어지면 절대로 안 된다는 소립니다! 그러니 고은결 씨, 나랑 약속해요! 약속해 줄 거죠?'

과할 정도로 눈을 반짝이기에 은결은 심각하게 고뇌했다.

"혹시 권 이사님…… 윤우 씨를 좋아하는 게 아닐까요?"

그러자 핸드폰 너머의 윤우가 기겁을 했다.

—말도 안 되는 소립니다. 권 선배는 여자를 너무 좋아합니다. 그건 확실해요.

정말?

—때론 저에 대한 관심이 지나치다고 생각될 때가 있지만, 그래도 여자를 좋아합니다. 장담해요.

은결은 안도의 한숨을 흘렸다.

"그럼 다행이구요. 설마 권 이사님이랑 연적이 되는 건 아닌가 의심했다구요."

두 사람의 비밀스러운 연인 관계를 끝까지 지켜 주겠다며 의지를 불태우는 남자가 낯설었다. 권 이사의 다짐 덕분에 난감한 얼굴을 하고 있던 주 팀장과 서 팀장의 얼굴이 우스웠지만 은결은 가까스로 웃음이 터져 나오는 건 참을 수 있었다.

퇴근 후, 꼭 해야 할 일이 있어 은결은 윤우와 따로 귀가를 했다. 대신 길거리를 걸으며 통화를 하는 중이다.

―정말 이상하군요. 당연히 촉새처럼 떠들 줄 알았더니. 쳇.

오전에 있었던 이야기를 그에게 하자 윤우는 아쉬움이 가득한 목소리로 중얼거렸다. 은결은 입꼬리를 올리며 말했다.

"꼭 비밀 연애가 발각되길 원한 것 같은 말이네요."

윤우는 잠시 침묵했다. 그러다 말을 이었다.

―솔직히 고백하자면 난 발각되길 바랐습니다. 그럼 대놓고 만날 수 있을 테니까요.

은결은 제 마음을 숨기지 않는 윤우가 귀여워 미칠 지경이다. 그녀는 '그럴 줄 알았어요.' 하고 작게 대답한 후 고개를 절레절레 흔들었다.

가슴이 간질간질해져 미소가 끊이질 않는다. 그의 목소리를 들으면 반사적으로 일어나는 행동이다. 이젠 꾸며진 미소가 아닌 자연스러운 미소가 그녀의 얼굴에 자리를 잡았다.

―그런데 대체 오늘은 또 왜 같이 퇴근하지 못한 겁니까? 난 그동안 못 본 얼굴 실컷 보려고 기대했었는데.

윤우의 투덜거리는 음성은 계속해서 들려왔다. 얼마나 실망을 한 건지 입술을 삐죽거리는 그가 눈앞에서 보일 정도다.

은결은 작게 소리를 내뱉었다.

"말했잖아요. 반드시 들러야 할 곳이 있는데, 윤우 씨랑 함께 가면 안 돼요."

—대체 왜 나랑 함께 못 간다는 거죠? 혹시 어제처럼 나 몰래…….

"아! 그런 건 아니에요. 준비할 게 있어서 그런 거예요."

—준비?

"어머, 윤우 씨. 저 배터리가 다 됐네요! 몇 시간 뒤에 집에 도착하면 다시 전화할게요."

—예? 고은결 씨! 고은…….

다급한 윤우의 외침이 들려왔지만 은결은 종료 버튼을 눌렀다.

'하마터면 무심코 말할 뻔했어.'

은결은 그의 언어술에 말려들어 갈 뻔했지만 견뎌 냈다. 혹시 또 전화가 걸려 올까 싶어 얼른 배터리까지 분리한 그녀는 눈앞에 보이는 팬시점의 문을 세게 열었다. 그리곤 일을 하고 있는 종업원을 향해 다가가 싱긋 웃으며 말했다.

"저기, 찾고 있는 게 있는데……."

"백 일 선물?"

얼마 전이었다. 요즘 들어 점심시간만 되면 휴게실에 모여 앉아 시시콜콜한 이야기를 나누곤 했던 기획 3팀의 여직원들 중 오늘의 화젯거리를 꺼낸 사람은 은결이었다.

고심하다 말을 뱉어 낸 은결의 질문에 기획 3팀의 여직원들의 눈동자가 동그래졌다. 은결은 슬며시 고개를 끄덕이며 빙긋 웃었다.

"네. 다들 어떤 걸 받으셨어요?"

기획 3팀엔 싱글녀들도 존재하기는 하지만 대부분 기혼자이거나 연인이 있었다. 인터넷 검색을 하는 것도 도움이 되겠지만 주변에 경험자들이 있는 이상 그들에게 직접 조언을 구하는 것이 나을 것 같다는 생각이 들었다.

은결은 기대에 찬 얼굴을 하고 의아해하는 그녀들의 대답을 기다렸다. 그러자 은결의 입사 동기 중 한 명이자 남자친구와 결혼을 앞두고 있는 민지가 활짝 웃으며 외쳤다.

"저는 커플링이요! 비싼 건 아니었지만 영원히 '내 것'으로 있으라면서 선물해 주더라고요."

"전 꽃다발! 백 일답게 장미 백 송이를 받았죠. 흐흐, 다시 생각해도 기특해. 장미 선물이라니. 감동이었다니요!"

민지에 이어 수경까지 눈을 반짝반짝 빛내며 그 당시의 일을 떠올리는 듯했다. 얘기만 들어도 모습이 상상이 되어 덩달아 미소 짓던 은결은 하아, 한숨을 뱉어 내며 고개를 절레절레 젓는 김희은 과장을 응시했다.

"다들 한창때다."

"왜요? 김 과장님은 뭘 받으셨는데요?"

흥미진진한 얼굴을 하고 여자들의 대화를 듣고 있던 미연이 물음을 던졌다. 그러자 말도 말라는 듯 손을 휘휘 저어 버리던 희은은 그녀에게 답했다.

"내 나이쯤 되니까 그런 기념일 같은 건 잘 안 챙기게 되더라고. 지금 결혼한 남편이랑은 사귄 지 백 일이 되는 날 그냥 간단하게 식사 한 끼 정도만 했어. 뭐, 딱히 기념일이랍시고 바란 건 없었지만…… 그래도 평범한 데이트보다는 특별한 데이트를 원했는데 말이지. 얼굴만 번지르르 안 했다면 콱!"

주먹을 불끈 쥐는 희은의 중얼거림에 기획 3팀의 여직원들은 깔깔거렸다.

"하긴. 김 과장님 남편분은 정말 무뚝뚝하시죠. 그래도 말씀대로 엄청 잘생기셨잖아요!"

"그래서 봐준다니까? 그 얼굴에 혹해서 그냥 넘어갔다고. 키스 한 방에 와르르 무너졌다니까?"

"저는 과장님이 부럽네요. 마지막 남자친구랑 결혼까지 골인하셔서!"

"오호호. 나의 덕이지."

남편 투정을 하다가도 콧대를 세우는 희은을 향해 부러움의 눈빛을 쏘아 보내던 여직원들 중 은결에게 의문을 표한 사람은 정채영 대리였다.

"그런데 은결 씨가 그건 왜 궁금해해?"

방심하다 정곡을 찔려 버린 은결은 몸을 움찔거릴 뻔했다. 의심스러운 눈초리로 그녀를 바라보는 정 대리의 시선에 이어 다른 이들까지 일제히 저를 쳐다보자 하하, 어색하게 웃음을 흘리던 은결은 입술을 달싹였다.

"다음 기획안 제출 때 참고할까 해서요."

"아아. 연인을 사로잡기 위한 이벤트, 뭐 이런 거?"

"예를 들면, 그렇죠."

하여간 예리한 여자 같으니. 은결은 쉽게 수긍하면서도 그녀를 흘긋거리는 걸 잊지 않는 정 대리를 경계하며 대답했다.

"그럼 남자들은 연인한테 어떤 선물을 받길 원할까요?"

하나둘씩 제게서 시선을 떼는 걸 발견하고 오싹해진 몸을 정비하고 있을 때, 고개를 갸웃거리던 미연이 다른 화제를 던졌다. 은결은 눈을 동그랗게 떴다. 정확히 자신이 묻고 싶었던 바로 그 질문이었기 때문이다.

두근두근. 심장이 벌렁거리는 걸 겨우 가라앉히며 은결은 여자들의 대화가 지속되길 기다렸다. 흐음, 이곳저곳에서 고심하는 소리가 들려온다.

"글쎄. 딱히 커플링 같은 걸 원할 것 같진 않은데."

채영이 턱밑을 매만지며 중얼거리자 주변의 여직원들이 동의한다는 듯 얼굴을 아래위로 흔들었다. 잠자코 대화를 지켜보던 희은은 버럭 소리를 질렀다.

"다들 순진해! 당연히 커플링 이런 걸 원하지 않지!"

"무슨 소리세요, 과장님?"

혀까지 끌끌 차던 그녀를 의아하게 여긴 수경이 커다래진 눈으로 희은을 직시했다. 그러자 음흉한 얼굴을 하고 입꼬리를 씩 올리던 그녀가 자신의 가까이 오라며 모두에게 속삭였다.

휴게실의 원형 테이블 주변에 둘러앉아 있던 몇 명의 여자들이 희은을 중심으로 뭉쳤다. 모두 모였다는 걸 확인한 희은은 작고, 야릇하게 속삭였다.

"그들이 원하는 선물은, 오직 하나!"

하나?

"연인, 그 자체지!"

대체 무슨 말을 꺼내려기에 이렇게 조심스러울까, 라 생각하던 은결의 귀로 당당한 희은의 외침이 들려왔다. 모두의 얼굴이 새빨갛게 물든 건 당연했다. '과장님 변태!' 하고 외치는 미연이나, '남자들을 모두 짐승으로 보지 마세요!' 라는 수경의 말은 그렇다 치더라도 은결은 이렇다 할 반응 없이 흐흐 웃는 희은을 쳐다보고 있었다.

"손님, 많이 기다리셨습니다."

그리고 며칠 뒤, 은결은 고뇌하고 또 고뇌한 끝에 한 팬시점에 발걸음을 했다. 잠깐만 기다려 달라는 종업원의 말이 끝나기가 무섭게 깊은 상념에 빠져 있던 그녀는 정신을 차렸다. 싱긋 웃으며 저를 쳐다보는 팬시점의 종업원이 어느새 그녀의 코앞에 다가와 있었다.

"저희 가게엔 이 정도 크기가 최대인데 괜찮으십니까?"

친절한 종업원이 은결에게 뭔가를 내밀자 그녀는 머릿속으로 크기를 재 보았다. 딱 적절한 크기다. 은결은 흐뭇한 표정을 지으며 고개를 끄덕였다.

"네, 그걸로 할게요."

※

"넌 주로 무슨 데이트를 하냐?"

지하주차장 안, 그것도 같은 차 안에 앉아 있는 윤우를 향해 혁진이 불쑥 말을 건넸다. 윤우의 미간은 자연스럽게 좁아졌다.

"……선배가 그걸 왜 묻습니까."

정말 귀찮은 남자다라 생각했기에 윤우의 대답은 차가웠다. 혁진은 평소와 다를 바 없는 윤우를 직시하다 씩 웃었다.

"당연한 거 아니냐? 궁금하잖아!"

오히려 윤우를 이상하다는 눈으로 바라보는 혁진으로 인해 머리가 아프다. 윤우는 인상을 썼다. 혁진은 아랑곳 않고 자신의 호기심을 끊임없이 피력했다. 생글생글 웃는 남자는 피곤한 사람이었다. 어쩌다 이 남자와 같은 차에 올라탄 걸까.

윤우는 긴 숨을 뱉어 내며 고개를 절레절레 저었다.

"말하고 싶지 않습니다."

"호오, 그래? 좋아. 그럼 고은결 씨 보고 내려오지 말라고 연락해야겠네."

……뭐?

"오늘 널 위해서 점심에 특별히 고은결 씨도 초대했었거든. 그런데 뭐, 이렇게 비협조적이라면 나도 고은결 씨와 같이 밥을 먹고 싶진……."

"저, 전화 데이트를 주로 합니다!"

윤우는 다급하게 혁진의 말을 끊어 내며 외쳤다. 입술을 삐죽이며 말하던 혁진이 눈을 동그랗게 떴다. 행여나 혁진이 정말 마음을 바꿀까 싶었던 윤우는 빠르게 덧붙인다.

"저녁엔 레스토랑에 가서 밥을 먹고, 한강도 자주 거닙니다. 영화도 본 적이 있어요. 그리고 아침엔……."

"강윤우."

"예?"

"네가 진짜…… 사랑에 빠지긴 했구나?"

씩 웃다 못해 큭큭거리는 혁진의 얼굴엔 미소가 가득하다. 윤우는 입을 다물었다.

'당했군.'

그의 페이스에 말려들어 가지 않으려 했건만 결국 백기를 들어 올려 버린 것이 화가 되었다. 윤우는 자신의 비밀 연애를 도와준답시고 머리를 아프게 만드는 혁진이 얄미워 미칠 지경이었다. 이럴 줄 알았더라면 그때 참아 버리는 건데. 아무리 은결의 일이 궁금하다 할지라도 그녀가 그의 여자친구라는 걸 밝혀선 안 되었나라는 생각이 든다.

'아니, 그건 잘한 일이야.'

과속이라는 위험한 짓을 저지르긴 했으나 그날 제가 했던 모든 일들을 후회하진 않는다. 윤우는 어떻게든 혁진이 자신의 연애에 대해 알게 되었을 거라 여기며 속으로 투덜거렸다.

"제가 너무 늦었죠?"

그 순간이었다. 언젠간 오늘의 일을 꼭 복수하겠다며 의지를 다지고 있던 윤우의 귀에 달칵, 차 문이 열리는 소리가 들렸다. 고개를 빠끔 내밀며 숨을 헐떡이는 사람은 은결이었다. 윤우의 입가에 미소가 걸렸다.

"아뇨. 얼른 들어와요."

그녀를 보기만 하면 반사적으로 지어지는 웃음을 감출 수 없었다. 윤우가 그녀가 앉을 자리를 내어 주자 은결은 수줍은 표정을 지으며 그의 옆에 자리를 잡았다. 그녀의 달콤한 체취에 흠뻑 빠져들려던 윤우는 누군가의 시선을 느끼며 고개를 돌렸다.

'……!'

조수석에서 쏟아져 나오는 그 시선은 혁진의 것이었다. 혁진은 '완전 바보 다 됐네.' 라고 입을 뻐끔거리며 윤우를 쳐다보고 있었다. 얼굴이 화르륵 달아올랐다. 제길! 입 밖으로 꺼내지 못할 욕설이 목구멍을 감돌았다.

"팀장님?"

하고, 은결이 갑자기 입술을 짓누르는 윤우를 불렀지만 그는 쉬이 고개를 들지 못했다. 그사이 혁진은 운전기사를 향해 출발하라는 지시를 내렸고 그들을 태운 차는 레스토랑을 향해 나아갔다.

"고은결 씨랑 있으니 강윤우가 달라 보이긴 하네."

혁진이 예약한 중식 레스토랑에서 주문한 음식이 나오기를 기다리고 있을 때였다. 혁진이 있든 없든 아랑곳 않고 그녀와 은밀한 시선을 주고받던 윤우는 중얼거리는 그의 말을 놓치지 않았다. 고개를 들자 싱긋 웃으며 자신과 은결을 번갈아 쳐다보는 혁진이 보였다. 윤우가 미간을 좁혔지만 혁진은 개의치 않으며 의아해하는 은결에게 말했다.

"고은결 씨, 그거 알아요?"

"예?"

"우리 왕자, 여태껏 연애 한 번 안 해 본 숙맥이라는 거. 겉으론 멀쩡해 보이는데, 의외죠?"

'선배!' 하고 윤우가 소리쳤지만 혁진은 어깨만 으쓱였다. 은결은 빙긋 미소 지었다.

"네. 알아요."

"어? 정말?"

"그래서 더 좋아요, 우리 윤우 씨가."

윤우의 목이 붉어진 것은 그 말을 꺼내며 그의 손을 잡아 버리는 그녀의 손길 때문이었을까, 아니면 '우리 윤우 씨'라고 자신을 지칭했기 때문이었을까. 아마도 둘 다일지도 모른다. 윤우는 왠지 부끄러워 입술을 씰룩였다.

"쳇. 부러워 죽겠네."

핑크빛 기운을 마구 풍겨 대는 두 남녀의 애정행각을 지켜보던 혁진은 투덜거렸다. 놀려 줄 기세로 꺼낸 말에 오히려 일격을 당했던 까닭이다. '나도 연애하고 싶다.' 하고 중얼거리는 혁진에 윤우는 은결에게 잘했다는 듯 눈빛을 보냈다. 은결은 씩 입꼬리를 올렸다.

"그나저나 두 사람, 곧 백 일이라면서요?"

혁진은 다른 주제로 화제를 옮기려고 했다. 배가 아팠던 게 분명하다. 윤우는 확신하며 긍정하는 은결을 흘끔거렸다. 혁진은 진심이 가득한 얼굴로 말했다.

"나도 두 사람을 축하하고 싶은데, 혹시 필요한 게 있을까요? 예를 들면 끝내주는 와인이라든가, 아니면 분위기 좋은 호텔이라도 추천해 드릴……."

"권 선배!"

지나친 관심은 때론 부담스럽다. 혁진이 윤우를 아끼기 때문에 그의 연애에 지대한 관심을 품는 건 이해하나 얼굴을 화끈거리게 만드는 말을 뱉어 내는 건 원치 않았다. 윤우가 그의 말을 끊기 위해 버럭 외치자 '미안, 미안.' 하고 혁진은 장난 섞인 웃음을 흘렸다.

"말씀은 감사하지만 괜찮습니다, 이사님."

앞으로 아무리 그녀가 보고 싶어도 혁진의 도움을 받아서까지 밀회를 즐기지 않겠다고 다짐하고 있던 윤우는 차분하게 고개를 젓는 은결을 응시했다. 그녀는 의미심장한 얼굴을 하고 윤우를 응시하다 대답했다.

"저도 준비하고 있는 게 있거든요. 그러니 도와주지 않으셔도 돼요."

왠지, 자신감이 넘치는 음성이라고 윤우는 생각했다.

✄

사귀게 된 지 백 일.

오늘은 두 사람에게 여러 가지로 의미가 있는 하루였다.

윤우에게는 난생처음으로 반한 여자와 처음으로 맞는 기념일이었고, 한 번의 실패가 있기는 했지만 은결도 남자와 백 일을 맞는 건 처음이었다. 두 남녀에게 각별한 의미를 지니고 있는 오늘을 각자 얼마나 기다렸던가.

윤우는 며칠 전부터 제게 뭔가 선물을 할 거라고 계속해서 속삭이던 은결을 위해 작은 선물을 준비했다. 'Give and Take'라지만 저만 뭔가를 받을 순 없었으니까. 부디 은결이 좋아해 주었으면 좋겠는데 어떤 반응을 할지 저도 잘 짐작이 가지 않는다.

어젯밤 그녀를 집에 데려다 주자마자 미리 주문해 두었던 '그것'을 찾아온 윤우의 가슴은 들썩였다. 아침 일찍 집에서 나와 근처 꽃집으로 향한 후 장미 한 다발을 들고 움직일 때까지만 하더라도, 그리고 그녀의 집 근처에서 전화를 걸 때까지 그는 흥분을 감출 수 없었다.

매일매일이 오늘만 같으면 혁진이 자신을 사랑에 빠진 바보라고 놀려 대도 충분히 견딜 수 있을 것 같았다. 그러나,

"예? 그게 무슨 소립니까? 오늘…… 못 만나겠다니요?"

윤우의 전화에 한숨을 푹 내쉬며 말하는 은결로 인해 그는 번개를 맞은 사람처럼 멈춰 섰다. 하마터면 들고 있던 꽃다발을 바닥으로 툭 떨어뜨릴 뻔했다. 은결은 울먹거리는 목소리를 뱉어 냈다.

─미안해요, 윤우 씨. 갑자기 급한 일이 생겨서 오늘 약속은 취소해야 할 것 같아요.

"그래도 오늘은 우리의……."

─백 일이죠. 하아. 윤우 씨도 은근히 기대하고 있었을 텐데, 정말 어떡하죠.

'은근히' 기대한 것이 아니라 '대놓고' 기대를 했다. 저를 볼 때마다 '백 일 기념으로 하루 종일 데이트해요!'라고 말했던 은결이었

으니까. 보고만 있어도 행복해지는 은결과 온종일 데이트를 즐길 생각에 입이 벌어지는 걸 막을 수 없었던 자신 아니었는가.

윤우는 무의식적으로 굳어진 얼굴을 펴지 못한 채 멀뚱히 서 있었다.

—날이 꼭 오늘만 있는 건 아니잖아요! 백 일 기념일은 챙기지 못하겠지만 내일 만나면 되고. 또 앞으로 계속해서 만날 거니까, 이백 일 기념일은 꼭 챙겨요! 이백, 삼백, 사백, 그리고 천 일 기념일도 모두요!

"……."

—윤우 씨?

급한 일이 생겼다는데 어쩌겠나. 시무룩한 태도를 보인다면 그녀가 더 미안해할 것이다. 윤우는 한숨이 새어 나오려는 것을 꾹 참았다. 아쉽긴 하지만 저보다 더 아쉬워할 은결을 떠올리니 이해해야 한다는 생각도 들었다.

윤우는 쓰게 웃으며 대답했다.

"알겠습니다. 그럼…… 내일은 꼭 만나요."

—네! 약속해요!

그녀의 집 앞까지 왔는데 아무런 수확 없이 그냥 돌아가야 한다는 게 마음 아프다. 방금 산 싱싱한 장미꽃이 하루만 지나도 시들어 버릴 것 같아 안타깝다.

윤우는 주머니 속에 든 '그것'과 제 손에 들린 꽃다발을 무표정하게 내려다보다 하아 숨을 뱉어 냈다.

—바로 집에 돌아갈 거예요?

아직 그녀와의 통화가 끊어지지 않았다는 걸 의식하지 못했다. 윤우는 조심스럽게 말을 건네는 은결의 음성에 정신을 차렸다. 어쩌지. 집으로 돌아가야 하나. 집으로 가도 딱히 할 일이 없는 건 똑같은데.

"고민, 중입니다."

─얼른 집으로 돌아가요!

……응?

윤우는 버럭 소리치는 은결의 외침에 눈을 번쩍 떴다. '고은결 씨?' 하고 그가 그녀를 부르자 하하, 어색하게 웃던 은결은 말을 이었다.

─오늘 멋진 옷, 입고 나왔죠?

"예?"

은결과의 첫 기념일이기도 했고 그런 좋은 날 아무런 옷을 입고 나올 수는 없었던지라 언젠가 제집에 찾아온 남동생이 입으라며 선물해 주었던 정장을 입고 나오기는 했다. 윤우는 제 몸을 아래위로 훑어보며 '아.' 하고 탄성을 뱉어 냈다. 그러자 은결이 말했다.

─그런 옷 입고 밖을 서성이면 다른 여자들이 윤우 씨한테 다가올지도 모르잖아요! 저는 싫어요. 윤우 씨가 다른 여자들의 시선을 받는 건.

"질투……하는 겁니까?"

─당연하죠. 내 남자가 남들의 인정을 받는 건 좋지만, 그렇다고 너무 주목받는 건 싫다구요.

윤우는 솔직한 그녀의 답변에 풋 웃음을 터뜨렸다. 그는 맑디맑은 가을 하늘을 올려다보며 중얼거렸다.

"알겠습니다. 오늘은 집 안에 콕 박혀 있도록 할게요."

─좋은 생각이에요!

박수라도 칠 기세로 소리치는 은결이 야속했지만 윤우는 티 내지 않기로 했다. 그랬다간 은결이 자신을 신경 쓸 테니까. 그녀에게 걱정을 끼치고 싶지는 않았다.

'후우.'

그렇게 그녀와의 전화 통화를 마무리한 그는 떨어지지 않는 발걸음을 터덜터덜 옮기며 집으로 걸어갔다.

좋은 옷을 입은 채, 붉은 장미가 가득한 꽃다발을 들고 있는 남자가 힘없이 발을 움직이는 모습이 신기했는지 여기저기서 흘긋거리는 시선이 느껴졌다. 물론 주목의 대상이 되어 버린 그는 주변이 어떤 눈을 하고 자신을 바라보는지 신경 쓰지 않았다.

'집에 가기 싫군.'

은결의 말에 차를 몰고 집으로 돌아오면서도 윤우는 끊임없이 중얼거렸다. 저도 눈치채지 못했는데 꽤 많이 오늘을 기대했던 모양이다. 그것도 그럴 것이, 처음이었으니까. 저에게 있어서도 그녀에게 있어서도 같이 맞는 처음을 만끽할 생각이었는데. 이렇게 후회할 줄 알았더라면 은결의 '급한 일'이 대체 무엇이었는지 물어나 볼걸.

윤우는 멈추지 않는 한숨을 계속 내쉬며 집에 도착했다.

"2004호는 좋겠구려."

차를 주차해 놓고 엘리베이터를 타기 위해 로비로 향하던 윤우는 저를 발견하고 말을 던진 경비원의 음성에 걸음을 멈췄다. 안면이 있는 사람이었고 자주 인사도 했었던 그가 묘한 웃음을 흘리자 윤우는 고개를 갸웃거렸다.

"무슨 소리십니까?"

좋겠다니. 오늘은 그의 31년 인생 중 꽤 좋지 않은 기억으로 남을 날 중 하나이건만, 왜 저리 웃는 건지.

분명 그를 놀릴 생각은 없어 보이는데 싱긋 웃는 경비원에게 윤우는 날이 선 어조로 말했다. 그러자 경비원은 어깨를 으쓱이며 얼른 올라가 보라는 듯 다음 말을 잇지 않았다. 윤우는 인상을 썼다.

'뭐야.'

하나부터 열까지. 되는 게 없는 하루다. 윤우는 20층으로 향하는 엘리베이터 속에서 눈을 지그시 감으며 입술을 꾹 닫았다. 머리가 지끈거렸다. 꽃을 들고 좋아할 그녀를 가슴에 담고 싶었건만. 내일은 볼 수 있다는 걸 다행으로 여겨야 하는 걸까. 그는 '20층입니다.' 라는 안내 멘트에 스르륵 눈꺼풀을 올렸다.

터벅터벅. 제집인 2004호로 걸어가는 그의 발엔 힘이 느껴지지 않았다. 일단 씻고 침대에 누워 있다가 다시 생각해 봐야겠다고 중얼거리던 윤우는 대문 앞에 놓여 있는 무언가를 발견하곤 멈춰 섰다.

"……."

'그것'은 너무도 컸다. 작은 냉장고가 들어갈 정도로. 이런 상자가 왜 제집 대문 앞에 놓여 있는 걸까.

윤우는 멍한 얼굴을 하며 생각했다. 그러다 하아, 숨을 흘리며 주머니 속에 들어 있던 핸드폰을 꺼내 들었다.

이윽고 윤우는 특유의 서늘한 음성을 한 자 한 자 내뱉는다.

"경비실입니까? 여기 2004혼데, 집 앞에 이상한 물건이……."

"으악! 윤우 씨, 안 돼요!"

운송장도 붙어 있지 않은 의심스러운 물건을 제집 앞에 둘 수는 없었다. 오피스텔 경비실의 번호를 기억하고 있었던 터라 바로 전화를 걸자 갑자기 물건이 요동치더니 은결이 박스를 찢으며 뛰어나왔다.

윤우는 눈을 크게 뜬 채 거칠게 호흡하고 있는 은결을 쳐다봤다.

―예? 방금 뭐라고 하셨습니까?

"아무것도 아니에요! 수고하세요!"

다급하게 박스에서 나와 윤우가 들고 있던 핸드폰을 낚아챈 은결은 그 대신 답을 하곤 전화를 끊었다. 그리고는 빨갛게 물든 얼굴로 '큰일 날 뻔했네.' 라고 작게 중얼거린 후 그를 올려다보았다. 윤우는 여전히 현 상황을 이해하지 못하고 서 있었다.

"윤우 씨?"

"……."

"강윤우 씨!"

"아. 고은결 씨."

그가 그녀의 이름을 불러도 꿈쩍도 하지 않던 윤우는 제 이름을 두 번 불리고 나서야 정신을 차렸다. 흐릿해진 초점을 되찾은 그는 제 얼굴만 한 리본을 머리에 쓰고 있는 은결을 쳐다보며 눈썹을 꿈틀거렸다.

"왜…… 그런 모습인 겁니까?"

급한 일이 있다던 그녀가 어떻게 제집 앞에 있는 건지, 그리고 왜 그런 의심스러운 박스 안에 있었던 건지는 둘째 치고서라도 커다란 리본으로 얼굴을 묶은 건지 이해가 가지 않았다.

은결은 넋을 놓고 있는 윤우를 흘끔거리다 배시시 웃으며 대답했다.

"백 일…… 선물이에요."

뭐?

"어휴. 원래는 이렇게 등장할 계획이 아니었다구요! 전 당연히 윤우 씨가 상자를 뜯을 줄 알았단 말이에요. 그런데 다짜고짜 신고부터 하는 게 어디 있어요? 적어도 안에 뭐가 들었는지는 봤어야죠! 윤우 씨는 드라마도 안 봤어요?"

자신의 당혹감을 감추기 위해서인지 은결은 크게 소리쳤다. 윤우는 아무 말도 하지 않았다.

"되게 덥네. 하하."

손으로 부채질까지 하는 그녀의 얼굴은 빨갛다 못해 익어 있었다. 아직도 윤우의 입은 열리지 않았다.

"저기, 윤우 씨."

"……."

"뭐라고…… 말 좀 해 봐요."

'아무 말이라도 좋으니까, 제발.' 이란 말까지 덧붙이는 은결의 목소리가 미세하게 떨렸다. 윤우는 그제야 그녀의 요동치는 눈동자를 마주할 수 있었다. 맑은 눈동자가 부끄러움을 가득 담고 자신을 쳐다보고 있는 게 보인다.

가슴이 간질간질하기도 하고, 벅차올라 입술이 가만히 있지 않았다. 윤우는 이대로 서 있다가는 좋지 못한 모습을 보일 것 같아 얼른 고개를 숙였다.

"윤우 씨?"

"말이, 안 나옵니다."

은결은 쿡쿡 웃으며 물었다.

"너무 황당한 선물이죠?"

아니.

"황당하기보단, 심장이…… 터질 것 같습니다."

빌어먹을! 다리의 힘이 더 이상 들어가지 않는다. 윤우는 대답을 마친 뒤 주르륵 주저앉았다. 이런 바보 같은 꼴을 그녀에게 보여 주고 싶지 않아 일어나려 발버둥을 쳐 봤지만 쉽지 않다. 역시 연애란 쉽지 않다.

그는 새어 나오는 한숨을 막지 못한 채 중얼거렸다.

"뭡니까, 고은결 씨."

콩닥콩닥 뛰던 심장이 밖으로 튀어나올 것처럼 움직였다.

"왜 이렇게 사람을……!"

자신이 어떤 표정을 짓고 있든 평소의 모습과는 꽤 다를 거라 생각하며 고개를 들어 올린 그는 어느새 제 앞까지 다가와 붉은 입술을 살포시 제 입술 위로 포개 버린 은결에 의해 말문을 닫아 버렸다.

'아…….'

붉은 리본을 머리에 단 채 싱긋 웃고 있는 여자가 천천히 그의 입 안으로 제 혀를 밀어 넣었다. 아무 생각이 들지 않았다. 숨이 막혀 호흡이 제대로 쉬어지지 않는 건 어쩔 수 없었지만 코끝에서 느껴지는 그녀의 향기가 그의 눈앞을 새하얗게 물들였다.

윤우는 반사적으로 입을 벌리며 그녀가 수월하게 안으로 들어올 수 있도록 도왔다.

가뿐하게 치열을 쓸고, 그의 혀를 옭아맨 여자는 윤우의 가슴을 휘저은 것처럼 짧지만 여운이 남는 키스를 퍼부었다. 그녀의 입술이 떨어져 나가자 윤우는 몽롱한 눈으로 은결을 올려다보았다. 접촉으로 인해 번들거리는 은결의 입술은 탐스러웠다. 그녀는 강윤우가 반해 버린 눈웃음을 날리며 속삭였다.

"아깐 속여서 미안해요. 그렇지만 약간의 장애가 있어야 더 타오르는 법이잖아요?"

한쪽 눈을 찡긋거리는 여자는 사랑스러웠다. 그녀는 달콤하기 그지없는 목소리를 흘리며 윤우에게 말했다.

"백 일 선물로 뭘 드려야 할지 고민하고 또 고민했는데, 이것보다 좋은 선물이 생각나지 않았어요. 평범한 선물은 싫었거든요."

은결은 거친 숨만 뱉어 내는 그를 직시했다. 순간 가슴이 철렁거려 윤우는 평정을 유지할 수가 없었다.

"많이 생각하고 또 생각한 거니까 거절하면 슬플 거예요. 당신에게 제 시간을, 제 마음을, 그리고 제 자신을 주고 싶어요."

은결은 환하게 웃었다.

"사랑해요, 윤우 씨."

고은결이 누군가에게 '사랑한다.'는 말을 꺼낸 건 처음이었다.

그 누구에게도 해 본 적이 없는 말이기에 자신이 제대로 그 말을 뱉어 낸 건지 확신하진 못했다. 그러나 며칠 전부터 줄곧 그 말을 똑똑히 발음하기 위해 거울을 보며 연습하고 또 연습했었다. 노력 하나만큼은 어떤 사람에게도 지지 않을 것이라고 생각하던 은결은 자신이 똑바로 발음했을 거라 여겼다.

'하아.'

첫 번째 서프라이즈 이벤트는 실패로 돌아갔다 하더라도 두 번째 서프라이즈 이벤트는 꽤나 성공적이었다.

은결은 속으로 긴 숨을 뱉어 냈다. 아직 해야 할 이벤트가 산더미 같이 쌓여 있건만 겨우 두 개의 관문을 넘고 숨을 돌리는 꼴이라니. 그녀는 터질 듯 뛰고 있는 자신의 심장 소리를 느끼며 입술이 바짝 말라 가는 걸 느꼈다.

'뭐라고 말이라도 해 준다면 좋을 텐데.'

사랑한다고 말한 제 고백에 일언반구 없이 서 있는 남자의 얼굴을 보기가 무섭다. 어떤 표정을 짓고 있을까. 혹시, 너무 빨랐나? 이런저런 생각이 머릿속을 맴돌았다. 자신이 흘린 말에 남자는 아까부터 미동을 하지 않았다.

은결은 어느새 얼굴에서 미소를 지운 채 무표정한 그를 천천히 들여다보기로 결심했다. 콩닥콩닥, 가슴이 크게 일렁였다.

"저기……."

쏴아아.

은결이 윤우를 부르는 순간 장대비가 쏟아졌다. 은결은 화들짝 놀라 뒤를 돌아보았다. 엄청난 폭우였다. 분명 집을 나서기 전 은결이 인터넷에 검색했던 오늘의 서울 날씨엔 강수 확률이 20%밖에 되지 않았건만.

화창하다 못해 더울 거라던 날씨를 보고 일부러 레이스가 달린 하얀 원피스를 입었던 은결은 윤우가 서 있는 곳으로 달려갔다.

"윤우 씨!"

윤우는 아까부터 계속, 입을 열지 않고 있다. 넋이라도 나간 건가. 그간 윤우의 모습을 떠올려 보건대 충분히 가능한 일이다.

은결은 고개를 절레절레 저으며 다시 한 번 그의 이름을 불렀다.

"강윤우! 뭐해요! 그러고 있지 말고 얼른 들어가요."

"……네?"

"문 열라고요!"

'아.' 하고 탄식을 뱉어 낸 윤우가 허둥지둥 등을 돌려 문고리를 잡자 은결은 한숨을 내쉬었다. 자신이 숨어 있던 찢어진 박스를 든 채 그의 집 안으로 들어선 은결은 이제 어떻게 해야 하나란 얼굴로 저를 쳐다보는 윤우의 손목을 덥석 잡았다.

"일단 여기 앉아 있어요."

"네? 아…… 네."

아직까지도 제정신을 차리지 못한 남자는 멀뚱멀뚱 은결을 쳐다보고만 있는 중이었다. 그가 지금 상황을 이해할 때까지 시간을 주기도 할 겸, 그녀는 간단한 요깃거리라도 만들기로 했다.

'어라?'

아침에 일어나자마자 그의 집에 몰래 올 준비를 했다. 서둘러 샤워를 하고, 물품을 챙겨 든 채 윤우가 집을 나서는 걸 목격하고 이후 경비원의 도움을 받아 그의 집 앞에 박스를 배치했던 은결은 아직까지 식사를 하지 못한 상태였다.

꼬르륵, 허기진 배가 얼른 밥을 채워 달라며 아우성 치고 있었기에 더욱 조급하게 음식을 만들려던 그녀는 코끝을 자극하는 냄새에 깜짝 놀랐다.

'헉!'

정신을 대체 어디에 두고 있었던 걸까. 윤우도 아침을 먹진 않았을 테니 김치찌개라도 만들어 주자며 김치를 냄비 속으로 집어넣던 그녀는 자신이 물을 넣지 않았다는 사실을 발견하곤 사색이 되었다.

물도 없이 냄비에 들러붙어 검게 그을린 김치가 마치 은결을 비웃듯 퀴퀴한 냄새를 풍겼다. 이걸 어쩌지? 은결은 얼른 손을 뻗어 냄비를 들었다.

"저기, 고은……."

"악!"

일단 탄 것들은 버려두고 다시 준비를 해야겠다며 냄비를 싱크대로 옮기려던 그녀는 등 뒤에서 들리는 윤우의 목소리에 당황한 나머지 손에 힘을 풀어 버렸다.

당연히 냄비는 바닥으로 고꾸라졌고 그러한 과정에 탄 김치들이 은결의 하얀 원피스에 튀었다. 김치가 뜨겁다는 건 둘째 치고서라도 오늘 처음으로 입어 보는 원피스에 빨간 김치가 묻자 그녀의 얼굴은 백짓장처럼 하얗게 변했다.

"괘, 괜찮습니까?"

윤우가 요란한 소리를 내며 거꾸로 박힌 냄비를 바로 세운 후 은결을 쳐다보며 물었다. 은결은 얼룩덜룩해진 흰 원피스를 닦을 생각도 않고 멍하니 윤우를 응시했다.

"고은결 씨?"

먼저 냄비를 치운 후 은결의 원피스를 닦아 주려고 물티슈를 꺼내온 윤우가 입술을 세게 악물고 있는 그녀를 발견하곤 고개를 갸웃거렸다. 곧이어 은결의 찢어진 눈에 그렁그렁 굵은 물방울이 맺히더니 윤우에게서 시선을 돌리며 중얼거렸다.

"……망했어요."

윤우는 울먹이는 그녀의 말에 눈을 크게 떴다. 은결은 하아아, 숨을 뱉어 내며 고개를 푹 숙였다.

"하나도…… 계획대로 된 게 없어."

사랑한다는 말은 성공하기는 했지만, 답변을 받지 못했으니 실패나 다름없다.

"선물도, 고백도, 날씨도, 요리도. 전부 다 실패했어."

"……."

"이게 뭐야. 최악의 백 일이야. 이런 백 일을 맞길 바란 건 아니었……!"

후드득 떨어지는 물방울이 바닥으로 떨어졌다. 심성이 여린 건 아니었는데 왜 이렇게 울컥거리는지 모르겠다. 스스로도 감정이 제어가 되지 않아 울음을 참지 못하던 은결은 말을 잇던 도중 제 입을 막아버리는 따뜻한 온기에 소리를 흘리지 못했다.

무릎을 꿇은 채 정리를 하고 있던 윤우가 고개를 들어 올려 은결의 입술 위로 제 입술을 덮었다. 보드랍기 그지없는 그 입술이 촉촉하게 젖어 있던 은결의 것과 만나 짜릿한 전율을 주었다.

그는 거침없이 은결의 치열을 쓸더니 뜨겁고 몰캉한 혀를 밀어 넣으며 그녀의 신경을 건드렸다. 은결의 모든 걸 가지겠다는 듯 저돌적으로 달려들던 그는 그녀를 리드했다. 은결의 혀를 옭아매며 숨 쉴 시간을 주지 않았기에 그녀의 호흡은 점점 차올랐다.

'날이 갈수록…… 늘어.'

은결은 몇 분 전, 제가 그에게 선사했던 키스보다 훨씬 강도가 진한 윤우의 키스에 온몸의 힘이 빠져나가는 걸 느꼈다. 한참 동안 은결의 안을 휘저어 버리던 그는 매우 느릿하게 그녀에게서 떨어져 나오더니 눈꼬리를 휘며 번들거리는 입술을 달싹였다.

"긴장, 했던 겁니까?"

순간적으로 얼굴이 새빨갛게 달아올랐다. 방금 전 키스를 끝냈던 터라 아직까지 안정을 되찾지 못했던 호흡의 속도가 더 빨라졌다. 은결은 미간을 좁히며 중얼거렸다.

"당……연히 긴장을 하죠! 긴장하지 않을 리 없잖아요. 심장이, 터

271

질 뻔했다구요."

"그렇습니까?"

은결은 아직 그칠 생각을 않는 눈물을 닦지도 못한 채 말을 이었다.

"큰맘 먹고 준비한 선물을 신고하려 들지 않나, 용기 내서 한 고백을 듣고도 가만히 서 있질 않나, 갑자기 비는 내리지, 요리는 망했지, 눈물은 흐르지. 하아. 정말, 하나부터 열까지 엉망진창이었단 말이에요."

윤우는 투덜거리는 은결을 보며 큭큭 웃었다. 은결은 손등으로 눈에 맺힌 물방울을 슥 닦으며 '웃지 마요.' 라는 말을 던졌다. 이윽고 서서히 무릎을 편 윤우가 고개만 숙인 채 은결의 붉어진 볼에 촉, 입을 맞추었다.

은결이 눈을 동그랗게 뜨며 그를 응시하자 윤우는 미소를 지었다.

"고은결 씨의 그 말에 정신이 팔린 나머지, 대답을 하지 않았던 게 이제야 생각났습니다."

그는 떨리는 시선으로 저를 올려다보는 은결에게 부드럽게 속삭였다.

"나도, 사랑하고 있습니다."

※

'고은결 씨의 말대로 오늘 고은결 씨의 시간과 마음은 내가 갖도록 하죠.'

윤우가 왜 자신의 고백에 긴 시간 동안 명청하게 있었는지 이해할 것 같았다. 은결은 웃으며 뱉어 낸 그의 사랑한다는 말에 멀쩡하게 달려 있던 심장이 바닥을 찧다 못해 맨틀을 파고 들어가 지구의 핵과 만나는 것 같은 충격을 받았다.

사랑한다는 말의 파급력이 이렇게 큰 것이었나? 정신을 차려 보니 윤우는 얼빠진 얼굴을 하고 서 있는 자신을 향해 다음 말을 뱉어 내고 있었다.

'물론 그전에, 일단 그 옷부터 갈아입는 게 좋을 것 같지만.'

여전히 비는 쏟아지고 있었다.

두 사람의 달콤한 만남을 질투한 하늘이 화가 난 건지, 도통 야외 데이트는 꿈도 못 꿀 만큼 사나워진 날씨로 인해 결국 실내 데이트를 결정한 그녀와 윤우는 간단하게 아침 겸 점심 먹은 후 현재 영화를 보기 위해 그의 집 커다란 소파에 앉아 있었다.

'영화라곤 007시리즈뿐인데, 괜찮습니까?'

라는 윤우의 말에 흔쾌히 고개를 끄덕인 은결은 그가 준비한 팝콘을 와작와작 씹으며 영화에 집중했다.

'아뇨. 피 튀기는 액션 신이었는데 그게 너무 무서워서 그이를 끌어안다가 그만.'

어릴 때부터 외모로 인해 여기저기서 무섭다는 말을 많이 들어왔었고, 또 남들이 무섭다고 하는 것들을 보아도 딱히 두려움을 느끼지는 않았다. 강심장하면 바로 고은결이라는 말이 있을 정도로 대담한 성격의 소유자였음에도 불구하고 은결은 머릿속을 스치는 누군가의 음성에 고뇌했다.

직장 동료인 수경이 액션 영화를 보다가 잔인한 장면이 나와 애인을 끌어안았다는 일화는 지금 TV 화면에서 열심히 총질을 하고 있는 제임스 본드를 보는 제 모습과 비슷했다. 시도해 볼까? 은결은 무표정한 얼굴로 화면을 보고 있는 윤우를 응시하다 결심했다.

"어머!"

나란히 앉아 있기는 했지만 무서운 영화를 보는 것도 아니고, 야한 영화를 보는 것도 아니어서 괜히 심심하기만 하다. 하늘이 무너질 듯 내리는 비로 인해 밖을 나가지 못했기에 손도 제대로 잡지 못했던 그녀는 여러 가지로 불만족스러운 상태였다. 이렇게라도 그에게 스킨십을 해 볼까 싶어 두두두, 들리는 총소리에 놀란 듯 은결은 윤우를 끌어안았다.

'어라?'

그러나 윤우는 그녀가 크게 마음을 먹고 시도한 행동에도 불구하고 아무 반응 없이 TV를 직시하는 중이다. 훗, 하고 숨을 살짝 뱉어 낸 것 같기도 한데 아마 그녀의 착각이었나 보다.

은결은 잠시 그를 쳐다보다 머쓱한 표정을 지으며 윤우에게서 떨어져 나왔다.

"초, 총소리를 무서워해서……."

라는, 어쭙잖은 변명을 흘린 후 그녀는 붉어진 얼굴을 들키지 않기 위해 다시 TV를 보는 척 정면을 바라보았다. 제길! 부끄러운 나머지, 심장이 미친 듯이 뛰었다. 하지만 윤우는 끝내 입을 열지 않았다.

"우와."

시간은 조금 더 흘렀다. 영화 속의 제임스 본드가 아름다운 본드걸과 한 침대에 누워 아름다운 밤을 보내는 모습이 상영되었다.

커다란 손으로 본드걸의 뺨을 쓸어내리는 제임스 본드는 무척이나 섹시했다. 고은결의 'Mr. Bond'도 영화처럼 섹시하다고 속으로 중얼거리던 그녀는 배시시 웃으며 윤우에게 말을 건넸다.

"확실히 007은 멋지네요. 그렇죠?"

"……."

하지만 이번에도, 윤우는 입을 열지 않았다. 아까보다 훨씬 굳어진 얼굴을 하고 이젠 미간까지 좁히는 그를 보자니 은결은 멈칫거렸다.

'왜 저러지?'

영화가 시작된 이후로 줄곧 말을 하지 않는 그가 수상했다. 혹시 이 시리즈를 좋아하지 않는 건가? 아니, 그건 아니다. 분명 그는 007 마니아라고 했었고, DVD까지 소장하고 있을 정도면 말은 다 했지.

그렇다면,

'나랑 같이 보는 게 싫은 거야?'

그가 영화 볼 때 말을 거는 걸 싫어하는 스타일일 수도 있다는 사실이 떠올랐다. 지난 100일 동안 윤우와 영화관 데이트를 즐겼을 땐 단 한 번도 이런 적이 없었는데, 007시리즈는 그에게 있어서 무척 특별한 건지도.

은결은 대답 없는 윤우를 쳐다보다 다시 고개를 앞으로 돌렸다.

왠지, 맥이 빠졌다.

M에게서 임무를 받은 영화 속의 제임스 본드는 곳곳에서 일어나는 여러 방해를 극복한 뒤에 훌륭히 미션을 수행해 내었다. 그리고 매력적인 본드걸과 사랑을 나누며 영화는 끝을 맺었다.

'응?'

엔딩 크레딧이 올라가는 것을 쳐다보던 은결은 제가 말을 걸려 입을 벌리려고 할 때 벌떡 일어나는 윤우를 발견했다. 그녀와 소파에 앉은 후 줄곧 굳은 얼굴을 하고 있던 그는 심각한 표정을 지으며 은결을 바라보지도 않고 중얼거렸다.

"화장실 좀."

"네? 윤……!"

은결이 그를 부르려던 계획은 산산조각이 났다. 그가 말이 끝나기도 전에 후다닥 화장실이 있는 곳으로 향했기 때문이다.

은결은 쾅, 닫히는 욕실 문을 멍하니 응시하다 긴 숨을 내쉬었다. 그러다 슬쩍 주위를 두리번거렸다.

'그러고 보니…….'

남자친구 집에서 데이트를 하는 건, 처음이었다.

첫 남자친구였던 태원과는 주로 실내 데이트를 하기는 했지만 그의 집까진 가진 않았다. 작업실에 들른 적은 있었으나 그곳에 갔을 땐 항상 그는 뭔가 작업 중이었고 은결은 그걸 지켜보던 입장이었다.

윤우와의 데이트는 주로 야외에서 이루어졌다. 가끔 서로의 집 앞까지 배웅을 하기도 했지만 그의 집에 들어가진 않았다. 그래서 오늘도, 윤우의 집 안이 아닌 집 밖에 예의 박스를 놓고 기다렸던 거다.

두근두근. 은결은 갑자기 뛰는 가슴을 진정시키려 노력했다. 이런 밀폐된 공간 속에서 그와 함께 있으려니 심장이 제멋대로 움직였기 때문이다. 돌이켜 보면 007 영화도 꽤 야한 편이어서 자꾸만 본드와 본드걸이 침대에서 뒹구는 모습이 눈앞을 맴돌았다.

'나 정말 욕구 불만인 건가?'

은결은 속으로 키득키득 웃으며 중얼거리다 문득 자신이 어떤 차림을 하고 있었는지 자각하곤 입술을 파르르 떨었다.

'아직 한 번도 입지 않은 반바지예요. 고은결 씨한테 맞을진 모르겠지만.'

김치 냄새가 나는 흰 원피스를 입고 있을 순 없었기에 윤우에게서 옷을 빌려 입었다. 그의 체취가 물씬 묻어나는 하얀 와이셔츠 한 장과 윤우가 이번 여름을 맞이해 샀다던 반바지를 입은 은결의 모습은 속옷이 환하게 보일 정도로 아슬아슬했다.

고개를 돌리다 거울 속의 자신을 보고 시선을 멈춘 은결은 얼른 욕실 쪽으로 눈길을 옮겼다.

'설마.'

윤우가 화장실로 들어간 지 5분 정도가 흘렀다. 그는 도통 나올 생각을 하질 않았다. 은결의 마음에 모락모락 의심이 피어났다. 곰곰이 떠올리니 영화를 보던 도중 계속해서 윤우와 몸이 부딪히곤 했었다. 그럴 때마다 윤우가 몸을 떼어 내었기에 크게 신경은 쓰지 않았는데.

생각이 거기까지 미치자 은결은 자신의 무지함을 탓했다. 그러다 얼른 소파에서 일어나 벗어 둔 빨간 리본을 다시 머리에 쓴 채 소파로 돌아왔다.

"후우."

15분쯤 지났을 때, 윤우가 욕실 문을 열고 나왔다. 그는 매우 지친 얼굴이었다. 왠지 웃음이 날 것 같았지만 은결은 꾹 참았다. 그리곤 그가 얼른 자신을 바라보길 기다렸다.

윤우는 느릿하게 얼굴을 들어 올려 은결에게 말을 건넸다.

"많이 기다렸죠? 갑자기 급한 일이…… 왜, 그러고 있습니까, 고은결 씨?"

윤우는 소파에 무릎을 꿇고 다소곳이 앉아 자신을 올려다보고 있는 은결을 의아한 표정으로 응시했다. 붉은 리본은 또 언제 달았냐며 미간을 좁히는 그를 향해 은결은 씩 웃으며 말했다.

"오전에 했던 말, 기억해요?"

윤우는 고개를 갸웃거렸다.

"저를 드리겠다고 했잖아요, 윤우 씨에게."

그의 얼굴에 당혹감이 번졌다. 은결은 비 내리는 걸 멈출 기미가 보이지 않는 창밖을 흘긋거렸다. 이미 밖은 어둑해졌고, 시간은 흘렀다. 아직 밤은 오지 않았지만 밤이라고 생각하면 된다. 어쩌면 그녀 자신을 선물하기에 딱 적절한 시간. 떨리긴 했으나 후회하진 않는다.

은결은 결심을 다지며 그를 바라보았다.

"고은결 씨의 시간은 제가 충분히 잘 사용하고 있는 것 같습니다."

하고, 윤우가 분위기를 깨는 말을 불쑥 던졌지만 은결의 의지는 무너지지 않았다.

"그런 건전한 시간 말구요."

윤우는 눈을 반짝반짝 빛내는 은결의 입꼬리가 올라가는 것을 보고 흠칫거렸다. 은결은 주저하다 야릇하게 웃으며 말했다.

"저 말이에요, 윤우 씨. 씻고, 올까요?"

"……!"

15분 동안 대체 무엇을 한 건진 모르겠지만 은결을 거실에 방치했던 윤우의 얼굴이 파랗게 질려 갔다. 힘없이 고개를 아래로 떨구던 그는 생글생글 미소 짓는 그녀의 눈을 마주하기 위해 다시금 얼굴을 들었다. 그리고는 갑자기 자신의 커다란 손으로 이마를 만지작거리더니 하아, 하고 짙은 숨을 뱉어 냈다.

"고은결 씨."

"네, 윤우 씨."

그의 쇳소리가 섞인 음성이 은결의 귓가로 들려왔다. 콩닥콩닥 가슴이 요동쳤다. 윤우는 거칠게 머리를 긁적이며 중얼거렸다.

"자꾸 그 같은 자극적인 발언을 하면, 난 더 이상 신사로 있을 수가 없어요."

"어머. 누가 윤우 씨보고 신사로 있어 달라고 부탁하던가요?"

"예?"

은결은 놀란 나머지 튀어나올 정도로 눈을 크게 뜨는 윤우에게 눈웃음을 쳤다.

"지금의 제겐 신사는 필요 없는…… 어, 어디 가요?"

오늘의 윤우는 몹시 이상했다. 이번에도 은결이 말을 하던 도중 갑자기 현관으로 달려가는 게 아닌가.

싱긋 웃던 은결이 당황한 나머지 크게 외치자 윤우는 걸음을 멈췄다. 그리곤 뒤를 돌아보며,

"편의점에 다녀오겠습니다!"

라고 소리쳤다. 은결은 미간을 좁혔다.

"갑자기 거긴 왜?"

윤우는 영문을 모르겠다는 얼굴을 하는 그녀에게 진지한 표정을 지으며 대답했다.

"필요한 게 있을 것 같아서요."

그리고 쾅 현관문을 닫고 나가는 윤우의 흔적을 좇던 은결은 곧이어 스치는 생각에 풋 웃음을 터뜨렸다.

'아아, 그거.'

✂

'그러고 보니 오늘 백 일이라던데. 잘하고 있으려나, 그 녀석.'

권혁진에게 있어서 강윤우는 물가에 내놓은 자식과 같았다. 보고 있으면 위태로워서 자꾸만 챙겨 주다 보니 어느덧 여기까지 와 버렸다.

여자라곤 눈길도 주지 않던 녀석에게 애인이 생겼다는 게 왜 이렇게 기쁜 건지 스스로도 의아할 만큼 윤우가 대견스럽다면 과장인 건가. 처음인 만큼 실수도 많을 텐데, 잘하고 있는 건지 모르겠다.

무척 걱정스러워 혁진은 한숨을 푹 내쉬었다.

그래 봤자 남 일인데, 내 일이나 잘하자, 라 생각하며 다른 생각을 해 보려 했으나 이상하게 핸드폰에 시선이 갔다. 이러다가 윤우의 상황을 살핀다는 명목으로 전화를 걸어 버리는 게 아닐까? 혁진은 묘하게 뛰는 심장의 박동을 가라앉히려 애썼다.

―Rrrr. Rrrr.

그쯤이었을까?

그는 갑자기 들고 있던 핸드폰이 요란하게 움직이자 무척 놀랐다. 하마터면 핸드폰을 손에서 흘려 버릴 뻔했다.

가까스로 핸드폰을 움켜쥔 그는 액정 위의 '강윤우'라고 적힌 글자를 발견하곤 더 놀랐다. 텔레파시라도 통했나? 반가운 마음에 '어!' 하고 크게 외쳤다.

―하아, 하아.

혁진의 귀에 들려온 소리는 윤우의 심드렁한 음성이 아니었다. 그는 거친 남자의 숨소리에 미간을 좁혔다.

"강윤우?"

이상하다. 틀림없이 강윤우의 번호가 맞는데. 그는 가쁜 숨소리와 빵빵거리는 클랙슨 소리가 섞여 들려온다는 걸 인지했다.

"어이, 왕자!"

하고 다시 윤우를 불러보았지만,

—하아, 하아.

묘한 신음 소리는 멎지 않는다. 여자도 아니고, 남자가 흘리는 신음 소리라니. 괜히 기분이 나빠지려 했다. 어쩌면 윤우가 핸드폰을 잃어버렸을 수도 있었다. 웬 변태가 핸드폰을 주워버린 거겠지. 그는 투덜거리며 전화를 끊으려 했다.

—선…… 하아, 선배!

혁진이 막 '종료' 버튼을 누르려고 할 무렵, 숨만 헐떡이던 핸드폰 너머의 변태가 문장을 만들어 외쳤다. 혁진의 눈은 동그래졌다.

"강윤우?"

—저 좀, 도와줘야, 하아, 겠습니, 하아, 다.

이제야 윤우임을 확신할 수 있다. 조금 안도해하면서도 더욱 의문이 차오르는 걸 막을 수 없었다. 혁진은 헉헉 숨을 내쉬는 윤우에게 무엇을 하냐고 물었다. 그러자 그는 달리는 중이라고 대답했다.

"달려? 너 지금 밖이야?"

—후우, 네!

"이렇게 비가 쏟아지는데?"

그와 동시에 딸랑 종소리가 들리더니 윤우가 어디론가 들어서는 소리가 울려 퍼졌다. 혁진은 대체 뭐가 어떻게 돌아가는 건지 알 수 없었다. 지금 이 녀석, 백 일 기념 파티해야 하지 않나?

그는 제게 전화를 걸었음에도 불구하고 뭔가 바빠 보이는 윤우가 다음 말을 잇기를 기다렸다. 이윽고 숨을 고르던 윤우가 사뭇 진지한 음성을 뱉어 냈다.

―추천 좀 해주십시오, 선배.

혁진은 의문을 표했다.

"추천이라니?"

―괜찮은 브랜드를 아십니까?

"그러니까 무슨?"

―콘돔, 말입니다.

둔기로 머리를 맞는 것 같은 느낌이었다. 혁진은 꽤나 작은 소리임에도 불구하고 유독 크게 들려오는 윤우의 말에 한동안 대답하지 못했다.

―불행하게도, 이런 걸 물을 사람이 선배밖에 없습니다.

'어이어이, 불행하다니? 영광으로 알아야지!'

―한 번도 사용해 본 적이 없어서 성능 좋은 브랜드를 알지 못하는데, 선배는 많이 사용해 봤을 것 같군요.

'대체 나를 어떻게 보고 있는 거야? 뭐, 정확하긴 하지만.'

―후우. 이럴 줄 알았다면 예습이라도 하는 건데. 갑자기 이렇게 돼 버려서 뭐가 뭔지…….

한숨을 폭 내쉬며 걱정이 가득한 어조로 읊조리는 윤우의 말에 혁진은 정신을 차렸다.

'가, 강윤우가!'

천하의 그 강윤우가 진정 남자가 되려는 것인가!

왠지 눈물이 핑 돌았다. 물가에 내놓은 자식이 장가를 가는 심정이다. 혁진은 흐뭇하다 못해 눈앞에 있다면 윤우를 와락 안아 주었을 자신을 상상해 보았다.

그가 알고 있기로 윤우는 여자 한 번 안아 보지 못한 숙맥 중의 숙맥이다. 용케도 콘돔이 편의점에 팔고 있다는 걸 인지하고 있다는 게 자랑스럽게 느껴진다면 과장일까.

혁진이 장담컨대 윤우는 여태껏 야동도 본 적이 없었고 19금 영화엔 손도 대지 않았을 거다. 혼자 하는 방법은 뭐, 저도 남자인 이상 본능적으로 알고는 있겠지만 아무래도 여자의 몸 곳곳은 알지 못할 테지.

─이럴 줄 알았다면 이과로 갈 걸 그랬습니다.

하고, 고등학교 때의 일까지 후회하는 윤우를 보면 확신할 수 있다. 혁진은 왠지 짠해졌다.

"좋아, 강윤우! 내가 너를 위해 크게 쏜다!"

혁진은 윤우에게 도움이 될 만한 콘돔의 브랜드 명을 알려 준 후 흐흐, 웃음을 흘렸다.

─무슨 소립니까?

윤우가 묘한 혁진의 웃음소리에 의문을 표했지만 혁진은 개의치 않았다.

"도움이 될 거다, 이거. 주소 쏴 줄 테니까, 아무거나 골라잡아."

─예?

"눈앞에 있었다면 친절하게 설명해 줬을 것을. 시간이 없어 보이니 이 수밖에 없잖냐?"

─선배?

"힘내라, 강윤우! 파이팅이다!"

혁진은 손등으로 눈물을 훔치며 전화를 끊었다. 그리곤 서둘러 컴퓨터를 켰다. 즐겨찾기에 추가되어 있는 한 사이트를 발견한 그의 얼굴에 환한 미소가 번졌다.

그는 싱글벙글 웃으며 윤우에게 보내는 문자에 그 사이트의 주소를 첨부했다.

'부디, 무운을 빈다.'

전송 버튼을 누른 뒤, 두 주먹을 불끈 쥐는 혁진의 눈은 찬란하게 빛났다.

그리고 얼마 후, 혁진이 추천해 준 콘돔을 사고 편의점에서 나오는 윤우는 혁진이 보내온 문자를 열어 보았다.

'뭐야, 이게.'

[참고해라. 도움이 될 거다.]라는 문구와 함께 요상한 링크가 첨가되어 있었다. '도움'이라는 말에 혹해 그 링크를 클릭했던 윤우의 얼굴은 처참하게 일그러졌다.

[첫_경험인_그녀_와의_짜릿한_하룻밤.avi]

이라 적혀 있는 선정적인 제목의 동영상이 떡하니 올라와 있는 사이트는 비가 내리는 편의점 앞에서 보기엔 적절하지 못했다.

"이 빌어먹을 인간!"

이를 갈며 소리치던 윤우는 진짜 도움이라곤 되지 않는 사람이라며 혁진을 탓했다.

물론, 윤우의 손가락은 이미 재생 버튼을 눌러 버린 상태였다.

※

"고은결 씨!"

금방이라 생각했던 콘돔 구매의 여정은 그의 예상보다 길어졌다. 이 모든 것이 혁진이 보내온 문제의 사이트 때문이었다.

비바람이 부는 야외에서 결국 그 영상을 다 보고 들어온 윤우는 현관을 벌컥 열어젖히며 크게 외쳤다.

얼마나 심장이 팔딱이는지 모르겠다.

당연히 그 동영상 때문은 아니다.

그가 편의점에서 구매했던 콘돔이 담긴 검은 봉지 때문도 아니다.

원인은 바로 하나, 자신을 집에서 기다리고 있을 은결이 기다림에 지친 나머지 사라졌을지도 모른다는 불안감이 주요한 이유였다.

윤우는 제 부름에도 쥐 죽은 듯 조용한 주위를 둘러보며 인상을 썼다. 설마, 자신을 이렇게 들뜨게 만들고 사라진 건 아니겠지? 그는 쿵쿵 뛰는 가슴을 억지로 가라앉혔다. 얼른 신발을 벗어 집 안으로 들어온 그의 눈에 곧 누군가가 들어왔다.

위이잉. 헤어 드라이기로 기다란 머리카락을 말리고 있는 여자가 보인다. 윤우가 자주 입던 베이지색 샤워 가운을 입고 있는 여자의 뒷모습이었다. 심장이 터져 버릴 것 같았다. 눈앞이 새하얗게 물들었다.

갓 샤워를 한 건지, 은결에게선 샤워코롱의 향기가 풍겼다. 그가 사용하는 것과 같은 것이다. 혈관이 팽창했다. 심장이 터져 버릴 것만 같았다.

'예습은 무슨.'

방금 전 그가 보았던 장면이 놀라울 정도로 빠르게 흩어졌다. 그는 아무 생각도 할 수 없었다. 오로지 머리카락을 말리고 있는 은결만이 그의 머릿속에 가득 찰 뿐이다.

윤우는 뭔가에 홀린 듯 그녀에게로 다가갔다.

"괜찮아. 괜찮아. 정말…… 괜찮아."

……어?

조심스럽게, 은결의 뒤로 다가간 그는 헤어 드라이기의 시끄러운 소음과 섞여 묘한 조화를 이루는 그녀의 목소리를 들었다. 뒷모습만 바라봤을 때는 더할 나위 없이 여유로워 보이던 은결은 수시로 호흡을 가다듬으며 스스로를 향해 무어라 중얼거리고 있었다.

"연습, 했잖아. 충분히 했어. 그래, 괜찮아. 별거 아니야. 너도 할 수 있어."

그가 그녀의 뒤에 서 있다는 사실도 알아차리지 못하고 중얼거리는 은결은 넋을 놓은 듯했다. 위이잉. 아직 꺼지지 않은 헤어 드라이기에선 여전히 커다란 소리가 흘러나왔다.

긴장을 하는 걸까. 윤우는 후아, 후아 숨을 뱉어 내는 은결을 보며 빙긋 웃었다.

"고은결 씨."

"으악!"

깜짝 놀란 은결의 날카로운 비명 소리가 그의 귓가를 자극했다. 윤우는 하얗게 질린 얼굴로 뒤를 돌아보는 은결이 손에서 헤어 드라이기를 놓치기 전에 그것을 빼앗아 들었다. 드디어 위이잉거리던 소리가 멎었다.

갑자기 고요해진 주위에 그 누구도 입을 열지 못했다. 몇 초간의 침묵을 견딜 수 없었는지, 붉게 상기된 얼굴을 하고 있던 은결이 천천히 소리를 흘린다.

"언제부터…… 있었어요?"

부끄러움과 수줍음이 가득한 그녀의 물음에 무어라 대답해야 할까. 윤우는 잠시 고심했다. 그러다 어깨를 으쓱이는 걸로 대처했다.

은결은 한숨을 푹 내쉬며 중얼거렸다.

"나도 모르게 긴장이 돼서……."

나지막한 그녀의 목소리가 간지럽다. 윤우는 쿡쿡 웃었다. 뭘 그렇게 웃어요. 은결이 빨갛게 변한 얼굴을 그에게 고정시키며 입술을 삐죽거렸다. 윤우는 아무 말도 하지 못했다. 눈앞의 여자가 사랑스러워서 어쩔 줄 모를 정도였으니까.

"참! '그건' ……사 왔어요?"

현재 은결은 머리를 말리느라 의자에 앉아 있는 상태였다. 그녀를 위에서 내려다보던 윤우는 은결을 응시하다 아찔한 굴곡을 그리는 뭔가를 발견했다.

그의 귓불이 붉어졌다는 걸 자각한 은결은 어리둥절해하다가 무언가 생각났다는 듯 물었다. 그녀의 말이 무엇을 의미하는지 잘 알고 있었던 그는 고개를 끄덕였다.

"……예."

호기심이 가득한 표정을 지으며 그녀가 다시 물음을 던진다.

"좋은 거예요?"

그는 일말의 망설임도 없이 대답했다.

"아마도."

권 선배가 추천한 거니까, 확신한다.

그는 말을 덧붙이려 했지만 참았다. 그리곤 후후 웃는 은결이 자리에서 일어나는 걸 넋을 놓고 쳐다봤다.

"또 반한 거예요?"

어느덧 그의 코앞까지 다가온 은결이 장난 섞인 음성을 뱉어 낸다. 방금 전까진 수줍은 소녀 같았던 그녀는 어느새 그를 유혹하는 여인의 얼굴을 하고 있었다.

그녀는 신기했다. 이렇게 수시로 그를 놀라게 만드니까. 윤우는 사랑스러운 그녀의 질문에 쉬이 대답하지 못했다.

은결은 비를 뚫고 달려오느라 젖어 버린 그의 머리카락을 발견하곤 헤어 드라이기로 윤우의 머리를 말려 주었다.

"다 젖었네……. 우산은 왜 안 쓴 거예요? 들고 나가지 않았어요?"

들고 나간 건 사실이었지만 쓰지 않았다. 아니, 못했다. 쓸 수 없었다. 조금이라도 빨리 그것을 사서 집으로 돌아와야 했으니까. 당연히 온몸이 비에 젖은 상태다.

윤우는 쓰게 웃었다. 은결은 덩달아 미소 지으며 속삭였다.

"샤워는 안 해도 되겠네요. 이미 밖에서 하고 왔으니까. 그렇죠?"

그녀의 눈꼬리가 휘어졌다. 남들 눈엔 사납게 보인다는 그 눈매가 왜 이렇게 예뻐 보이는지. 이 여자가 이렇게 아름답다는 건 그만 알고 있었으면 좋겠다고 윤우는 생각했다.

그녀가, 은결이 존재해서 그의 주변이 환해진다. 가슴이 미친 듯이 뛰고, 혈관을 흐르는 피가 들끓는다. 윤우는 넘치는 혈기를 견디지 못하고 그녀를 향해 손을 뻗었다.

"어머!"

돌연 자신을 번쩍 안아 드는 윤우로 인해 은결이 야릇한 숨을 흘렸다.

"윤우 씨?"

그는 요동치는 시선을 어딘가에 꽂은 채 성큼성큼 걸음을 움직였다. 은결이 그를 불렀지만 답하진 않았다. 이윽고 윤우가 도착한 곳은 그가 사용하는 킹사이즈의 침대.

놀라 눈을 동그랗게 뜨는 은결을 살포시 침대 위에 내려놓은 그는 머릿속으로 무언가를 떠올려 보았다. 그리곤 진지한 얼굴을 하고 웃고 있는 은결에게 말했다.

"고은결 씨, 고백할 게 있습니다."

은결은 뜬금없는 그의 말에 '고백?' 하고 의아한 목소리로 중얼거렸다. 윤우는 크게 심호흡을 한 뒤 말했다.

"밤일은…… 처음입니다."

그녀의 맑은 눈동자가 흔들렸다. 그는 말을 이었다.

"실수를 하더라도……."

"이해할게요. 사실 저도……."

'처음이니까요.' 라고.

나지막하게 속삭이는 은결의 달콤한 음성이 그의 머릿속을 가득 울렸다.

꿀꺽.

말라 버린 목구멍 사이로 침이 넘어갔다. 두근두근거리는 박동 소리가 고요한 침실 안으로 퍼져 나갔다.

후우, 이상하게 호흡을 내쉬기가 쉽지 않아 가쁜 숨을 뱉어 낸 은결은 스윽 고개를 들어 눈앞의 남자를 응시했다. 저와 다를 바 없이 긴장한 듯 입술을 꾹 닫고 있는 윤우는 미간을 좁힌 채 은결과 침대 위에 무릎을 꿇고 있는 중이다.

'어쩌지⋯⋯.'

저 역시 처음이라는 말을 그의 귓가에 속삭일 때까진 당장이라도 일이 벌어질 것만 같았다. 윤우가 불타는 눈빛으로 은결을 응시했기 때문이다. 그러나 그녀의 앞에 마주 보고 무릎을 꿇은 윤우는 은결의 말이 끝난 이후 2분이 되도록 꿈쩍도 하지 않고 있었다. 은결은 도통 움직일 생각을 않는 윤우를 향해 견디다 못해 말을 흘렸다.

"저기, 윤우 씨."

"네?"

윤우가 갑자기 말을 뱉어 낸 은결을 보고 화들짝 놀랐다. 은결은 어색한 미소를 지었다.

"시작…… 안 하세요?"

은근한 기대가 담긴 그녀의 물음에 몸을 움찔거리는 윤우는 확실히 연애 초보다. 아니, 밤일 초보다. 은결은 '아.' 하고 탄식을 뱉어 낸 그가 후우, 후우 호흡을 가다듬는 모습을 지켜보았다. 곧 그가 쓰게 웃으며 중얼거렸다.

"그러니까, 어떻게…… 시작해야 할지 고민하고 있습니다."

저돌적으로 침대에 은결을 앉힌 건 순탄한 시작이었다. 샤워를 하고 오겠다는 그에게 괜찮다고 속삭인 은결의 말에 따라 얼떨결에 그녀의 앞에 앉기는 했는데 그 이후로 머릿속이 새하얗게 변해 버린 모양이다.

은결은 미간을 좁히는 남자의 기죽은 음성에 웃음이 터져 나오는 걸 느꼈다.

그가 처음인 것처럼 은결도 이런 일은 처음이다. 긴장이 되고 숨이 막히는 건 당연하다. 그러나 윤우가 함께이니 두렵지는 않았다. 잘못하면 다시 제대로 된 방향으로 돌아가면 된다. 이렇게 가만히 앉아 있다간 아무 일도 일어나지 않을 것이다.

'좋아.'

심각하게 고뇌하는 윤우를 물끄러미 직시하던 은결은 굳게 마음을 먹었다. 시작이 힘들지 봇물이 터지면 그가 자신보다 훨씬 능숙하게 움직일 것이다. 키스를 가르쳐 줄 때도 그랬으니 밤일이라고 다르진 않을 터. 은결은 구겨진 그의 얼굴을 향해 손을 뻗었다.

윤우는 따뜻한 그녀의 작은 손이 그의 뺨에 닿자 흠칫 놀라 은결을 응시했다. 은결은 부드러운 입술로 말했다.

"그럼, 키스부터 해 볼까요?"

"예?"

하고 윤우가 눈을 동그랗게 뜨자마자 은결은 그의 붉은 입술 위로 제 입술을 덮었다. 밀려오는 은결의 혀에 당황한 그가 흡, 신음을 뱉어 냈지만 그의 입안에 웅크리고 있던 혀는 반갑게 그녀의 것을 맞이했다. 자신이 먼저 시작하기는 했으나 곧 능숙하게 그녀의 허리를 감싸는 윤우를 보고 은결은 속으로 키득거렸다.

'거봐, 잘하면서.'

날이 갈수록 키스 하나만큼은 수준급의 궤도에 오른 윤우는 어느새 은결을 집어 삼킬 듯 빨아 당기고 있었다. 은결은 제 혀를 옭아맨 채 그녀의 모든 것을 휘저어 버리는 윤우에 이끌려 인상을 썼다. 으응, 얕은 숨이 벌어진 입술 밖으로 흘러 나갔다.

그녀는 슬쩍 눈꺼풀을 들어 올려 윤우를 응시했다. 키스 한 번에 긴장을 잊은 남자는 왠지 자신감 넘치는 표정을 지으며 그녀를 서서히 침대 위로 눕히려 들고 있었다. 은결은 입 안에서 서로의 타액이 섞이는 것을 느끼며 윤우가 선사하는 짙은 키스에 빨려 들어갔다.

"하아."

치열을 핥고, 혀를 감싸고, 입술을 뜯던 윤우가 떨어져 나간 것은 그녀의 눈앞이 아찔함으로 물들 때였다. 그는 키스로 인해 몽롱한 표정을 짓고 있는 은결을 내려다보며 옅은 미소를 지었다. 반칙이야.

은결은 웃고 있는 그의 눈부신 얼굴에 가슴이 쿵덕거리자 미간을 좁혔다. 윤우는 잠시 머뭇거리다 중얼거렸다.

"그럼, 벗겨 보겠습니다."

그런 말은 일일이 하지 않아도 된……!

처음, 키스를 할 때처럼 윤우는 진지한 눈으로 그녀를 내려다보았다. 속으로 있는 힘껏 외치던 은결은 윤우의 차갑고 커다란 손이 그녀의 알몸을 가리고 있던 베이지색 목욕 가운의 매듭에 닿자 소스라치게 놀랐다.

윤우는 떨리는 시선으로 저를 쳐다보는 은결에게 말했다.

"그렇게 놀라도 멈추진 않을 거예요."

방금 전까지는 세상에 둘도 없는 숙맥처럼 굴던 남자가 입꼬리를 올리자 왠지 모를 배신감마저 들었다. 순진한 척할 때는 언제고, 흔들리는 그녀의 눈빛을 외면하는 그는 눈앞에 먹잇감을 두고 있는 짐승, 그 자체다. 은결은 입술을 씰룩였다.

"멈추라고 한 적은 없……!"

한결 여유로워진 그처럼 저 또한 그렇다는 걸 표현하려던 은결의 말은 슉, 매듭을 풀어 버리는 그로 인해 멎었다. 은결을 비롯한 윤우가 흡, 숨을 들이마신 건 동시에 일어난 일이다.

은결은 긴 줄을 잡아당긴 그의 손짓으로 인해 살짝 드러난 제 속살을 발견하곤 당황했다. 눈을 굴려 보니 윤우 역시 얼핏 보이는 그녀의 가슴골에 말문이 막힌 듯했다.

두근두근, 제 것인지 아니면 그의 것인지. 누구의 것인지 구분이 가지 않는 심장의 박동 소리가 서로의 귓가로 들려왔다. 은결은 아마도 그의 심장이 조금 더 빠르게 움직일 거라고 확신했다. 왜냐면 여전히 줄을 잡고 있는 윤우의 손끝이 떨리고 있었으니까.

은결은 입술을 잘근 깨물고 있는 윤우를 향해 미소 지었다.

"윤우 씨가 마저 벗겨 줘요."

"……!"

"해 줄 수, 있죠?"

그리고 양팔을 뻗자 윤우의 미간이 좁아졌다. 그의 검은 눈엔 여러 가지 감정이 떠올랐다. 은결은 그의 눈에 비친 제 모습이 더할 나위 없이 유혹적이라는 걸 자각했다. 남들에게 꽤 예쁜 편이라는 소리를 듣는 자신의 몸매가 다행스럽다고 그녀는 생각했다.

욕망에 백기를 든 윤우는 결심한 듯 팔을 벌리는 은결의 어깨에 손을 가져다 댔다.

스윽.

그의 기다란 손가락이 은결의 상체를 덮고 있던 목욕 가운을 벗겼다. 하얗고 뽀얀 은결의 어깨가 드러났다. 은결은 그의 눈빛이 한층 더 깊어진 것을 발견했다. 어떻게 해서든 은결의 뜻대로 해 주겠다는 듯 움직이고 있는 남자의 결연한 의지가 빛을 발하고 있었다. 웃음이 나오기도 하고 부끄럽기도 해서 은결은 그가 하는 행동을 마냥 지켜봤다.

그가 최후의 보루로 남겨 둔 속옷을 제외한 은결의 겉옷을 모두 벗긴 데는 정확히 1분이 걸렸다. 느린 속도지만 서서히 벗기는 그의 행동이 무척이나 조심스러워 그녀는 가슴이 떨렸다. 그가 얼마나 조심스러운지 단적으로 보여 주는 예였다.

며칠 전, 은결은 팬시점에서 붉은 리본을 산 후 속옷 가게에도 들렀다. 그에게 제 모든 것을 주고 싶었던 기념적인 하루였기에 오늘을 위해 일명 '승부 속옷'도 샀는데, 만족스러운 건지 모르겠다. 섹시한 핫핑크색 브래지어엔 그녀의 가슴이 꽉 차 있었다. 좋은 몸매를 지녔다는 사실에 한 번 더 감사하며 그녀는 빙긋 웃으며 윤우를 올려다봤다.

"어때요?"

일렁이는 그의 검은 눈동자 속의 자신이 어떻게 보일지 궁금해졌다. 은결이 눈꼬리를 휘며 묻자 윤우는 하아, 숨을 흘렸다. 그리고는 미간을 좁혔다.

잘생긴 얼굴을 자꾸 구기면 안 되는데. 은결은 속에 든 말을 뱉어 내고 싶었지만 이어지는 그의 답변에 꿀 먹은 벙어리가 되고 말았다.

"아름답군요."

"정말?"

"네. 무척…… 아름답습니다."

거칠게 호흡을 뱉어 내며 중얼거리던 윤우는 입술을 꾹 누르며 그녀의 목덜미에 입을 맞췄다. 흐응. 은결은 목 부근에서 느껴지는 따뜻한 온기로 인해 간드러진 신음을 흘렸다. 그의 혀가 닿자 온몸이 부르르 떨렸다. 이런 건 어디서 배워 가지고.

그녀는 제 목에 키스 마크를 새기다 귓불로 혀를 가져다 대는 윤우의 등에 손을 가져다 댔다.

"하아……!"

보드랍고 말랑한 윤우의 뜨거운 혀가 은결의 귓가를 간질였다. 은결은 얕게 숨을 뱉어 내며 미간을 좁혔다. 그의 혀가 이동하면서 들려오는 할짝거리는 소리에 은결은 목구멍이 막혔다. 점점 어지러워진다. 이쯤에서 그만두자고 하면, 그가 싫어할 테지?

은결은 한참 동안 귓불을 핥다 이젠 그녀의 쇄골 근처로 내려온 윤우의 머리카락이 제 몸에 닿자 눈꺼풀을 파르르 떨었다.

"아."

불길이 닿는 것 같은 그의 입김이 지나간 길엔 낙인이 새겨진 것 같았다. 강윤우라는 남자가 은결에게 새긴 흔적이 싫지 않아 웃고 있던 그녀는 자신의 등 뒤로 손을 집어넣는 그를 내버려 두었다. 아마도 브래지어를 벗기려는 심산이겠지. 하지만 곧 은결의 가슴골에 얼굴을 파묻고 분주하던 그가 쉽게 풀리지 않는 브래지어 끈에 당황하며 쳐다보았다.

"잘, 안 되네요."

덜덜. 그의 손끝이 떨리는 것 같다. 능숙하다 여겼건만 제 의지대로 되지 않는 브래지어 풀기에 실패한 윤우의 얼굴에 낭패감이 감도는 게 보였다. 은결은 쿡쿡 웃으며 잠깐만 기다리라는 눈짓을 보낸 다음 살짝 몸을 들어 후크를 끌렀다.

그녀가 직접 브래지어를 벗어 던지자 은결이 자랑하는 풍만한 가슴이 그에게 모습을 드러냈다. 윤우의 얼굴이 붉게 물드는 게 보였다. 은결은 다시 그의 밑에 누운 채 자신의 남자를 빤히 올려다보았다.

"왜 그래요?"

"……."

"윤우 씨?"

그의 목이 홍시처럼 새빨개졌다는 걸 확인했으면서도 저를 그저 바라보고 있는 남자를 견디다 못한 은결이 이름을 부르자 윤우는 겨우 정신을 차렸다. 그는 의아해하는 은결의 봉긋한 가슴을 내려다보며 중얼거렸다.

"몰랐는데…… 고은결 씨는…… 글래머군요."

은결은 풋 웃음이 나오려는 것을 겨우 참았다. 하도 심각한 얼굴을 하고 있기에 혹시 생각보다 제 가슴이 작다고 느끼는 게 아닐까 여겼건만.

"그거 정말 듣기 좋은 소리네요."

"그렇습니까?"

"그래서, 그냥 보고만 있을 거예요?"

아뇨. 윤우는 은결의 짓궂은 물음에 휘휘 고개를 젓더니 바로 두 개의 언덕을 향해 입술을 가져다 댔다.

"으훗!"

그의 말캉한 것이 그간의 자극으로 인해 오똑 솟아 있는 돌기에 닿자 은결이 낯 뜨거운 신음을 내뱉었다. 윤우가 순간 멈칫했지만 결코 혀의 놀림을 그만두지는 않았다.

"하으으!"

은결은 입을 크게 벌려 자신의 과실을 가득 담는 윤우의 행동에 전율을 느꼈다. 세상에. 이 느낌은 대체 뭐야! 이토록 짜릿한 감정은 생전 처음이었던지라 적응이 되지 않았다. 은결은 강하게 그녀의 과실을 빨아 당기는 그의 머리를 감싸 쥐며 입술을 세게 악물었다. 자신의 입에서 나오는 소리가 맞나 의심이 될 만큼, 야릇한 신음소리가 흘러나왔다. 등 뒤로 식은땀이 줄줄 흘러내렸다.

"흐으읏! 으응……."

유륜 근처로 원을 그리며 은결의 언덕을 배회하던 윤우가 다른 쪽으로 움직이자 숨이 차오른다. 은결은 자신의 목소리가 꽤나 높은 톤이라는 것을 인지했다. 그녀는 그의 커다란 손이 자신의 가슴을 움켜쥐자 몸이 배배 꼬이는 걸 느꼈다.

아아, 미치겠어. 얼굴이 화끈거리기도 하고, 야릇한 마음이 들기도 하고, 숨이 가빠오기도 하고, 머릿속이 하얗게 변해서 참을 수가 없다. 그녀는 점점 더 깊은 쾌락 속으로 빠져 들어가는 자신을 막을 수가 없었다.

적지 않은 시간 동안 윤우는 은결의 가슴 근처에 맴돌았다. 그가 새기는 붉은 낙인이 곳곳에 찍혔다. 그의 행동 하나하나가 그녀가 제 것이라는 걸 표현하는 것 같아 미소가 지어졌다. 그렇게 윤우의 혀 놀림에 정신이 마비되려 할 때, 천천히 아래로 내려온 그가 배꼽에 다다랐다.

"픗!"

은결은 파인 배꼽 안으로 혀를 밀어 넣는 윤우를 느끼자마자 참고 있던 웃음을 뱉어 냈다. 그녀의 웃음소리에 놀란 윤우가 고개를 들어 저를 바라보는 게 보였다. 은결은 눈을 가늘게 뜨며 고개를 저었다.

"흐으, 그, 그게 아니라…… 너무…… 간지러워서."

"간지럽습니까?"

네. 매우.

"하지만, 훗, 참아 볼게요!"

여기까지 왔는데 그만둘 수는 없지. 은결은 눈을 크게 뜨는 그에게 강경한 자신의 의지를 피력했다. 그러자 윤우가 피식 미소 짓더니 긍정적인 신호를 보냈다. 그녀는 그의 보드라운 머리카락이 자신의 배에 닿자 눈을 꾹 감았다.

'그깟 간지러움 따위! 참을 거야!'

배에 힘을 주어서라도 윤우를 막지 않겠다고 속으로 다짐한 은결은 주먹까지 움켜쥐며 윤우의 혀가 배꼽 주위를 움직이는 것을 인내

했다.

"푸흐……!"

그러나 웃음을 참기는 쉽지 않았다. 귓불이나 목덜미, 가슴을 핥을 때도 느끼기만 할 뿐 아무렇지 않았는데 왜 이렇게 간지러운 건지. 은결은 눈물이 새어 나올 것 같아 어금니를 악물었다. '힘들면 그만두겠습니다.' 하고 윤우가 마음에도 없는 소리를 뱉어 내는 게 들려왔지만 은결은 얼른 '괜찮아요!'라고 대답했다. 덕분에 그는 타들어 갈 듯한 혀를 다시금 그녀의 배꼽 속으로 집어넣었다.

"풋…… 푸흐흐, 흐…… 흐읏!"

은결의 웃음은 놀랍게도 점점 신음으로 번져 갔다. 일정 시간이 지나자 그가 애무하는 곳이 더 이상 간지럽게 느껴지지 않았기 때문이다. 손가락으로 그의 혀가 지나가고 있는 곳을 긁어 버리고 싶다는 마음은 사라졌다. 대신, 온몸이 부들부들 떨릴 만큼의 전기가 흐르는 것만 같다.

은결은 하아, 가쁜 숨을 흘리며 감고 있던 눈꺼풀을 올렸다. 흐릿해진 눈으로 아래를 내려다보자 조심스럽게, 긴장을 늦추지 않고, 그녀의 다리 사이로 얼굴을 파묻는 그가 보였다. 그리고 브래지어를 벗길 때보단 편하게 그녀의 핫핑크 팬티를 내리는 게 보인다.

'조금 는 건가?'

역시 대단한 남자다. 초반엔 서툴기만 했던 손길이 시간이 흐르면 흐를수록 능숙해진다. 가르치는 재미가 있기는 하지만 때론 두렵기도 했다. 그가 앞으로 나아가는 속도에 맞출 수 없을까 봐.

'그래도……'

옆에서 걷고 싶어. 배움이 부족하면 연습하면 되는 거다. 노력하면 되지 않는 일은 없다. 뭐든 능숙한 사람은 없을 테니 그녀보다 그가 앞서가기 시작한다면 은결도 힘을 내면 될 거다.

은결은 그의 옆에 당당히 선 자신을 속으로 그려보았다. 그 순간,

"흡!"

다리 사이에서 느껴지는 감촉에 화들짝 놀라 큰 소리를 뱉어 냈다. 오늘 그녀가 흘린 신음 중 가장 컸기에 놀란 윤우가 고개를 들어 은결을 직시했다. 은결은 자신이 뜰 수 있는 만큼 눈을 뜨며 그에게 말했다.

"지금, 뭐…… 하시는 거예요?"

은결이 놀란 이유는, 그녀를 실오라기 하나 못 걸치게 모두 벗겨 버리니 그가 제 허벅지 깊숙이 붉은 낙인을 새기던 도중 행해 버린 일 때문이었다. 검은 숲으로 뒤덮여 있는 그녀의 은밀한 곳에 입술을 맞추는 윤우를 보고 은결은 입술을 부르르 떨며 미간을 좁혔다. 윤우는 그녀 못지않게 의아한 표정을 지으며 대답했다.

"이렇게 하는 게, 아닙니까? 보통 이렇게 하면…… 좋아하던데."

뭐?

"누가요!"

나지막한 중얼거림이었지만 똑똑히 그녀의 귓가로 들려왔다. 은결은 그의 말을 캐치하곤 버럭 외쳤다. 돌변한 은결의 태도에 윤우가 쉽게 말을 잇지 못했다. 은결은 인상까지 쓰며 그를 재촉했다.

"대체 '누가' 좋아하던가요, 강윤우 씨!"

"음."

밤일은 처음이라고, 하지 않았던가! 그럼에도 불구하고 그녀의 은밀한 곳을 파고들려던 윤우가 마치 뭔가를 떠올리며 중얼거리자 은결

의 의심은 짙어졌다.

"강윤우 씨! 뭐라고 대답…… 훗!"

그의 답을 들어야겠다는 얼굴을 하고 은결이 미간을 좁혔지만 그녀는 윤우의 목소리를 들을 수가 없었다. 대답 대신 다시 얼굴을 파묻기로 결정한 그가 은결의 여성을 향해 입술을 가져다 댔던 까닭이다.

은결은 보들보들한 그의 혀가 제 깊숙한 곳에 닿자 숨을 크게 들이마셨다.

'바, 반칙이야.'

아마도 윤우의 고차원적인 해답임이 분명했다. 그녀가 말을 잇지 못하도록 여성을 애무하면 은결이 더 이상 묻지 않을 것이라 여긴 거겠지. 그리고 윤우의 해결책은, 적중했다. 은결은 촉촉이 젖은 여성 근처를 핥는 그로 인해 머릿속이 하얗게 비어 가는 것을 느꼈다.

아무 생각도, 할 수 없었다. 오로지 그가 선사하는 쾌락과 환희에 잠식되어 갔다. 부드럽게 여성을 혀로 쓰는 윤우의 행동은 자극적이다. 그리고 그는 더욱 더 깊게 그녀의 안을 휘저었다.

"흐읏!"

제가 흘리는 야한 숨결과, 윤우의 거친 호흡, 그리고 두 사람의 몸이 접촉하면서 발생하는 뜨거운 열기가 그의 침실 안을 채웠다. 은결은 주저하다 자신의 기다란 손가락을 촉촉이 물든 여성 안으로 밀어 넣는 윤우로 인해 미간을 좁혔다.

"아……픕니까?"

아파요! 아프죠! 당연히 아프단 말이에요!

그 누구에게도 허락한 적이 없었던 입구는 몹시 비좁았다. 윤우가 자극을 해서 살짝 벌어지긴 했으나 여전히 손가락 하나를 겨우 밀어 넣을 정도다. 그의 기다란 손가락이 여성에 반쯤 들어가자마자 신음이 아닌 비명을 흘리려다 만 은결을 올려다보며 윤우는 조심스레 물었다. 은결은 눈물이 찔끔 새어 나오는 것을 참으며 대답했다.

"견딜 수, 있어요."

그와 하나가 되기 위해서라면 이 정도는 인내해야지. 그러려고 오늘을 기다리고, 자신을 선물한 것이 아니었던가? 은결은 하아, 하아, 숨을 뱉어 내며 그를 쳐다보았다. 미안해요, 하고 작게 중얼거리는 윤우의 음성이 들려왔지만 은결은 고개를 도리도리 저었다.

"괜……찮아요. 윤우 씨를 사랑하니까, 참아 낼 거예요."

그는 떨리는 시선으로 은결을 올려다본다. 은결은 환하게 웃었다. 그러자 알겠다며 대답한 윤우가 이번에는 손가락 두 개를 집어넣었다.

"으읍!"

한 개는 그나마 견딜 만했는데 두 개는 쉽지 않다. 은결은 그의 손가락이 검은 숲을 지나 더욱 깊숙이 들어올 때마다 눈을 제대로 뜨지 못했다. 이질적인 감각이 허리 밑에서 이어지고 있었다. 입술이 바짝 말라 갔다. 목구멍 아래로 침이 더 이상 흐르지 않는다. 그러나 그가 반동을 주면 줄수록 온몸이 달아오르는 것 같기는 하다.

은결은 거칠어진 소리를 흘리며 입술을 꽉 깨물었다.

"된 것 같은데……."

그 후로 더 오랫동안 은결의 입구를 벌리기 위해 노력하던 윤우는 작게 중얼거렸다. 정신의 끈을 놓아 버리기 직전이었기에 은결은 윤우의 말을 제대로 듣지 못했다. 그녀가 희미해진 초점을 바로잡고 그

를 똑바로 응시했을 땐,

"헉!"

그가 자신이 입고 있던 옷을 한 올, 한 올 벗겨 내고 있었다.

"유, 윤우 씨?"

은결은 갑자기 셔츠를 벗어 던진 그가 바지를 내리고, 팬티마저 벗으려 들자 얼른 그를 불렀다. 막 골반에 손을 가져다 대던 윤우는 흠칫 놀라 은결을 쳐다봤다. 은결은 흔들리는 눈을 하고 그에게 물었다.

"이번엔…… 뭘 하려는 거예요?"

윤우는 당황한 그녀의 음성에 덩달아 놀랐지만 이윽고 태연한 얼굴을 하고 답했다.

"저도 벗으려고 합니다."

"아!"

"고은결 씨가 벗겨 주려고 그럽니까?"

은결은 얼른 손을 저으려다 말았다.

"네."

"……예?"

"제가 벗겨 드릴게요."

장난을 섞은 멘트였는지 긍정하는 은결을 보고 윤우가 움찔거렸다. 은결은 얼른 허리에 반동을 주며 몸을 일으켰다. 그리고는 반쯤 내려온 그의 팬티를 향해 서슴없이 손을 뻗었다.

"제가 벗겨 드릴게요."

"고, 고은결 씨!"

"괜찮아요. 저도 도움이 되고 싶……!"

창백하게 질린 얼굴의 윤우가 그녀를 저지하려 했으나 은결은 이미 그의 팬티를 붙잡은 뒤였다. 여태껏 자신을 행복하게 만들어 줬으니 그 역시 즐겁게 해 줄 거라 자신한 은결은 머뭇거림 없이 휙, 그의 팬티를 내리다 딱딱하게 굳어 버렸다.

뭐라고 말을 해야 할까. 그냥, 사고회로가 굳어 버렸다는 표현이 적절할 거다. 은결은 제 앞에 모습을 드러낸 윤우의 묵직한 남성의 자태에 입을 벌린 채 움직이지 못했다.

"고은결 씨?"

윤우는 석고상이 된 은결을 부드럽게 불렀지만 은결은 윤우의 팬티를 완벽하게 벗기지 못하고 그의 남성만을 쳐다보고 있을 뿐이었다. 숨이 쉬어지질 않는다. 은결은 '고은결 씨!' 하고 저를 한 번 더 부르는 윤우를 향해 소리쳤다.

"못 해요."

"예?"

"무리야. 손가락 두 개도 힘들었는데, 저건, 무리예요."

"고은결 씨!"

"안 해. 그냥 안 할래요."

은결은 뒤로 벌러덩 누웠다. 폭신한 침대의 촉감이 느껴졌다. 그의 위용스러운 남성은 도저히 자신의 좁은 여성이 감당하기 힘들어 보였다. 아무리 미리 대비를 했던 그녀였지만 한 번에 저걸 받아들이는 건 무리가 있었다.

그래. 무조건 무리라고, 저건. 은결은 고개를 저으며 몸을 웅크렸다. 하아, 한숨을 내쉰 윤우가 제 손으로 팬티를 벗어 버리곤 그녀에게 다가오는 게 느껴졌다. 은결은 긴장했다.

"정말…… 안 할 겁니까?"

"네!"

두 번 생각할 필요도 없다. 무척 아플 것이다. 어쩌면 찢어질 수도 있겠지. 아무리 그를 사랑하지만 아픈 건 사양이다. 사랑해서 아프고 싶다는 말은 다 헛소리라고. 은결은 자신을 선물하겠다고 외쳤던 제 말을 후회했다. 이럴 줄 알았으면 혼자 연습이라도 단단히 한 후에 달려들 것을. 그녀는 자신이 성급했던 것을 인정했다.

크고, 단단하게 솟아 있는 그의 남성은 그녀가 그 옛날 친구들과 함께 몰래 보았던 야동에서의 남자들의 것과는 차원이 달랐다. 그에게 자신을 선물하기로 결심한 후, 오랜만에 보았던 19금 영화에서의 것과도 많은 차이가 있었다. 일단, 크기부터가 문제였다.

남들은 비교도 되지 않는 머리, 얼굴, 재력도 충분히 부담스러운데 제 몸에 들어올 수 있을지 의문이 드는 그것까지 완벽한 남자는 눈에 띄게 실망한 얼굴을 하고 침대에서 몸을 일으켰다. 은결은 씁쓸한 눈빛을 띠며 고개를 푹 숙이다 갑자기 얼굴을 들어 올리는 그를 보며 놀랐다.

'뭐하는 거지?'

은결은 돌연 말을 뱉어 내는 윤우를 보고 눈을 크게 떴다. 그녀를 직시하는 그의 눈동자엔 아쉬움이 담겨 있어서 양심의 가책이 느껴지기도 했다. 은결은 저도 모르게 미간을 좁혔다. 그사이 윤우는 말했다.

"잠깐 화장실 좀 다녀오겠습니다."

"……!"

그녀로 인해 달아오를 대로 달아오른 상태였기에 쉽게 누그러들지는 않을 것이다. 은결은 말을 뱉어 낸 후 자신을 바라보지도 않고 침실을 벗어나려는 그의 축 늘어진 등을 보며 갈등했다.

순간적으로, 수많은 생각이 은결의 머리를 휘저었다.

'내가 저걸 감당할 수 있을까? 아플 텐데. 감당 못 해. 엄청 아파. 확신해. 하지만……'

"이봐요, 강윤우 씨!"

그녀의 남자가 실망하는 것은 보기 힘들다. 은결은 그를 외면하지 못했다. 아니, 외면할 수 없었다. 저렇게 사랑스러운 남자를 어떻게 혼자 화장실로 보내는가. 먼저 자극한 건 자신이니 마지막까지 책임은 져야지!

은결은 자신의 이름을 부르는 소리에 뒤를 돌아보는 윤우에게 외쳤다.

"이리 와요."

"네?"

앞으로 걸어가던 윤우가 뒤를 돌아본다. 은결은 합장을 하며 크게 외쳤다.

"제가 잘못했어요. 유혹은 제가 먼저 했으면서 당신을 곤란하게 만들 수는 없죠!"

"……!"

"이왕 이렇게 된 거, 끝까지 가 보죠, 뭐. 설마 죽기야 하겠어요?"

호기롭게 외치기는 했지만 여전히 떨리는 건 마찬가지다. 그래. 감당은 안 되겠지만 죽지는 않을 거야, 라며 끊임없이 중얼거리던 은결은 그가 제 말에 환하게 웃으며 자신을 바라보는 눈빛에 사르르 녹았다. 아아, 귀여운 남자 같으니.

은결은 성큼성큼 제게 다가오는 그를 향해 두 팔을 벌렸다. 윤우는 맑은 눈을 빛내며 물었다.

"괜찮겠습니까?"

이런 상황에서도 제 동의를 구하다니. 정말로 예의 바른 사람이 아닐 수 없다. 그래서 더, 사랑스러운 거겠지. 은결은 힘차게 고개를 끄덕였다.

"네!"

"정말요?"

"자신은 없지만, 어차피 언젠가는 받아들여야 하는 거잖아요. 그럼 지금, 도전해 볼래요!"

은결은 의지를 빛냈다. 윤우는 그녀를 흐뭇하게 내려다보았다. 살짝 올라가는 입꼬리와 예쁘게 휘어지는 그의 눈꼬리가 왠지 모르게 지금과 같은 상황을 의도했다는 느낌을 주기도 했지만 은결은 크게 신경 쓰지 않았다. 중요한 건 할 거라는 의지니까! 그녀는 주먹을 불끈 쥐며 주위를 두리번거렸다.

"콘돔은?"

"여기요."

확실히 윤우는 준비성이 철저하다. 그는 침대 밑의 바닥에 놓여 있던 콘돔 박스를 은결에게 내밀었다. 은결은 왠지 들떠 보이는 그를 보며 쿡쿡 웃었다. 그렇게도 좋을까? 하긴 저 역시 그와 하나가 될 생각을 하니, 걱정이 되기도 하지만 기대가 된다.

은결은 부스럭거리며 콘돔 박스에서 말랑한 그것을 꺼냈다.

'이게 씌어지나?'

아주 작은 콘돔이 그의 남성을 뒤덮을 수 있을지 의문이 들었다.

그러나 그러한 의문은 곧 사라졌다. 크게 숨을 뱉어 낸 윤우의 솟은 남성 위로 그녀가 손가락을 가져다 댔기 때문이다. 다행히 콘돔은 윤우의 불끈거리는 남성을 뒤덮었다. 은결은 얼른 그녀의 안으로 들어오고 싶다며 아우성치는 그의 세 번째 다리를 한 번 더 흘깃거린 후 침대에 누웠다.

"준비됐어요."

은결이 거친 호흡을 내쉰 뒤 말하자 윤우 역시 숨을 크게 들이마셨다.

"그럼……."

그렇게 한동안 숨고르기만 반복하던 윤우는 이내 결연한 눈빛을 하고 은결의 벌어진 다리 사이로 자신의 듬직한 물건을 밀어 넣으려 했다.

"유, 윤우 씨! 거기가 아니에요!"

의지를 다진 그의 몸짓은 얼마 지나지 않아 들려오는 은결의 외침에 멈춰야 했지만.

⁂

은결은 감았던 눈을 떴다.

은은한 조명등이 불을 밝히고 있는 이곳은 그의 집 침실이다. 그녀는 자신의 나신을 가리고 있는 보드라운 이불의 촉감을 느끼며 고개를 아래로 내렸다. 가벼운 이불은 은결의 몸 위에 밀착되어 곡선을 그리고 있었다. 그녀는 잠깐 뒤척이면 금방이라도 벗겨질 이불을 내려다보다 풋 웃었다.

"정말, 하긴 했구나."

허리 밑이 찌릿하게 울리는 걸 보면 아마도 그녀가 그에게 자신을 제대로 선물하기는 했나 보다. 은결은 잠들기 전까지의 일을 떠올려 보았다. 자신의 엉덩이 사이로 무언가를 집어넣으려고 하는 윤우를 다급히 막기 위해 버럭 소리치는 그녀를 당혹스러운 눈으로 바라보던 윤우의 얼굴이 눈앞에 생생히 그려졌다.

'여기가…… 아닙니까?'

전장에 나가기 직전의 장수처럼 그녀를 향해 돌진하려던 윤우가 멈칫하다 못해 입술을 파르르 떠는 모습은 무척이나 귀여웠다. 그는 패닉에 빠져 있었지만 지켜보는 은결에겐 웃음이 절로 흘러나오는 몰골이었다.

그는 큭큭거리는 은결에게 웃지 말라고 속삭인 뒤 또 다른 입구를 찾기 위해 애쓰는 것 같았다. 초보 티가 난다니까.

은결은 몇 분 전까지만 하더라도 자신의 여성을 농락했던 남자라곤 보이지 않는 그를 흘겨보다 고개를 내저었다.

'윽!'

마냥 지켜보고 있다간 윤우가 언제 그녀의 여성 안으로 들어올지 알 수 없었다. 이러다 해 저물겠네. 나지막하게 중얼거리던 은결은 결국 손을 아래로 내렸다. 윤우가 덥석 그의 남성을 잡아 버리는 은결을 보고 화들짝 놀라는 게 보였다.

그녀의 작은 손 안에 다 쥐어지지 않는 그의 또 다른 다리가 용솟음치는 것이 느껴져 덩달아 당황했지만 이내 평정을 되찾고 후우, 후우 숨을 내쉬며 촉촉이 젖은 자신의 여성 입구 앞에 윤우의 남성을 가져다 댔다.

'여기예요.'

자신이 그렇게 대담한 여자라는 것을, 은결은 그때 처음 알았다. 그녀가 손을 떼자마자 윤우의 남성이 꿈틀거리는 게 느껴졌다. 그가 '아아.' 하고 탄식을 뱉어 내며 검은 숲을 지나 여성 안으로 살짝 들어서자 은결은 흡 숨을 들이마셨다. 윤우는 그녀의 좁은 입구 안을 서서히 파고들었다.

'흐응!'

간드러진 신음이 그녀의 입술 밖으로 터져 나왔다. 그의 커다랗고 굵은 남성이 전부 들어오지도 않았건만 호흡은 거칠어졌다. 윤우는 인상을 쓴 채 눈을 뜨지 못하는 은결을 내려다보며 더 이상 움직이지 않았다. 심장이 터질 것 같아 입술을 잘근 깨물던 은결은 마저 넣지 않고 미동 없는 윤우를 보기 위해 억지로 눈꺼풀을 올렸다. 그러자 그가 일렁이는 검은 눈동자를 그녀에게 고정시키며 속삭였다.

'괜찮겠습니까?'

그의 물음이 얄미울 정도다. 괜찮을 리가 없잖아요! 라는 외침이 목구멍 밖으로 터져 나오기 직전이었다. 그러나 은결은 참았다. 괜찮아야 했다. 그래야 윤우의 모든 것을 느낄 수 있을 테니까. 허리 밑이 끊어질 정도로 고통스러웠지만 견뎌야 그와 하나가 된다.

은결은 말을 하는 대신 세차게 고개를 끄덕이며 그의 등에 팔을 둘렀다.

'얼른…….'

들어오라며 속눈썹을 파르르 떨던 은결의 눈매는 일그러져 있었다. 인상을 쓰면 더 무섭게 보인다던데, 그의 앞에선 언제나 예쁘게 보이고 싶은 그녀였지만 당시엔 그런 걸 따질 겨를이 없었다. 그녀의 안에서 터져 버릴 것처럼 부풀어 오른 그것을 모조리 감싸고 싶었다.

은결의 재촉에 '힘 풀어요.'라고 속삭인 그가 반동을 주더니 점점 더 그녀의 여성 안으로 들어왔다. 빡빡하고 비좁았던 여성은 안에서 움직이는 그로 인해 벌어졌고 윤우의 남성은 곧 은결이 교성을 뱉어 낼 만큼 깊숙한 곳을 파고들 수 있었다.

뜨거운 용광로를 휘저어 버리는 윤우의 남성이 딱딱하게 커져 가는 걸 은결은 몸소 느꼈다. 제 안에서 성난 황소처럼 발버둥 치는 그것은 그녀가 감당하기 힘든 것임에 틀림없었지만 그를 사랑하는 마음으로 극복해 냈다. 돌이켜 보면 그 커다란 것을 손가락 하나도 겨우 들어갈 제 품 안으로 받아들인 것은 엄청난 일이 아닐 수 없다.

은결은 왠지 뿌듯해지는 걸 느끼며 피식 웃었다.

"처음이니까, 뭐."

무엇이든 시작이 어렵다. 한 번 경험을 하고 적응이 되면 다음번에는 조금 더 수월하게 그를 받아들일 수 있을 것이다. 이번엔 아프고 힘들기만 했지만 또 윤우에게 안긴다면 느낄 수도 있을 것 같았다. 은결은 후후 웃으며 고개를 돌렸다.

'어?'

그의 품에 안겨 송골송골 맺힌 땀을 닦아 내며 함께 잠들었던 게 불과 몇 시간 전이었다. 당연히 제 옆에서 자고 있을 거라 생각했던 윤우가 보이지 않자 은결은 깜짝 놀랐다. 그녀는 그가 있었던 흔적만 남은 침대의 옆자리를 발견하곤 벌떡 몸을 일으키려 했다.

"아야."

하지만 허리 밑의 통증 때문인지 일어나기는 쉽지 않다. 은결은 계속해서 앉아 있을까 하고 고민을 해 보았으나 곧 고개를 저었다. 자리를 비운 윤우가 신경 쓰였기 때문이다.

'많이, 아팠군요…… 후우.'

하고, 그녀가 잠이 들기 전 나지막하게 중얼거리던 윤우의 한숨 섞인 말이 계속해서 귓가에 맴돌았으니까.

은결은 움직이기 고통스러웠으나 온 힘을 다해 침대에서 벗어나 발을 바닥에 내딛었다. 그리곤 침대에 널브러진 이불로 자신의 몸을 돌돌 말고선 터벅터벅 발을 옮겼다.

벽에 걸린 시계가 가리키고 있는 시간은 밤 9시. 은결이 마지막으로 기억하는 시간은 저녁 7시쯤이었으니 2시간 정도 잠을 잔 셈이다.

은결이야 그를 받아들이는 입장이었기에 피곤이 밀려왔던 것은 당연했지만 어쩌면 윤우는 그러지 않았을 수도 있었다. 그가 무슨 생각을 하고 있는 건지 궁금했다. 그녀와의 밤일은 어땠는지도 궁금했다. 끓어오르는 호기심을 주체하지 못했던 그녀는 윤우가 새긴 붉은 반점이 가득한 몸을 움직이며 윤우를 찾았다.

그의 위치를 알아내기 위해 침실 밖으로 나온 은결은 주위를 두리번거렸다. 이제 비가 그쳤는지 더 이상 빗소리를 창 밖에서 들려오지 않았지만 일찍 밤이 찾아왔기에 밖은 어둡기만 했다.

침실에만 조명이 빛나고 있었으므로 거실은 칠흑처럼 까맣게 물들어 있었다. 그 속에서 미간을 좁히며 고개를 갸웃거리던 은결은 하얀 불빛이 새어 나오는 욕실을 발견하곤 눈을 크게 떴다. 그녀는 뭔가에 홀린 듯 그곳으로 걸어갔다.

'……!'

그리고 그곳에서, 은결은 보고야 말았다. 불과 두 시간 전까지 은결의 깊숙한 곳을 파고들던 남자가 욕조에 앉아 자그마한 핸드폰을 든 채 움직이는 영상을 보고 있는 모습을! 그것도, 진지하기 그지없는 얼굴을 하고, 그녀가 화장실 문을 열고 제 뒤에 왔다는 것도 눈치 채지 못할 만큼 매우 집중을 하고 있는 모습을!

그런 윤우가 보고 있는 영상이란 바로,

'야동!'

"강윤우!"

은결은 모든 신경을 핸드폰에 집중시키고 있는 윤우를 노려보며 버럭 소리쳤다. '헉!' 하고 숨을 뱉어 낸 윤우가 어찌나 놀랐는지 들고 있던 핸드폰을 욕조 바닥으로 떨어뜨렸다. 은결은 그런 그에게 성큼성큼 다가가선 입술을 삐죽였다.

"여기서 뭐하는 거예요!"

"고, 고은결 씨!"

냉혈 인간이라 불리는 기획 2팀의 왕자가 이 정도로 당황하는 건 처음 보았다. 아마 그녀 아닌 그 누구도 이런 강윤우의 모습은 보지 못했을 거라고 은결은 확신했다.

윤우는 창백하게 질린 얼굴로 은결을 응시했다. 초점이 흔들리는 그의 눈동자는 나쁜 짓을 하다 들켜 버린 사람의 것이었다. 은결의 눈은 더욱 가늘어졌다. 매섭게 빛나는 은결의 모습은 한층 더 사나워 보인다.

그는 땀을 주르륵 흘리며 떨어뜨린 핸드폰을 찾기 위해 손을 주섬주섬 놀렸다. 그러다,

《하아, 야, 야메, 야메떼에!》

무심코 음량 버튼을 눌러 버린 듯했다. 윤우가 욕실을 울리는 영상 속 여성의 음성에 입을 쩍 벌린 것과 은결의 몸에서 요사스러운 기운

이 흘러나온 것은 동시에 일어난 일이다.

"강윤우 씨."

윤우는 살기가 흐르는 은결의 음성에 몸을 움찔거렸다. 그녀는 으응, 흐으, 흐으읏! 하고 교태스러운 음성을 흘려 대고 있는 일본 여성을 흘깃거리며 콧등을 꿈틀거렸다. 그런 은결을 지켜보던 윤우의 얼굴이 파랗게 물들었다.

"저를 안은 지 얼마나 됐다고…… 벌써부터 바람이에요! 그것도 한국인도 아닌 일본인을!"

"아닙니다! 바, 바람은 절대로 아닙니다!"

그가 필사적으로 소리쳤지만 은결은 그의 해명을 들을 생각이 없었다.

"저보다 그 여자가 더 좋은 거예요? 저 일본인이?!"

가슴도 저보다 훨씬 작고 엉덩이도 탄력 있어 보이지 않는 키 작은 일본 여자가 나보다 좋다는 거야? 은결은 손을 덜덜 떠는 윤우를 보며 소리쳤다. 윤우는 어떻게든 그녀의 오해를 풀어 주려 애썼다.

"고은결 씨! 저 못 믿습니까?"

일단 먼저 그녀에게 연인 간의 신뢰를 핑계를 대 보았지만,

"당연하죠! 섹스 끝나자마자 야동 보는 남자를 어떻게 믿어요!"

은결의 신뢰는 와르르 무너진 뒤였다.

윤우는 난감한 얼굴을 하고 핸드폰을 흘깃거리더니 이윽고 힘없이 고개를 떨구었다.

'윽. 그런 태도, 위험한데.'

은결은 눈앞의 남자가 힘을 잃으면 맥을 못 췄다. 어느 누구 앞에서건 환하게 빛나는 그가 주눅이 드는 모습은 처량할 정도로 안쓰러

워 안아 주고픈 마음이 들었기 때문이다.

그래도 이번엔 그냥 넘어가선 안 돼! 은결은 환상적인 백 일 기념 선물까지 주었는데 고작 영상 속의 여자와 바람을 피운 남자를 용서할 수 없다고 생각했다.

그때, 윤우의 힘없는 중얼거림이 들려왔다.

"바, 방법이……."

응?

"고은결 씨를 조금 더 아프지 않게 할 방법이 있을까 싶어서."

뭐?

"후우. 정말…… 면목, 없습니다."

윤우는 쉽사리 고개를 들지 못한 채 땅이 꺼져라 한숨만 뱉어 냈다. 그의 부르르 떨리는 어깨를 내려다보던 은결은 그러고 보니 윤우의 하반신이 그 망할 영상을 보면서도 미동하지 않았다는 걸 알아차렸다. 대신 그녀를 발견하자마자 놀라울 정도로 빠르게 솟아났던 걸 포착해 냈다.

은결은 어느새 불룩해진 그의 하반신을 흘깃거리더니 흥, 하고 콧방귀를 뀌었다.

"그래도 핸드폰은 압수예요."

아마도 그녀의 사랑스러운 남자는 몇 시간 전 그녀와의 첫 관계를 맺을 때 넣어야 할 곳이 아닌 다른 곳으로 자신의 남성을 밀어 넣으려고 했던 것이 마음에 걸렸던 게 틀림없다.

은결은 보다 수월하게 그녀와 관계를 맺기 위해 학구열을 불태우는 남자가 귀여워 미칠 지경이다. 그녀는 욕조 바닥에서 요상한 신음을 뱉어 내고 있는 핸드폰을 집어 들며 배터리를 분리한 채 돌돌 말린 이불 사이로 밀어 넣었다. 그러자 윤우가 다급히 외쳤다.

"아, 안 됩니다!"

안 되긴 뭐가 안 돼.

"뭘 그렇게 실망해요! 정작 윤우 씨가 어떻게 하든, 저는 좋기만 했는데!"

은결은 얼굴이 화끈거리는 걸 느꼈다. 물론 말을 뱉어 내는 걸 멈추지는 않는다.

"윤우 씨가 안아줘서, 좋았어요."

"고은결 씨……."

"그렇게 감동하는 표정을 지을 필요는 없다구요. 사실이니까."

윤우의 일렁이는 눈동자를 똑바로 직시하며 은결은 말했다.

"저도 처음이니까, 뭐가 잘하는 거고 뭐가 잘 못하는 건지 모른단 말이에요. 제 기준은 윤우 씨니까, 처음엔 서툴러도 다음번에 더 잘하면 되는 거고. 또 윤우 씨는 한 번 배운 건 응용까지 하는 사람이니…… 당연히 두 번째는 더 잘하겠죠! 안 그래요?"

그는 하나를 가르쳐 주면 열을 아는 사람이다. 이미 키스는 스승인 자신을 뛰어넘은 지 오래였고 섹스라고 해서 다를 바 없을 것이다. 두 사람이 처음으로 하나가 되었던 섹스는 쉽지 않게 느껴져 서로 얼굴만 붉혔지만 방법을 알았으니 이젠 더 수월할 것이다. 은결은 확신했다. 그는 그런 남자니까.

윤우는 올곧은 시선을 하고 저를 쳐다보고 있는 은결의 모습에 풋 웃음을 터뜨렸다. 그리고는 욕조에서 일어나 그녀에게 다가왔다.

"어쩌죠."

"왜요."

"겨우 가라앉혔는데, 또…… 고은결 씨를 괴롭히고 싶어졌습니다."

윤우는 손가락으로 위엄을 자랑하고 있는 자신의 하반신을 가리켰다. 자연스레 그의 손가락을 따라 시선을 옮기던 은결이 '어머!' 하고 탄성을 뱉어 냈다. 윤우는 이불로 몸을 감싸고 있는 은결을 번쩍 들었다.

"유, 윤우 씨!"

공주님을 안는 것처럼 자신을 번쩍 들어 버리는 윤우로 인해 그의 숨결을 느끼게 된 은결이 놀라 그를 불렀다. 그러나 윤우는 아랑곳 않고 그녀를 안아 든 채 욕실을 나섰다. 이윽고 침실에 도착한 윤우는 은결을 폭신한 침대에 누인 후 그녀의 몸을 감싸고 있는 이불을 풀어헤쳤다.

졸지에 그의 눈앞에서 알몸이 된 은결이 얼굴을 붉히며 가느다란 손으로 가슴과 몸을 가렸지만 윤우는 고개를 저었다. 은결은 홀린 눈을 하고 제게 다가오는 윤우를 바라봤다.

"그거 알고 있습니까, 고은결 씨?"

윤우의 숨결이 스치듯 전해졌다. 은결은 깊은 늪에 빠지기 직전 들려오는 그의 목소리에 귀를 기울였다.

"아무리 안아도, 또 안고 싶은 사람은……."

"제가 처음이겠죠."

은결이 윤우의 말을 끊어 버리자마자 '정답입니다.' 하고 작게 속삭인 윤우가 젖어 있는 그녀의 안을 파고들었다. 한 번 안겨서 이젠 익숙해진 줄 알았던 그의 남성이 처음 달려들 때보다 훨씬 더 부풀어 올라 있었지만 은결은 꿋꿋이 참아 냈다.

깊숙이, 펄펄 끓는 안을 휘저으며 그녀를 집어삼키는 그에게 끌려 은결은 야릇한 숨만 흘렸다. 뜨겁지만 달콤한 환락의 시간이 이어지고 있었다.

✕

'학창 시절에, 인기가 꽤 있는 편이었습니다.'

쉴 새 없이 그의 품에 안겼다. 지치지도 않고 안기고 또 안겼다. 처음엔 헤매기만 하던 그가 감을 잡기 시작한 것은 세 번째 섹스가 시작될 무렵이었다. 그를 이끌던 은결은 지금까지와 반대 상황을 맞이했다. 윤우는 거침없이 달려들었다. 그의 넘치는 혈기를 다 감당할 수 있을까란 생각이 들 정도로, 윤우는 그녀를 탐하고 또 탐했다.

그에 대한 사랑이 없었다면, 그리고 살과 살이 섞여 부딪치는 소리가 황홀하게 들리지 않았다면 당장이라도 그의 품에서 떨어져 나왔을 것이다. 결코 싫지 않고, 행복한 편이었기에 은결은 그에게 안겨 있었다. 미칠 듯이 은결의 안을 헤집은 윤우의 품에서 스르륵 눈을 감았던 그녀는 피곤에 지쳐 잠이 들기 전 그가 속삭였던 말을 떠올렸다.

두근두근거리는 윤우의 심장 소리를 느끼던 은결은 고개를 들어 올려 그를 응시했다.

'뭐야, 갑자기 자기 자랑이에요?'

진지하기 그지없는 음성에 살짝 긴장을 했더니 학창 시절 이야기다. 의문을 품으면서도 내색 않던 그녀는 '자랑? 사실입니다만.' 이라 답하는 윤우에게 웃으며 말했다.

'계속해 봐요.'

윤우는 길게 숨을 뱉어 냈다. 그녀를 꼭 끌어안은 그가 크게 마음을 먹고 자신에게 힘겨운 이야기를 하려는 거라고 은결은 직감했다. 그의 떨리는 입술을 직시하던 은결의 귀에 윤우의 다음 말이 들려왔다.

'어릴 적부터 부모님께 다른 사람에게 베풀며 살아야 한다고 배웠습니다. 가진 게 적지 않으니 그만큼 감사해하고, 또 나눠야 한다고. 모든 이들에게 친절할 것을 요구하셔서 당연히 그렇게 행동해 왔습니다. 원래 남들을 잘 챙기는 성격이기도 해서 보고 있으면 그냥 내버려 둘 수 없는 사람들에게 다가가곤 했습니다. 순전히 호의에서 행해진 태도였지만 그들에게 특별한 감정을 품은 적은 없었습니다. 그런데 그런 태도를 착각한 사람들이 하나둘씩 생겨나기 시작하더군요.'

은결은 쓰게 웃는 그의 눈동자를 찬찬히 들여다보았다. 냉정한 그의 얼굴에 서린 아픔이 제게도 전해져 왔다. 은결은 말을 하지 않는 대신 윤우의 단단한 가슴을 쓸었다. 윤우가 흐리게 웃더니 말을 이었다.

'상황이 심각해졌다는 걸 깨달은 건 고등학교 2학년 때였습니다. 가정 형편이 힘들었던 같은 반 여학생의 공부를 자진해서 도와준 적이 있었는데, 내 행동이 자신을 좋아하는 관심에서 나타난 것이라고 오해를 하더군요.'

'……!'

'거기에 그쳤다면 어떻게든 잘 타일러 봤을 테지만, 감당하지 못할 사건이 터졌습니다. 그 아이가 수학여행을 가지 못한다는 이야기를 들었던 난, 선생님께 부탁드려 몰래 지원을 했던 적이 있었는데 선생님의 실수로 그만 그 일이 밝혀져 버렸죠. 그런 내 행동을 알게 된 그 아이가 내가 그 아이를 좋아한다 확신하고 나와 사귄다는 이야기를 다른 친구들에게 해 버린 겁니다.'

은결의 눈동자가 크게 요동쳤다.

'나와의 교제를 주장했던 그 아이의 말을 믿는 사람은 불행히도 아무도 없었습니다. 자연스럽게 그 아이는 고립되어 갔고, 정확한 상황을 알지 못했던 나는 의아하기만 했었죠. 그러다 어느 날 의심을 견디다 못한 그 아이가 학교 옥상 위로 올라갔습니다.'

'윤……우 씨.'

떨리는 목소리로 그의 이름을 불렀으나 그는 괜찮다는 듯 미소를 지었다.

'약간의 소란 끝에, 다행히 그 아이는 아무 탈 없이 내려왔지만 자신과의 교제를 인정하려 들지 않는 나를 원망스러운 눈길로 쳐다보더 군요. 내 행동이 지나쳤다는 걸 깨달은 건, 그때부터였습니다. 단순히 호의로 시작된 행동들이 오해를 불러일으켰고 자칫하다간 큰 사고를 만들어 낼 수도 있었다는 사실이…… 무서웠죠. 내가 얼마나 안일하고 멍청했는지, 자각해 버렸습니다.'

'아!'

'그 이후, 일정한 거리를 뒀습니다. 누군가에게 친절을 베푸는 게 무서웠어요. 그래서 일부러 벽을 쳤습니다. 내가 호의로 생각하는 것들이 그들에게 특정한 감정으로 비쳐지는 게 싫었으니까요. 덕분에 사람을 피하게 되었고, 여자들에겐 더욱 조심스러워졌습니다. 그러다 보니 연애 한 번 해 보지 못한 숙맥이 되어 버렸고 그렇게 31년을 살 게 되었죠.'

그는 뭐라 말을 잇지 못하는 은결을 내려다보았다. 자신의 품에 쏙 안겨 있는 날카로운 인상의 그녀가 더할 나위 없이 사랑스럽다는 걸 숨기지 않는 그는 흐트러진 은결의 머리카락을 만지작거리며 속삭였다.

'하지만 고은결 씨에겐…… 도저히 다가가지 않을 수가 없었습니다. 누군가의 눈웃음에 반해서 심장이 뛰었던 건, 처음이니까요. 그래서 고맙습니다, 고은결 씨. 나와 함께해 줘서 말이에요.'

은결은 다정한 음성을 흘리던 윤우의 얼굴을 응시했다. 눈을 꼭 내리감고 있는 남자는 눈이 부시다. 그의 맑고 검은 두 눈을 보지 못해 아쉽지만 자는 모습을 보는 것도 즐겁기만 하다.

"당신의 첫 여자라 기쁘네요, 강윤우 씨."

"나 역시 그렇습니다."

"……언제부터 깨어 있었어요?"

당연히 자고 있을 거라 생각했던 윤우가 스르륵 눈을 뜨며 말하자 은결은 당혹감이 섞인 목소리로 외쳤다. 윤우는 짓궂은 미소를 지었다.

"고은결 씨가 뒤척일 때부터요."

"그럼 왜 말 안 했어요?"

"조금 더 보게 하려고. 그래야 내 얼굴에 홀려 도망 안 갈 테니."

씩, 웃는 그의 등 뒤에서 후광이 비치는 것 같았다. 이렇게 가까이서 그 말을 들으니 더욱 정신을 차릴 수 없었다. 은결은 애써 그의 시선을 피하며 툴툴거렸다.

"자신감이 넘치네요, 강윤우 씨."

"고은결 씨 앞이니까요."

눈썹을 까딱이며 답하는 그를 올려다보던 은결은 못 말린다는 듯
피식거렸다. 그런 은결의 뒷머리를 슥슥 쓸던 윤우는 물었다.

"지금은 좀 어떻습니까? 아직도, 아픈가요?"

은결은 대답했다.

"아니라면 거짓말이겠죠?"

"흐음."

"왜요?"

"또…… 하고 싶어서."

철렁, 가슴이 내려앉았다. 은결이 멍청한 표정을 지으며 그를 쳐다
보기만 하자 윤우는 촉촉한 눈을 빛내며 한 번 더 말했다.

"안 됩니까?"

"윤우 씨는 에너자이저예요?"

아니, 왜 지치지를 않아! 세 번 정도 안았다면 이제 그만 놓아줄
때도 되지 않았나?

은결은 심장의 박동이 미칠 듯이 증가하는 것을 느끼며 소리쳤다.
그러자 윤우는 사뭇 진지한 얼굴을 하고 중얼거렸다.

"일전에 말씀드렸던 적도 있었던 것 같은데. 난 기본적으로 육체
활동은 즐기지 않습니다만…… 이런 육체활동이라면, 환영합니다."

"……!"

"고은결 씨는, 환영하지 않습니까?"

할 말이 없게 만든다. 그는 진지한 시선을 그녀에게 꽂으며 되물었
다.

'하아, 졌다, 졌어.'

은결은 속으로 한숨을 뱉어 냈다. 그가 흔들리는 그녀를 꼭 끌어안

으며 속삭이는 순간 윤우의 다리 사이에 웅크려 있던 가공할 만한 그것이 느껴졌다. 은결은 웃음을 꾹 참았다.

"안 될까요?"

한 마리의 가련한 강아지처럼 커다란 눈망울을 빛내며 그녀를 내려다보는 윤우의 모습은 은결의 가슴을 자극한다. 간질간질하다 못해 그의 얼굴을 마구 핥아 주고 싶은 심정이랄까. 그녀는 머리가 지끈거리는 걸 느꼈지만 이윽고 욕망에 백기를 들었다. 그리고는 고개를 들어 올려 그의 입술 위로 제 입술을 포개며 속삭였다.

"안 되긴 왜 안 돼요. 당장 해요! 지금, 당장!"

두 남녀의 뜨거운 4차전이 시작되었다.

쨱쨱.

분명 그의 집은 고층임에도 불구하고 새가 우는 소리가 들렸다. 그것도 아주 가까운 곳에 있는 듯 선명하게 들려와 번쩍 눈을 뜬 은결은 탁상 위에서 요란하게 울려 대고 있는 시계의 소리가 바로 새소리라는 것을 알아차렸다.

'하아.'

몸을 쉽사리 움직이기 힘든 것은 그녀의 착각 때문만은 아니다.

'몇 번을…… 한 거야.'

간밤에 잠을 자긴 했던가? 다크서클이 턱밑까지 내려온 걸 보면 확실히 평안한 밤을 보내진 않았다. 이유인즉슨 짐승 한 마리와도 같던 윤우 때문이다. 순진하기 그지없던 남자가 야수로 돌변하는 건 한 순간이었다.

서툴기 그지없던 행동을 이어 가던 윤우는 갈수록 진화되어 갔다. '야동이 확실히 도움이 되었나?' 라고 생각해 버릴 정도로 제 여성 안을 뜨겁게 채워 버린 그로 인해 은결은 진이 빠졌다.

'좋기는 했지, 물론.'

온몸에 힘이 하나도 들어가지 않았고 허리 밑은 욱신거렸다. 다리를 쭉 뻗을 수 없을 만큼 강렬한 통증이 전신으로 퍼져 나가고 있었지만 그의 품에서 야릇한 숨결을 흘리고, 그가 자신을 느껴 주길 원했던 모습을 잊지는 않았다. 은결은 흐흐, 웃음을 흘리며 배시시 미소 지었다.

달칵, 문이 열리는 소리가 들려온 것은 그 무렵이었다.

"깼어요?"

열락의 밤을 떠올리며 음흉한 웃음을 터뜨리던 은결을 발견한 윤우가 보기만 해도 눈부신 미소를 지으며 다가왔다. 은결은 미간을 좁혔다.

"왜 그렇게 기분이 좋아요?"

"안 좋을 리 없잖습니까. 전 지금 무척 행복합니다."

퉁명스러운 그녀의 말에 환하게 웃으며 대답하는 남자는 정말로 행복해 마지않는 듯했다. 그녀 역시 그만큼 기뻤지만 왠지 그보다 덜 행복한 것 같아 샘이 났다.

은결은 입술을 삐죽거리며 '자기만 멀쩡해.' 하고 투덜거렸다. 윤우는 쿡쿡 웃으며 은결을 침대 헤드에 등을 대도록 일으켜 주더니 작은 상을 들고 와 그녀의 앞에 놓았다.

"응? 이건?"

눈 깜짝할 사이, 아침 식사로 보이는 음식을 놓은 그의 재빠른 행동에 감탄하는 그녀에게 윤우는 말했다.

"아침은 먹어야죠. 어제 힘들었을 텐데."

은결은 얼른 식사를 하라며 수저를 건네주는 그를 빤히 응시하다 중얼거렸다.

"윤우 씨, 요리도 할 줄 알아요?"

그러자 윤우는 고개를 가로저었다.

"아뇨. 오늘이 처음입니다."

"네?"

"하지만 처음치고는 꽤 그럴듯해 보이지 않습니까?"

확실히 그러했다.

"맛도 있을 겁니다."

은결은 의심스러운 눈빛으로 그를 응시하다 된장찌개에 숟가락을 가져다 댔다.

'정말!'

그의 말대로, 맛도 있었다. 은결은 입을 쩍 벌린 채 윤우를 바라봤다.

"괜찮죠?"

"……네."

다행이라며 미소 짓는 윤우는 밥을 먹는 은결과는 달리 마냥 그녀를 지켜볼 뿐이었다. 은결은 우물우물 그가 지어 준 밥과 반찬, 그리고 국까지 모조리 비운 뒤 눈을 가늘게 뜨며 윤우를 응시했다.

"아무리 생각해도 이상해요."

"뭘 말입니까?"

윤우가 의아한 표정을 짓자 은결은 입술을 달싹였다.

"윤우 씨, 정말 제가 처음 맞아요?"

그에게서 왜 여태껏 연애를 하지 못했던 건지에 대한 이유를 듣기는 했으나 오늘 일어난 일을 보자니 의문이 모락모락 피어오른다. 그가 하는 행동들은 여자를 홀리기에 너무나 충분했다.

은결은 묘한 눈을 하고 그를 쳐다봤다. 그러자 윤우가 당연하다는 듯 고개를 끄덕였다.

"예. 여자친구도, 첫 키스도, 첫 경험도 고은결 씨가 처음입니다만."

은결은 콧방귀를 뀌었다.

"흥. 못 믿어요. 너무 능숙하잖아."

윤우는 여유롭게 대답했다.

"말했잖습니까. 전 이해력이 뛰어나다고. 이건 다 일종의……."

"이해력이라는 건가요?"

"고은결 씨도 이해력이 빠르군요."

환하게 웃는 윤우의 미소가 머릿속에 박힌다. 은결은 가슴이 콩닥콩닥 뛰는 걸 느꼈다. 격정적인 섹스 후, 아침에 잠에서 깨어나자마자 사랑하는 연인에게 아침 식사를 바치는 남자라니. 이 얼마나 이상적인 애인이란 말인가.

솔직히 감동을 하기는 했으나 그 마음을 쉽게 드러내면 그가 뛸 듯이 좋아할 것 같아 잠깐 튕기는 척하기로 했다. 그러다 문득 뭔가 마음에 걸리는 게 있어 은결은 윤우를 직시했다. 윤우는 돌연 말이 없는 은결의 모습에 의아해하는 듯하다.

"불공평해요."

이상한 게 무엇일까. 한참 동안 고민하고 또 고민하던 은결은 왜 이제야 자신이 이것을 알아차렸는지 한탄했다. 그녀는 눈을 크게 뜨며 중얼거렸다. 윤우는 뜬금없는 은결의 말에 미간을 좁혔다.

"예?"

그가 고개를 갸웃거리자 은결은 소리쳤다.

"저는 윤우 씨를 이름으로 부르는데, 왜 윤우 씨는 저한테 성을 붙이는 거죠? 성을 붙이면, 멀게 느껴지잖아요."

은결 못지않게 놀란 윤우는 '아!' 하고 탄식을 흘리더니 머리를 긁적였다.

"그럼, 달리 불러 볼까요?"

"네!"

그의 말이 끝나자마자 소리치는 은결을 향해 윤우는 알겠다는 듯 입을 다물더니 몇 초 뒤 싱긋 웃으며 다정하게 그녀를 불렀다.

"은결아."

그러자, 은결은 쿵쿵 뛰던 심장이 바닥을 찧는 걸 느꼈다. 윤우는 얼이 빠진 은결의 귓가에 입술을 가져다 대며 속삭였다.

"우리 은결이, 밥은 맛있었어?"

"……."

"왜 그래 은결아. 말이 없…… 읍."

참다못한 은결이 손을 들어 올려 그의 입술을 막아 버린 것은 그 순간이었다. 윤우는 얼굴이 빨개진 은결이 고개를 푹 숙여 버리자 큭 큭 웃었다. 그가 자신을 놀렸다는 것을 알아차린 은결은 입술을 파르르 떨며 외쳤다.

"자꾸 당황하게 만들면 나도 오빠라고 부를 거예요!"

윤우는 제 입을 막고 있던 은결의 손을 떼어 내며 어깨를 으쓱였다.

"이젠 오빠라고 불러도 될 것 같은데, 은결아?"

"강윤우 씨!"

붉게 익은 얼굴로 은결이 한 번 더 외치자 윤우는 알겠다는 듯 손을 휘휘 저었다.

"아침, 마저 먹어요. 은결 씨."

하고.

그가 말하자 겨우 안도한 그녀는 자꾸만 귓가에 맴도는 윤우의 '은결 씨'를 떠올리며 배시시 웃었다. 그러다 깨끗하게 비워진 자신의 밥그릇을 내려다보며 중얼거렸다.

"윤우 씨는 지금 당장 장가들어도 되겠어요."

"그런가요?"

"네. 대체 누가 데려갈지 참 부럽네요."

은결은 말을 마친 후 속으로 웃었다. 그리고 슥 고개를 들어 올리자 윤우가 눈에 힘을 준 채 자신을 쳐다보고 있는 게 보였다. 갑자기 굳어 버린 그를 보고 흠칫거리던 은결은 이어지는 그의 말에 기겁했다.

"고은결 씨가 안 데려갈 겁니까?"

"네?"

"난 고은결 씨가 날 데려가 줬으면 하는데. 당신이었으면 좋겠습니다."

진심을 담은 그의 상냥한 음성이 은결의 숨을 멎게 만든다.

"내 결혼식 날, 내 옆에 서 줄 사람은."

머릿속이 하얗게 물들었다.

13화.

잠시도 떨어지기 싫습니다

뭐라고…… 말을 해야 할까.

대답을 하고 싶은데 입술이 움직이지 않았다. 가슴이 너무 빠르게 뛰어서 참을 수가 없었다. 은결은 멍하니 그를 쳐다봤다. 그의 얼굴은 더할 나위 없이 진지했다. 무려 '결혼식'이라는 말을 뱉어 낸 사람답지 않게, 태연해 보이기도 한다. 호흡이 거칠어지는 게 느껴졌다.

은결은 빙긋 웃고 있는 남자에게서 시선을 떼지 못했다.

내가 무슨 말을 들은 거지?

그전에 이거, 프러포즈 맞지?

첫날밤을 보낸 남자에게서 듣기로는 너무도 급작스러운 말이다. 은결은 이 상황을 이해해 보기 위해 열심히 머리를 굴렸지만 아직도 상황 파악이 힘들었다. 그는 여전히 미소를 짓고 있었고 당황하지 않는다. 장난을 치고 있는 것 같지만 그가 이런 말로 장난을 치지 않을 거라는 걸 알고 있기에 쉽게 대답하지 못했다.

은결은 한참 동안 넋을 놓고 그를 쳐다봤다. 윤우는 차분하게 그녀의 답변을 기다리는 듯했다.

"저기……."

은결이 고민 끝에 입술을 연 것과 현관 쪽에서 딩동— 소리가 들려온 것은 동시였다.

'역시 타이밍이 문제야.'

은결은 반사적으로 현관을 향해 시선을 돌리며 속으로 중얼거렸다.

"말해요, 고은결 씨."

딩동, 딩동 소리가 쉬지 않고 울려 퍼졌지만 계속해서 은결에게 눈을 떼지 못하던 윤우가 입가에 미소를 지은 채 속삭였다. 그녀는 놀라 그를 바라보기는 했으나 속에 든 말을 내뱉진 못했다. 말을 하려고 마음먹을 때마다 귓가로 들려오는 초인종 소리가 거슬렸기 때문이다.

"고은결 씨?"

윤우는 서서히 미간을 좁히는 은결의 이름을 조심스럽게 불렀다. 그녀는 머뭇거리다 후우 숨을 뱉어 내며 말했다.

"내가 보는 게 좋지 않을까요?"

은결에게서 듣고 싶었던 대답이 이런 것이 아니었는지, 그가 얼굴을 찌푸리는 게 보였다. 하지만 어쩔 수 없잖아. 이런 상황에서 어떻게 답을 하냔 말이야. 은결은 스스로를 납득시키려 애썼다.

"그런 건 무시해도 됩니다."

"하지만."

"그럼 부숴 버릴까."

"네?"

그의 나지막한 중얼거림에 그녀는 눈을 동그랗게 떴다. 윤우는 너무도 진지한 얼굴을 하고 있었다. 이 남자, 진심이야!

은결은 심장이 멋대로 쿵쾅거리는 걸 느꼈다. 짜증스러운 기색을 감추지 못하는 그에게선 날카로운 기운이 풍겨져 나왔다. 물론 그의 분노가 향하는 상대는 은결이 아닌, 초인종을 열심히 누르고 있는 낯선 이겠지만.

"제길!"

이젠 아예 쾅쾅— 손으로 문을 두드리기까지 하는 방문객으로 인해 두 사람 사이를 둘러싸던 분위기는 와장창 깨어진 지 오래. 윤우는 낮게 욕설을 흘리며 현관을 바라보더니 어쩔 줄 몰라 하는 은결을 쳐다보았다. 그녀가 몸을 움찔거리자 윤우는 깊게 숨을 뱉어 내며 머리를 벅벅 긁었다.

그리고는,

"어디 가지 말고 기다려요."

왠지 간절해 보이는 얼굴을 하고 부탁한다. 발을 동동 구르고 싶은 마음을 겨우 억누르는 그가 귀여워서 은결은 풋 웃음을 터뜨렸다.

"도망갈 곳도 없어요."

침실을 벗어나 도착한 곳이 코앞의 현관임에도 불구하고 그녀가 제게서 벗어날 것 같아 안달하는 모습이라니. 이런 점을 보면 그는 꽤나 성미가 급한 사람인지도 모르겠다. 은결은 입술을 삐죽이며 뚜벅뚜벅 제게서 멀어지는 윤우의 뒤를 바라보다 호흡을 골랐다.

'간 떨어질 뻔했네.'

사실은, 안도했다. 윤우를 찾아온 낯선 이의 등장이 반가웠다는 걸 숨기진 못한다. 그것도 그럴 것이, 그의 고백이 너무도 갑작스러워서 어떻게 반응을 해야 할지 몰랐다. 마치 처음 그가 좋아한다고 말을 했을 때가 떠올라서 머릿속이 뿌옇게 변해 버렸다. 은결은 가슴을 쓸어내렸다.

'난 고은결 씨가 날 데려가 줬으면 하는데.'

그리고 찬찬히 떠올려본다. 그가 불쑥 뱉어 낸 말로 인해 엉망진창이 되어 버린 조금 전의 일들을.

'당신이었으면 좋겠습니다. 내 결혼식 날, 내 옆에 서 줄 사람은.'

사랑하는 두 남녀가 처음 거사를 치른 바로 그다음 날.

예상치도 못한 상황에서 사랑하는 여자에게 프러포즈를 하는 남자는 아마 없을 것이다. 잘못했다간 서두른다고 뺨을 맞을 수도 있는, 충분히 당혹스러운 말일 테니까.

하지만……

'강윤우니까.'

뭔가, 이해가 간다.

커피를 뽑고 있을 때 고백을 하고, 연애는 처음이라 말하면서 그녀의 마음을 사로잡아 버린 남자니까. 언제나 제 마음을 숨기지 않고 모든 걸 당당하게 드러내는 그래서 은결은 피식 웃어 버렸다.

놀라울 정도로 빠르게 사고회로가 돌아간다. 스스로도 당황스러울 정도다. 꽤 심각해야 할 고민이 이렇게 쉽게 결론이 날 거라곤 생각해 본 적이 없었는데.

작게 미소를 지으며 눈을 빛낸 은결은 활짝 열리는 침실 문 쪽으로 시선을 돌렸다. 당연히 윤우인 줄 알고 입꼬리를 올리던 은결의 눈은 휘둥그레졌다.

"며칠만 좀 재워 달라니까 왜 이리 말이 많아? 형제끼리 위급 상황 때 도와야 하는 거 아니야? 그러고도 형 맞…… 어?"

윤우와 꼭 닮은 남자가 인상을 쓰며 침실 안으로 들어오는 게 보였다. 어딘가 익숙한 얼굴. 분명, 알고 있는 얼굴이라 무의식적으로 입을 벌리던 은결은 소리쳤다

"가, 강윤수?!"

※

연예계에 매우 조금이라도 관심이 있는 사람이라면 누구나 그 이름 정도는 알고 있을 정도로 유명한 싱어송라이터가 있다. 원래는 뮤지컬 배우로 활동했었지만 현재는 뮤지컬 생활을 접고 노래를 만들어 앨범을 내는 데만 집중하고 있는 그의 이름은 강윤수.

내는 음반, 음원마다 모든 차트 1위를 석권하는 인기 절정의 남자 솔로 가수인 그는 뭇 여성들의 선망의 대상이었다.

은결 역시 그의 이름을 들어 본 적이 있다. 아니, 들어 본 적이 있을 뿐 아니라 따분한 출근길에 그의 노래를 들으며 회사로 온 적이 있다. 비단 은결뿐 아니라 기획 3팀의 여직원 중 대부분은 강윤수의 노래를 즐겨 들었다. 그의 콘서트가 열린다면 다 함께 가 보는 건 어떻겠냐는 말이 흘러나올 만큼 인기를 끄는 남자를 윤우의 침실에서 마주칠 줄은 정말로 몰랐다.

'그만 봐.'

제멋대로 침실 문을 열고 들어온 강윤수가 은결과 허공에서 눈빛을 주고받는 사실을 견딜 수 없었는지 인상을 쓰고 강윤수를 쳐다보던 윤우가 두 사람 사이에 끼어들며 그들을 떼어 놓았다.

호기심 어린 눈으로 윤우와 은결을 번갈아 보는 윤수를 침실에서 내쫓은 그는 '미안하지만 오늘은 먼저 가 줄 수 있나요?' 라는 말을 어렵게 꺼냈다. 뭔가 묘한 분위기를 흘리고 있는 윤우였기에 은결은 흔쾌히 고개를 끄덕였다.

　'미안해요, 정말…… 고은결 씨 몸도 성치 않은데.'

　'괜찮아요! 저 멀쩡한데요? 아무렇지 않아요!'

　'마음 같아선 이렇게 멋대로 찾아온 녀석을 가만 안 두고 싶은데.'

　'어머! 그럼 큰일 나죠. 사랑하는 동생이잖아요.'

　'……'

　'전 정말 괜찮아요. 걱정 말아요!'

　희미하게 웃으며 윤우에게 소리쳤지만 그는 여전히 한숨만 뱉어 냈다. 묻고 싶은 것이 한두 가지가 아니었지만 은결은 참기로 했다. 윤우는 어느새 옷을 다 갖춰 입고 제집을 나설 준비를 하는 은결을 배웅하면서도 굳은 얼굴을 펴질 못했다.

　'연락할게요.'

　'네.'

　'바로 집에 들어가요.'

　'후후, 제가 갈 곳이 집밖에 더 있나요. 윤우 씨는 얼른 들어가 봐요. 기다릴 것 같은데.'

　'……그럼.'

　휙 몸을 돌린 윤우가 오피스텔 안으로 들어가는 걸 지켜보려던 은결은 앞으로 발을 뻗으려다 말고 저를 쳐다보는 그의 모습에 고개를 갸웃거렸다. 그는 어리둥절하는 은결을 향해 말했다.

　'아까 한 말.'

'네?'

'진지하게 생각해 줬으면 좋겠습니다.'

하아!

다리를 지탱하던 힘이 주르륵 풀렸다. 호기롭게 걸어가던 은결은 길바닥에 주르륵 주저앉았다. 뇌리에 각인되어 잊어지지 않는 윤우의 목소리가 은결의 귓가에 웅웅거렸다. 얼굴이 화르륵 달아올라 견딜 수가 없었다.

은결은 인도에 앉아 버린 후 멍하니 하늘을 올려다보았다.

"오늘따라 날씨가 참 맑네."

비가 그친 바로 다음 날이어서 그런지 구름 한 점 없는 하늘은 유독 환하게 빛나는 것 같았다. 그녀는 한동안 아무 생각 없이 푸른 하늘을 응시했다.

"엄마, 저기 저 아줌마 표정 봐! 완전 이상해!"

라고 소리치는 꼬마의 목소리에 곧 정신을 차리기는 했지만.

평소였다면 그런 꼬마 아이의 외침에 시선을 돌려 그 아이에게 손까지 흔드는 여유를 보였겠지만 그럴 여유가 없었다. 은결은 쓰게 웃었다.

※

"무슨 사고를 친 거야."

서늘하다 못해 가시처럼 느껴지는 말을 흘리며 윤우는 자신의 하나밖에 없는 동생을 노려보았다. 그가 은결을 배웅하고 올 동안 소파에 앉아 감자칩을 입 안으로 털어 넣던 윤수는 눈을 휘둥그레 뜨며 과장된 표정을 지었다.

"우와, 방금 전의 나긋나긋한 태도는 어디로 간 거야? 여자 한 명 사라졌다고 이렇게 냉기를 풍겨?"

혀를 내두르는 윤수의 장난기 섞인 말에 윤우는 얼굴을 일그러뜨렸다.

"장난할 기분 아니다, 강윤수. 너 때문에 다 망쳐서 지금 주먹이 날아가기 직전이야. 그러니 자극하지 마."

윤수는 크큭거렸다.

"이제야 내가 아는 형답네. 아깐 진짜 무슨 호러 영화 보는 줄 알았다니…… 아아, 알겠어. 그만할게. 그러니까 그 팔, 좀 내려놓지?"

순간적으로 치밀어 오르는 분노를 막지 못해 윤수에게로 주먹을 뻗으려던 윤우는 입술을 잘근 깨물며 다가왔다. 윤수는 윤우가 화를 누그러뜨리는 것을 목격하고 안도의 한숨을 내쉬며 말했다.

"곧, 대형 스캔들이 하나 터질 거야."

"주인공은?"

"당연히 나지!"

당당하게 고개를 끄덕이는 동생에게 다시 한 번 손을 뻗으려다 말았다. 대신 하아, 짧게 숨을 흘리자 윤수가 입을 쭉 내밀었다.

"너무 한숨 쉬지 마. 나도 파파라치가 우릴 봤을 줄은 몰랐으니까."

반항기인 줄은 알았지만 스캔들까지 일으킬 정도로 반항을 할 줄은 예상하지 못했다. 윤우는 자신이 동생을 너무 과소평가했다고 생각했다.

투덜거리는 윤수를 무심하게 응시하던 윤우는 물었다.

"어떤 스캔들인데?"

"여자랑 호텔에서 나오는 걸 들켰어."

호텔?

어쩐지 걸리는 단어이기는 하지만 윤수도 성인인 이상 크게 문제 될 것은 없었다.

"그 정도는……."

"그 여자, 임신했어."

제길.

"죽어, 그냥."

안 그래도 머릿속이 터질 것 같은데 왜 이런 문제까지 덮쳐 버린 걸까. 윤우는 싸늘한 얼굴을 하고 윤수에게 말했다. 윤수는 머리를 긁적였다. 그리고는 중얼거렸다.

"말했잖아. 그렇게까지 될 줄은 몰랐다니까."

"그럼."

"하지만 급했어. 그렇게까지 하지 않았더라면 그 여자를 못 잡았을 거야."

"어떻게 할 건데?"

지끈거리는 머리를 부여잡고 묻자 윤수는 대답했다.

"책임은 질 거야. 그 여자가 허락해 줄진 모르겠지만 프러포즈도 할 거고, 결혼도 할 거야. 하지만 소속사에선 지금은 아니라고 생각하는 것 같더군. 정 뭣하면 소속사 나와서라도 그 여자랑 결혼할 생각이야."

"진지하군."

"언제나 나는 진지하다니까? 형이 나를 너무 가볍게 봐서 그래.

337

그나저나…… 아까 그 여자랑은 무슨 사인 건데?"

히죽 웃는 윤수의 눈꼬리가 휘어졌다. 이번에야말로 대답을 듣겠
다는 표정을 짓는 그가 거북스러워 윤우는 시선을 돌렸다.

"알 거 없어."

"이거, 맞지?"

새끼손가락을 까딱이며 묻는 윤수의 얼굴엔 웃음기가 가득하다.
윤우는 인상을 썼다.

"알 거 없다니까."

"여자라면 치를 떠는 천하의 강윤우가 아무 상관도 없는 여자를
침실로 들일 일은 없을 텐데?"

"……."

"게다가 내 기억상으론 그 여자, 옷을……."

"잊어."

"어?"

"그 여자의 모든 걸 네 기억에서 지워, 아님 죽는다."

눈에 힘을 주는 윤우는 정말로 그럴 기세로 중얼거렸다. 매번 저만
보면 '죽는다' 라든가, '죽인다' 라는 등등의 살벌한 멘트를 날리는
형이었기에 살짝 움찔하던 윤수는 곧 개의치 않는다는 듯 여유롭게
고개를 끄덕였다. 제길! 태연한 동생의 얼굴을 보던 윤우는 미간을
좁혔다.

"오늘 하루 여기 있다 내일은 다른 곳으로 가. 오래는 못 있어."

여러 가지로 꼬이긴 했지만 풀면 되는 일이다. 윤우는 심각하게 고
민하지 않기로 했다. 실실 웃는 윤수를 못마땅한 듯 응시하다 체념해
버렸다.

거사를 치렀는데 그렇게 혼자 보내야 했던 은결이 걸려 그녀의 집으로 향하려고 몸을 돌리던 윤우는,

"그거 무린데?"

라고 대답하는 윤우를 쳐다봤다.

"무리라니?"

"지금쯤 이미 형에 대해서도 기자들 알고 있을걸? 아버지 어머니에 대한 것도 모두. 미안하게 됐어. 소속사에서 연락 올 때까지 신세 좀 질게. 아, 밖에 나갈 생각도 안 하는 게 좋을 거야. 창문 밖으로 슬쩍 내려다봤는데, 벌써 기자들이 깔린 것 같더라."

"……!"

"형제 좋은 게 뭐야? 힘들 땐 뭉쳐야지!"

넉살 좋게 하하 웃으며 그의 어깨를 툭툭 치는 윤수에게 주먹을 뻗지 않은 것은 그의 냉정하고도 가끔은 불같았던 성격이 은결을 만나 많이 유해졌기 때문이다.

윤우는 서늘한 시선으로 윤수를 응시했다. 피를 나눈 사이라 그런지 윤수도 저만큼 고집불통이다. 한번 쳐들어온 이상 쉬이 나가진 않을 터. 윤우는 굳은 얼굴로 고민하다 툭 말을 던졌다.

"이틀."

윤수는 기다란 검지를 좌우로 까딱였다.

"노노. 2주."

2주는 무리야. 고은결 씨를 못 보잖아.

"사흘."

"일주일!"

"나흘. 이게 한계다."

이를 갈며 말하는 윤우에게 윤수는 환하게 웃어 보였다.

"딜!"

※

밤새 사고회로에 과부하가 걸릴 만큼 머리를 굴렸다. 윤우의 동생
이 그 유명한 '강윤수'였다는 것은 둘째 치고서라도 그가 제게 속삭
였던 달콤하고 아찔한 그 프러포즈가 계속 귓가에 맴돌아서.

재빠르게 대답을 했어야 했는데.

강윤수와 회포를 푸는 것인지 밤새 기다려도 전화가 오지 않는 핸
드폰을 하염없이 바라보다 꼬박 날을 새웠다. 이럴 줄 알았다면 제가
먼저 전화를 걸걸, 하고 후회하던 은결은 아침 출근길에 윤우와 만날
생각이었다.

'어?'

그런데 현관을 나서도 윤우가 보이지 않는 것이 아닌가. 항상 있던
그가 보이지 않자 기분이 이상해졌다. 뒤늦게 핸드폰으로 전화를 걸
어 보았지만 윤우는 받지 않았다.

30분 정도 기다린 다음 하는 수 없이 먼저 회사로 출근했던 은결
은 그곳에 도착하자마자 뜻밖의 소식을 들었다.

"네? 결……근이요?"

365일. 휴일도 마다 않고 일을 한다고 하여 워커홀릭으로도 소문
나 있는 기획 2팀의 왕자가 소식도 없이 결근을 했다는 이야기가 아
침부터 WU미디어 본사 건물을 뒤흔들고 있었다.

"어. 입사 이후 처음으로 무단결근이라던데?"

"무단결근이라고요?"

"응. 지금 기획 2팀이 난리야. 권 이사님이 직접 내려오셔서 일단은 진정시켰나 본데…… 의외지? 왕자가 무단결근이라니. 세상이 어찌 되려고 그러나?"

혀를 차며 중얼거리는 정 대리의 말을 한 귀로 흘려들을 수 없었다. 은결은 미간을 좁히며 아무 말도 하지 못했다. 그러다 문득 생각난 것이 있어 컴퓨터 모니터를 들여다보았다.

포털 사이트의 뉴스란으로 향하여 곧바로 연예 분야를 클릭하던 은결은 이내 자신의 의문을 풀어 줄 수많은 기사들을 발견했다.

≪싱어송라이터, 강윤수. 의문의 여성과 호텔 스캔들?≫

≪야밤의 밀회! 강윤수가 만난 여자의 정체는?≫

≪강윤수, 잠적! 그는 지금 어디에?≫

등등.

굵은 타이틀을 달고 있는 기사들이 시야로 들어왔다. 스캔들 때문이었구나.

은결은 윤우가 연락을 받지 않는 이유가 그의 동생 때문이라는 것을 알아차렸다.

'곤란하겠는데…….'

오늘 그를 만나 어제 있었던 일에 대해 진지하게 이야기해 보려고 했던 은결은 어두운 표정을 지으며 속으로 중얼거렸다.

"……결 씨."

"……."

"은결 씨!"

"네?"

"전화 오는데?"

뚫어져라 모니터만 노려보며 윤우와 어떻게 연락을 할지에 대해서만 생각하던 그녀는 곁에서 들리는 정 대리의 음성에 정신을 차렸다. 아, 하고 웃음을 흘리며 핸드폰을 내려다보자 'Mr. Bond'의 전화가 걸려 오고 있었다.

은결은 저를 빤히 바라보고 있는 정 대리에게 옅은 미소를 지어 준 뒤 얼른 사무실을 벗어나 비상계단으로 향했다. 주변에 아무도 없다는 걸 확인한 후 그녀는 외쳤다.

"어떻게 된 거예요?"

다급하게 묻는 은결의 말에도 윤우는 대답이 없었다. 윤우 씨? 하고, 한 번 더 그를 부른 후에야 후우 길게 한숨을 내쉬는 그의 목소리가 들려왔다.

―뉴스, 보셨습니까?

"네. 그 일 때문에 회사까지 못 나오신 거예요?"

―예. 그렇게 됐습니다. 지금 옴짝달싹 못하는 상태라서. 왠지, 걱정할 것 같아서 연락했어요. 아마도 며칠간 보지 못할 것 같습니다. 고은결 씨를 위해서라도 잠시 떨어져 있는 게 좋을 거라고 생각했어요.

그의 말이 결코 틀린 것이 아니기에 은결은 입을 열지 못했다. 윤우의 말대로였다. 만약 지금 은결이 그의 집에 찾아간다면 스캔들의 당사자로 오인받을 수 있었다. 은결은 윤우가 그랬던 것처럼 긴 한숨을 내뱉었다.

―고은결 씨.

그때, 그가 그녀의 이름을 부른다. 은결은 정신을 차렸다. '네?'

하고 눈을 동그랗게 뜨며 묻자 윤우가 쉿소리를 흘렸다.

─참을 수 있겠습니까?

뭐?

─나는, 힘들 것 같습니다.

그 말을 끝으로, 전화는 끊어졌다. 은결은 아무 소리도 들려오지 않는 핸드폰을 멍하니 붙잡고 있다가 주르륵 주저앉으며 고개를 아래로 떨어뜨렸다. 쿵쿵, 가슴이 크게 뛴다. 윤우가 어떤 표정을 지으며 그런 말을 꺼냈을지 얼굴 표정이 상상이 되어 더욱. 그녀는 잠잠해지지 않는 심장 위로 손을 얹으며 중얼거렸다.

"저도 힘들 것 같기는 하다고요."

※

강윤우가 고은결의 시야에서 멀어진 지 하루.

은결은 연락도 쉽지 않다는 그의 말에 좌절했다. 울리지 않는 핸드폰만 들여다보며 한숨만 푹푹 내쉬었다. 사무실의 책상 앞에 맥없이 앉아 있는 은결을 보고 정 대리가 의아한 표정을 보냈지만 그에 대응할 힘이 없었다. 은결은 그날 내내 끊임없이 긴 숨만 뱉어 냈다.

강윤우가 고은결의 시야에서 멀어진 지 이틀.

화상채팅이나 영상통화로 그의 얼굴이라도 보며 직접 마주하지 못하는 아쉬움을 달래려 했지만 두 사람이 대화를 시작하려 할 때마다 그의 동생, 윤수가 방해를 했다. 윤우를 불러 뭔가를 요구하질 않나, 청소를 하자고 하질 않나, 배가 고프다고 하질 않나, 컴퓨터를 하고 싶다고 비키라고 하질 않나. 윤우가 막무가내로 행동하는 동생을 혼내느라 저와 대화를 지속하지 못하자 은결은 쓰게 웃을 수밖에 없었다.

일이 마무리되면 연락하자고 전화나 메신저를 끈 그녀는 고개를 절레절레 저었다. 어쩐지 장기화가 될 것 같은 느낌이 들었다. 그러면 안 되는데……. 보고 싶은데.

강윤우가 고은결의 시야에서 멀어진 지 사흘.

─목소리가 왜 그래? 요즘 만나는 사람 있냐?

오랜만에 하나밖에 없는 오빠에게서 전화가 왔다. 처음엔 윤우인 줄 알고 반갑게 전화를 받던 은결은 제게 연락을 한 사람이 오빠 한결이라는 사실을 알아차리곤 풀 죽은 목소리로 답했다.

한결은 그에 의아해하면서도 제 속에 든 의문을 풀려 애썼다. 그의 말에 순간 윤우의 얼굴이 눈앞을 스친 것은 당연한 일이었다. 은결은 나지막하게 '응.' 하고 웃으며 대답했다.

─어떤 놈이야! 대체 어떤 놈이기에 네가 이렇게 힘들어해?

그러자 한결은 버럭 소리쳤다. 아마도 제 목소리에 힘이 들어가 있지 않은 것을 알아차렸나 보다고 은결은 생각했다. 고은결을 힘들게 만드는 사람은 가만두지 않겠다며 이를 가는 한결에게 '보고 싶어서 힘든 거야.' 라는 말을 해 줄 수 없었던지라 은결은 하하, 웃음을 흘릴 뿐이었다.

"오빠는 내가 이상한 사람을 만날 거라 생각하는 거야?"

'이번에도 이상한 놈이면 정말 가만 안 둬!' 를 외치는 한결에게 되묻자 그는 답했다.

—감독이다 뭐다 하는 놈은 그랬잖아!

태원의 이야기였다. 부정할 수 없기에 말을 잇지 못하던 그녀는 옅은 미소를 머금은 채 입술을 열었다.

"좋은 사람이야. 평생, 함께하고 싶을 만큼."

—뭐?

"있는 그대로의 나를 사랑해 주는 멋진 남자이고, 또 같이 있는 것만으로도 날 즐겁게 만들어 주는 사람이야. 엉뚱하기도 하고, 가끔 냉정하지만 정말로 뜨겁기도 해. 그리고……."

—왜 말이 없어?

의도하지 않았는데 결국 그를 자랑한 꼴이 됐다. 한창 말을 늘어놓다 제 오빠에게 그런 말을 한 것이 부끄러워 얼굴을 붉히던 은결은 입을 열지 않는 한결을 의아하게 여겼다. 이런 말을 들으면 항상 흥분하던 그가 의외로 잠잠했다. 왜지? 은결이 고개를 갸웃거리며 묻자 한결은 흠흠, 헛기침을 뱉어 냈다.

—고은결, 그 녀석 많이 좋아하는구나.

정확했다. 핵심을 찌르는 그 말에 은결은 심장이 철렁거렸다. 한결은 풋 웃음을 터뜨렸다.

—데려와 봐. 얼마나 괜찮은 녀석인지 면상 정도는 봐 줄 용의가 있어. 물론, 계속 볼지 말지에 대한 판단은 그 이후에 한다.

단호하지만 다정하게도 느껴지는 한결의 말에 은결은 미소 지었다.

"역시 우리 오빠. 쿨해. 멋져."

—쿨하긴. 이상한 놈이면 당장 떼어 낼 거다. 무슨 수를 써서라도.

투덜거리는 것도 한결의 매력이었다. 하지만 한결이 그들을 떼어 내려 할지라도 은결은 윤우와 헤어질 마음이 없었다.

"내 얼굴을 좋아해 주는 남자는 드문데?"

—그러니까 더 조심해야지.

"오빠, 맞을래?"

—사랑한다. 내 동생.

"흥! 말은."

뒤늦게 그녀를 달래는 한결의 말을 들으며 은결은 입을 삐죽였다.

그의 얼굴을 제대로 마주하지 못한 지 벌써 사흘째. 강윤우라는 남자가 미치도록 그립다.

강윤우가 고은결의 시야에서 멀어진 지 나흘.

하루에서 이틀 정도면 얼굴 정도는 볼 수 있을 거라 말하던 윤우에게선 여전히 소식이 없었다. 이틀째까지만 하더라도 직접 보지는 못해도 문자나 전화 정도는 주고받던 그는 감감무소식. 회사에 나가면 유리창 너머로 보이는 기획 2팀 팀장실을 흘긋거리던 은결은 증상이 점점 심해지고 있다는 걸 느끼고 있었다.

"왕자, 대체 언제 오려나? 정말 이쯤 되면 무슨 일 있는 거 아니야?"

오늘도 회사는 윤우에 대한 소식으로 시끄러웠다. 휴게실에 멍하니 앉아 있던 은결은 정 대리의 중얼거림에 정신을 차렸다.

"다른 회사로 옮긴다는 소문이 있던데요?"

"내가 듣기론 결혼 얘기가 들리던데?"

"아파서 입원한 거 아니었어?"

원탁 테이블 주변을 뱅그르르 둘러싸선 중얼거리는 호기심 많은 사람들 중 그 누구도 진실을 알고 있는 사람은 없었다. 저밖에는.

은결은 테이블 위에 덩그러니 놓여 있는 스포츠 신문을 들여다보 았다.

≪대한민국 최고의 스타 강윤수, 뜨거운 열애 중?≫

아직도 강윤수가 그의 집에 있는 걸까. 이쯤 되니 한때 좋아했던 가수가 급속도로 미워지기 시작했다. 나와 윤우 씨의 사이를 방해하 지 말라고.

이럴 줄 알았다면 그의 프러포즈를 받았을 때 바로 대답할 것을. 은결은 후회하고 또 후회했다.

강윤우가 고은결의 시야에서 멀어진 지 일주일.

일주일이다.

무려 일주일.

이렇게 길게 그와 떨어져 본 적은 한 번도 없었다. 사귀기 시작한 이래론 단 한 번도.

매일 밤 윤우와 전화 통화를 하고, 핸드폰 너머로 들려오는 그의 온기를 느끼면서 사랑에 빠졌다. 그의 목소리를 듣지 않는 날엔 잠이 오지 않아서 가끔은 몰래 녹음했던 윤우의 음성을 들으며 혼자 웃기 도 했었다.

어느새 그에게 익숙해져 버렸던 은결이었기에 지금 이 상황이 영 불편하기만 하다. 보고 싶었다. 강윤우라는 남자가 너무 보고 싶어서, 견딜 수가 없었다.

'고은결 씨가 안 데려갈 겁니까? 난 고은결 씨가 날 데려가 줬으 면 하는데.'

옅게 웃으며 속삭이던 그의 음성이 일주일 내도록 귓가를 맴돌았다. 지금이라면 당장 대답할 수 있을 정도였다. 잠깐 망설인 그때가 이렇게 후회스러울 줄은 몰랐다. 은결은 도통 울리지 않는 핸드폰을 집어 들며 크게 결심을 했다.

이대론, 안 돼.

둘 사이가 나빠진 것도 아니었고, 특별한 문제도 없었다. 두 사람이 현재 만나지 못하는 이유를 굳이 꼽자면 윤우의 알려지지 않은 동생이 꽤 유명인이라는 점과 그가 스캔들을 일으켜 윤우의 집에 잠적해 버렸기 때문이긴 했지만 이젠 그것도 견디기 힘들다.

'벌써 일주일이라고!'

은결은 자신의 남자가 보고 싶어 미칠 지경이었다. 하루하루 소중히 해도 모자랄 그들의 연애에 이렇게 시련이 닥칠 줄은 예상하지 못해서 더욱 그가 보고 싶다. 스캔들이고 뭐고, 윤우를 만나야겠다.

사진을 찍히든 말든, 윤우와의 비밀 연애가 회사 사람들에게 들키든 말든, 이제 신경 쓰지 않으련다. 그에게 일주일간 하지 못했던 말을 해 주고 싶다. 그 말을 하기 위해서라면 무엇이든 할 수 있을 것 같았다.

은결은 성큼성큼 발을 움직이며 윤우의 집으로 향했다.

두근두근.

심장이 터질 듯 뛰는 게 느껴졌다. 얼굴이 빨갛게 달아올랐고, 어쩐지 흥분이 되었다. 손이 왠지 떨리기도 해서 그녀는 주먹을 세게 움켜쥐었다.

하지만 움직이던 걸음을 멈추진 않는다.

그녀는 계속해서 걸어갔다. 홀로 결의를 다지며, 그의 집으로 터벅터벅.

'백 일 이벤트' 사건으로 친분을 나누었던 윤우의 오피스텔 경비원이 그녀를 발견하고 반갑게 인사를 건넸다. 그녀는 활짝 웃으며 경비원에게 목례를 하곤 엘리베이터를 탔다. 그의 집으로 올라가는 엘리베이터가 매우 느릿하게 움직이는 것 같았지만 그와는 다르게 가슴은 빠르게 박동했다. 은결은 숨을 후후 몰아쉬었다.

"아."

그리고 눈앞에, 섰다.

윤우의 집. 지난 일주일 동안 오지 못하던 그의 집에 그녀는 당도하고야 말았다. 크게 마음을 먹고 여기까지 왔는데 이상하게 초인종을 누르기가 힘들어 그녀는 한창 고민을 했다.

'그래도!'

그가 보고 싶었다. 윤우를 만나고 싶었다. 목소리를 듣고, 눈을 마주치고, 붉은 입술 위에 제 입술을 덮고 싶었다. 그러고 싶었다.

왜냐하면 그를 너무 많이.

아주 많이.

정말 많이, 사랑하니까!

은결은 긴 손가락을 뻗어 초인종을 꾹 눌렀다.

쿵쾅쿵쾅. 그간 보지 못한 제 연인을 볼 생각에 가슴이 부푼다. 은결은 방방 뛰는 심장을 진정시키려 애쓰며 그의 대문이 열리길 가만히 기다렸다. 기다리고 또 기다렸다.

그렇게 한참을 기다린 후에,

"어?"

닫혀 있던 문이 열렸다.

※

'대체 언제 나갈 거야.'

'왜 그렇게 조급해?'

'나가, 빨리.'

'아직 마무리가 안 돼서.'

'강윤수.'

'에이, 형. 조금만 봐주라. 내가 이런 부탁 자주 하는 것도 아니고. 이번만 좀 참아.'

나흘.

약속했던 나흘을 넘겨 버린 지 오래임에도 불구하고 나가질 않아서 화를 냈더니 오히려 저를 타박했다. 제 말을 끝내고 여유롭게 TV를 보는 동생을 바라보며 윤우는 입을 열지 못했다.

험한 욕을 해도, 폭력을 써도, 밥을 주지 않아도 요지부동. 도통 그의 집을 나설 생각을 않는다. 덕분에 이미 기자들에게 알려질 대로 알려진 그의 집에서 덩달아 나가지 못하는 상황인 데다 회사에도 당연히 가질 못했다.

그러나 그것보다 더 그를 힘겹게 하는 것은,

'윤우 씨……'

그녀를, 보지 못한다는 것.

일주일이다. 은결의 목소리를 듣지 못한 건 닷새째지만, 얼굴을 마주하지 못한 건 일주일째다. 숨이 막힐 것만 같다. 그녀를 제 품에 안자마자 헤어질 줄은 꿈에도 예상하지 못했기에 은결을 향한 갈증이

식질 않는다.

　빌어먹을 놈. 평생 도움이 안 돼.

　가까스로 다스렸던 마음들이 한계에 다다르기 시작했다. 집을 못
나가는 건 어쩔 수 없다지만 은결을 보지 못한다는 건 고역이다. 견
디기 힘든 일이었다. 혁진의 말로는 은결도 회사에서 풀 죽은 얼굴로
돌아다닌다고 하던데. 은결과 전화를 할 때마다 눈치 없이 끼어드는
윤수 때문에 목소리도 듣지 못해 미치겠다.

　윤우는 내일은 어떻게 해서든 저 못난 녀석을 이 집에서 쫓아내고
그녀를 만나러 가야겠다고 다짐하며 욕실로 들어갔다. 이렇게 우울할
땐, 샤워라도 해야지.

　'어?'

　온몸을 빡빡 문지르며 개운하게 샤워를 한 후 윤우는 욕실을 나섰
다. 망할 놈의 동생은 느긋하게 TV를 시청 중이겠지. 제 형의 속 타
는 마음은 알지 못한 채. 아직 프러포즈에 대한 답변도 듣지 못해 미
칠 지경인데, 그걸 알긴 하는 건지.

　윤수에 대한 분노를 다시 한 번 불태우며 이를 갈던 그는 어찌 된
영문인지 TV 소리가 들려오지 않는다는 걸 알고 고개를 갸웃거렸다.
이상한데? 윤우는 고요한 주변을 흘긋거리며 미간을 좁혔다.

　그러다,

　"저 매운 족발 정말 좋아해요!"

　"정말요? 사 오길 잘했네요. 윤수 씨는 윤우 씨랑 입맛이 비슷하
신가 봐요."

　"네! 그런데 여자 취향도 꽤 비슷하단 소리를 듣죠."

　"예?"

"형수님, 딱 내 스타일. 저번에 봤을 때도 느꼈지만 진짜 매력적으로 생기셨어요. 그런 말 많이 듣죠?"

"어, 어머. 윤수 씨도 참. 호호."

누군가와 대화를 하고 있는 윤수의 목소리를 들었다. 그리고 그 '누군가'는 윤수에게 무려 '형수님'이라 불리고 있었고, 그 음성의 주인공은 지난 일주일 동안 윤우가 그렇게도 그리워했던 여자의 목소리와 똑 닮아 있었다.

아니,

"고은결…… 씨?"

분명, 그녀였다.

윤우는 너무 놀란 나머지 자신이 커다란 타월로 다리 밑만 가리고 있다는 것도 인지하지 못한 채 소리가 들리는 방향을 향해 걸음을 움직였다.

"아!"

아니나 다를까. 식탁 쪽에 빌어먹을 동생과 마주 보고 앉아 있는 여자가 보였다. 그녀는 윤우의 입술 사이로 흘러나온 이름에 뒤를 돌아보다 공중에서 그와 시선이 마주쳤다. 은결의 눈꼬리가 보기 좋게 휘어졌다.

"윤우 씨!"

활짝 웃으며 벌떡 일어난 여자는 그를 향해 손을 흔들었다. 윤우는 덩달아 그녀에게 손을 흔들기 위해 팔을 들어올렸다.

"어이어이. 손 들기 전에, 본인이 알몸이라는 걸 좀 자각하지?"

"헉!"

윤우는 아기처럼 미소 지으려다 윤수의 퉁명스러운 음성에 정신을 차렸다.

 슥 얼굴을 내려 보니 은결에게 열심히 손을 흔들려다 그의 허리 밑을 두르고 있던 타월이 풀어지기 일보 직전이라는 걸 깨달았다. 윤우는 얼른 그것을 다시 묶으며 얼굴을 붉혔다. 은결은 그런 그를 바라보며 쿡쿡 웃었다.

 "우와, 형수님. 저런 모습을 보고도 아무렇지도 않네요?"

 "응? 당황해야 하는 건가요?"

 은결이 여유롭게 대답하자 윤수는 피식 미소 지었다.

 "하긴. 같이 침대에서 일어난 사인 것 같던데, 저 정도야 별거 아니겠죠."

 "윤수 씨는 매우 직설적이네요."

 "친근하게 부르세요. 도련님, 어때요?"

 "도련님이요?"

 "우리 형이랑 결혼하실 거죠?"

 "강윤수!"

 제 행색을 인지하고 당황하느라 두 사람의 대화에 끼어들지 못하던 윤우는 버럭 외쳤다. 윤수는 쳇, 하고 입술을 삐죽였다. 윤우는 어색하게 웃으며 말을 잇지 못하는 은결에게 성큼성큼 걸어가선 그녀의 손목을 덥석 잡았다.

 "일단 따라와요."

 윤우의 강압적인 말에 은결은 눈을 크게 뜨며 그에게 끌려왔다. 윤우는 '좋을 때다.' 라 중얼거리는 윤수의 목소리를 깨끗이 무시하며 은결을 제 서재로 데려왔다. 혹시 윤수가 따라올까 싶어 문까지 걸어 잠근 후 윤우는 긴 숨을 뱉어 냈다. 이제야 안도하는 얼굴이었다.

은결은 여전히 윤우에게 손목을 잡힌 상태였다. 윤우는 한참 동안 문 쪽을 응시하다 천천히 고개를 돌렸다. 그리고는 화가 난 표정을 지으며 은결을 직시했다.

"어떻게 된 겁니까?"

윤우의 서늘한 목소리에 은결은 몸을 움찔거렸다.

"무슨 말이에요?"

어리둥절해하는 그녀를 빤히 내려다보며 미간을 좁히던 윤우는 입술을 파르르 떨며 다음 말을 뱉어 냈다.

"윤수랑 말이에요. 언제부터 그렇게 친했던 거였습니까?"

그전에, 둘이 같이 족발을 나눠 먹다니. 그건 나랑도 해 보지 못한 거였는데!

윤우는 제가 그녀를 부르기 직전 똑똑히 보았던 식탁 앞에서의 일을 떠올리며 어금니를 악물었다. 은결은 대체 그가 무슨 소리를 하는가 귀를 기울이다 풋 실소를 터뜨렸다.

"왜 화가 났나 했더니……. 당신이 화난 포인트가 그거였어요?"

은결의 말에 윤우는 심드렁하게 중얼거렸다.

"화라뇨."

그녀는 화사하게 웃으며 말했다.

"지금 동생한테 질투하는 거잖아요, 윤우 씨."

윤우는 인상을 썼다. 질투라니. 내가 왜 강윤수를.

그러나 곰곰이 생각해 보면 윤수를 향한 분노가 한계점을 뛰어넘은 것 같기는 하다. 감히 고은결 씨와 내가 해 보지 않은 매운 족발 먹기를 시도하다니. 갑자기 화가 불꽃처럼 치밀어 올랐다.

"그러네. 제가 윤우 씨가 아닌 윤수 씨랑 먼저 말해서 질투하는 거, 맞죠?"

미묘하게 다르긴 하지만 확실히 맞는 소리였다. 윤우는 생글생글 웃는 은결을 내려다보며 복잡한 표정을 지었다. 그러다 외쳤다.

"아닙니다! 고작 그런 것 때문에 화를 내는 건 절대……."

"정말? 그럼 저 다시 윤수 씨랑 대화 나눠도 돼요? 사실 저 윤수 씨 엄청 좋아……."

"질투 맞습니다!"

제길! 인정하고야 만 윤우가 입술을 삐죽이자 은결은 꺄르르 웃었다. 그녀의 웃음소리가 귓가로 전해졌다. 가슴이 간질거렸다. 윤우는 자신이 겨우 타월 하나를 걸쳤다는 사실을 망각한 채 그녀를 향해 손을 뻗었다. 그리고는 있는 힘껏 그녀를 끌어안으며 중얼거린다.

"당했군요."

은결은 갑작스럽게 저를 안아 버린 윤우의 품을 거부하지 않고 고개를 들어 올렸다. 그녀의 찢어진 눈매가 윤우의 시야로 들어왔다. 은결은 눈부실 정도로 맑게 웃으며 대답했다.

"그래서 더 귀엽게 보여요, 당신이."

못 당하겠어.

윤우는 생글생글 웃는 은결에게 백기를 들 수밖에 없다. 그는 한숨을 푹 내쉬며 그간 느끼지 못했던 그녀의 온기를 받아들이려 애썼다. 은결은 길게 호흡하는 윤우의 품 안에서 말했다.

"보고 싶어서 왔어요."

애절하고, 간절한 그녀의 목소리가 흘러 들어왔다. 덕분에 가슴이 터져 버릴 것만 같았다. 윤우는 떨리는 눈으로 그녀를 내려다봤다. 은결은 미소 지으며 말을 이었다.

"못 본 지 너무 오래돼서, 참을 수가 없었어요. 만약 여기 온다고 미리 말했다면 말릴 것 같아서 그냥 와 버렸어요."

"고은결 씨."

"제 얼굴 봐 봐요, 윤우 씨. 완전 홀쭉이가 되지 않았나요? 강윤우 씨가 너무너무 고파서 이렇게 된 거라고요. 계속 이 상태로 지내다간 인상이 더 무서워졌다는 소리를 들을까 싶어서 결국 왔어요. 제 남자 얼굴 좀 보고 충전을 하려고."

한숨과 함께 그의 허리를 꽉 끌어안은 은결의 팔이 살짝 떨렸다. 겉으론 태연한 척해도 속으론 긴장하고 있었던 게 분명하다. 이 여잔 이런 게 매력적이지.

윤우는 사랑스러운 여자를 내려다보며 고개를 절레절레 저었다.

"고은결 씨의 충전이 필요한 건, 바로 납니다."

그는 속에 든 말을 천천히 뱉어 냈다. 놀란 은결이 그를 쳐다보며 토끼눈을 떴다. 귀여운 사람 같으니. 그는 커다란 손을 들어 올려 그녀의 머리를 슥슥 쓰다듬었다. 은결의 눈꺼풀이 파르르 떨림과 동시에 미동 없던 얼굴이 붉게 상기되었다. 부끄러워하는 것도 참 사랑스러운 여자다.

윤우는 입가에 미소를 건 채 속삭였다.

"일주일 동안 절실히 느꼈습니다."

방해꾼 덕분에 확실히 깨달았다.

"난 고은결 씨와…… 잠시도, 떨어지기 싫습니다."

윤우는 그녀를 더욱 세게 끌어안았다. 이 여자를, 놓쳐선 안 된다. 그의 입술이, 머리가, 심장이 말하고 있었다. 이 여자를 사랑하니까. 잠시도 떨어지기 싫은 거다. 너무 좋아하다 못해 사랑하니까 평생을 함께하고 싶은 거다.

그래서,

'놓아주고 싶지 않아.'

은결은 스스로에게 다짐하는 윤우의 일렁이는 눈동자를 빤히 응시하다 입꼬리를 위로 올렸다.

"이심전심이에요. 저도, 윤우 씨랑…… 잠시도 떨어지기 싫어요."

그의 마음을 설레게 만드는 유일한 여자는 언제나 그랬듯, 가슴을 뛰게 하는 답변을 들려줬다. 그리고 오늘은 한층 더 나아가 야릇한 음성을 귓가에 흘린다.

"그래서 말인데 저 오늘, 여기서 자고 갈까요?"

14화.
고은결 씨가 모두, 처음입니다

WU미디어 광고기획 3팀의 아침은 오늘도 평화롭다.

대부분의 팀원들은 출근 시간인 9시 이전에 출근을 하여 제 자리에 앉아 있었다. 회사 밖에서도 친분을 유지해서 그런지 그들은 업무 개시 전까지 시시콜콜한 잡담을 나누며 시간을 보내고 있었다.

"그런데, 뭔가 빠진 것 같은 느낌이 들지 않아요?"

주말에 뭘 하며 보냈는지 물으며 하하호호 웃던 그들 중 이상하다는 것을 느낀 건 다름 아닌 대웅이었다. 얼마 전 같은 팀원 중 한 명인 정채영 대리와 교제를 한다는 사실이 알려지고 난 후 팀원들의 열렬한 축하 세례를 받던 대웅이 꺼낸 말에 기획 3팀의 직원들의 눈이 동그래졌다.

빠진 느낌? 그들은 무슨 소리를 하냐는 듯 주위를 둘러보다 화들짝 놀랐다.

"고은결 씨가 없네?"

"어머, 그러게요! 은결 씨 아직 안 왔어요?"

"설마 지각인가? 우리 은결 씨가 그럴 리가 없는데……."

"은결 씨한테 연락해 봐요, 정 대리님!"

"맞아. 팀장님 오시기 전에 어서요!"

김희은 과장부터 시작하여 수경, 미연, 강준, 민지까지. 대웅이 뱉어 낸 한마디에 소스라치게 놀라며 시계를 흘긋거리는 그들의 얼굴엔 걱정이 가득하다. 정채영 대리는 평화로운 일상을 깨뜨려 버린 은결의 부재에 당황하면서도 그녀에 대해 염려하는 기획 3팀의 팀원들을 흘긋거리며 풋 웃어 버렸다.

"다들 은결 씨를 이렇게 걱정하고 있었나? 몰랐는데."

고개를 절레절레 흔들며 중얼거리는 정 대리의 말에 남은 인원들이 발끈거렸다.

"대리님도 참. 우리가 은결 씨를 얼마나 좋아하는데요!"

"맞아요, 은결 씨는 우리 팀의 마스코트나 다름없는 사람이잖아요."

"민지 씨, 예전에 은결 씨 무섭다고 그러지 않았었어?"

"에이, 그게 언제 적 일인데. 은결 씨처럼 호감 가는 사람도 없죠!"

"솔직히 말하자면, 저는 우리 팀에서 은결 씨가 제일 좋아요!"

저마다 한 소리씩 내뱉는 그들을 보며 정 대리는 못 말린다는 듯 웃었다. 처음 은결의 사나운 외모를 보았을 때, 모두들 그녀에게 다가가기 어려워했던 것이 엊그제 같은데 이렇게 그녀가 없다고 소란을 떠는 꼴이라니.

만약 이 모습을 은결이 보았다면 꽤나 좋아했을 거라 생각하며 정 대리는 미소와 함께 은결에게 전화를 걸었다.

"정말 은결 씨가 없으니 우리 사무실이 유독 넓어 보이지 않아요?"

"그러게. 우리 은결 씨, 알게 모르게 우리 마음속에 자리 잡았나 봐."

대웅과 김 과장은 은결의 빈자리를 흘긋거리며 대화를 주고받았다. 미연은 그들의 말을 가만히 듣고 있다 후우 한숨을 뱉어 내며 말을 툭 던졌다.

"그러고 보니 은결 씨, 요즘 괜찮은지 모르겠네."

"뭐가요?"

"왜, 신 감독한테 심하게 차였었잖아요."

"아아, 그랬었지."

"사랑엔 사랑이 답이라던데, 괜찮은 남자가 있으면 소개라도 시켜 줄까 봐요."

미연의 중얼거림에 모두들 동의했다. 은결같이 착하고 괜찮은 여자가 그런 나쁜 남자한테 처참하게 버림받는 모습을 지켜보았던 대웅은 더욱 동의했다.

"좋은 아침입…… 응? 분위기가 왜 이렇습니까?"

다들 주위에 좋은 사람이 있으면 연락 좀 해 보라는 말이 흘러나올 정도로, 졸지에 고은결 소개 프로젝트가 암암리에 진행되고 있던 기획 3팀의 분위기를 깨뜨린 건 다름 아닌 주재원 기획 3팀 팀장이었다. 기획 3팀의 팀원들은 눈치라곤 없는 자신들의 팀장을 응시하며 숨을 길게 뱉어 냈다.

주 팀장은 무슨 일이냐는 얼굴을 하고 김희은 과장을 응시했다. 그러자 김 과장이 쓰게 웃으며 그의 의문을 풀어 주었다.

"우리 팀 마스코트가 없으니 영 기운이 안 나네요."

"마스코트?"

재원은 뜬금없는 그녀의 말을 이해하지 못해 눈을 동그랗게 떴다. 희은은 그런 재원에게 말을 덧붙였다.

"고은결 씨요."

그 순간, 재원은 등줄기가 서늘해지는 걸 느꼈다. 언제부터였을까? '고은결'이란 이름을 들을 때마다 몸을 움찔거린 게. 아마도 그때의 출장 이후가 틀림없다.

죽지 않은 것이 다행으로 여겨진 예의 고속도로 과속 사건 이후로 재원은 은결의 이름을 입 밖으로 꺼내는 게 두려워졌다. 그녀를 생각하면 자연스럽게 떠오르는 '그 남자'의 존재로 인해.

"이상하네. 은결 씨 전화를 안 받아."

재원의 얼굴이 하얗게 질려 가든 말든 은결의 거취에 대해서만 신경을 쓰던 기획 3팀의 직원들은 의아해하며 핸드폰을 데스크 위로 얹어 놓는 정 대리의 말을 듣고 미간을 좁혔다.

"정말 무슨 일이 있는 건가……."

"혹시 주말 동안 아팠던 게 아닐까요?"

"은결 씨 집전화 아는 사람 있나?"

"은결 씨 혼자 산다고 하지 않았어요?"

웅성웅성. 은결의 부재로 시작된 기획 3팀의 소란스러운 분위기는 쉽게 가라앉혀지질 않았다.

그 모습을 마냥 지켜보던 재원은 누군가의 잘난 얼굴이 눈앞을 스치고 지나갔지만 소스라치게 놀라며 얼른 얼굴을 휘휘 저었다. 아침부터 그 재수 없는 면상을 떠올리다니. 오늘 하루는 일진이 그리 좋지 않다며 입술을 잘근 깨물었다.

"주 팀장님."

"헉!"

알면서도 모르는 척, 팀장실로 향하기 위해 발걸음을 옮기려던 재원의 몸이 멈칫했다. 등 뒤에서 미성이 들려왔기 때문이다.

재원은 깜짝 놀라면서도 뒤를 돌아보기가 겁이 났다. 제 뒤에 있을 그 인간과 마주치는 날은 곤란한 일이 자주 발생하곤 했으니까. 그렇지만 마냥 무시할 수도 없는 노릇인지라 재원은 하아 숨을 뱉어 내며 고개를 돌렸다.

"가, 강 팀장?"

"좋은 아침입니다."

재원은 유독 환하게 빛나는 WU미디어 광고기획 2팀의 팀장, 윤우의 얼굴을 직시했다. 윽, 왜 이렇게 눈부셔. 항상 머리 뒤에 달고 다니는 후광이 오늘따라 미친 듯이 번쩍였다. 뭐 좋은 일이라도 있었나 싶다. 그러고 보니 지난 일주일 동안 재택근무를 했다던데. 그동안 푹 쉬고라도 왔나 보지?!

재원은 저도 모르게 뒤로 한 발자국 물러났다. 저를 향해 깍듯이 인사를 하던 윤우는 아니나 다를까 비어 있는 은결의 자리를 흘긋거렸다. 윤우가 무엇을 응시하는지 직감한 재원은 혹시나 기획 3팀의 다른 직원들이 그의 시선이 향하는 곳으로 눈을 돌릴지도 모른다는 생각을 했다.

"강 팀장이 아침부터 무슨 일이야? 그것도 오랜만에 회사로 오자마자!"

비밀 사내 연애를 즐긴다는 녀석이 저렇게 대놓고 제 연인의 빈자리를 쳐다봐도 되는 건가. 저번 주엔 눈앞의 남자가 한 주 동안 홀라

당 출근을 하지 않더니, 이번엔 여자의 차례인 건가 싶다. 당당한 윤우와는 달리 가슴을 졸이는 제 모습이 아이러니하게 느껴졌다.

재원은 팀원들의 관심을 돌리기 위해, 그리고 윤우의 눈길을 옮기기 위해 질문을 했다. 그제야 윤우의 서늘하고도 미동 없는 검정색 눈동자가 자신을 향한다.

"해야 할 말이 있어서 말입니다."

"뭐, 뭔데?"

진지한 얼굴을 하는 윤우를 보자니 이상하게 긴장이 됐다. 재원은 침을 꿀꺽 삼켰다. 윤우는 그런 재원을 보면서도 개의치 않고 중얼거렸다.

"여기서 해도 되려나 모르겠네요."

"그래? 그럼 팀장실로."

"아니, 그냥 하겠습니다."

이랬다저랬다 하지 말라고!

윤우를 팀장실로 안내하려던 재원은 얼굴을 빨갛게 물들이며 윤우를 쳐다봤다. 그럼에도 윤우는 신경도 쓰지 않는다. 빌어먹을 놈. 재원은 속이 부글부글 끓는 걸 느끼며 윤우의 닫힌 입술이 열리길 기다렸다.

윤우는 재원을 말없이 내려다보더니 이윽고 다시금 은결의 자리를 쳐다보며 입술을 달싹였다.

"고은결 씨 일인데……."

"어?"

'이봐, 그거 정말 여기서 얘기해도 돼?' 라는 눈빛을 쏘아 대며 윤우를 쳐다봤지만 그는 입을 닫을 생각을 하지 않았다. 윤우의 입에서 은결의 이름이 흘러나오자 기획 3팀의 직원들이 숨을 죽이며 귀를 쫑긋거리는 모습이 보였다.

윤우는 모두의 주목을 받으면서 눈 한 번 깜짝 않았다. 그리고 말했다.

"나 줘요."

청천벽력이란 말이 불현듯 떠올랐다. 마른하늘에 날벼락과도 같은 윤우의 두 마디에 기획 3팀은 들썩였다. 재원은 눈앞이 캄캄해졌다. 이 녀석이 제정신이야? 도통 '비밀 사내 연애'라는 걸 할 생각이 있는지 모르겠다. 아니, 왜 남의 연애에 내가 긴장을 하는 거냐고!

재원은 입을 쩍 벌리며 멍하니 윤우를 쳐다봤다. 그러자 윤우는 미간을 좁혔다.

"싫습니까?"

"고, 고은결 씨가 물건도 아니고, 당연히 싫지! 그리고 고은결 씨는 우리 팀의 중요한 인재라고!"

어찌나 당황했는지 말까지 더듬어 버린 재원은 쳇, 하고 입을 삐죽이는 윤우의 얼굴을 발견하고야 말았다. 그 모습을 본 사람은 비단 재원뿐만은 아니었다.

그의 색다른 모습에 놀라 윤우가 충격적인 말을 뱉어 냈다는 사실을 잊어버린 기획 3팀의 직원들의 눈동자는 동그래져 있었다. 윤우는 나지막하게 중얼거렸다.

"그럼 조금 편해질 줄 알았는데. 아쉽군요."

대체 무엇이 편해진다는 건지 묻고 싶은 마음이 굴뚝같았지만 재원은 소리를 내지 않았다. 왠지 물었다간 엄청난 답변이 들려올 것 같았으므로. 윤우는 기획 3팀을 초토화시켜 놓고도 결코 물러나지 않왔다. 그는 '알겠습니다.' 라 말하며 몸을 뒤로 돌리려다 뭔가 생각났다는 듯 태연하게 말했다.

"오늘 고은결 씨, 결근할 것 같습니다."

이젠 아예 막 나가자는 거냐? 아니 그것보다 정말로 고은결 씨 차례야, 이번엔?

재원은 그렇게 소리치고 싶었지만, 그가 말을 뱉어 내기도 전 주변에 있던 김희은 과장의 말에 시도도 하지 못했다.

"왜요? 아니 그전에, 은결 씨가 결근하는 걸 강 팀장님이 어떻게 아세요?"

터벅터벅, 기획 3팀을 벗어나기 위해 출입구로 발걸음을 옮기던 윤우는 멈춰 섰다. 기획 3팀 사무실에 있던 사람들의 수많은 눈동자가 그를 향했다.

윤우는 일말의 망설임도 없이 웃으며 대답했다.

"제 여자친구 일이니까요."

※

—Rrrr. Rrrr.

요란하게 울리는 벨소리. 은결은 스르륵 감았던 눈꺼풀을 위로 올렸다. 정신없이 울려 대고 있는 핸드폰이 눈에 들어온다. 지금까지 몇 번이나 울리긴 했었지만 피곤해서 받을 생각을 하지 못하고 있었는데, 이번 전화는 왠지 받지 않으면 안 될 것 같은 느낌이 들었다.

은결은 망설이다 손을 뻗었다.

'정 대리님이네.'

입을 크게 벌리며 길게 하품을 해서 그런지 눈망울 끝에 촉촉한 물방울이 맺혔다.

은결은 손등으로 눈물을 슥 닦으며 통화 버튼을 눌렀다.

"네, 대리……."

—은결 씨! 사실이야?!

고막을 울릴 듯 빽 소리를 지르는 정 대리의 목소리가 핸드폰 너머로 들려왔다. 정신이 번쩍 들었다. 은결은 밑도 끝도 없이 사실이냐고 묻는 정 대리의 말을 알아듣지 못해 미간을 좁혔다.

"예? 무슨 소리신……."

—은결 씨 정말 강 팀장이랑 사귀는 거야?

은결은 두 번 생각할 필요도 없이 종료 버튼을 눌렀다. 전화는 그렇게 끊어졌다.

—Rrrr. Rrrr.

다시금 벨소리가 들려왔다. 눈앞이 하얗게 물들었다. 은결은 미친 듯이 울려 대는 핸드폰을 던져 버리려다 말았다. 그리고 벌렁거리는 심장을 진정시키면서 태연하게, 침착하게를 끊임없이 되뇌었다. 몇 번의 심호흡 끝에 안정을 되찾은 그녀는 통화 버튼을 눌렀다. 그러자 상기된 정 대리의 목소리가 들려왔다.

—전화 상태가 왜 이래? 은결 씨, 들려?

은결이 전화를 끊었으리라고는 전혀 생각지 않는 정 대리의 목소리는 하이톤이다. 그녀는 뭐라 대답해야 할지 잠시 고민하다 '네.' 하고 짧게 답변했다. 그러자 정 대리가 쉬지 않고 말을 쏟아 낸다.

그러니까 정 대리의 말은 이러했다.

아침 출근을 훌쩍 넘겨 버린 시점. 은결이 아직 회사에 도착하지 않았다는 것을 안 기획 3팀의 직원들이 웅성거리고 있을 때 갑자기 윤우가 기획 3팀 사무실로 들이닥쳤다고 한다.

무려 일주일 만에 회사로 출근을 한 윤우가 기획 2팀이 아닌 기획 3팀 사무실로 찾아온 것도 충분히 놀라운 일이건만 주 팀장을 향해 뱉어 낸 말 한 마디가 엄청난 파장을 불러일으켰다고 정 대리는 전했다.

장난기 없는, 지독하게 냉랭한 얼굴로 '고은결 씨는 내 여자친굽니다.'라는 말을 당당히 꺼낸 윤우는 얼어붙은 기획 3팀 팀원들을 슥 훑어보다가 제 사무실로 돌아가 버렸다고 했다. 덕분에 오후가 되는 지금까지 기획 3팀 팀원들 중 그 누구도 업무에 집중을 할 수 없었단다.

결국 호기심을 견디지 못해 은결에게 전화를 걸었지만 피곤에 지쳐 잠이 들어 있었던 그녀는 전화를 받지 않았고 이제야 통화가 되었다며 해명을 요구하고 있는 거라고, 정 대리는 말했다.

'아아.'

은결은 정지해 버린 사고회로를 돌리려 애썼지만 가망이 없다는 걸 확인했다. 그녀는 길게 한숨을 뱉어 내며 입술을 달싹였다.

"대리님, 제가 지금 너무 피곤해서…… 내일, 말씀드려도 될까요?"

—어? 은결 씨?

"죄송해요. 먼저 끊을게요."

—은ㄱ…….

그녀는 망설이지 않고 핸드폰 배터리를 분리해 냈다. 자연스레 전화는 끊어졌다. 이러면 핸드폰은 울리지 않겠지. 은결은 까만 화면만 보이는 핸드폰 액정을 흘긋거린 뒤 침대에 벌러덩 누웠다. 머리가 멍해진다.

'못 일어나겠어요?'

'조금……'

'그럼 오늘은 쉬어요. 회사엔 내가 가서 말할 테니.'

그가 집을 나서기 직전 침대에서 몽롱한 눈으로 그를 쳐다보던 은결에게 다정하게 속삭이던 모습이 떠올랐다. 지난 일주일간의 부재를 모두 채우려는 듯 끊임없이 그녀를 안아 버리는 윤우로 인해 머리도 몸도 움직일 수 없었다.

은결은 제 이마에 입술을 맞춘 뒤 침실을 벗어나는 윤우를 그저 바라볼 수밖에 없었다.

그렇게 윤우가 대문을 닫고 나가는 소리를 들으며 깊은 잠에 빠져들었다. 그래서 잠을 자고 있는 사이 일어난 일에 대해선 전혀 모르는 상태였다.

'그런데 사고를, 쳐 버릴 줄이야.'

은결은 왠지 차오르는 헛웃음을 막지 못하고 픗 웃어 버렸다.

"큭큭."

냉랭한 얼굴의 남자가 너무도 태연하게 흘린 말에 초토화되었을 기획 3팀 사무실을 머릿속으로 그려 보니 웃음이 나오지 않을 수 없었다.

은결은 한참 동안 배를 잡고 웃다가 혀를 내둘렀다.

"뭐, 잘된 건가."

사실 타이밍을 재고 있었다. 백 일이 되도록 윤우와 비밀 연애를 하기는 했지만 슬슬 대놓고 만나길 원했으니까. 예상치 못했던 윤수의 일로 인해 그와 일주일 동안이나 헤어져 버림으로써 은결은 자각했다. 이젠 비밀 연애 따위 어떻게 되든 상관없었다. 앞으로 회사에서도 그와 눈웃음을 주고받고 싶어져서 오히려 통쾌하기까지 하다.

물론, 한동안 그녀를 시기하는 다른 팀 여직원들에게 시달리긴 할 테지만 어차피 그런 건 익숙하니까. 게다가 그녀의 곁을 지켜 주는 든든한 남자도 있으니 크게 걱정은 되지 않는다. 은결은 옅게 미소를 지었다.

'난장판이네.'

작게 웃음을 터뜨리던 그녀는 슬쩍 옆으로 시선을 돌렸다. 엉망이 된 침대 주변이 보였다.

윤우는 이런 것을 두고 보지 못할 만큼 깔끔한 사람이지만 아침 일찍부터 은결의 식사를 차려 주고, 바쁘게 집을 나섰던 터라 미처 정리하지 못했다. 은결 역시 온종일 머리가 새하얗게 물든 상태였으므로 당연히 치울 생각은 하지 않았다. 정신을 차리고 보니 이제야 눈에 들어왔다.

은결은 바닥에 널브러진 자신의 속옷과 그의 속옷을 집어 들었다.

"······!"

역시 이해력이 뛰어난 남자답게 윤우는 변강쇠 못지않은 정력으로 그녀를 탐하고 또 탐했다. 기억하려 애쓰지 않아도 자연스럽게 떠오르는 윤우의 거친 숨결로 인해 얼굴이 화끈거렸다. 그로 인해 제대로 몸을 움직일 수도 없어 지금까지 자고 있었던 은결은 피곤이 조금 가시는 걸 느꼈다.

≪뜨겁군, 두 사람. 일주일 동안 고마웠어. 방해 안 되게 나는 사라져 주지. 즐거운 시간 보내. 형수님, 다음에 또 봬요♡≫

윤수가 집 안에 없다는 사실을 알아차릴 사이도 없이 오직 서로만을 바라보고, 서로에게만 집중을 하며 열락의 밤을 보냈다. 뒤늦게 윤수의 쪽지를 발견하고 얼마나 얼굴을 붉혔는지.

윤수가 소리를 다 들었을 거라며 그의 가슴을 두드렸지만 윤우는 어깨만 으쓱일 뿐 개의치 않았다. 오히려 그 소리를 듣길 원하던 표정이어서 은결은 웃음밖에 나지 않았다.

은결은 그가 돌아오기 전 몸을 청결히 할 필요성을 인지하곤, 침실 내의 샤워실로 발걸음을 옮겼다.

쏴아아―

머리 밑으로 떨어지는 뜨거운 물줄기가 들떴던 마음을 정갈히 만들어 줬다. 은결은 수증기가 가득 찬 욕실 안에서 깨끗하게 샤워를 했다. 몇 분의 시간이 지난 후 목욕을 마치고 나온 그녀는 주위를 둘러보다 윤우의 옷장을 발견했다.

여분의 속옷을 챙겨 오지 못한 상태였으므로 그녀는 아직 개시하지 않은 그의 새 속옷을 걸쳐 입은 걸로도 모자라 하얀 셔츠를 상체에 둘렀다. 남자들은 여자들이 이런 모습을 하면 좋아한다던데. 그녀를 발견하고 깜짝 놀랄 윤우를 그려 보니 입가에 미소가 맺힌다.

은결은 웃으며 젖은 머리카락을 말렸다.

'멋대로 커밍아웃을 해 버렸으니,'

나도 멋대로 그의 집 탐방을 해 주겠어.

개운하게 샤워도 했고, 머리카락도 말렸다. 어질러진 침실도 청소하고 창문을 활짝 열었지만 아직 윤우는 집에 돌아오지 않았다. 은결은 그가 없는 시간 동안 멍하니 있는 걸 포기하고 그의 집 구석구석을 탐색하기로 했다. 일종의 복수나 마찬가지였다.

"역시."

은결이 가장 먼저 향한 곳은 그의 서재가 있는 곳이었다. 어제 윤우가 저를 보자마자 끌고 온 곳이다. 이곳에서, 모든 게 시작되었지. 은결은 쿡쿡 웃었다. '자고 갈까요?' 라는 제 말에 그녀의 입술 위로 제 입술을 덮던 윤우는 야성적이었다. 은결은 그에게 끌려갔었다. 그리고 정신없이, 빠져들었다.

문을 열자마자 책 향기가 물씬 풍기는 그곳은 강윤우의 서재라는 것을 단번에 알 수 있을 만큼 깔끔하게 정리되어 있었다. 어젠 미처 눈치채지 못했었는데. 은결은 가나다순으로 정리되어 있는 책장을 가만히 올려다보며 미소 지었다. 마치 도서관에 온 느낌이다. 이 정도로 많은 책을 읽으니 그렇게 박식한 거겠지. 그럼에도 지치지 않고 끊임없이 지식을 쌓으려 노력하는 남자는 매력적이다.

은결은 미소를 그리며 고개를 돌리다 무언가를 발견했다. 서재에 꽂혀 있을 것이라 생각하지 못한 앨범이었다. 그녀는 반사적으로 손을 뻗었다.

"어머."

그의 옛 모습을 볼 수 있지 않을까 싶어 열어 본 앨범의 첫 장에는 바이올린을 들고 있는 윤우의 어린 시절 사진이 있었다. 타인이 볼 때 언제나 냉랭한 얼굴을 하고 있는 지금과는 달리 눈부실 정도로 맑게 웃고 있는 꼬마 강윤우는 지금과 변하지 않은 미소를 짓고 있었다. 사랑스럽기 그지없는 꼬마 아이다.

"아……."

윤우의 주변엔 사람이 많았다. 워낙 예쁘장한 얼굴이기도 했지만, 나이도 어린 주제에 다른 사람을 홀려 버릴 만큼 밝은 미소를 짓고 있던 까닭이었을까. 초등학교 시절부터 중학교, 그리고 고등학교 입학 시절까지 줄곧 웃고 있던 윤우가 '어느 시점'을 계기로 무뚝뚝한 표정을 짓고 있는 사진이 보였다.

은결은 탄식을 뱉어 냈다.

'누군가에게 친절을 베푸는 게 무서웠어요. 그래서 일부러 벽을 쳤습니다.'

그가 처음 그녀를 안았을 때 제게 고백했던 말이 생각났다.

아무래도 이때부터가 아니었나 싶다. 윤우의 얼굴에서 미소가 사라진 것은.

물론 웃지 않는다고 하더라도 특유의 아름다움은 사라지지 않았지만 웃고 있는 강윤우가 훨씬 더 멋지다는 걸 알아서 그런지 은결은 가슴이 욱신거리는 걸 느꼈다. 아프다. 웃지 않는 그를 보고 있자니.

고등학교 졸업 이후로 찍혀 있는 그의 사진들에는 놀랍게도 웃는 모습이 단 하나도 없어 더욱 슬펐다. 은결은 어느새 앨범의 마지막장까지 덮었다.

서재에서 나온 그녀는 다른 곳으로 발걸음을 옮겼다. 가지런히 정리되어 있는 욕실의 수건들도 발견하고, 언젠가 그가 좋아한다며 은결에게 들어 보라고 추천했던 클래식 앨범을 모아 놓은 장식장도 발견했다. 오디오 근처엔 은결과 데이트에서 샀던 피아노 모양의 장신구를 올려 둔 것도 보였고, 은결이 그에게 준 물건들을 예쁘게 모아 놓은 서랍도 발견했다.

매우 사소한 것들. 그렇지만 그가 얼마나 그녀를 생각하는지 알 수 있는 것들이 눈에 들어오면 들어올수록 은결은 가슴이 벅차 왔다. 그리고 중얼거린다.

"부족해."

아직은…….

아무리 그의 집을 둘러보고 있어도 부족한 감을 지울 수가 없다. 그녀에게만 환하게 미소를 지어 주는 이 남자에 대해서 자꾸만, 더 많이, 감당하기 힘들 정도로 알고 싶은 욕구를 막을 수가 없다.

윤우의 집 곳곳을 돌아다니다 지쳐 거실의 소파에 쓰러져 버린 은결은 하얀 천장을 올려다보며 길게 한숨을 뱉어 냈다.

"정말…… 사랑을 하는 거구나, 내가."

사랑이란 재미있다.

그렇게 좋아했던 태원이란 존재를 새하얗게 잊어버리고 이젠 강윤우라는 남자만 생각하는 자신이 낯설다. 헤어진 지 얼마 되지 않아 찾아온 사랑이 제 전부가 되어 버렸다.

운명……이려나.

은결은 그를 그리면 정신없이 뛰는 심장의 박동 소리에 옅게 웃었다

그가 좋아 미치겠다. 너무 사랑해서 줄곧 함께 있고 싶다. 연애 초기라서 들뜨는 마음을 가라앉히지 못하는 것일 수도 있겠지만 감히 예상컨대, 이런 마음이 쉽게 변할 것 같지는 않다.

이유는 딱 한 가지. 강윤우라는 남자는 알면 알수록,

'더 새로우니까.'

은결은 매번 '처음입니다.'를 반복하는 윤우를 그렸다.

설레는 사람이다.

서투르지만 노력하는 게 사랑스러워서 자꾸 미소를 짓게 되는 사람.

그래서 더 좋은, 함께 있는 게 즐거운 사람.

순식간에 그녀의 마음속에 자리 잡은 사람.

헤어지기 싫은 사람. 줄곧 곁에 있고 싶은 사람. 너무 원하는, 사람.

'빠른…… 걸까.'

빠르겠지. 무척 빠를 거야. 그들이 교제를 한 지는 고작 백 일하고도 일주일을 조금 넘었다. 게다가 첫 거사를 치른 지도 얼마 되지 않았고 두 번째는 겨우 어제였다.

하지만…….

콩닥콩닥, 기분 좋은 심장의 박동 소리가 은결의 머릿속을 가득 채웠다.

눈을 감고 생각해 봤다. 검정색 턱시도를 입고 제게 손을 내미는 그 남자를 향해 다가가는 순백의 드레스를 입은 제 모습은, 상냥하게 미소를 짓는 남자의 손을 힘차게 맞잡는 제 모습은, 예뻤다.

은결은 웃었다.

"나쁘진 않아."

※

달칵.

윤우는 서둘러 문고리를 잡아 돌렸다.

회사를 벗어나기 전까지만 하더라도 태연했던 가슴은 지금 정신없이 뛰었다. 그의 심장이 제멋대로 움직이는 까닭은 제집에 있을 그 여자 때문이다. 한 번 반하게 된 후 미친 듯이 빠져들게 된 그 여자가 자신의 집에서 그를 기다리고 있을 생각을 하니 심장이 터져 버리기 직전이다.

윤우는 세게 문을 밀었다.

고은결 씨를 보면 뭐라고 말을 해야 하나.

아침에 그런 폭탄을 던져 버린 걸 지금쯤 알아냈을 텐데.

각오는 하고 있었다. 그러나 더 이상 숨길 필요는 없다고 생각했다. 지난 일주일간, 윤수에 의해 반강제적으로 회사에 나가지 못하고 은결에게 연락을 마음대로 할 수 없어 애타면서 그는 결심했다.

어차피 제 여자가 될 것이라면 다른 이들이 눈독을 들이지 못하게 확실히 해 둘 필요가 있었다. 오랜만에 나간 회사에서 기획 3팀의 직원들이 은결에게 남자를 소개시켜 줘야 한다는 말을 지나가다 들은 직후였으므로 더더욱.

'……어?'

떨리는 마음을 부여잡고 집 안으로 들어온 윤우는 캄캄하기 그지없는 제집 안을 발견하고 눈을 크게 떴다. 당연히 불이 켜져 있을 거라 생각했던 집은 황량했다. 윤우는 크게 박동하던 심장이 바닥을 찧는 걸 느꼈다.

'설마.'

가 버린 걸까?

간밤에 쉬지 않고 그녀를 안았던 그였다. 그로 인해 오늘 회사에도 출근을 하지 못했던 은결이 제집에 있을 거라 생각했던 것은 오산이었을까.

윤우는 쉬이 움직이기 힘든 몸으로 은결이 사라졌을까 두려워졌다. 너무 집착한다고, 그에게 질려 버린 건 아니겠지? 윤우는 그답지 않게 긴장을 하며 은결의 이름을 불렀다.

"고은결…… 씨?"

쿵쾅쿵쾅, 가슴이 일렁였다. 긴장감이 더해졌다. 초조한 생각도 든다. 윤우는 이마에 땀이 송골송골 맺히는 것을 느끼며 미간을 좁혔다. 주위를 두리번거려도 그녀는 보이지 않았다. 어둠만 가득할 뿐이다. 인기척이라곤 느껴지지 않아 숨이 막혔다. 가장 먼저 보이는 서재 쪽으로 발걸음을 했지만 그녀는 보이지 않는다. 윤우는 점점 입술을 잘근 깨물었다.

"응? 윤우 씨. 왜 그러고 있어요?"

그때였다.

집 곳곳을 뒤져도 은결의 흔적을 찾을 수 없었던지라 절망감을 감추지 못했던 윤우는 멀지 않은 곳에서 들려오는 은결의 낭랑한 목소리에 고개를 들었다. 환청인가 싶었지만 빙긋 웃으며 저를 쳐다보고 있는 그녀가 어둠 속에서도 환하게 빛나는 게 보였다.

윤우는 눈을 크게 떴다. 은결은 그런 그를 내려다보다 스위치를 찾아 불을 밝혔다. 그러자 길게 찢어진 눈을 제게 고정시키고 있는 은결이 완벽하게 시야로 들어왔다.

"윤우 씨?"

어디서 나왔나 했더니 그녀가 나온 곳은 자신의 침실 쪽이었다. 분명 침실도 둘러봤던 그였는데 다급해서 그냥 지나쳤던 게 틀림없다. 윤우는 안도의 한숨을 뱉어 냈다. 은결은 그런 그를 보며 고개를 갸웃거렸다. 윤우는 중얼거렸다.

"……줄, 알았어요."

"네?"

"가 버린 줄 알았습니다."

힘없이 중얼거리면서도 그녀가 있다는 사실에 기쁨을 감추지 못하는 윤우를 보고 은결은 피식 웃었다. 그리곤 주저앉은 그의 앞에 서선 천천히 무릎을 굽힌다. 반짝반짝 빛나는 그녀의 맑은 눈동자가 그를 향했다.

"왜 그렇게 생각했어요?"

윤우는 대답하지 못했다. 제 성급함 때문에 그녀가 놀랐을까 봐 두려웠다고, 어떻게 말을 하지. 머뭇거리는 그를 보며 은결이 빙긋 웃었다.

"아아. 윤우 씨도 아는구나. 그 말이, 몹시 급했다는 걸. 다른 여자들 같았다면 겁을 먹었을지도 모르죠. 다른 일도 아니고, 결혼 문제니까."

윤우의 눈이 동그래졌다. 정곡을 찔려 버렸던 것이다.

은결의 미소는 더욱 짙어졌다. 윤우는 그런 은결을 홀린 듯 응시했다.

"하지만 일주일 전인걸요. 생각할 시간은 충분했어요."

윤우는 웃는 은결을 응시했다. 그녀는 쑥스럽다는 듯 웃음을 멈추지 않다가 뒷머리를 긁적이며 중얼거렸다.

"윤우 씨와 만나지 못하는 동안 그때 바로 답하지 못한 걸 후회하고, 또 후회했어요. 어제도 바로 말하고 싶었는데 기회가 없었죠. 그래서 오늘 또 생각을 했어요. 과연 어떻게 답을 해 주어야 할까. 뭐라고 말해야 할까, 계속."

"고은결 씨……."

"그래서 결론을 내렸어요!"

은결의 눈꼬리가 휘어졌다. 그녀는 당당하게 외쳤다.

"제가 윤우 씨를 데려가는 것도 나쁘지 않을 것 같아요. 아니, 나쁘지 않을 것 같다는 건 말이 안 되죠. 완전 이득인걸요, 제 입장에선!"

강윤우가 오래전, 처음 보았던 그녀의 아름다운 눈웃음이었다. 두근두근. 심장이 제멋대로 뛰었다. 윤우는 그녀를 바라보며 닫혀 있던 입술을 움직였다. 이 말을 하지 않는다면, 후회하겠지. 그는 반짝반짝 빛나는 제 연인을 향해 속삭였다.

"고은결 씨가, 처음입니다."

은결의 눈이 동그랗게 변했다. 그는 멈추지 않고 말했다.

"날 설레게 하는 사람은 당신이 처음입니다. 가슴을 뛰게 만드는 사람도 당신이 처음이었죠."

"윤우 씨."

"가지고 싶다고 생각한 사람도, 입을 맞추고 싶다고 생각한 사람도, 안고 싶다는 마음을 품게 한 사람도…… 모두, 당신이 처음입니다."

그녀의 눈동자가 파도처럼 요동쳤다. 윤우는 속삭였다.

"고은결 씨는 처음으로 내 마음을 흔들어 버린 사람입니다."

한 자 한 자 똑바로.

윤우는 제 마음에 든 모든 것을 쏟아 냈다. 넋을 놓고 그의 말을 듣고 있던 은결이 벅차오르는 표정을 짓다 싱긋 웃는 게 보였다. 윤우는 숨을 죽이며 그녀의 대답을 기다렸다. 은결은 전혀 무섭지 않은 얼굴로 대답했다.

"윤우 씨의 '고은결 씨'라는 말이 듣기 좋아요. 앞으로도, 쭉, 영원히 듣고 싶은 호칭이에요."

자신감 넘치는 그녀의 말이 귀에 닿는다. 윤우는 집중했다. 은결은 말했다.

"사랑해요."

"……!"

"당신을 사랑해요. 너무 사랑하는 것 같아요. 좋아하는 건 윤우 씨가 먼저였겠지만 저는 지는 걸 좋아하지 않아요. 그에 뒤지지 않기 위해 전 앞으로 더 많이 당신을 사랑해 줄게요. 그러니까……."

"잠시만!"

윤우는 거침없는 그녀의 말을 들으며 손을 번쩍 들었다. 은결이 어리둥절한 시선을 보내는 게 느껴졌다. 하지만 그걸 마주할 틈도 없이 윤우는 고개를 숙였다.

"이런 화끈한 고백은, 처음입니다."

"네?"

"숨을 돌릴 시간을 주세요. 아니면…… 지금 당장 당신을 덮쳐 버릴 것 같거든."

자신이 폭탄을 던지면 이 여자는 그보다 몇 배로 저를 뒤흔든다. 윤우는 붉게 달아오른 얼굴을 숨기며 중얼거렸다. 풋, 웃음을 터뜨리는 은결의 음성이 귓속으로 들어온다. 윤우는 쉽게 얼굴을 들지 못했다.

그 순간,

은결의 손이 그의 **뺨**에 닿았다.

윤우는 제 얼굴을 들게 만드는 윤우에 의해 천천히 그녀를 쳐다봤다. 은결의 사랑스러운 얼굴이 보였다.

"지치지도 않나요, 강윤우 씨? 어제 그렇게 안았으면서 또 안고 싶어요?"

웃는 그녀의 말에 윤우는 진지하게 대답했다.

"원래 초보가 더 무서운 법이라지 않습니까."

"흐응. 하긴, 그건 그렇죠."

은결은 그의 목에 팔을 두르며 귓가에 입술을 가져다 댔다.

"어제보단 더 격렬하겠죠?"

윤우는 허리를 긴 팔로 감쌌다.

"이제 세 번째니까요. 매우 능숙할 거라 자신합니다."

오만하게도 들리지만 그는 거짓을 읊진 않는다. 은결은 풋 웃었다.

"그렇겠죠. 윤우 씨는 이해력이 빠른 사람이니까. 엄청 아찔할 거예요, 분명."

야릇하게 웃는 그녀의 얼굴에 홍조가 그려졌다.

쿡쿡거리며 서로를 응시하던 두 사람은 동시에 일어났다. 윤우는 그녀를 안아 들었다. 은결 역시 그에게 팔을 두른 채 다리를 그의 허리에 둘렀다. 그녀의 얼굴에 번지는 미소 덕분에 가슴이 들뜬다. 윤우는 일렁이는 눈으로 그녀를 내려다봤다. 그의 품 속에 안겨 있는 은결이 윤우를 쳐다봤다. 은결은 다정하게 말했다.

"난 말이에요, 윤우 씨. 당신에 대해, 아직도 궁금한 것이 많아요."

"궁금한 것?"

"네. 당신의 무엇이 처음인지 알고 싶어요. 그래서 당신의 처음을 함께할 수 있는 사람이 저였으면 좋겠어요. 그러니 윤우 씨가 아직 못 해 본 것들, 그리고 하고 싶은 것들이 있으면 모두 말해 줘요."

윤우는 눈으로 웃으며 물었다.

"말한다면?"

은결은 머뭇거리지 않고 대답했다.

"같이 해 보게요. 당신이 하고 싶은 것들도 하고, 또 다른 연인들이 하는 사소한 것들도 전부 해 버리면 그때, 우리 결혼해요."

은결은 놀라는 윤우의 입술에 제 입술을 맞대며 쿡쿡 웃었다.

"그때까지, 기다려 줄 수 있나요?"

두말할 필요가 있을까. 윤우는 세차게 고개를 끄덕였다. 그리고 있는 힘껏 그녀를 안아 든 채, 침실로 터벅터벅 걸음을 옮겼다. 이젠 윤수라는 방해꾼도 없다. 비밀 연애라는 장애물도 없으니 어디서든 그녀와 사랑을 나눌 수 있었다. 가슴이 벅차올랐다.

윤우는 들뜬 얼굴로 침실 문을 활짝 열었다. 슬쩍 시선을 돌리니 은결이 맑게 미소 짓는 게 보인다. 그런 그를 향해 그녀는 행복을 가득 담은 목소리로 속삭였다.

"당신과 연애를 하면서 아직 해 보지 않은, 처음인 것들이 많이 남아서…… 어쩌면 저는 정말로 행복한 여자일지도 모르겠어요."

—fin.

온몸에 새겨진 열꽃의 흔적이 점점 달아올랐다.

거친 숨을 내쉬고 있는 그녀의 이마에 맺힌 땀방울은 아래로 흘러 내렸다.

"고은결 씨."

윤우는 가슴속을 크게 울리는 목소리로 은결을 불렀다. 윤우의 아래에서 거친 숨을 몰아쉬던 은결은 찡그렸던 얼굴을 펴며 그를 응시했다. 그는 제대로 눈을 뜨기 위해 얼굴에 힘을 주고 있는 은결의 뺨을 손등으로 쓸어내렸다. 하아, 그녀는 부드러운 윤우 손길에 숨을 토해 냈다.

"고은결…… 씨."

그가 다시 한 번 은결의 이름을 부른다. 은결은 겨우 눈을 뜬 상태였지만 대답하지 못했다. 아무런 말도 내뱉을 수가 없었다. 윤우의 움직임이 그녀가 소리를 내지 못하게 만들고 있었다. 격렬하진 않았지만 은결의 정신을 장악하는 반동은 그녀의 몸을 마비시켰다. 두 사람이 하나가 되는 과정이 이렇게 아찔하고 숨을 조이게 만들 줄은 예상하지 못했다.

"은결…… 씨."

짙은 여운이 남는 윤우의 음성이 귀를 간질였다.

그가 아래위로 움직일수록 점점 환상 속을 거니는 몽롱함에 빠져 있던 은결은 제 이름이 그의 입술 사이로 새어 나오자 겨우 정신을 차렸다. 흐려졌던 초점이 제자리를 찾았다.

은결은 강렬한 눈빛으로 저를 내려다보는 윤우를 향해 아주 낮은 목소리로 대답했다. 그녀의 반응에 윤우는 허리를 움직이는 속도를 늘리기 시작했다.

"하아!"

깊숙하게, 그의 것이 밀려 들어왔다. 은결은 제 안을 가득 채우는 그로 인해 가쁜 호흡을 내쉬었다. 어질어질했다. 숨을 쉴 수 없을 만큼 그녀의 깊숙한 곳으로 파고드는 그로 인해 영화 소설에서 왜 여자들이 남자의 품에 안기면 그토록 탄성을 내지르는지 이해할 수 있을 정도다.

아프기는 했지만 나쁘지는 않았다. 약간의 쾌감마저 느껴진다. 흐트러진 윤우의 얼굴을 자신의 시야에 담는 것만으로도 은결은 짜릿했다.

유일했다.

남들에겐 보여 주지 않는, 섹시한 시선으로 자신을 바라보는 것과 떨리는 눈동자 안에 오직 그녀만을 담겠다는 듯 제게서 눈을 떼지 못하는 행동 모두.

은결은 굵은 땀방울을 그녀의 얼굴 위로 떨어뜨리며 활활 타오르는 눈빛을 쏟아붓는 윤우를 향해 히죽 웃었다. 그리고 곧 손을 들어 윤우의 목을 끌어당겼다. 윤우는 은결의 행동에 짙은 미소를 지으며 속삭였다.

"자꾸 자극하면…… 멈추기가 힘들잖습니까."

은결은 그녀의 입술을 살짝 물어뜯는 그의 속삭임에 얼른 답했다.

"누가, 하아, 멈추래요!"

그의 눈동자가 그녀의 음성에 크게 흔들리는 게 보였다. 은결은 땀에 젖은 그의 등을 세게 끌어안으며 타액에 젖은 붉은 입술을 움직였다.

누군가 그녀를 가득 채워 주는 이 기분이 좋았다. 그리고 그 상대가 윤우라는 것도 그녀의 심장을 터질 정도로 행복하게 만들었다. 처음엔 그 크기에 약간 겁을 먹었던 것도 사실이었지만 실제로 그녀의 깊은 곳을 파고드는 느낌은 반복될수록 나쁘지 않다. 이젠 즐길 정도라면, 그가 깜짝 놀라겠지?

은결은 놀라는 윤우를 향해 말을 이었다.

"아직, 전…… 만족 못 하겠는데요?"

윤우의 동공이 풍랑을 만난 듯 세차게 흔들렸다. 은결은 그의 눈동자를 뚫어져라 응시하며 얄궂게 웃었다.

"설마 이 정도로 만족했다는 건 아니죠?"

그녀의 말에 그가 으르렁거렸다는 건 말할 필요도 없었다.

"천만에요!"

불을 뿜어낼 듯 뜨거운 시선으로 은결을 집어삼켜 버린 윤우는 잠시 멈추었던 허리에 힘을 주기 시작했다. 살과 살이 맞닿는 열기가 가득한 소리가 침실 안에 들어찼다. 가쁜 숨결을 내뱉으며, 오로지 서로에게만 집중하는 두 남녀의 움직임이 다시 재개되었다.

"윤우 씨, 어서요, 어서!"

잠깐 안겼다가 금세 떨어질 생각이었는데 밤새도록 윤우와 붙어 있었다. 덕분에 집에도 들르지 못하고 곧장 출근을 하게 생긴 은결은 어느새 준비를 끝마치고 현관에 서선 윤우를 부르고 있었다.

보통 때 같았으면 이미 출근 준비를 마쳤을 윤우는 정돈되지 않은 머리를 벅벅 긁으며 밖으로 나오고 있었다. 은결은 느릿하게 움직이는 그의 얼굴에 불만이 가득하다는 걸 눈치챘다. 브리프케이스를 들고 뚜벅뚜벅 걸어오는 윤우를 향해 은결은 말했다.

"왜 그런 표정인 거예요, 윤우 씨. 출근, 하기 싫어요?"

윤우는 직설적인 은결의 질문에 움찔거리더니 후우 한숨을 내쉬며 중얼거렸다.

"⋯⋯딱히 그런 건 아니지만."

아니지만?

"조금 더 같이 있고 싶어서."

입술을 삐죽이며 나지막하게 중얼거리는 그의 말에는 진심이 가득 담겨 있었다.

은결은 풋 웃음이 터져 나오려는 걸 참아야만 했다. 프러포즈도 받아 주고, 역으로 한 번 더 프러포즈를 하기도 했는데 뭐가 이리 원하는 것이 많은지.

하지만 그녀 역시 그와 비슷한 입장이었던지라 은결은 현관을 나서길 머뭇거리는 윤우를 향해 한 걸음 다가갔다.

"고은⋯⋯!"

은결은 망설임 없이 윤우의 입술 위에 제 입술을 가져다 댔다. 촉

소리와 함께 두 사람의 보드라운 살이 부딪혔다 떨어졌다. 출근하기 싫다며 투정을 부리던 남자의 눈동자는 동그래졌다. 은결은 쿡쿡 웃으며 속삭였다.

"오늘은 꼭 회사에 나가 봐야 해요. 어제도 빠졌는데 오늘도 빠진다면 불성실하다고 소문날 거예요. 그런 말을 듣는 건, 원치 않아요."

"고은결 씨……."

"대신 오늘은 우리 집에 오는 게 어때요?"

"고은결 씨네 집?"

"이틀간 윤우 씨네 집에 있었으니까, 오늘은…… 내가 초대하고 싶은데."

야릇한 미소를 지으며 은결이 눈빛을 보내자 그가 흠칫 놀라 입을 다물었다. 콩닥콩닥, 괜스레 가슴이 뛰었다. 은결은 침을 꼴깍 삼키며 윤우의 대답을 기다렸다.

윤우는 무표정하던 얼굴 위로 환한 웃음을 띠며 고개를 끄덕였다.

"좋습니다."

※

"어?"

드르륵 열리는 엘리베이터 문 사이로 보이는 윤우와 은결의 모습에 혁진은 반사적으로 탄성을 흘렸다. 공개 연애 선언을 한 후였던지라 엘리베이터 안에서도 은결의 손을 꼭 잡고 있던 윤우는 '아.' 하고 대응을 했다.

혁진은 이젠 아예 남들에게 숨길 생각도 않는 두 연인의 애정 행각을 물끄러미 바라보다 얼굴을 도리도리 흔들었다. 참, 대담한 연인들이군. 그는 속으로 중얼거리며 엘리베이터 안으로 들어섰다.

"결국 커밍아웃 했더라?"

은결이 친절하게 이사실로 향하는 층의 버튼을 눌러 주었던지라 고맙다는 눈빛을 보내던 혁진은 제게 말 한 마디 하지 않고 오로지 은결에게만 시선을 집중하는 윤우에게 대화를 걸었다. 그제야 느릿하게 윤우의 눈동자가 움직였다.

"예."

"그렇게 숨기려 들더니."

"드러내는 편이 더 나으니까요. 안 그래요, 고은결 씨?"

윤우는 두 남자가 대화를 나눌 수 있도록 가급적 끼어들지 않으려는 은결에게 미소를 지었다. 은결이 어색하게 웃자 풋 실소를 터뜨린 혁진은 그녀를 응시했다.

"앞으로 꽤 고생하시겠습니다, 고은결 씨."

안 그래도 어제 회사가 난리였는데.

오죽하면 저를 보좌하는 기획이사 비서실까지 들썩였겠는가. 혁진은 '왕자가 연애를 한대!'라며 울먹이던 자신의 여비서들을 떠올리며 고개를 절레절레 흔들었다. '그러게요, 걱정이 되네요.'라든가, '이제 어떻게 해야 할지…….' 등등의 답변이 흘러나올 것이라 믿어 의심치 않던 혁진은 은결에게 위로라도 해 줄 생각이었다.

그런데,

"저는 기대되는걸요?"

그녀는 혁진의 생각과는 전혀 다른 대답을 뱉어 냈다. 혁진의 눈은 동그래졌다. 은결은 찢어진 눈을 더욱 길게 찢으며 말했다.

"팀장님을 좋아하는 여직원들에게서 팀장님을 사수하는 재미도 있을 것 같아요. 골키퍼가 얼마나 강력한지 보여 주는 것도 공개 연애하는 재미, 아니겠어요?"

"……!"

〈18층입니다.〉

"어머, 벌써 도착했네. 그럼 이사님, 좋은 하루 되세요!"

"아…… 예."

"팀장님, 나중에 봐요."

혁진에겐 사무적인 태도를, 윤우에겐 애정의 눈빛을 쏘아 대는 은결은 놀라웠다. 혁진은 윤우와 시선을 주고받던 그녀가 사무실로 들어가는 모습을 멍하니 지켜보았다. 그러다 그녀를 따라 엘리베이터를 벗어나려는 윤우에게 말했다.

"강적은 너뿐인 줄 알았더니…… 고은결 씨도 만만찮군."

윤우는 그걸 이제 알았냐는 얼굴을 하고 대답했다.

"당연하죠. 제 여자친구니까요."

왠지, 납득이 가는 말이라고 혁진은 생각했다.

내 이름은 주재원.

WU미디어 그룹의 광고기획 3팀을 책임지고 있는 건실한 청년.

나이는 서른하나이고, 키는 180센티를 넘는다. 어디 나가서 빠진다는 말을 들어 보지 못한 외모로 인해 걱정 없이 살아왔다. 그렇게 잘난 맛에 살아오던 내 인생은 WU미디어에 입사를 하게 되면서 파란을 맞게 된다.

"강윤웁니다."

그렇다. 강윤우. 나의 일생일대의 라이벌. 최대의 숙적. 반드시 쓰러뜨려야 하는 남자!

하필이면 한날한시에 우리 회사로 입사를 하여 팀장의 직급까지 오르도록 내게 많은 열등감을 안겨 주었던 기획 2팀의 팀장 강윤우는 어떻게 해서든 함락시켜야 하는 내 경쟁 상대였다.

주변을 압도시키는 얼굴과 서늘한 눈빛은 내 카리스마를 눌러 버린 지 오래. 한때 나를 따르던 여직원들은 강 팀장만 지나면 꺅꺅 환호성을 내뱉기 일쑤라 무척이나 거슬렸다. 일은 어찌나 잘하는지, 기획 2팀과 우리 팀이 경쟁을 하는 안건에서 언제나 승리하는 쪽은 녀석이 있는 기획 2팀이었다. 덕분에 그를 향한 내 경쟁심은 하늘을 뚫을 듯 커져 갔달까.

강윤우 팀장.

완벽해 보이는 내 일생의 라이벌은 약점이라곤 없는 것 같았다. 뭐, 굳이 꼽자면 사교성에 약간 문제가 있는 듯싶었지만 그것도 개의치 않고 그를 찬양하는 이들이 늘어나는 걸 보면 그건 약점이라곤 볼수 없었다. 오히려 강 팀장을 우상화시키는 데 일조했으면 모를까.

어쨌든 매번 내게 패배감을 안겨 주던 강 팀장을 드디어 이긴 날이 왔다.

"아……."

그날의 내가 느낀 감정은 차마 문자로 표현할 수 없을 만큼 감동적이었다. 멍청한 얼굴을 하고 테니스 라켓을 들고 있던 녀석의 얼굴은 처참하게 일그러져 있었다. 알겠냐, 이 자식아! 그게 바로 패배감이라는 거다! 나는 하하 웃으며 강 팀장의 앞에서 주먹을 불끈 쥐었다.

너무 기뻤던 나머지 나는 그날 저녁 우리 팀원들에게 골든벨을 선사했다. 돈이 왕창 깨졌다.

"제 여자친굽니다."

얼마나 지속될지 모르는 승리의 기쁨을 만끽하며 하루하루를 보내던 어느 날, 이사님과 함께 대구 출장을 가게 된 나는 전혀 예상하지 못했던 소식을 접하게 되었다. 여자에겐 도통 관심이라곤 없어 보이던 천하의 철면피의 입에서 무려, '여자친구'라는 단어가 나온 게 아닌가!

있을 수 없는 일이었다. 그것도 우리 팀의 팀원 중 한 사람인 고은결 씨가, 무려 자기 여자친구라 주장하는 강 팀장의 말을 어떻게 믿겠는가. 우리는 모두 부정했지만 강 팀장은 행동으로써 자신이 고은결 씨의 남자라는 것을 증명했다.

대구 출장의 마지막 날. 서울로 올라가는 길목에서 고은결 씨가 특별한 사정으로 인해 조기퇴근을 했다는 소식을 접하게 된 강 팀장은 모든 이를 기겁시킬 만한 일을 벌였다.

그 일인즉, 이러하다. 강 팀장은 그 누구에게도 운전대를 넘겨주지 않고 자신이 운전석에 앉아선 무지막지하게 액셀러레이터를 밟아 댔다. 제 차례가 아님에도 불구하고 운전석에 앉으며 '출발하겠습니다.' 라는 말을 그가 뱉어 낼 때까진 우리 중 누구도 그와 같은 일이 벌어질 줄은 몰랐다.

그래, 죽음의 문턱을 그렇게 가까이서 느낄 줄 어떻게 알았겠냐고! '고은결 씨, 연인 동반 동창회 간다던데?' 라고 웃으며 대답해 주자마자 싸늘하게 굳어지는 얼굴에서 알아챘어야 했는데 말이지!

"으아아악! 멈춰! 멈추라고오!"

통감자구이를 먹으며 하하 웃던 이사님이 조수석 문을 꼭 움켜쥐며 울부짖었던 것은 당연했다. 이사님의 입에 있던 으스러진 통감자들이 조수석 앞의 유리에 튀었다는 것도 당연한 사실. 더러운 일이지.

"나무아미타불 관세음보살. 나무아미타불 관세음보살. 나무아미타불 관세음보살……."

불교신자인 기획 1팀의 서정주 팀장님이 어디서 챙겨 왔는지 모르겠지만 염주알을 하나둘씩 세며 중얼거리는 소리는 휙휙 지나가는 자동차 소리와 섞여 묘한 화음을 만들어 냈다. 노이로제가 걸릴 지경이었다. 나무아미타불 관세음보살.

그리고 나는……

"살려 줘. 살려 줘. 제발 살려 줘! 우웨엑!"

으윽. 그런 아비규환 따위 다시는 떠올리기 싫었는데. 온몸에 소름이 오소소 돋아나 몸을 웅크렸던 내 모습이 떠올랐다. 그리고 쉬지 않고 헛구역질을 했던 불행한 일화도, 눈앞을 아른거렸다.

그야말로 난장판. 고속도로 위에서의 과속이 얼마나 위험한지에 대해 진지하게 생각해 보는 날이 아니었나 싶었다. 그리고 강윤우의 성격이 꽤 더럽다는 것도 그때 새삼 알게 되었지, 빌어먹을!

'함부로…… 건드리면 안 되겠군.'

강 팀장에게 적의를 드러내는 것을 그만두기로 결심한 건 아마 그때부터였을 거다. 이 녀석과 다퉈 봤자 내게 이득은 없었다. 오히려 배로 당하면 모를까. 그 이후로 최대한 강 팀장의 성질을 건드리지 않고, 녀석을 '별개의 존재'로 인정하는 데 주력했다.

그러다 보니,

"또냐. 이번엔 또 뭐?"

이젠 내가 그에게 마음을 열었나 생각한 건지 자꾸 친한 척을 하기 시작했다. 그것도 천하의 강윤우가, 내게.

"고은결 씨, 나 줘요."

물론 친분을 유지하기 위한 말을 거는 게 목적이 아니라 순전히 제 사리사욕을 채우기 위해 말을 거는 거지만. 정확히는 '나 줘요.'가 아니라 '우리 팀에 줘요.'라는 말이 더 정확할 테지.

강 팀장은 **뻔뻔했다**. 공개 연애를 선언하자마자 하루에도 몇 번씩 우리 팀원인 고은결 씨를 기획 2팀으로 보내 달라고 요구하고 있었다. 고은결 씨가 일을 잘해서 그러는 거냐 묻는다면, 그건 또 아니다.

"고은결 씨가 기획 2팀에 있으면 자주 볼 수 있으니까."

빌어먹을! 연애하는 티를 이렇게 짜증스러울 정도로 내는 남자가 세상에 어디 있냔 말이다! 강 팀장의 미소를 담은 말에 따라 웃어 줄 수 없었다. 난 당연히 그의 제안을 거절했다.

"포기 안 할 겁니다."

"나는 뭐 할 줄 아나?"

"다시 올게요."

"오지 마!"

"고은결 씨, 나중에 봐요!"

"네!"

저들이 로미오와 줄리엣이라도 되는 듯 회사에서 마주칠 때마다 애틋한 눈빛을 주고받는 두 사람으로 인해 분위기가 뒤숭숭하다. 물론, 나까지도. 그냥 빨리 결혼해 버렸으면 싶었다. 연애를 한다 뭐다 해서 지켜보는 사람의 마음을 심란하게 만드는 것보다 차라리 공식적으로 부부 사이로 인정받는다면 그러려니, 하고 받아들일 수 있을 것 같았으니까.

"이게…… 뭐야?"

생각이 씨가 된 걸까.

WU미디어 직원이라면 이미 한 번쯤 겪고 온몸을 부르르 떨었을 강운우와 고은결, 두 남녀의 회사 내 애정 행각으로 인해 우리들이 점점 지쳐 가고 있을 때, 생각지도 못한 것이 내 눈앞에 펼쳐졌다.

강 팀장은 불쑥 내 앞에 나타나 무언가를 내밀고 있었다. 그래. 그것은 분명 청첩장이었다. 눈이 동그래진 것을 굳이 언급할 필요가 있을까. 깜짝 놀라 차마 그것을 받아 들지도 못하는 내게 강 팀장은 퉁명스레 말했다.

"고은결 씨가 주 팀장님은 꼭 초대해야 한다고 해서."

네가 주는 게 아니냐!

"받으십시오. 다음 주 일요일입니다."

"뭐? 그렇게 빨리?"

두 사람이 공식 연인 선언을 한 지 불과 두 달도 되지 않았건만 대뜸 나타나 청첩장을 내밀며 다음 주 일요일이 결혼식이라고 말하다니. 빨라도 너무 빠른 거 아닌가!

놀라 소리를 지르자 강 팀장은 심드렁하게 대답했다.

"예, 그러니 오세요."

강압적인 녀석의 말에 한 번쯤은 튕겨 줘야 한다 생각했다.

"갈 것 같냐!"

"예쁜 여자들도 온답니다."

"갈게!"

나란 놈은, 여자에 약한 남자. 어쩔 수 없는 일이다. 곧바로 백기를 들어 올리는 나를 흘긋거리며 픽 웃음을 흘리던 강 팀장은 정확히 그로부터 열흘 뒤, 한 여자의 영원한 남자가 되었다.

"오늘은 몇 시에 마쳐요?"

"글쎄요. 저녁에 팀원들이랑 회식할 생각인데."

"너무 늦게 들어오지 말아요. 자기가 좋아하는 순두부찌개 끓여 놓을게요. 오늘 침대에서 그랬잖아요. 순두부찌개 먹고 싶다고."

"기억……하고 있었습니까?"

"당연하죠. 그러니 일찍 와요. 엄청 맛있게 끓일 거니까! 보글보글, 맛있게!"

"우리 여보는 참 사랑스럽군요. 알겠어요. 일찍 들어가겠습니다. 안 보내 주더라도, 뿌리치고 달려오겠습니다!"

"예뻐요, 우리 자기."

"우리 여보는 더 예뻐요."

"에이, 우리 자기가 훨씬 예쁘죠! 어디 예쁘기뿐이겠어요? 멋지기까지 해요!"

"내 눈엔 우리 여보가 더 예쁩니다. 귀엽고 사랑스럽습니다. 아주 내 품에 넣고 다니고 싶습니다!"

……하아.

"내가 보기엔 둘 다 안 예뻐."

끼어들 생각은 없었지만 하필이면 두 사람이 대화를 나누고 있는 곳이 내가 탄 엘리베이터 안이다. 입술을 씰룩이며 말을 뱉어 내자 '어머, 팀장님! 언제부터 거기 계셨어요?' 라고 말하는 고은결 씨나 '끼어들지 마십시오. 방해하지 말란 말입니다.' 라는 싸가지 없는 말을 뱉어 내는 강윤우 팀장이나 무척이나 얄밉기 그지없다.

빌어먹을 부부 같으니.

"흥. 결혼하면 좀 괜찮아질 줄 알았더니 결혼해서 더 해, 이것들은!"

나 주재원.

서른하나.

외모는 나름 준수하고 직업도 괜찮지만…… 여전히 옆구리가 시린

솔로는 오늘도 해피 바이러스를 풍겨 대는 한 쌍의 잉꼬부부를 바라보며 눈물 짓는다.

연애, 하고 싶소!

⋮

그리고, 그로부터 2년 후.

"여기, 청첩장."

더 이상 부러울 것이 없다고 생각했다.

영영 생기지 않을 것 같았던 예쁜 애인이 이젠 시린 옆구리를 채워 주고 있었고, 곧 결혼도 앞두고 있다. 여전히 빌어먹을 기획 2팀과 치열한 경쟁을 하고 있기는 하나 이번에 우리 팀에 주어진 프로젝트를 성공리에 끝마쳐 곧 상부에서 큼직한 포상도 받을 예정이다.

일과 사랑.

둘 모두를 거머쥐어 입가에 걸린 미소가 사라지지 않아 요즘의 나는 '행복한 주 팀장'이라 불리고도 있다.

복수였을까? 그래. 어쩌면 그에 가까울지도 모른다. 나와 사랑하는 연인의 이름이 찍힌 청첩장을 건네며 회심의 미소를 지은 것은, 강팀장에게 약간이나마 복수를 하기 위했던 건지도.

"아."

강 팀장은 청첩장을 엉겁결에 받아 들곤 멈칫했다. 당황하는 꼴이 꽤나 재미있어서 속으로 큭큭거렸다. 하긴, 결혼한 지 2년이나 흘렀으니 이제 막 결혼할 예정인 내가 부럽겠지. 너희와는 달리 우린 아직 뜨겁다 이거야.

"축의금 두둑하게. 알겠지?"

하얀 이를 드러내며 그의 어깨를 톡톡 두드려 주었다. 그러자 묘한 표정을 지으며 고개를 끄떡이던 강 팀장은 돌아서려던 나를 불러 세웠다. 의아해하며 그를 쳐다보자 특유의 냉랭한 눈으로 잠시 기다리라는 듯 눈빛을 보내던 그가 지갑 속에서 뭔가를 꺼내, 들이밀었다.

"뭐야, 이건?"

청첩장을 주고 사진 같은 걸 받아 든 내 눈동자는 금세 큼지막해졌다. '그것'을 알아보기까지는 오래 걸리지 않았다. 어쩐지! 요즘 고은결 씨의 얼굴이 부쩍 수척해졌나 싶었는데……!

입을 벌리며 그를 쳐다보자 강 팀장은 승리했다는 표정과 함께 작게, 속삭였다.

"하나도 아닌 둘이랍니다."

강 팀장의 득의양양한 음성이 귓가를 맴돌았다.

"우린 아직, 뜨겁습니다."

외전.

반한 건 처음입니다

지하 2층에 위치한 사내식당.

항상 정해진 시간에 맛있는 음식들이 즐비해 있어 윤우는 점심을 먹으러 밖으로 나가기보다는 사내식당을 자주 찾는 편이었다.

그날도 똑같았다.

함께 점심을 먹으러 가자고 권하는 팀원들에게 '저는 괜찮습니다.'라고 대답한 후 당황해하는 그들을 내버려 둔 뒤 엘리베이터에 올라탔다. 그의 커다란 등 뒤로 누군가가 '참 붙임성이라곤 없어.'라 중얼거리는 걸 들었기는 했지만 사뿐히 무시했다.

익숙한 손놀림으로 지하 2층 버튼을 누른 윤우는 그를 어여삐 여겨 수북이 밥을 퍼 주는 식당 아주머니들께 고개를 까딱이며 인사를 하곤 언제나 자신이 앉았던 자리로 향했다. 이러한 행동들이 꽤 오래 반복되었기에 윤우의 자리는 항상 비어 있었고, 그곳은 거의 그의 지정석이나 마찬가지였다.

아무도 제게 다가오지 않는다는 것을 확인한 그는 속으로 잘 먹겠다고 외친 후 수저를 집어 들었다.

문제의 발언은 그 순간 들려왔다.

"하반기 공채로 들어온 신입사원들 지금 대회의실에 있던데, 봤어?"

윤우가 앉았던 테이블 근처에서 들려오는 목소리는 분명 익숙했다. 뒤를 돌아보지 않아도 그 목소리의 주인공이 자신의 팀에서 일명 '분위기 메이커' 역을 하고 있는 최준 대리라는 것을 윤우는 쉽게 알아차릴 수 있었다. 그러고 보니 몇 분 전 제게 식사를 하러 가자고 말을 하던 사람들 중 최 대리는 볼 수 없었던 게 떠올랐다.

윤우는 사람들과 어울리기 좋아하는 그가 단독 행동을 한다는 사실에 조금 놀랐지만 아무렇지도 않은 얼굴로 식사를 시작했다.

"봤지! 잔뜩 긴장한 새내기들 얼굴 구경하는 재미가 얼마나 쏠쏠한데."

"역시. 그럴 줄 알았어!"

"그런데 쓸 만해 보이는 애는 있어 보였어? 요즘 애들은 다 거기서 거기라."

"그래도 이번 공채엔 예쁜 사원들도 많던데. 우리 팀엔 예쁘장한 애들도 있더라고. 내 몇몇 찍어 놨지! 흐흐흐!"

최 대리와 대화를 나누고 있는 사람의 목소리가 낯선 것을 보아 같은 회사지만 비교적 마주치지 않았던 사원인 건 분명했다. 윤우는 원치 않아도 절로 들려오는 그들의 대화를 강제로 들으며 미간을 좁혔다.

분위기 메이커를 자청하고 있는 최준 대리였지만 가끔은 지나칠 정도로 여자 사원들에 대해 이야기를 늘어놓는 것을 우연히 목격한 적이 있었다. 오늘도 그러한 일의 연속이었을까. 왠지 심기가 불편해진 윤우는 뒤를 돌아 그들을 향해 다가갈까 하다가 고개를 저었다.

윤우가 기획 2팀의 팀장을 맡고 있으면서도 업무 외의 일은 하지 않고 있는 까닭은 공과 사는 분명히 구분해야 한다고 생각했기 때문이다. 직장은 직장일 뿐이다. 일을 하는 그곳에서 부하 직원들과 시시콜콜한 이야기를 나누고 싶지는 않았다. 그러한 잡담을 나눈다고 해서 일의 능률이 오르는 것도 아니고. 오히려 늘어지게 되니까.

'어지간히 할 일도 없군.'

이젠 아예 신입 여사원들에 대해 외모 평가까지 하기 시작하는 두 남자 사원들의 대화는 매우 한심스럽게 느껴졌다. 윤우는 인상을 쓰며 마침 집어 든 반찬을 입 안으로 밀어 넣었다.

"그런데…… 이 대리도 봤어?"

"무슨?"

"그 검은 스커트. 몸매는 아주 죽여줬는데 말이야. 하필이면……."

"아, 그 눈 찢어진?"

"역시 봤군. 꽤 무서운 얼굴이었지? 여자라는 걸 알고 있는데도 흠칫 놀랐다니까? 아마 성격도 매우 나쁠 거야. 그렇게 생긴 사람들은 대부분 그렇지."

"뭐, 다는 아니지만 어느 정도 동의는 해."

강윤우가 생각하기엔 세상에서 가장 따분하고도 지루한 일은 타인을 평가하는 일이었다. 그 사람이 어떠한 인격을 가졌는지, 어떠한 생각을 하고, 어떠한 마음을 하고 있는지는 전혀 고려하지 않은 채 겉으로 보이는 외모만으로 그 사람에 대해 평가를 한다는 건 어불성설이었다. 직접 겪은 것도 아니면서 미리 결론을 내리다니, 말도 안 되지.

그러나 뒤의 테이블에서 낄낄거리며 이야기를 주고받고 있는 두 명의 남자에겐 외모는 곧 그 사람의 모든 것과 같았다. 윤우는 환멸감이 저 밑바닥에서 부글부글 끓어오르는 것을 느꼈다. 어지간히 좀하지. 불의를 못 참는 성격은 아니지만 선을 넘어선 그들의 대화는 몹시 불편했다.

"이야, 호랑이도 제 말하면 온다더니. 마침 저기 들어오네."

딱히, 그들이 말했던 신입사원의 얼굴이 궁금했던 건 아니었다. 마침 밥을 다 비운 상태였고 잔반을 버리려는 다른 사원들이 얼마나 줄을 서 있는 지 확인하려던 참이었다.

그렇게 뒤로 고개를 돌린 윤우의 시야 안으로 배식을 기다리는 한 여자가 들어왔다. 틀림없이 두 남자의 화젯거리였던 예의 그 사원일 테지.

'아.'

그녀와의 거리가 멀지는 않았기에 얼굴을 확인하기는 충분했다. 윤우는 꽤나 시력이 좋은 편이었으니까. 의도하지 않게 그녀를 쳐다보게 되었던 그는 곧 흥미를 잃으며 고개를 돌리려 했다. 그러나 그는 갑자기 저를 똑바로 마주하며 인상을 쓰는 그녀의 행동에 화들짝 놀라 행동을 멈췄다.

'노려……보는 건가?'

그의 시선을 느낀 건가. 하긴 먼 거리는 아니니까. 이해는 한다. 윤우는 조금 긴장했다. 지금까지 살면서 그에게 저런 적대적인 태도를 취한 이는 흔치 않았다.

윤우는 그들의 말대로 아주 약간은, 정말 약간은 살벌한 그녀의 시선에 침을 꿀꺽 삼켰다. 왠지 목이 타들어 가는 것 같았다.

'……!'

그렇게 한동안 거리를 두고 윤우와 눈싸움을 벌이던 그녀가 갑자기 후우 한숨을 뱉어 내더니 쓰고 있던 안경을 벗으며 옷으로 그것을 슥슥 닦자 어리둥절한 것은 윤우였다. 그는 잠시 멍한 얼굴로 앉아 있다 다시금 그녀의 행동을 지켜보았다. 예의 그 사원은 언제 그를 노려보았냐는 듯 빙긋 웃으며 안경을 열심히 닦고 있었다.

윤우는 풋, 웃음이 터져 나오는 걸 겨우 참아야만 했다.

"이, 이 대리! 봐, 봤어?"

"어, 으응……."

"지, 지금 우리 노려본 거…… 맞지?"

"그런…… 것 같은데."

"우리 얘기, 들은 걸까?"

"아…… 아마도?"

도둑이 제 발 저리다고, 윤우와 똑같은 생각을 하고 있었던 게 분명한 두 남자가 몸을 부르르 떨더니 중얼거리는 소리가 그의 자리까지 들려왔다. 윤우는 여전히 눈에 힘을 주고 안경을 닦던 그녀가 입꼬리를 올리며 맑아진 안경을 쓰는 것을 지켜봤다.

"저기 봐, 썩소까지 지어!"

하고 최 대리가 기겁하는 외침도 귓가로 흘러왔다. 윤우는 무뚝뚝한 얼굴을 하고 동기 사원들과 배식을 마친 뒤 자리로 가 앉는 그녀를 끝까지 지켜보다 속으로 중얼거렸다.

'그냥 안경을 닦고 싶었을 뿐인 것 같은데.'

처음엔 오해한 건 사실이었지만 가만히 보고 있으니 사정은 달랐다. 두 남자의 말대로 무섭다는 인상은 없었고 사나워 보이는 얼굴이 재미있게 느껴지기도 했다. 그는 '이제 어쩌지?' 라고 호들갑을 떨며 어쩔 줄 몰라 하는 남자 사원들을 흘긋거렸다.

"최 대리님."

배식판을 집어 든 윤우는 태연한 얼굴로 그들의 테이블을 지나칠까 하다 걸음을 멈췄다.

"팀장님! 식사 중이셨군요?"

최준 대리가 뒤늦게 윤우가 있었다는 것을 알아차리곤 생글생글 웃으며 말을 건네 오는 게 보였다. 윤우는 빙긋 웃으며 최 대리에게 말했다.

"점심시간이 얼마 남지 않았습니다. 제 생각에는, 타인의 외모를 평가할 시간에 남은 잔반을 다 비우시고 사무실로 돌아가셔서 오전에 마치지 못한 일을 끝내시는 편이 좋을 듯싶네요."

미소를 지으면서도 찬바람을 솔솔 풍기는 윤우의 말에 최 대리의 얼굴이 딱딱하게 굳어졌다. 윤우는 마지막 말을 뱉어 냈다.

"오늘도 야근하기 싫으시다면요."

✻

"너, 그러다 미움받아."

사무실로 돌아가기 전에 커피를 한 잔 할까 해서 휴게실로 걸어갔다. 식사를 마친 직원들이 모여 남은 점심시간 동안 약간의 휴식을 취하고 있는 게 보였다. 많은 이들과 어울리는 걸 그리 좋아하지는 않는 편이기에 그는 망설임 없이 몸을 돌렸다.

터벅터벅, 복잡한 엘리베이터보단 계단을 올라 사무실에 도착하는 걸 선택한 윤우는 비상계단 쪽으로 걸어가고 있었다.

"권 선배."

귀에 익은 음성이라 여겼다. 뒤를 돌아보니 보이는 남자는 그의 대학 선배이자, 이 회사에 그를 스카우트한 WU미디어의 이사, 혁진이었다. 윤우는 검지를 오른쪽, 왼쪽으로 흔들며 제게 다가오는 그에게 심드렁한 인사를 건넸다. 혁진은 흥, 하고 콧방귀를 뀌며 중얼거렸다.

"얼굴 좀 펴지 그러냐. 어째 매번 날 볼 때마다 귀찮다는 표정이야."

솔직히 귀찮은 건 사실이었지만 윤우는 말하지 않았다.

"평소 얼굴입니다만."

"그럼 날 보면 웃기라도 해!"

"반가워야 웃을 거 아닙니까."

"……정말 귀엽지 않은 녀석이군."

"선배한테 귀여움을 받고 싶지는 않네요. 징그럽습니다."

미간을 좁히는 윤우의 말에 혁진은 기겁했다.

"으악! 야! 너는 무슨 내가 널 엄청 귀여워하는 것처럼 말한다?"

"……아닙니까?"

생각해 보면 혁진은 윤우를 꽤 좋아하는 편이었다. 대학 시절부터 유독 그에게 잘해 주는 걸로도 모자라 이런 대형 미디어 회사에 윤우를 직접 스카우트까지 했으니까. 타인과 인연을 맺는 것을 좋아하는 편은 아닌 윤우도 은연중에 마음을 열 만큼, 제게 호의적인 사람이라고 윤우는 생각하고 있었다.

"그……그건 그렇고. 어쨌든 그렇게 FM처럼 굴면 부하들이 너 뒷담 까, 인마."

직구를 날리는 윤우의 말이 부끄러웠던 걸까. 혁진은 멋쩍은 듯 뒷머리를 긁으면서도 은근히 걱정스러운 시선으로 그를 바라보며 말했다. 혁진이 이런 말을 꺼내는 까닭은 방금 전 있었던 일 때문일 테지.

사내식당은 너무 반복돼서 싫다고 할 땐 언제고 그곳에 있었던 게 분명하다.

윤우는 자신이 최 대리에게 한 말을 들었다는 얼굴을 하고 있는 혁진을 물끄러미 응시하다 대수롭지 않게 대답했다.

"별로. 상관없습니다."

누군가에게 찬양을 들었던 적도 있고 시기와 질투를 받은 적도 있었다. 강윤우에게 있어선 그러한 일들은 무척 흔했기에 익숙할 만큼 익숙해졌던 그는 어깨를 으쓱일 뿐이었다. 그러나 혁진은 다르게 받아들였다.

"내가 상관있어!"

윤우는 놀란 얼굴로 그를 응시했다. 혁진은 침을 튀겨 가며 외쳤다.

"널 여기 데려온 사람이 난데 사람들이 네 욕을 하고 다니면…… 곤란해지잖아! 어디서 이상한 놈 하나를 데려왔다고 온갖 지랄지랄을 다 해 댈 텐데, 내 생각은 안 하냐?"

윤우는 생각에 잠겼다. 혁진의 말이 틀린 것은 아니었다. 아니, 곰곰이 생각해 보면 맞는 말이다.

윤우는 그의 말에 동의한다는 듯 고개를 끄덕였다.

"선배 말이 맞는 것 같습니다."

"그치?"

혁진의 얼굴에 화색이 돌았다. 알았다면 사람들을 타박하는 건 좀 자제하라는 표정이었다. 물론 윤우는 그런 혁진의 태도를 무시하고 제 말을 이어 나갔다.

"예. 하지만 사람을 외모만으로 판단하는 것 또한 좋은 태도는 아닌 것 같습니다. 틀린 건 바로잡아야 하는 거 아닙니까?"

"어어?"

윤우는 뜻하지 않는 그의 질문에 당황하는 혁진을 빤히 응시했다. 제 말에 동의해 달라는 시선이었다. 혁진은 대답이 빨리 생각 안 났는지, 우물쭈물거리다 돌연 픽 웃으며 고개를 절레절레 흔들었다.

"그런데 어째…… 네가 말하기엔 좀 아이러니하게 들린다?"

윤우는 픽 웃는 그를 보며 인상을 썼다.

"왜죠?"

"넌 그간 그 잘난 외모 덕 좀, 아니 좀 많이 봐 왔잖아."

"……!"

"뭔가, 아이러니하군."

혁진에게 뒤통수를 맞는 기분이었다. 그의 말은 사실이었으니까. 타고난 외모 덕분에 다른 이들보다 훨씬 더 앞선 자리에서 스타트를 할 수 있었던 건 맞는 표현이다. 이익을 받은 것도 부정할 수 없다. 비록 그 이익으로 인해 강윤우가 얼마나 곤란한 상황을 많이 겪었고, 지금까지 크고 작은 트라우마를 뛰어넘으며 이곳까지 온 건지는 혁진은 알지 못하겠지만.

"하여간 너무 오지랖은 부리지 마."

입을 꾹 다물고 차갑게 굳은 얼굴을 하며 서 있는 윤우의 어깨를 툭툭 두드린 혁진은 그의 곁을 지나치며 속삭였다.

"그냥 평소대로, 여태껏 하던 것처럼, 세상에 무관심하게 있으라고."

"……."

"강윤우 넌, 그게 어울리니까."

✄

"진짜 사람이 이렇게 없어? 솔로인 여직원이 이렇게 없냐고!"

혁진에게 충고 아닌 충고를 들은 지 두 달쯤 흘렀을까.

오늘도 다른 직원들보다 훨씬 이른 시간에 제 일을 마무리 지은 그는 손을 씻기 위해 화장실로 향하고 있었다. 화장실로 가기 위해서는 휴게실을 지나가야 했던 터라 앞으로 걸음을 옮기고 있던 그는 높은 톤의 어조로 외치는 여직원의 음성을 강제로 들어야만 했다.

"누구 추천해 줄 사람 없어, 진짜? 한 명이 비는 건 해결해야지!"

나중에 손을 씻을까.

그는 성난 음성을 뱉어 내는 여직원의 목소리에 멈칫하며 몸을 돌리기로 마음먹었다. 아마도 휴게실엔 꽤 많은 여직원들이 모여 있는 것 같은데 그 앞을 지나가면서 이야깃거리를 만들어 주고 싶지는 않았다. 생각보다 쉽게 결론이 나자 윤우는 다시 기획 2팀 사무실로 돌아가기 위해 발을 움직였다.

"맞아, 오늘 고은결 씨 한가하다던데. 고은결 씨는 어때?"

그리고 그가 막 발을 앞으로 내딛는 순간 들려온 이름은 몇 달간 잊고 지내던 일을 상기시켰다. 그간 일이 바빠 잠시 그날의 일을 뇌리에서 지워 버렸던 윤우는 반사적으로 걸음을 멈추었다.

"어머, 예지 씨! 큰일 날 소리! 은결 씨는 생긴 게 좀 그렇잖아. 그래도 미팅인데, 물 흐릴 일 있어?"

"맞아, 맞아. 아무리 은결 씨가 솔로라지만 그건 안 돼. 은결 씨는 패스해. 그것보다 은결 씨 성격 안 좋지 않아? 나 같은 팀이 아니라서 잘 모르겠는데. 미정 씨 3팀이랬지? 은결 씨 어때? 착해? 안 무서워?"

혁진의 충고를 들은 후 그의 말을 수렴하며, 평소처럼 행동하기로 결심하기는 했었으나 사무실로 돌아왔음에도 이상하게 찜찜했다. 결국 무슨 생각이었는지 스스로도 알진 못했지만 예의 그 여사원에 대한 정보를 찾아보았다.

'고은결. 예쁜 이름이군.'

사진 찍을 때의 불빛이 눈부셨는지 미간에 힘을 주고 정면을 바라보고 있는, 은색의 안경을 쓴 여사원은 고작 증명사진일 뿐임에도 불구하고 그에게 매우 강렬한 인상을 심어 주었다. 이러한 이유 때문에 공채에 합격이 된 건 아닐까.

윤우는 그녀의 사진 옆에 떡하니 적혀 있는 이름을 머릿속으로 되뇌며 피식 웃음을 흘렸었다.

'상황은 여자들 쪽도 마찬가진가.'

그녀가 길게 찢어진 눈매 때문에 다른 남자 사원들에게 좋지 않은 인상을 심어 준 걸 얼핏 듣기는 했으나 여자 사원들에게까지 그럴 줄은 몰랐다.

자신이 속한 팀의 여직원 이재은 씨의 말에 기획 3팀의 한 여직원이 대답을 하는 걸 한 귀로 흘리며 윤우는 과감하게 화장실로 걸음을 옮겼다. 한창 이야기 중이었던 그녀들은 윤우가 그들의 이야기를 들으며 휴게실을 지나쳤다는 걸 눈치채지 못했었다.

"으으."

사람들은 참 피곤하게 세상을 산다. 끊임없이 누군가를 판단하고, 누군가를 단정 짓고, 누군가를 상처 입힌다. 만약 그들이 나누었던 대화를 예의 고은결 씨가 듣기라도 했다면 얼마나 마음이 아팠을까.

저도 그러한 입장을 적잖게 겪어 봤기에 동정심이 생기는 걸 느끼며 화장실로 걸어가던 윤우는 목적지 코앞에서 들리는 신음 소리에 상념에서 벗어났다.

놀랍게도 그가 발견한 사람은 조금 전까지 윤우가 떠올리던 바로 그 여자였다.

'안경을 안 썼네?'

사내식당에서 그녀를 본 이후 두 달 만에 마주쳤던 윤우였기에 그녀의 변화가 몹시 당황스러웠다.

윤우는 묘한 숨소리를 흘리며 인상을 쓰곤 바닥을 작은 손바닥으로 슥슥 문지르는 그녀를 말없이 응시했다.

'저걸 찾는 건가.'

제 앞에 누군가 서 있다는 것도 깨닫지 못할 만큼 초조해하며 바닥을 문지르는 여자의 모습은 그의 마음을 일렁이게 만들었다. 대체 무엇을 그리 찾는가 싶어 주위를 두리번거렸더니 곧 그의 발달한 시야 안으로 반짝거리는 하드렌즈가 들어왔다.

윤우는 주저 없이 그것을 집어 들어 먼지를 털어 낸 다음 그녀의 어깨를 톡톡 두드렸다.

"예?"

저를 빤히 올려다보고 있기는 한데, 과연 제대로 보고 있는 건지는 모르겠다. 시력이 얼마나 나쁜지 눈에 힘을 주어 윤우를 쳐다보고 있던 여자의 손 위로 그는 하드렌즈 두 개를 올려 주었다.

"아!"

그때였다.

그의 작은 호의 하나에 은결의 찢어진 눈매가 반달처럼 휘어진 것은.

그는 그 변화를 놓치지 않고 똑똑하게, 그리고 생생하게 목격했다.

은결은 그렁그렁 맺힌 눈물을 손등으로 슥 닦으며 외쳤다.

"정말 고맙습니다! 고마워요!"

"……."

"안경을 쓰고 있으니 인상이 나빠 보인다고 해서 어제 하드렌즈를 샀는데 아무래도 너무 불편하더라구요. 잠깐 벗을까 하다가 그만 떨어뜨렸는데, 잃어버리는 줄만 알았거든요! 감사합니다, 정말!"

윤우는 그녀의 올라가는 입꼬리를 말없이 지켜봤다.

"저기, 그래서 말인데…… 사실 제가 지금 앞이 흐릿하게 보이거든요? 자랑은 아니지만 시력이 너무 안 좋아서요. 그러니 실례가 안 된다면 잠깐만 기다려 주실래요? 이것만 끼우고 나서 작은 사례라도 하고 싶어요! 전 빚지곤 못 살거든요! 잠깐만 기다려요! 잠깐만!"

대답을 할 수 없을 만큼 빠른 속도로 말을 뱉어 낸 은결은 벌떡 일어나 여자 화장실로 달려갔다. 그녀에게 하드렌즈를 건네준 그 자세 그대로 굳어 있던 윤우가 흠칫 놀라 정신을 차린 것은 그쯤이었다.

그는 여자 화장실 안에서 '기다려요! 어디 가지 말고!'를 외치는 은결의 말을 똑똑히 들었음에도 불구하고 얼른 화장실 맞은편의 복도 쪽으로 달려갔다. 그리고 화장실에선 보이지 않는 사각지대에 몸을 숨긴 후 화장실 입구를 쳐다보았다.

"……어?"

렌즈를 끼우고 나온 걸까. 방금 전보다 훨씬 개운해진 얼굴을 하고 화장실을 벗어난 은결은 주위를 두리번거리며 고개를 갸웃거렸다.

"갔나?"

기다리라는 제 말에도 불구하고 이미 사라지고 없는 윤우를 찾는 건지 아쉬운 표정까지 짓는다. 윤우는 입을 꾹 다문 채 그녀를 지켜봤다.

"어렵네, 정말."

한참 동안 윤우의 흔적을 좇던 은결은 고개를 아래로 떨어뜨리며 뭐라 중얼거린 뒤 터벅터벅 걸어갔다. 그녀가 사무실로 들어가는 모습을 마지막까지 바라본 윤우의 눈동자는 세차게 일렁였다.

'정말 고맙습니다!'

심장이…… 평소보다 훨씬 더 빠른 속도로 움직이는 게 느껴졌다. 반짝반짝 빛나는 한 여자의 미소 때문이었다.

※

"선배, 선배는 누군가한테 반해 본 적이 있습니까?"

오랜만에 혁진과 점심을 먹은 후 회사 2층의 자판기 앞에 선 윤우는 밀크 커피 한 잔을 뽑아 건네주었다. 그리고 1층 로비가 훤히 보이는 2층 난간에 기대어 커피를 마시던 두 사람 중 돌연 말을 꺼낸 건 윤우였다. 혁진은 간지럽게 느껴지는 윤우의 말에 온몸을 파르르 떨더니 단호하게 대답했다.

"없는데?"

혁진은 코웃음을 치며 말을 이었다.

"난 그런 말 안 믿어. 특히 첫눈에 반한다는 그거, 다 구라야, 구라."

'세상엔 일어날 수 없는 일이 몇 가지 있는데 그중 하나가 바로 첫눈에 누군가에게 반한다는 그 말이야!'라고 말까지 덧붙이는 그를 흘긋거리던 윤우는 마침 1층 로비로 시선을 돌렸다 반가운 이를 발견했다. 그 여자였다.

'왔다.'

반사적으로 입꼬리가 올라갔다. 요 몇 달 동안, 그녀를 발견할 때마다 일어나는 행동이었다.

점심시간을 지키기 위해 있는 힘껏 로비를 달리고 있는 여자는 한 마리의 야생마와도 같았다. 참 재미있는 여자다. 윤우는 속으로 중얼 거리며 끝내 풋 웃음을 터뜨렸다. 덕분에 호로록 커피를 마시던 혁진 의 얼굴이 윤우 쪽으로 향했다.

"뭐냐, 강윤우. 그 낯선 웃음은?"

마치 너 강윤우 맞아? 라는 듯한 표정이었다. 윤우는 그런 혁진을 흘끔거리다 다시 그녀를 응시했다.

'아.'

엄청난 속도로 달려가던 그녀는 다른 편에서 뛰어오고 있는 남자 직원과 부딪혀 버렸다. 윤우는 입 밖으로 탄성을 뱉어 낼 뻔했지만 가까스로 참아 냈다.

"조심 좀 해요! 대체 어딜…… 아, 미, 미안합니다!"

"네?"

"미안합니다!"

1층이 훤히 내려다보는 위치였기에 두 남녀의 대화 소리도 자연스 럽게 들려온다. 윤우는 은결에게 화를 내려다 말고 그녀의 얼굴을 발 견하곤 흠칫 놀라 도망가 버리는 남자를 쳐다보며 얼굴을 구겼다.

'그런 식으로 대응하면 상처를 받잖아.'

날카로운 인상이긴 하지만 화를 낸 것도 아닌데. 윤우는 불쾌함을 느끼며 남자의 뒷모습을 멍하니 응시하는 은결을 내려다봤다.

"나도 모르게 또 그랬나?"

주머니 속에서 손거울 하나를 꺼내 든 여자는 한숨을 푹 내쉬며 거울 속에 비친 제 모습을 들여다보고 있었다. 쓸쓸한 음성이 2층의 윤우 귀에까지 들려왔다. 그는 왠지 가슴이 욱신거린다고 생각했다.
뭐라 한마디라도 해 줄까? 계속해서 자신이 이상하다고 소리치고 있
는 혁진을 무시하던 그는 은결을 향해 말을 걸려고 했다.

"헤에."

그러나 그런 그가 소리를 뱉어 내기 전에 거울을 빤히 바라보던
여자는 돌연 눈꼬리를 휘며 어색하게 웃었다. 그 후로 몇 초 동안 입
을 길게 찢거나, 눈을 크게 뜨거나, 일부러 쌍꺼풀을 만들어 보이거
나 하는 기괴한 행동을 이어 가며 거울을 들여다보았다.

'쉬질 않네.'

윤우는 입가가 간지러워 참을 수 없었다. 화장실 앞에서의 일 이후
로 멀리서 그녀가 보일 때마다 틈틈이 시선을 두었던 그에게는 변화
무쌍한 은결을 보는 것은 일종의 휴식과도 같았다. 사람들이 무섭다
고 말하는 그 눈매도 그에게 있어선 왠지 모르게 귀엽게 느껴진다면,
과장된 발언인가.

"강윤우! 너 진짜 왜 그래?"

혼자 갖가지 얼굴 표정을 만들어 내는 은결을 내려다보던 윤우는
그녀가 뒤늦게 시간이 촉박했다는 걸 깨닫고 엘리베이터 쪽으로 달려
갈 때까지 실실거렸다. 기획 2팀에서 칼바람이 부는 왕자로 통하는
냉혈인이 갑자기 미친놈처럼 헤실거리자 상황의 심각성을 깨달은 혁
진은 눈을 크게 뜨며 소리쳤다.

윤우는 생기가 도는 검은 눈을 반짝이며 혁진을 응시했다.

"저는…… 뭔가 알 것 같네요, 선배."

혁진은 뜬금없는 그의 말에 어리둥절한 얼굴을 했다. 윤우는 말을
이었다.

"누군가한테 반한다는 거, 말입니다."

"어?"

"선배가 말했던 그 오지랖, 그냥 떨어 봐야겠습니다."

"어이. 너 지금 무슨 소리야 대체?"

윤우는 찬바람이 아닌 봄바람을 풍기며 빙긋 웃었다.

"고백하고 싶어졌어요."

＊

서른하나.

많은 걸 경험해 보고, 또 경험해 봐야 했을 나이지만 지금껏 딱 한 가지 해 보지 못한 것이 있다면 '왕자' 강윤우에게 있어선 바로 '연애'다. 그것은 그에겐 넘어야 할 산이었고 아직 넘을 시도조차 하지 못했던 일이었다. 어릴 적 겪었던 모종의 사건들로 인해 의식적으로 피해왔던 것도 일종의 이유였다.

때문에 누구나 부러워할 외모를 지니고 태어났지만 그에게 있어선 연애는 도전하기 힘든 일이었다. 의지를 다지고, 크게 마음을 먹어야만 가능한 일. 그것이 바로 서른하나의 강윤우가 여자친구를, 만드는 일이었다.

'고백?'

그가 말을 꺼내자마자 까무러치던 혁진의 태도를 어느 정도 이해했다. 혁진은 아마 윤우가 평생 솔로로 살다 죽을 것이라 생각하고 있었을 테니까. 윤우는 하얗게 질려 가는 혁진의 등을 토닥여 준 뒤 그 여자에게 '좋아한다.'라는 말을 하려 힘차게 발을 움직였었다.

그러나 그녀에게 접근하기로 결심한 지 얼마 지나지 않아 강윤우는 처음으로 좌절했다.

당연히 없을 거라 생각했던 여자에게 남자친구가 있었고, 게다가 깨를 볶는 둘을 목격하기까지 했다. 31년 만에 처음으로, 좋아하는 여자가 생겼는데 그 여자에겐 이미 애인이 있다는 사실은 윤우를 절망에 빠뜨렸다.

그 후 몇 주 동안 겉으론 내색 않았지만 속으로 얼마나 많은 방황을 했는지 모른다. 수많은 생각을 했었다. 난생처음 좋아한 여자에게 고백을 못 할 수도 있다는 건 말도 안 되는 일이었다. 행복한 연인 사이를 갈라놓게 되더라도 고백을 해 버릴까? 아니면, 양심을 지킬까?

왕자 소리를 듣는 강윤우가 이러한 고민을 한다는 걸 아무도 믿을 사람이 없었기에 누군가에게 털어놓을 수도 없었다.

그렇게 끓어오르던 불길이 점점 제어 불가능한 상태로 번지기 직전.

'그건 내가 사양이다, 이 자식아!'

우연히도 좋아하는 여자가 자신의 남자친구에게 차이는 모습을 목격했다.

'기회지?'

본디 강윤우는 제 앞에 주어진 절호의 기회를 놓치는 사람은 아니었다. 양심? 이미 헤어졌는데 양심은 무슨 양심. 그는 주저하지도 않고 그 여자에게 다가갔다. 너무 빠른 발걸음이라 그녀가 놀란 것은 충분히 이해를 하지만, 급한 것도 사실이었으니까.

"어, 엄마! 저 누나 봐! 무서워!"

그의 고백이 장난으로 들리냐는 윤우의 말이 떨어지기가 무섭게 멍해지는 은결을 보고 마침 분식집 내에 있던 꼬마 아이 하나가 소리

쳤다. 윤우는 놀라 더욱 눈을 크게 뜨는 은결의 모습에 웃음이 터져
나올 것 같았으나 꾹 참았다.

"얘는! 그런 거 보는 거 아니야!"

있는 힘껏 소리쳤던 꼬마 아이의 입을 막으며 아이의 엄마가 속삭
였다. 은결의 얼굴이 익어 가는 게 보였다. 윤우는 그녀가 머뭇거리
다 그 아이에게 어색하게 손을 흔들어 주는 걸 보고 속으로 웃었다.

'노력을 많이 하는 여자야.'

멀리서 지켜봐 왔기에 알고 있다.

그래서 이번엔, 보다 가까이에서 알아보고 싶다.

윤우는 제가 손을 흔들어 주는 모습에 '끄악!' 하고 엄마의 품으
로 고개를 파묻어 버리는 아이를 보고 실망하는 그녀에게 말했다.

"지금 당장 고은결 씨에게 나와 사귀어 달라는 의미에서 한 말은
아닙니다."

풀 죽은 듯 고개를 떨어뜨리던 은결이 그를 쳐다봤다.

"그저 당신이 알아줬으면 했습니다."

윤우는 속삭였다.

"나라는 남자의 존재도. 그리고 내가 당신을 좋아하고 있다는 것
도, 모두."

그는 다정하게 웃으며 그녀에게 고백했다.

"반한 건 처음입니다."

아마도 처음.

그리고 마지막일 것이 분명한, 사랑의 시작이다.